Cora Stephan

Über alle Gräben hinweg

Cora Stephan

Über alle Gräben hinweg

Roman einer Freundschaft

Kiepenheuer & Witsch

Aus Verantwortung für die Umwelt hat sich
der *Verlag Kiepenheuer & Witsch* zu einer
nachhaltigen Buchproduktion verpflichtet.
Der bewusste Umgang mit unseren Ressourcen,
der Schutz unseres Klimas und der Natur gehören
zu unseren obersten Unternehmenszielen.

Gemeinsam mit unseren Partnern und Lieferanten setzen
wir uns für eine klimaneutrale Buchproduktion ein,
die den Erwerb von Klimazertifikaten zur Kompensation
des CO_2-Ausstoßes einschließt.

Weitere Informationen finden Sie unter:
www.klimaneutralerverlag.de

MIX
Papier aus verantwortungsvollen Quellen
FSC® C014496

1. Auflage 2023

Covergestaltung: Barbara Thoben, Köln
Covermotiv: © SSPL/UIG/Bridgeman Images
Gesetzt aus der Garamond Premier
Satz: Buch-Werkstatt GmbH, Bad Aibling
Druck und Bindung: GGP Media GmbH, Pößneck

ISBN 978-3-462-00047-4

Erstes Buch

Benita

I

Königsdorff-Jastrzemb

Buchhaltung war alles andere als langweilig, fand Benita von Lanzdorf, die in der Arztpraxis ihrer Eltern über den Büchern saß. Sie mochte es, wenn die Bilanzen stimmten, Ordnung war beruhigend. Beunruhigend war höchstens, dass die Stimme ihrer Mutter aus dem Nebenraum in den letzten Minuten immer lauter geworden war, was ihre Konzentration beeinträchtigte.

»Was soll ich denn unter all den Herrschaften? Wir gehören nicht dazu!« Ihre Eltern stritten sich, das kam selten vor. Sie hörte ihren Vater irgendetwas murmeln, doch ihre Mutter übertönte ihn. »Da trifft sich die große Welt. Das ist nicht die unsere.«

Unsinn, dachte Benita. Alle Herrschaften aus der großen Welt kamen irgendwann in ihre Praxis, sei es, dass Mylady vom Pferd gefallen oder Hochwohlgeboren betrunken gestürzt war. Sie hatte keine Angst vor großen Namen, schon als kleines Mädchen war sie der Liebling aller Patienten von Rang und Stand gewesen, die im Vorzimmer auf den Herrn Doktor warteten und sich von der lieben Kleinen gern ablenken ließen. Prinzen und Minister hatten ihr die Weltlage erklärt, als sie älter geworden war. Sie waren auch nur Menschen.

»Was, wenn der Kaiser da ist? Oder der britische König? Oder die Königin von Rumänien?« Die Stimme ihrer Mutter hatte jetzt einen leicht schrillen Klang.

Darum ging es also. Heute morgen war ein Brief gekommen, von Prinzessin Daisy. Offenbar die Einladung zu einem ihrer Feste auf Schloss Pless. Benitas Herz schlug ein wenig schneller.

Ihr Vater sprach, langsam, aber immer noch so leise, dass Benita nur Bruchstücke verstand. Eine Ehre. Reverenz erweisen. Sich durchringen.

»Wir werden da nur wie die Ölgötzen herumstehen, niemand wird uns ansprechen, wir machen uns lächerlich!« Ihre Mutter gab nicht nach. »Wer möchte schon seinem Arzt auf einem großen Empfang begegnen? Der ihn in Unterhosen gesehen hat und alles Ungehörige von ihm weiß?«

Benita hörte ihren Vater lachen.

»Ist doch wahr!« Ihre Mutter klang schon nicht mehr ganz so aufgebracht.

»Ich glaube, dass die Prinzessin uns wegen Benita eingeladen hat. Sie ist jetzt in einem Alter, in dem andere Frauen bereits ihren eigenen Hausstand führen.«

Ach, Vater! Benita verzog das Gesicht. Als ob sie mit gerade mal zwanzig Jahren bereits eine alte Jungfrau wäre. Sie hatte noch nicht die geringste Lust auf einen eigenen Hausstand. Zum Fest auf Schloss Pless aber würde sie nur zu gern gehen. Buchhaltung und die Unterhaltung kranker Patienten, wie illuster auch immer, in der Arztpraxis eines beschaulichen Kurorts wie Königsdorff-Jastrzemb waren nicht alles im Leben.

Ihre Mutter schwieg. »Aber wir haben nichts Passendes anzuziehen«, kam es endlich. Beinahe kleinlaut. Benita lächelte in sich hinein. So wie sie ihre Mutter kannte, war das die Kapitulation.

Minuten später stand Caroline von Lanzdorf in der Tür zu Benitas Zimmer, die Wangen leicht gerötet, wie immer, wenn sie sich aufgeregt hatte. »Wir gehen morgen zur Schneiderin«, sagte sie in einem Ton, der es nicht geraten sein ließ, »Warum?« zu fragen.

Ihre Mutter stand auf einem Hocker, damit die Schneiderin den Saum des bodenlangen Kleides leichter abstecken konnte. Benita hielt sich abseits, dort, wo die Stoffballen lagen. Außer schlichtem blauem Kattun und weichem Wollstoff gab es eine Rolle mit nilgrüner Foulardseide, einen dicken Ballen roter Samt, ein wenig Tüll und Batist. Jeder Stoff fühlte sich anders an. Zu jedem konnte sie sich ein passendes Kleid oder Kostüm vorstellen.

Sie hörte nur mit halbem Ohr, was das ältliche Fräulein namens Malwine erzählte, das wie ein Wasserfall redete, trotz einer Batterie von Stecknadeln zwischen den Zähnen. Es ging um Prinzessin Daisys Mann, Hans Heinrich Fürst von Pless, der reichste Mann Schlesiens.

»Schloss Fürstenstein ist schon jetzt gigantisch, und jetzt soll es die größte Anlage weit und breit werden? Der Mann leidet unter Größenwahn. Und woher kommt sein Geld? Von der Ausbeutung der Arbeiter«, knurrte Malwine.

»Winchen!« Benitas Mutter versuchte, tadelnd zu klingen, aber Benita bemerkte das Zucken um ihre Mundwinkel.

»Ist doch wahr. Tausende schuften sich in den Kohlegruben des Fürsten zu Tode, nur damit seine Engländerin üppige Feste mit ihren ausländischen Freunden feiern kann.«

Schloss Pless war doch viel kleiner und intimer als Fürstenstein. Und Prinzessin Daisy ... Benita wollte sich einmischen, aber ihre Mutter winkte ab.

»Und wieso überhaupt Daisy?« Die Schneiderin ließ sich nicht beirren. »Sie heißt Maria Theresa.«

Maria Theresa Cornwallis-West aus Wales. Benita kannte ihre Geschichte. Prinzessin Daisy stammte aus britischem Landadel, bei ihrer Einführung in die Gesellschaft war sie im Buckingham-Palast der Queen Victoria vorgestellt worden. Eine Schönheit, die mit achtzehn Jahren den zwölf Jahre älteren Fürsten geheiratet hatte. Es hieß, sie sei ohne einen Penny in die Ehe gegangen, was dem reichsten Mann Schlesiens egal gewesen sein dürfte.

Es gab ein Foto von der Traumhochzeit in London, die Braut hatte ein Brautkleid aus elfenbeinfarbener Seide getragen, tief ausgeschnitten, mit Seidenblumen am Dekolleté und einen von der Fürstenkrone gehaltenen Brautschleier. Mit Prinzessin Daisy war die große Welt nach Schlesien gekommen.

»Sie spricht noch immer nicht Deutsch. Obwohl sie seit ewigen Zeiten hier lebt. Ist wohl zu vornehm dafür.« Winchen hatte die letzte Stecknadel in den Saum von Mutters Kleid gesteckt. »Sie mag Deutschland nicht. Was will sie dann hier?«

Benitas Mutter war zierlicher als ihre Tochter, mit einer beneidenswert schmalen Taille, und das Grün der weich fließenden Robe betonte ihre Augen. Im Vergleich zu ihr kam Benita sich manchmal wie ein derbes Bauernmädel vor. »Ganz ihr Vater«, pflegten Freunde der Eltern zu sagen, was Benita nicht gerade als Kompliment empfand. Aber es stimmte schon: Sie war zwar nicht ganz so groß wie er, doch sie hatte seine dunkelblonden Haare.

»Keine Spitze im Ausschnitt, bitte, Winchen«, sagte ihre Mutter. »Wir wollen nicht protzen. Wir sind bescheiden.«

Ja, das sind wir, dachte Benita. Sie kannte die Bilanzen. Vater war mit Leidenschaft Arzt, davon wurde man nicht reich.

Ihm hatte man keine Schlösser und Ländereien in die Wiege gelegt.

»Und dauernd reist sie nach England. Natürlich musste das zweite Kind in London geboren werden. Als ob wir hier keine guten Ärzte hätten.«

Benitas Mutter war vom Hocker gestiegen. »Malwine, du bist ungerecht«, sagte sie. »Sie fühlt sich allein. Wie soll sie denn Deutsch lernen, wenn sie Stunde um Stunde von irgendwelchen Aufpassern umgeben ist? Das ist doch kein normales Leben für eine erwachsene Frau.«

Benita erinnerte sich an den Besuch der Prinzessin in der Arztpraxis ihres Vaters. Sie hatte im Büro Rechnungen geschrieben und die Besucherin in Empfang genommen, doch zuerst nicht erkannt. Daisy war allein gekommen, irgendwie musste sie es geschafft haben, ihrem üblichen Tross zu entfliehen. Blass war sie gewesen, verschüchtert, vielleicht ein wenig verstört. Eine kleine, zierliche Person – noch schmaler als Benitas Mutter. Benita hatte für ihren angedeuteten Knicks ein dankbares Lächeln bekommen, dann war die Prinzessin im Arztzimmer verschwunden. Als ein Jahr später Daisys zweiter Sohn Alexander geboren wurde, hatten die Eltern darauf angestoßen. »Manchmal hilft einfach nur ein guter Rat«, hatte ihr Vater gesagt und seine Frau angelächelt. Auch in Schlesien gibt es gute Ärzte, dachte Benita.

Caroline von Lanzdorf schälte sich aus dem neuen Kleid. »Seit dem Tod ihres Schwiegervaters ist Daisy regierende Fürstin von Pless. Das ist jetzt drei Jahre her. Sie ist längst im wirklichen Leben angekommen.«

»Wenn Sie meinen, gnädige Frau«, sagte Malwine in einem Ton, der erkennen ließ, dass sie das gänzlich anders sah.

»Woher beziehst du überhaupt deinen ganzen Klatsch und Tratsch, Winchen?«

Die Schneiderin hatte das Kleid der Mutter wieder auf den Bügel gehängt und hielt jetzt ein zartes hellblaues Etwas in der Hand.

»Ich kenne jemanden, der sie kennt, ganz einfach.«

»Ach so – Dienstbotengeschwätz! Darauf geben wir nichts«, antwortete ihre Mutter, stieg vom Schemel und gab Benita einen sanften Schubs. Jetzt war sie dran. Sie fürchtete sich ein wenig vor Malwines spitzen Bemerkungen und ihren kalten Händen, aber die Schneiderin musste nur hier ein wenig zupfen und dort etwas ziehen – das Kleid aus hellblauer bestickter Seide mit einem engen Gürtel passte wie angegossen.

»Ich denke, wir müssen uns vor den anderen nicht schämen«, sagte ihre Mutter.

II

Schloss Pless

Die Farben. Das Licht. Benita war fast ein wenig überwältigt vom Funkeln der Kronleuchter, vom Grün und Rot der Tapeten und dem warmen Braun der Holztäfelung, vom sienafarbenen Marmor über dem Kamin und der Rosentapete dahinter, vom Sahneweiß der Freitreppe und dem matten Grau und Blau des Gobelins über dem Treppenabsatz. Vom Klangteppich, der sie umhüllte, aus Frauenlachen, Männerbass und dem hellen Klirren der Gläser auf den Tabletts, die livrierte Bedienstete vorbeitrugen. Von der warmen Wolke aus Schweiß und Parfüm und dem Duft üppiger Blumenbuketts. Die Gesichter vor ihr und neben ihr verschwammen, manchmal tauchten daraus rot geschminkte Münder auf oder fein gezwirbelte schwarze Schnurrbärte. Das eine oder andere Gesicht kam ihr vertraut vor, doch niemand musterte sie, ob er sie womöglich kannte. Wer erwartete schon die Tochter des Kurarztes ausgerechnet hier? Im Grunde war sie froh darüber.

Ihre Mutter hatte sie untergehakt und schob sie durch die Gästemenge, sehr zielstrebig. Dabei hatte Caroline von Lanzdorf sich doch so geziert, bevor sie die Einladung angenommen hatten!

»Ist der Kaiser da?«, flüsterte Benita. Er war oft hier, das war bekannt, in Pless oder in Promnitz, einem Jagdschlösschen gleich um die Ecke. Wenn Prinzessin Daisy einlud, trafen sich hier Europas gekrönte Häupter und die Mächtigen der Welt. Geld für so viel Gastfreundschaft gab es mehr als genug. Schloss Pless mochte nicht so groß sein wie Schloss Fürstenstein, aber Benita fühlte sich plötzlich eingeschüchtert, ganz gegen ihren Willen. Nein, sie gehörten nicht hierhin, Mutter hatte recht. Benita merkte, wie ihr die Brust eng wurde.

In diesem Moment schwebte Prinzessin Daisy auf sie zu, die Arme weit geöffnet, als ob sie Mutter und Tochter umschlingen wollte.

»Wie wunderbar, dass Sie gekommen sind«, sagte Daisy mit ihrem putzigen Akzent. Benita lächelte, sagte »Hoheit« und wollte einen Hofknicks machen, aber die Prinzessin nahm sie an beiden Händen, zog sie an sich, musterte sie und nickte schließlich, bevor sie sich Caroline von Lanzdorf zuwandte.

Benitas Französisch war besser als ihr Englisch, doch in einem Kurort, der Besucher aus aller Welt anzog, lernte man früh, sich zu verständigen. Ihre Mutter wechselte übergangslos ins Englische, was Daisy mit einem Lächeln quittierte. »Ich erinnere mich so gern an Sie!«

Caroline neigte den Kopf. »Das ehrt mich.«

Mittlerweile war auch Maximilian von Lanzdorf bei ihnen angelangt. Daisy streckte ihm die Hand hin und hauchte: »Ohne Sie wäre ich tot.«

Benita beobachtete erstaunt, dass ihr Vater, der sich doch sonst durch kaum etwas beeindrucken ließ, zu erröten schien. Wie gut er aussah in seinem Frack! Weit besser als viele der Männer, deren mit bunten Orden behängte Uniformjacken über dem Bauch spannten. Ihr wurde ganz warm vor Zuneigung.

Eine zarte Hand legte sich auf Benitas Arm. Daisy hatte sich ihr mit Verschwörermiene zugeneigt, Benita roch Puder und Parfüm, und die blauen Augen der Prinzessin waren plötzlich ganz nah. Strahlend kornblumenblaue Augen.

»Sie müssen einen guten Bekannten von mir kennenlernen, er ist mit jemandem befreundet, mit dem ich über mehrere Ecken verwandt bin, kaum zu glauben, aber wahr.«

Die Menschenmenge wich vor Daisy zur Seite, als ob sie Moses wäre, vor dem sich das Rote Meer teilt. Benita nickte hierhin und dorthin, vorsichtshalber, obwohl sie niemanden erkannte, und sie vergaß jedes Gesicht und jeden Namen, kaum dass sie ein paar Schritte weitergegangen waren. Der Tross um die Prinzessin schob sie voran. Daisy von Pless grüßte nach rechts und links, blieb hier stehen, sagte dort ein paar Worte, das Bad in der Menge schien ihr zu gefallen. Benita versuchte, an ihrer Seite zu bleiben, doch irgendwann war ihr Daisys Arm entglitten, und sie verlor die Eltern und die Prinzessin aus den Augen.

Sie blieb stehen, wusste nicht, wohin, ließ die anderen Gäste an sich vorbeiströmen, hörte hier und da ein Wort, verstand nichts. Endlich kam die Prinzessin zurück, gefolgt von Benitas Eltern, und nahm sie lächelnd bei der Hand. »Liebes Kind, wir sind Ihnen davongelaufen! Und haben dabei den Mann verpasst, den Sie unbedingt kennenlernen müssen!«

Der Mann, den sie meinte, hielt ein leeres Glas in der Hand und stand ein wenig abseits, unter einem mächtigen Hirschgeweih.

»Hoheit«, murmelte er, als er wahrgenommen hatte, wer da vor ihm stand.

»Ludwig!«, rief Daisy. »Ich will Ihnen liebe Menschen vorstellen, die mir sehr geholfen haben, als ich einmal Hilfe brauchte. Maximilian und Caroline von Lanzdorf und ihre entzückende Tochter Benita!« Daisy intonierte »entzückend« mit einem Überschwang, der Benita ein wenig peinlich war. »Benita, das ist Baron Ludwig von Sedlitz! Er wohnt auf Rittergut Mondsee bei Wohlau, leider viel zu weit weg von uns!«

»Meine Verehrung, gnädiges Fräulein«, murmelte der Baron und beugte sich über Benitas Hand. »Erschrecken Sie nicht, die Fürstin neigt zu Überfällen, ich bin ganz harmlos!«

Benita musterte ihn. Harmlos war nicht das passende Wort, dafür sah er zu gut aus: groß, schlank, mit vollem dunklem Haar und einem etwas melancholischen Lächeln. Und den sollte sie unbedingt kennenlernen? Warum nicht?

»Ein Überfall, sagen Sie? Ist das nicht eher die Spezialität von Leuten, die auf einem Rittergut hausen?«

Er lachte. »Das stimmt. Wir rauben edle Fräulein und erpressen dafür Lösegeld. Ein gewinnbringendes Geschäft.«

»Das freut mich für Sie. Ich hoffe, Sie rauben nur edle Damen, bei denen es sich lohnt.«

Er neigte den Kopf. »Nun, Schönheit ist natürlich auch etwas wert.«

»Und ebenso lukrativ?«

»Nun …« Er räusperte sich. »Ist nicht die Schönheit allem Gold der Welt vorzuziehen?«

»Vielleicht. Solange die Bilanzen stimmen. Ich sorge für die Buchführung in der Praxis meines Vaters.«

Er zog die Augenbrauen hoch. »Das kann ich nicht von der Hand weisen. Rechnen müssen wir auch auf Mondsee, manchmal sogar mit dem Schlimmsten.«

Der Mann gefiel Benita. Wenn Daisy sie hatte verkuppeln wollen, hatte sie jedenfalls keinen schlechten Geschmack bewiesen. Dass sich erst die Prinzessin zurückzog und irgendwann auch ihre Eltern weitergingen, nahm sie nicht mehr wahr.

»Vielleicht sollte auch ich einmal zur Kur kommen, verehrtes Fräulein von Lanzdorf«, sagte er irgendwann, nachdem sie ihm von den Aufgaben eines Kurarztes erzählt hatte.

»Aber gewiss doch, Herr von Sedlitz«, antwortete sie. »Unsere Sole ist reich an Jod, Brom und Kohlensäure. Wir heilen Sie von Skrofulose, Gicht und Rachitis. Welche Krankheit ist Ihnen die liebste?«

»Hilft Ihr magisches Wasser auch gegen Melancholie?«

Sie musterte ihn. »Wir haben eine Kirche. Und sonntags gibt es Konzerte.«

Er winkte einem Livrierten mit Tablett und ließ sich zwei

Gläser Champagner reichen. Benita nahm das Glas entgegen, ein wenig verlegen. Etwas bedrückte den Mann.

»Jetzt sind Sie dran«, sagte sie schnell. »Erzählen Sie mir von Mondsee. Das ist ein schöner Name.«

Er lächelte. »Ja. Und manchmal spiegelt er sich tatsächlich im Teich, der Mond.« Sie standen noch immer in der Ecke, unter dem Hirschgeweih, und ließen die Gäste vorbeipromenieren. »Mit Schloss Pless kann mein Gut allerdings nicht mithalten.«

»Da haben Sie aber Glück«, entgegnete Benita. »Bedenken Sie die Unterhaltungskosten.«

»Wie recht Sie haben! Mondsee war einst nicht viel mehr als eine Burg auf einem Hügel, umgeben von einem Wallgraben. Von der Burg ist nicht mehr viel übrig, doch ein gemauerter Streitturm ist noch erhalten, der spielt in unserer Geschichte eine besondere Rolle.«

Benita hatte, ohne darauf zu achten, ihr Glas geleert und spürte, wie der Leichtsinn in ihr hochstieg. »Hat einst Rapunzel auf den Burgzinnen gestanden und ihr Haar herabgelassen?«, fragte sie.

»Leider nein.« Jetzt grinste er wie ein Schuljunge. »Die wirkliche Geschichte ist nur beinahe so schön. Der Wehrturm hat uns gegen die Tataren geschützt.« Er sah ihr in die Augen. »Wir waren nie reich, aber wir haben es verstanden, auch mit dem, was wir nicht hatten, zu protzen.«

Benita schaute ihn an. Seine Augen waren braun, ein helles, warmes Braun. Über die linke Augenbraue zog sich eine feine weiße Narbe.

»Als 1431 die Hussiten anrückten, schlachteten die Burgbewohner ihre letzten Hühner und warfen sie gebraten über die Brüstung, damit die ausgehungerten Männer da draußen glaubten, in der Burg gäbe es so große Vorräte, dass die Belagerung noch ewig dauern konnte. Das hat sie wohl überzeugt, sie zogen ab.«

»Mehr scheinen als sein«, kommentierte Benita. »Eine altehrwürdige Strategie.«

»Ja.« Er lächelte sie an. »Aber umgekehrt ist es mir lieber.« Sie sahen einander an. Er wandte als Erster den Blick ab.

»Mondsee hat eine eigene Elektrizitätsversorgung«, sagte er nach einer Weile. »Und wir haben Karpfen im Hofteich.«

Das war eine bemerkenswerte Brautwerbung, dachte sie später oft. Und daran, was sie sich gewünscht hatte, als sie im Mai den Kometen Halley über den Himmel hatte ziehen sehen. Manche glaubten, dass der Komet Unheil brachte. Sie nicht. Er war ein Glücksbringer.

Bereits einen Monat später traf Benita den Baron wieder, bei einem Empfang auf Schloss Pless aus Anlass eines Besuchs des Kaisers. Daisy war schwanger, das war nicht zu übersehen, doch sie wirkte leicht und beschwingt wie eine Flaumfeder.

Zu ihrer großen Verlegenheit bestand die Prinzessin darauf, sie dem Kaiser vorzustellen. Wilhelm II. nahm Benitas Hand, blickte ihr tief in die Augen und sagte: »Ich wünsche dir alles Glück der Welt, mein liebes Kind.« Sie nahm auch das als gutes Zeichen.

An diesem Abend sprachen Ludwig und Benita wenig. Sie tanzten unter einem Himmel mit Engeln und Putten, dem Gemälde auf der Decke über ihnen.

Ludwig besuchte sie bald darauf in Königsdorff, zur Kur, wie er sagte, und damit meinte er ihre Gesellschaft, wie er Benita am nächsten Tag gestand. Plötzlich war die Leichtigkeit zwischen ihnen verschwunden.

Auf dem Heimweg nach einem Konzert im Kurpark nahm er ihre Hand. Nach einer Weile räusperte er sich. »Landwirtschaft ist natürlich etwas ganz anderes als so ein Kurbetrieb«, sagte er.

»Wirklich? Das hätte ich nicht gedacht«, spottete Benita und versuchte, die Stimmung ein wenig aufzulockern, aber Ludwig blieb ernst.

»Wir bewirtschaften beinahe tausend Hektar, Äcker, Wiesen, Wald und Seen. Seit einigen Jahren haben wir ein eigenes Kraftwerk. Ich halte dreihundert Tiere in der Schweinezucht. Wir füttern Kartoffelflocken, ich habe die Anlage dafür erst in diesem Jahr installiert.«

Fürwahr ein großer Romantiker, dachte Benita.

»Angeblich spukt es bei uns, aber ich habe die weiße Frau noch nie gesehen.«

»Wie beruhigend«, antwortete Benita und drückte seine Hand.

»Die nächstgrößere Stadt ist fünf Kilometer entfernt. Sonderlich mondän ist Wohlau nicht, aber …«

Benita blieb stehen, hielt seine Hand fest, sah ihm in die Augen.

»Der Karpfenteich würde mich interessieren. Und das Elektrizitätswerk.«

Er wusste nicht, ob er sie küssen durfte. Sie entschied für ihn.

III

Königsdorff–Mondsee

Das Frühjahr 1910 kam ihr wie das schönste Frühjahr vor, das sie je erlebt hatte, egal, ob es regnete oder stürmte oder die Sonne schien. Es störte sie nicht, dass sie zu keinem Konzert im Kurpark gehen durfte, weil einer der Kurgäste mit Tuberkulose ins Krankenhaus eingeliefert worden war. Auch ging der Aufruhr wegen des Reitunfalls des Khediven von Ägypten, Abbas Hilmi II., völlig an ihr vorbei, obwohl der in Königsdorff auf Kur weilende Vizekönig versuchte, einen politischen Skandal daraus zu machen. Sie war in Gedanken ganz woanders, bei Ludwig und den Briefen, die sie pünktlich einmal in der Woche von ihm erhielt. Jeder Satz brachte ihn ihr näher – und wenn es nur um eine Panne im gutseigenen Elektrizitätswerk ging oder um die Geburt eines Fohlens.

Im Mai durfte sie zum Pferderennen nach Groß Strehlitz fahren, ihre Eltern waren mit Graf Mortimer von Tschirschky-Renard befreundet gewesen, dem kürzlich verstorbenen Schlossherrn von Groß Strehlitz, und sie waren dort noch immer willkommen.

»Ich nehme an, dass Ludwig mit dem neuen Schlossherrn bekannt ist?«, hatte ihre Mutter gefragt. Benita musste nichts sagen, die Antwort sah man ihr an.

Inmitten der vielen Gäste, zwischen Reitern und Pferden, die Luft geschwängert von Pferdegeruch, Zigarrenrauch und dem Parfüm der Damen, waren Ludwig und sie ganz für sich.

Einen Monat später hielt Ludwig bei ihrem Vater um Benitas Hand an. Im Spätsommer, nach der Ernte, sollte geheiratet werden. Plötzlich ging ihr das alles viel zu schnell. Hatte sie nicht vor gar nicht langer Zeit geglaubt, dass sie noch kein Interesse am eigenen Hausstand hätte?

Der Abschied von Königsdorff-Jastrzemb fiel Benita schwerer, als sie es sich vorgestellt hatte. Woanders ging es womöglich mondäner zu, aber man war hier immerhin umgeben von gut gekleideten Menschen aus aller Welt, die zwischen den Kurhäusern, dem Trinkhaus und den Badeanstalten flanierten. Viele wohlhabende Besucher aus Bürgertum und Adel, die regelmäßig kamen, hatten sich ansehnliche Villen gebaut. Der Kurpark war bekannt für seine exotischen Pflanzen – und für die grazile Muschel über der Bühne, auf der jeden Sonntag Konzerte gegeben wurden. Es wurden Lesungen veranstaltet, in der Bibliothek, einem ihrer Lieblingsorte. Man konnte ins Theater gehen. Es gab sogar ein Casino. Dort verspielten auch Leute, die es sich nicht leisten konnten, ihr Geld.

Mit einem Mal wunderte sie sich über ihren Mut. Bei aller Liebe zu Ludwig: Wie würde ihr Leben aussehen in der niederschlesischen Provinz? Sicher, sie konnte sich nützlich machen, sie verstand etwas von Buchhaltung, die Bilanzen mussten auch auf einem Landgut stimmen, sie konnte Wunden versorgen und vermochte zur Not sogar einen Knopf anzunähen, aber von Landwirtschaft verstand sie gar nichts, erst recht nichts von Tieren wie Schweinen und Zugpferden. Im Kurort ritt man gepflegt aus, auf manierlichen Pferden, und kein Tier war wilder als die ondulierten Modehunde, die die Kurgäste an der Leine mit sich führten. Was sie im Ehebett erwartete, wusste sie so halbwegs, in einem Arzthaushalt blieb einem kaum etwas verborgen. Und immer, wenn Ludwig sie geküsst hatte, fühlte sie sich so glückselig wie willenlos zugleich – alles war möglich mit ihm, alles würde gut und richtig sein.

»Liebe«, sagte Caroline am Abend vor ihrer Abreise, als sie merkte, dass Benita verträumt ins Kaminfeuer blickte, »Liebe verzaubert alles, das wirst du merken. Ich glaube, dein Ludwig weiß, was er tut.«

Das gab ihr zu denken.

Ihre Mutter musste gemerkt haben, was sie dachte, und lachte leise. »Er ist ein gut aussehender Mann, das ist gewiss auch anderen Frauen nicht entgangen. Und er ist eine gute Partie. Auch wenn ich mir gewünscht hätte …«

Jetzt war es Caroline, die ins Feuer starrte.

»Was, Mama«, flüsterte Benita, plötzlich beunruhigt, »was hättest du dir gewünscht?«

Caroline sah auf und lächelte. »Dass dich die Liebe nicht so furchtbar weit von uns fortführen würde.«

Ihre Eltern begleiteten Benita nach Mondsee. Die Truhe mit der Aussteuer und die Koffer mit der Garderobe waren bereits vorausgeschickt worden. Benita hatte sich Schuhe anpassen lassen, nicht nur die Brautschuhe, auch stabiles Schuhwerk für das Leben auf dem Land. Mutter und Tochter hatten Tage und Stunden damit verbracht, Stoffe auszusuchen, die Malwine in Röcke, Hosen, Kostüme und Kleider verwandelte. Das Brautkleid war der Höhepunkt gewesen: Es sollte nicht zu üppig ausfallen, aber auch nicht zu brav, nicht städtisch wirken, aber auch nicht provinziell.

»Meine wunderschöne Tochter«, hatte Caroline bei der letzten Anprobe geflüstert und war in Tränen ausgebrochen. Benita hatte sie in den Arm genommen und mitgeweint, trotz Malwines Protesten, die den Saum abstecken wollte.

Jetzt saßen sie in ihrem Zugabteil, und Benita hatte bereits

Heimweh. Doch es gab einen Trost, der am Gang saß und nicht wagte, aus dem Fenster zu schauen, und der hieß Marielle.

Marielle stammte aus Tychy bei Kattowitz, sie war das zweitälteste Mädchen von sieben Kindern und hatte mit dreizehn Jahren ihren Dienst bei Benitas Eltern angetreten. Sie kam aus ärmlichen Verhältnissen, ihr Vater arbeitete in der Papierfabrik, die Mutter im Brauereiausschank. Für ihre Familie war die Anstellung bei einer Arztfamilie ein Glücksfall gewesen. Und für das Mädchen erst recht.

Benita hatte sich ihrer angenommen, als ob es ihre kleine Schwester wäre. Wie oft hatte sie das Mädchen trösten müssen, das sich nach seiner Familie sehnte und sich verloren fühlte in einem Kurort, der sich mondän gab. »Aber ich bin doch so glücklich hier«, hatte die Kleine dann oft unter Tränen geflüstert. Glück und Trauer waren eins.

Und jetzt hatte sie inständig darum gebeten, mit Benita nach Mondsee gehen zu dürfen, Benita war doch ihre große Schwester. Benitas Eltern hatten sofort zugestimmt und die Erlaubnis der Eltern von Marielle eingeholt. Die kam postwendend – mit Glückwünschen für Benita. Das alles machte den Abschied leichter.

Ludwig holte sie mit einem mit Girlanden und blühenden Zweigen geschmückten Vierspänner vom Bahnhof ab. Es war nicht weit bis zum Rittergut. Die Pferde trabten über eine Brücke, einen Kiesweg hoch und durch einen baumbestandenen Park bis zu einem Rondell vor dem Haus.

Ludwig hatte recht gehabt: Das Rittergut war kein Schloss, sondern ein zweistöckiges Gutshaus mit einem auffallenden, reich verzierten Eingangsportal. Vor der Treppe warteten

Ludwigs Bedienstete auf die künftige Baronin. Nachdem sich alle mit Knicks und Verbeugung vorgestellt hatten, stieg Benita das erste Mal die Treppen hoch zum Eingang. Zwischen zwei Säulen mit filigranen Kapitellen spannte sich ein weiter Steinbogen, geschmückt mit in den Stein gemeißelten Ranken, Früchten, Putten und Tieren. Sie blieb einen Moment stehen und betrachtete die Vögel, Hasen und Eber, die zwischen den Weinranken versteckt waren. Das bringt Glück, dachte sie und trat durch die weit geöffnete Tür.

Von diesem Moment an kam sie nicht mehr zur Ruhe.

Ludwig hatte das ganze Obergeschoss für seine Braut und ihre Eltern geräumt und wollte bis zur Hochzeit im Kutscherhaus wohnen. Benita war nicht eine Minute allein mit ihm, es blieb bei zufälligen Berührungen und Blicken, die sie sich in unbeobachteten Momenten zuwarfen. Gleich der erste Tag begann mit einer Führung durch Hof und Stallungen, daran schloss sich eine Besichtigung der zum Gut gehörenden Ländereien an und eine Rundfahrt durchs Dorf, bei der sie an jedem Haus anhielten, um sich vorzustellen, ein Schwätzchen zu halten und hier und da einen Schnaps zu trinken. Benita vermochte sich all die Gesichter und Namen nicht zu merken, nur den Postboten prägte sie sich ein, Miekosch hieß der Mann, ein schmaler Kerl mit einem umso üppigeren Schnauzbart, der würde ihr Nachrichten von den Eltern bringen.

Während sie mit Ludwig und den Eltern unterwegs war, blieb Marielle zurück bei der Köchin Berbla, keine dicke Küchenmamsell, sondern eine große schlanke Frau, die blonden Haare zu einem Zopf geflochten, den sie wie einen Kranz ums Haupt trug.

Benita beobachtete beim Abendessen mit leisem Spott,

wie ihr Vater sich bei der Köchin einzuschmeicheln versuchte. »Ob es auch Mohnklöße bei Ihnen gibt«, fragte er mit seinem charmantesten Lächeln, als sie das Geschirr abtrug. »So etwas bekomme ich zu Hause nicht.« Benita bemerkte den spöttischen Blick ihrer Mutter, den sie auf seine Leibesmitte richtete.

»Aber natürlich, gnädiger Herr«, sagte Berbla und lächelte ihn an, bevor sie wieder in die Küche ging.

Am Tag darauf stellten sich Benita und Ludwig beim Pfarrer vor, in der kleinen evangelischen Kirche dem Rittergut gegenüber. Das war eher entspannt als förmlich, der würdige Herr neigte zu Scherzen. Danach kutschierte Ludwig die ganze Familie nach Wohlau, der nächstliegenden Stadt, »damit ihr nicht denkt, dass es in unserer Gegend keine Lebensart gibt«.

Sie fuhren im Schatten der Alleebäume durch eine Landschaft aus heckenumkränzten Wiesen, es roch nach Falläpfeln und frisch gepflügtem Ackerboden. Benita schloss die Augen und hielt ihr Gesicht in den warmen Wind.

Gewiss, Wohlau verfügte über ein prächtiges Rathaus am Ring, dem mittelalterlichen Marktplatz, es gab eine barocke und eine gotische Kirche und ein imposantes Schulgebäude, auf das Ludwig mit besonderem Nachdruck hinwies. Doch er hatte gottlob ein gutes Gespür für das Ausmaß des Interesses der Damen an Kultur und Historie und führte sie rechtzeitig ins Café.

Abends versammelten sie sich im Kaminzimmer, die Männer tranken Cognac und rauchten Zigarren, den Damen hatte Ludwig Likör eingeschenkt. Benita fielen nach dem anstrengenden Tag fast die Augen zu. »Heiraten ist kein Spaß«, sagte ihre Mutter leise zu ihr. »Du solltest dich morgen schonen. Denn nach dem Polterabend kommt der Hochzeitstag und dann der Tag danach – es werden vor allem eure Gäste sein, die ihren Spaß haben.«

Sie hatte recht, wie immer. Der Polterabend war für die Nachbarn gedacht, die ausgelassen aßen und tranken. Benita kam sich ein wenig fremd vor, aber Ludwigs bester Freund aus seiner Studienzeit in Heidelberg schien das zu spüren und wich nicht von ihrer Seite: Alexander Duff Broedie vom Clan Broedie auf Moray Castle, der den langen Weg nach Schlesien angetreten hatte, »weil ich das Wunder kennenlernen wollte, von dem Ludwig in seinen Briefen so geschwärmt hat«.

»An dem Wunder ist nur Daisy von Pless schuld«, antwortete sie, während sie mit ihm durch den Park ging.

»Dann müssen wir ihr dankbar sein.«

»Sie sind verwandt, habe ich gehört?«

»Höchstens weitläufig, sehr weitläufig. Eigentlich haben wir nicht viel gemeinsam. Außer der Tatsache, dass sie aus Wales kommt und ich aus Schottland. Wir sind also beide keine Engländer. Erfreulicherweise.«

Benita lächelte. Auch Schlesier verstanden sich nicht als Preußen.

Sie ließ sich von ihrer Mutter früh ins Bett schicken.

Dann kam der Tag der Hochzeit. Benitas Vater führte sie zum Traualtar. Er war gerührt, was wiederum Benita rührte, sodass beide Tränen in den Augen hatten. Als er es endlich durfte, küsste Ludwig seine Braut so stürmisch, dass sie trotz der Tränen lachte.

Marielle, Berbla und das Gesinde standen Spalier, als die Kutsche mit den Frischvermählten eintraf. Im Park waren die Tische unter den Bäumen mit weißen Tischtüchern eingedeckt. Unter den Hochzeitsgästen gab es ein paar Honoratioren aus Wohlau, der Bürgermeister, der Apotheker und der Schuldirektor, jeweils mit ihren Frauen. Benita versuchte gar nicht erst, sich all die Namen zu merken, sie würde noch genug Zeit dafür haben. Prinzessin Daisy hatte dreißig Strauchrosen und zehn Hochstammrosen geschickt, die aufgereiht auf dem Rasen standen. Ludwig reichte ihr den begleitenden Brief. Daisy von Pless sandte die allerherzlichsten Glückwünsche, doch nach der Geburt ihres Sohnes Bolko sei sie krank geworden und könne deshalb nicht persönlich gratulieren. Das war auch besser so, dachte Benita. Es hätte sie alle gezwungen, noch förmlicher zu sein als dem Anlass angemessen war. Sie hatte nach alldem vielen Nicken und Händeschütteln längst Kopfschmerzen.

Beim Kaffee saßen Ludwig und sie an der Spitze der Tafel, gottlob unterhielten sich die Gäste nach den üblichen mal heiteren, mal eher peinlichen Ansprachen miteinander, sodass das Brautpaar nicht viel sagen musste. Unter dem Tisch hielt Ludwig ihre Hand. Und nach einer Weile legte er ihr einen weiteren Brief neben den Teller, einen Brief aus Russland. »Von Luise«, flüsterte er.

Von Ludwigs Schwester also, die nach Russland geheiratet hatte, einen Grafen Alexei Schuwalow. Weil sie hochschwanger war, hatte sie zur Hochzeit nicht kommen können. Benita hatte Ludwig angemerkt, wie sehr er unter ihrer Abwesenheit litt. Ihrer beider Eltern waren vor einigen Jahren bei einem Unfall auf dem Weg zum Kloster Leubus ums Leben gekommen. Sein Vater hatte die Kontrolle über das Pferdegespann verloren, der Landauer war gegen einen Baum geschleudert worden. So war Ludwig von einem Tag auf den anderen

Gutsherr geworden – und hätte sich ohne seine Schwester noch einsamer gefühlt. Benita faltete den Brief auseinander.

»Bailanda, im September 1910
Mein liebster Bruder, meine künftige Schwägerin!
Ach, könnte ich doch an Eurem großen Tag bei Euch sein! Wie gerne hätte ich in das glückliche Antlitz meines Bruders geschaut und seine schöne Braut in die Arme geschlossen! Ich wünsche Euch aus tiefstem Herzen alles Glück der Welt, Gesundheit, Zufriedenheit, eine große Familie! Möge der Herrgott über Euch wachen und Euch beschützen, was immer geschieht.
Was mich betrifft: Ich kann es kaum noch erwarten, dass es sich endlich in die Welt hinauswagt, das Wesen, das ich in mir trage. Wir werden ihn Dimitri Georgij nennen – oder, wenn es ein Mädchen ist, Sofia Cecilia, nach Alexeis und unserer Mutter. Ich kann mich nicht entscheiden, was mir lieber wäre! Doch Alexei weiß ganz genau, was er will. Er möchte ein Mädchen, und es soll seiner Mutter ähnlich sein! Nun, man darf sich alles wünschen, aber die Entscheidung liegt nicht bei uns.
Erwartungsfroh und glücklich und zugleich betrübt, dass ich nicht bei Euch sein kann.
Deine Dich innig liebende Schwester Luise«

Sie würden sich hoffentlich bald kennenlernen. Benita spürte, wie sich ihre innere Anspannung löste. Sie war angekommen.

IV

In den ersten Wochen und Monaten langweilte sich Benita nicht eine Sekunde lang. Ludwigs Zuneigung schien jeden Tag zu wachsen, aber vielleicht kam ihr das nur so vor, weil sie ihn jeden Tag mehr liebte. Und Mondsee war weit geheimnisvoller, als eine alte Ritterburg vermuten ließ. Das Renaissanceportal faszinierte sie immer wieder, stets entdeckte sie ein neues Tier, das sich hinter den aus dem Stein gemeißelten Ranken versteckte. Wenn man eintrat, stand man in einer riesigen Halle mit Kreuzgewölben, die das ganze Haus durchmaß. Die Räume mit den bodentiefen Fenstern rechts und links der Halle hatten Stuckdecken mit bizarren Mustern, selbst Ludwig rätselte, ob sie irgendetwas zu bedeuten hatten. Die privaten Gemächer lagen im ersten Stock, vom Schlafzimmer aus überschaute man den Park und den Schlossgraben.

Den Ställen und den Tieren näherte sie sich mit aller Vorsicht, Gartenarbeit war ihr weit lieber. Hanesek, der Hausknecht, half ihr, Prinzessin Daisys Rosen einzupflanzen, rechtzeitig, bevor der Winter kam. Im Frühjahr würde es ein Gewächshaus geben, hatten sie und Marielle beschlossen. Gut, dass das Mädchen da war – das half gegen Anfälle von Sehnsucht nach ihrem alten Leben und ihren Eltern.

Gesellschaftliches Leben in Mondsee? Davon konnte tatsächlich keine Rede sein. Der Ort bestand hauptsächlich aus Rittergut und Kirche, dazu Gesindehäuser, die Schmiede, das Pfarrhaus, der Dorfladen und ein paar Bauernhäuser. Wenigstens besaß Ludwig eine umfangreiche Büchersammlung, das war eine sichere Burg, sollte sie einmal Langeweile haben, wonach es bislang nicht aussah.

Ab und an fuhren Ludwig und sie mit der Kutsche nach Wohlau, um Stoffe und ein paar andere Kleinigkeiten zu kaufen oder in die Apotheke zu gehen. Wenn das erledigt war, ging es zum Mittagessen in den Kaisergarten, wo man auf den Notar oder die Apothekersfrau traf, das waren die einzigen gesellschaftlichen Herausforderungen.

Die Sonntage begannen mit dem Gang in die evangelische Pfarrkirche. Dort saßen sie, als Kirchenpatrone, in einer eigenen Loge. Kelch und Hostienteller hatte Ludwigs Urgroßmutter gestiftet mitsamt einer großzügigen Spende für eine der drei Kirchenglocken. Benita war froh, dass man in der Loge unbeobachtet saß, denn Pfarrer Künzel predigte ausladend und wenig aufrüttelnd, sie war bereits einmal eingenickt.

Immerhin gab es auch mal einen Gesangsabend oder eine Lesung, ausnahmsweise nicht aus der Bibel. Anfangs kam Ludwig zu solchen Abenden mit, obwohl sie ihm anmerkte, dass er sich langweilte und lieber im Stall oder auf dem Acker wäre.

»Im Winter habe ich mehr Zeit für alle möglichen Abwechslungen, Liebes«, sagte er, als sie ihm einen Vortragsabend in Wohlau vorschlug. Das war auszuhalten, hatte Benita gedacht, der Herbst war schon fast vorbei. Im Winter würde auch seine Schwester Luise zu Besuch kommen. Doch daraus wurde nichts.

»Bailanda, Oktober 1910
Lieber Ludwig, liebe Schwägerin Benita,
unser innigster Wunsch hat sich mit der Geburt von Sofia Cecilia am 16. September erfüllt. Sie ist wunderschön, die Freude ihres Vaters und mein ganzes Glück. Das sieht

man, oder? Die stolzen Eltern mit ihrem kleinen Engel – doch, das Foto, das ich Euch beigelegt habe, entspricht ganz der Wirklichkeit! Leider auch, was mich betrifft. Ludwig kennt mich so gar nicht, so blass und dünn. Ich bin mit mir nicht zufrieden. Die Geburt war nicht einfach, ich war lange bettlägerig, Alexei musste sich Sorgen um mich machen. Dabei braucht das Gut eine zupackende Hausfrau, zumal, wenn Alexei wie so oft in Petersburg ist. Wir gehören ja nicht zu den Hochwohlgeborenen, bei denen in jeder Ecke ein Dienstbote bereitsteht, falls einer der Damen das Taschentuch herunterfallen sollte. Ich jedenfalls bin froh, dass ich mich nur um 12 Zimmer und nicht um 60 kümmern muss und dass unsere Leute Zeit für Vieh und Frucht haben, statt mir Luft zufächeln zu müssen. Das ist ein seltsames Land, dieses Russland. Unfassbarer Reichtum auf der einen Seite – dagegen ist unser schlesischer Krösus Hans Heinrich von Pless ein Bettler. Und auf der anderen Seite eine unerhörte Armut. Den Bauern hat die Befreiung von der Leibeigenschaft nichts gebracht, sie sind zu arm, um Land zu kaufen. Und dann müssen sie zusehen, wie die Aristokraten leben – wie die Maden im Speck. Wie genau ich mich erinnere an die schrecklichen Monate im Sommer 1905, kurz nach unserer Heirat. Überall wurde geplündert und niedergebrannt, das Land lag unter Rauchwolken wie unter einem Leichentuch. Wir waren nicht reich genug, deshalb haben sie uns verschont. Aber dass man die Aufstände mit unbarmherziger Härte niedergeschlagen hat, dürfte sich rächen. Es liegt etwas in der Luft, etwas ganz und gar Ungutes.

Doch ich schweife ab, verzeiht, das ist die erzwungene Untätigkeit, die macht geschwätzig.
Ich habe Sehnsucht nach Dir und unserem lieben Mondsee, liebster Ludwig, und möchte endlich endlich Benita kennenlernen!
Ungeduldig mit sich und der Welt: Deine Schwester Luise«

Diesen Brief beantwortete Benita. Luise schrieb postwendend zurück. Ein Brief von ihr wurde zum beinahe wöchentlichen Lichtblick. Ludwig schien diese Brieffreundschaft zu freuen. »Meine behütete kleine Schwester«, sagte er an einem Dezemberabend, als Benita ihm vorlas, was Luise über die Zustände in Russland geschrieben hatte. »Sie hat das nicht verdient.« Er drehte die Zigarre zwischen den Fingern. »Mein Vater hat es gar nicht gern gesehen, dass sie unbedingt einen Mann aus der Leibgarde des Zaren heiraten wollte. Und recht hatte er.«

»Wo die Liebe hinfällt! Du weißt doch, dass man dagegen nichts machen kann!«

Er blickte auf. »Glaubst du etwa, es hätten nicht auch sachliche Gründe für dich gesprochen?«

Sie lachte. »Ja, ich weiß, du schätzt es, dass ich neben der Buchführung auch Knöpfe annähen kann. Wo hat Luise ihren Leibgardisten denn kennengelernt?«

»Bei der Kur in Homburg. Sie war von einer Freundin eingeladen worden, die nicht allein fahren wollte. Alexei wiederum begleitete seine Großmutter. Und wie das so geht – wenn man auf der Kurpromenade flaniert ... daran müsstest du dich doch erinnern!«

Er lachte, gutmütig, aber es ärgerte sie trotzdem. »Ich

hatte in der Praxis und mit der Buchhaltung genug zu tun und keine Zeit zum Flanieren!«

»Ich weiß doch, Liebes. Jedenfalls muss es bei Luise und Alexei so gewesen sein, wir waren ja ganz beruhigt, dass sie sich nicht im Casino beim Glücksspiel begegnet sind. Ich habe meine kleine Schwester jedenfalls immer verteidigt, auch gegen meine Eltern. Obwohl sie es in diesem Fall womöglich besser wussten.« Er seufzte. »Die Hochzeit haben die beiden noch miterlebt. Sie war eine wunderschöne Braut. Und er in seiner Uniform – unwiderstehlich!«

Sie musste lachen. »Ist das alles? Oder steckt auch was drin in der Uniform?«

Ludwig lehnte sich zurück. »Alexei ist ein sehr gebildeter und belesener Mann. Er spricht außer Russisch auch Französisch und Deutsch, und das ziemlich anständig. Sie wird sich mit ihm nicht langweilen, zumal, seit das Kind da ist. Aber die Lage in Russland – ich weiß nicht. Zar Nikolaus ist ein uneinsichtiger Dummkopf. Wer einen friedlichen Protest gegen die schlechte Versorgungslage blutig niederschlagen lässt, muss sich nicht wundern, wenn es Aufstände im ganzen Land gibt. Und dann noch die Niederlage gegen die Japaner! Inzwischen gibt es zwar ein Parlament, aber das hat nichts zu sagen. So gewinnt man das Vertrauen seines Volkes gewiss nicht zurück.«

»Machst du dir Sorgen um Luise?«, fragte Benita leise.

Er legte seine Zigarre in den Aschenbecher, stand auf, kniete sich neben ihren Sessel und nahm ihre Hände in seine. »Ja und nein, Liebes. Sie ist kein verwöhntes Dämchen, sie weiß sich zu helfen. So wie du auch. Ich bin so froh, dass ihr wenigstens brieflich befreundet seid.«

Die Freundschaft vertiefte sich, als Benita merkte, dass sie schwanger war.

V

Auch im achten Monat ihrer Schwangerschaft ging Benita noch in die Kirche, das war sie den Nachbarn schuldig. Am Ende der Predigt an einem heißen Sommertag kündigte der Pfarrer einen Vortrag an, »der Ihre Herzen berühren wird«: Ein junger Diakon würde über die Missionsarbeit in Deutsch-Südwestafrika berichten. Das ging ihr nicht aus dem Kopf. Afrika war so fern, so unendlich weit weg, die Menschen dort so fremdartig. Was zog einen jungen Menschen dorthin?

Ludwig saß im Haus, am Schreibtisch, über den Rechnungen, und reagierte gereizt auf Benitas Vorschlag, den Vortrag gemeinsam anzuhören.

»Weißt du, was Bismarck über deutsche Kolonien gesagt hat? Das ist ein Luxus, den wir uns nicht leisten können. Schlimm genug, dass wir bei diesem Unsinn dennoch mitgemacht haben.«

»Ich weiß nicht, warum wir Afrika unbedingt den Engländern und Franzosen überlassen sollen, die das Land nur ausbeuten möchten?« Benita reagierte ebenso gereizt. »Die deutsche Kultur ...«

»Und ich weiß nicht, warum jeder erfolglose Abenteurer glaubt, in fremden Ländern eine Kulturmission zu haben«, unterbrach Ludwig sie. »Bei uns gibt es genug zu tun, für Leute, die anpacken können.« Er senkte den Kopf, als ob sie den Raum bereits verlassen hätte.

Sie blieb stehen, beunruhigt. So sprach er sonst nicht mit ihr. Endlich blickte er auf. »Verzeih, Liebes. Ich habe so viele andere Dinge im Kopf, Afrika ist das Letzte, was mich bewegt.«

Sie verstand. Das Wetter. Es war seit Wochen unerträglich heiß. Auch sie litt unter den hohen Temperaturen, die Schwangerschaft machte sich bemerkbar. Doch die Tiere waren schlimmer dran. Das Heu drohte zu verdorren. Die Kartoffeln, fast noch wichtiger, brauchten Regen. Ja, Ludwig hatte andere Sorgen als die deutschen Kolonien.

»Ich gehe allein.« Sie legte ihm die Hand auf die Schulter. »In der Kirche ist es wenigstens schön kühl.«

»Ich Dummkopf«, murmelte er und legte die Hand auf ihren geschwollenen Bauch. »Das habe ich ganz vergessen. Geh nur. Du sollst nicht auch noch leiden müssen.«

Die Kirche war ungewöhnlich voll, mit Leuten, die sie sonst selten dort sah, darunter erstaunlich viele junge Männer. Offenbar lockte sie das Abenteuer Afrika, es wurde ja eifrig dafür geworben, die Kolonien brauchten Menschen, hieß es, die dort etwas aufbauen wollten. Pfarrer Künzel sprach ein paar einführende Worte, dann erschien ein schmaler Mann namens Karl Meister, mit rotblondem Haar, das er gescheitelt trug, und einem noch nicht ganz ausgewachsenen Schnurrbart. Der Diakon trug Kniebundhosen und festes Schuhwerk, so, als ob er gleich nach dem Vortrag mit dem Tornister auf dem Rücken gen Afrika marschieren wollte. Er wirkte ungemein jung, beinahe unschuldig. Benita kam er viel zu unerfahren vor für ein solches Abenteuer.

»›Wir wollen es besser machen als die Spanier‹«, hub er mit leuchtenden Augen und erstaunlich tiefer Stimme an, »›denen die Neue Welt ein pfäffisches Schlächterhaus, anders als die Engländer, denen sie ein Krämerkasten wurde. Wir wollen es deutsch und herrlich machen!‹« Er machte eine Kunstpause. »So sah schon Richard Wagner, der große Komponist, im Jahre 1848 die deutsche Mission in der Welt.

Wir haben seinen Ruf vernommen. Weil es ein deutsches Christentum gibt, gibt es auch eine deutsche Mission. Gerade unser Volk, von Gott so groß beschenkt, ist dazu ausersehen, diese Mitgift mit anderen zu teilen.«

Seinen Verkündigungsdrang fand Benita weit weniger interessant als die Geschichten, die der junge Mann erzählte. Die Missionsstation Ghaub in Südwestafrika befand sich auf dem Gebiet einer Farm, beinahe zehntausend Hektar groß. (Ludwig würde neidisch sein – oder sich vor der Aufgabe fürchten.) Die Farm wurde seit der Jahrhundertwende von einem Deutschen bewirtschaftet, der als Erstes den Sumpf trockengelegt und ein Bewässerungssystem eingeführt hatte. Nach der Niederschlagung eines Aufstandes der Schwarzen plante man dort ein Versöhnungsprojekt, ein Lehrer-und-Evangelistenseminar. Hier sollten die Eingeborenen unterrichtet werden. Das war eine Mission, die sie nachvollziehbar fand.

Benita hatte in der Zeitung von Aufständen gelesen, davon, dass die deutsche Kolonialmacht »die aufsässigen Neger« hätte niederringen müssen, weil sie deutsche Siedler getötet und deren Höfe niedergebrannt hatten. Dabei war Blut geflossen, das war nicht schön, aber es musste sein, hieß es allenthalben. Eine andere Meinung vertraten nur die Sozialdemokraten. Ein Patient ihres Vaters hatte ihm ab und an den »Vorwärts« mitgebracht, er wollte ihn wohl zum Parteigänger machen. Ihre Mutter hatte das Blatt mit spitzen Fingern angefasst und weggelegt, doch ihr Vater hatte das eine oder andere daraus vorgelesen. Dort prangerte man die deutsche Kolonialpolitik an, sprach von Verbrechen und Mordtaten. Das war sicher übertrieben, doch Benita hatte sich dennoch unwohl gefühlt, wenn jemand von deutschen Kolonien schwärmte. Vielleicht waren die Deutschen auch nicht besser als die anderen? Und die Eingeborenen waren nicht ganz so begeistert von der Sache wie all die Abenteurer auf »Kulturmission«?

Nach dem Vortrag ging ein Klingelbeutel herum, »jeder Groschen für unsere Mission kommt einem jungen schwarzen Menschen zugute«, hatte Meister erklärt. Benita zückte widerstrebend ihr Portemonnaie. Obwohl sie sich nicht als geizig empfand, war ihr die Mission nur ein paar Groschen wert.

Es fiel ihr nicht so leicht wie früher, aufzustehen, ihr Kleid zu ordnen und die Treppe von der Patronatsloge hinunterzusteigen. Draußen vor der Kirchentür hatten sich einige der Frauen versammelt und schwätzten.

»Dass der Pfarrosch ausgerechnet diesen Gruchlik eingeladen hat«, grummelte die Paschke vom Dorfladen, die, wie Marielle, aus Oberschlesien zugezogen war. Mit Pfarrosch war der Pfarrer gemeint, das war zu verstehen, doch was ein Gruchlik war, wusste Benita nicht. Die Bezeichnung klang jedenfalls nicht wie ein Kompliment.

»Wieso? Das ist doch schön, wenn ein junger Mensch noch Ideale hat!« Eine alte Dame, Benita kannte sie nicht, aber sie lächelte ihr zu, die Dame hatte ein freundliches Gesicht mit geröteten Wangen unter weißen Löckchen, eine echte Großmutter, nicht so eine Klapatschke wie die Ladnerin – so hatte Marielle sie genannt: eine Klatschtante.

»Die Negerjungen werden sich freuen, wenn so einer wie der ihnen beim Buchstabieren das Händchen hält«, sagte die Paschke schnippisch. »Oder was anderes.«

Die Großmutter riss die hellen blauen Augen auf. »Sie meinen …?«

»Man hört da so einiges.«

»Was hört man?« Benita hätte die Frage am liebsten zurückgenommen, als sie sah, wie die Paschke die Augen aufriss und bedeutungsvoll nickte und die kleine Dicke vom Aussiedlerhof in aufgeregtes Gekicher ausbrach.

»Ich sag nichts«, schickte die Paschke hinterher.

Was für ein Waschweib, dachte Benita. »Einen schönen Tag noch«, sagte sie, nickte den Frauen zu und wandte sich ab.

»Wann ist es denn so weit?«, rief die Paschke ihr hinterher.

Sie antwortete nicht.

Die nächsten Gottesdienste ließen sie beide ausfallen. Am 13. August 1911, in allergrößter Hitze, kam Benita von Sedlitz mit einem gesunden Kind nieder. Sie gaben ihrem Sohn den Namen Alard.

Es ist Frühjahr. Alard ist neun Monate alt und liegt im Kinderwagen unter einer Birke, ein warmer Duft nach Milch und halb verdautem Gras weht vom Kuhstall her, und das Sonnenlicht, das durch die sanft sich wiegenden Äste des Baumes mit den ersten zarten Blättern auf sein Bettchen fällt, lässt den silbernen Mond im Elfenbeinring, der über seinem Kopf hängt, aufblitzen. Nebenan, im Gemüsegarten, hört er Marielle singen, und als er glucksend nach dem silbernen Mond greift, beugt sich ein goldbrauner Hundekopf über ihn, und sein Händchen fasst in eine seidenweiche Hundeschnauze. Argos bewacht ihn von Anfang an, ein riesiger Hütehund, furchteinflößend nur für Fremde. Ein Schwarm Stare kreist über der Birke, einer nach dem anderen hockt sich in ihren Wipfel, schwätzt und pfeift, und aus dem Kuhstall hört man das Klappern von Milchkannen.

VI

Zu schnell, dachte sie oft, wenn sie ihrem Söhnchen zusah. Jetzt war er schon anderthalb Jahre alt und kein Baby mehr, das sich bereitwillig küssen und auf den Arm nehmen ließ. Er lief den lieben langen Tag auf dem Gut herum, störte Hanesek beim Holzhacken, kroch zu ihm auf den Kutschbock, wenn der Hausdiener Besorgungen zu erledigen hatte, oder er saß bei Marielle in der Küche. Es war ein großes Glück, einem Kind beim Heranwachsen zuzuschauen. Und es tat weh, dass die Zeit so schnell verging.

Das Wetter war das Einzige, was die Stimmung ein wenig trübte. Der April 1913 war ungewöhnlich kalt gewesen, vor allem die Blüten der Apfelbäume waren dem Frost zum Opfer gefallen. Anfang Mai gab es erneut einen Kälteeinbruch. Benita machte sich Sorgen um Ludwig, er hatte wieder diesen Ausdruck im Gesicht, dieses Schwere, Nachdenkliche, das sie seit dem heißen und viel zu trockenen Sommer 1911 nur zu gut kannte. Sie hatte gelernt, dass in der Landwirtschaft nichts vorhersehbar war. Doch eine ausgefallene Apfelernte konnten sie verkraften. Woher kamen sie also, diese Schatten? Es war doch alles gut. Sie litten keine Not, und harte Arbeit schadete niemandem.

»Du solltest keine Nachrichten lesen, das verdirbt die Laune«, sagte sie, als er eines Abends im Lehnstuhl saß und von ihm kaum noch etwas zu sehen war außer der aufgeschlagenen Zeitung.

»Komm, das hier wird auch dich interessieren: Das britische Unterhaus hat es abgelehnt, in Großbritannien das Frauenwahlrecht einzuführen. Was sagst du dazu?«

Benita war sich in dieser Frage gar nicht sicher. Sie hatte

in der Zeitung gelesen, dass die englischen Suffragetten sich Straßenschlachten mit der Polizei lieferten. Eine von ihnen hatte sogar einen Anschlag auf das Landhaus des Schatzkanzlers verübt, das war würdelos. Und war es das wert? Sicher, warum sollten die Frauen nicht ebenso wählen dürfen wie die Männer. Andererseits: Was brachte das schon? Politiker redeten viel und entschieden, wie sie Lust hatten, da nützte es nichts, wenn sich die Frauen in ein Geschäft einmischten, von dem die meisten ohnehin nichts verstanden.

»Ich finde die Entscheidung falsch«, sagte Ludwig und legte die Zeitung beiseite.

Sie schüttelte den Kopf. »Vielleicht. Doch welchen Unterschied macht es schon, wenn die paar Frauen, die sich für Politik interessieren, zum Wählen gehen? Das ändert nichts.«

»Vielleicht nicht. Aber es wäre gerecht.«

»Dir geht es also ums Prinzip.« Ludwig ging die Probleme viel zu oft von der abstrakten Seite her an. Sie bevorzugte das Lebenspraktische. »Ich halte mich an die Realität. Und die sagt: Wir haben Besseres zu tun, als uns in die politischen Zänkereien der Männer einzumischen.«

Die Tür ging auf, Marielle kam herein, gefolgt von Alard, dem sein Nachthemd noch viel zu groß war.

»Das hier«, sagte Benita und küsste den Kleinen auf die Stirn. »Das ist so viel wichtiger. Und so viel schöner.«

Im Herbst kam Alexander Duff Broedie von Castle Moray zu Besuch.

Benita blickte den beiden Männern hinterher, wie sie in Jagdkleidung, Gewehre geschultert, zum Pferdestall gingen. Wie unterschiedlich sie waren. Ludwig war schlank und dunkel, Alex breitschultrig und hatte rote Haare – wie ein Fanal. Und wo ihr Mann zurückhaltend war, trumpfte sein bester Freund auf. Dennoch mochte sie ihn, den Schotten, seit er ihr bei der Hochzeit zur Seite gestanden hatte. Sie hatte eigens im Atlas nachgeschaut: Das Schloss lag nördlich von Edinburgh und oberhalb von Aberdeen am Moray Firth, einem tiefen Einschnitt in das zerklüftete Land. Welten entfernt. Ein wilder Mann aus einem wilden Land.

Er war jedoch alles andere als ein Wilder. Die beiden hatten sich vor Jahren angefreundet, während ihres Studiums in Heidelberg. Alex hatte Philosophie und Theologie belegt, Ludwig war an der juristischen Fakultät eingeschrieben. Ihre Freundschaft hatte die Zeit und die Entfernung überdauert. Beinahe beneidete Benita die beiden Männer. Sie blickte in den Himmel, dem Zug Kraniche hinterher, der gen Süden flog. Die Luft war frisch und feucht, zwar glühten noch die Blätter an den Bäumen und Sträuchern in allen Farben, aber die Tage wurden kürzer, und der Herbst ging langsam in den Winter über. »Wer jetzt kein Haus hat«, dachte sie und ging wieder hinein.

Oben im Kinderzimmer spielten Marielle und Alard irgendein Spiel, sie hörte beide lachen. Das war Glück. Das war Frieden.

Endlich kamen die beiden Männer von einer erfolgreichen Jagd heim, erschöpft, aber bester Laune. Nach dem Essen saßen sie zu dritt vor dem Kamin, den Hanesek schon vor Stunden angefeuert hatte, die Scheite knackten, und im roten Schein der Flammen sahen die Gesichter der Männer wie durchglüht aus. Die beiden rauchten schweigend ihre Zigarren und tranken schottischen Whisky, den Alex mitgebracht hatte, und Benita strickte ein Mützchen für Alard.

»Die Engländer haben am Firth of Forth einen großen

Flottenstützpunkt errichtet. Man nimmt die militärische Bedrohung durch die Deutschen ernst«, sagte Alex nach einer Weile.

Benita ließ seufzend ihr Strickzeug sinken. Schon war wieder Schluss mit Ruhe und Frieden, so wie jeden Abend, seit Alex da war. Das war der Grund, warum sie manchmal beinahe das Ende des Besuchs ersehnte. Sie war nicht zimperlich, gewiss nicht, sie hatte nicht nur oft mit ihrem Vater, sondern auch mit einigen seiner Patienten die Weltlage erörtert, und natürlich versuchte sie auch jetzt noch, auf dem Laufenden zu bleiben. Doch seit Alex da war, übertrafen sich die beiden in den allerschwärzesten Einschätzungen der politischen Lage. Alex regte sich über England auf, Ludwig über die Franzosen, den Kaiser und die Sozialdemokraten. Doch was hieß das alles für die Zukunft ihres Kindes? Das interessierte sie, mehr als alles andere.

Ludwig, der versonnen ins Feuer geblickt hatte, richtete sich auf. »Unsinn. Der Kaiser hat völlig zu Recht den enorm angewachsenen deutschen Welthandel angesprochen, und zu dessen Schutz brauchen wir eine starke Flotte. Das hat mit einer militärischen Bedrohung nichts zu tun.«

»Aber die Engländer glauben daran. Wusstest du schon, dass sich achtzigtausend deutsche Soldaten irgendwo in London versteckt halten und nur auf einen Befehl des Kaisers warten, um die Macht zu übernehmen?«

Benita hätte beinahe gelacht. Aber Ludwig starrte den Freund an, als ob er ihn ernst nähme.

»Und dass es Tausende von deutschen Kellnern und Metzgern in England gibt, die sich ebenfalls für den Tag X bereithalten?« Alex machte ein ernstes Gesicht, aber Benita sah, wie es in seinen Augen funkelte.

»Was für ein Unsinn!« Ihr sonst so ruhiger Mann wirkte fassungslos.

Alex schwenkte sein Glas mit dem goldbraunen Whisky und nahm einen Schluck. »Natürlich ist das Unsinn. Aber sie glauben daran. Die verrückten Engländer fürchten eine deutsche Invasion. Die Stimmung ist mittlerweile gänzlich gegen euch.«

Ludwig lehnte sich wieder zurück in seinen Sessel. »Propaganda. Darauf fällt nur der Pöbel rein«, knurrte er.

»Engländer spinnen aus Gewohnheit. Und deren Weiber randalieren auf den Straßen, weil sie wählen wollen.«

Jetzt lachte Ludwig, doch Alex wiegte den Kopf. »Es ist etwas in der Luft. Ich mache mir Sorgen.«

Benita hatte genug gehört. »Ich will mir keine Sorgen machen«, sagte sie scharf. »Ich will mit Politik nichts zu tun haben. Ich will auch kein Wahlrecht, das überlasse ich gern den Männern. Ich will einfach nur in Frieden leben.«

Die Männer schwiegen. Nach einer Weile stand Ludwig auf, nahm ihr das Strickzeug aus der Hand und legte den Arm um sie. »Ich weiß«, sagte er leise. »Doch die Welt fragt nicht nach dem, was wir wollen.«

In ihrer Gegenwart wurde von Politik nun nicht mehr gesprochen, das erledigten die Männer jetzt wahrscheinlich auf ihren Jagdausflügen. Abends am Kamin sangen sie, Alex im tiefen Bass, Ludwig Tenor, schottische Lieder und Lieder der Heidelberger Burschenschaft, beide Männer waren Mitglieder gewesen. Das war der Frieden, den sie brauchte.

Es rührte Benita zutiefst, dass Alexander sie ein paar Tage später darum bat, eine Patenschaft für Alard übernehmen zu dürfen. Er war Presbyterianer, insofern stand dem Ritual in einer protestantischen Kirche nichts im Wege. Wie in einer kleinen Prozession schritten sie durch den Park und über die Brücke, die über den Schlossgraben führte, zur Kirche gegenüber. Alard saß entspannt auf dem Arm seines Paten und strahlte ihn während der Zeremonie unentwegt an, nicht einmal wurde gezappelt oder gar geweint. Als Alex eine Woche später abreiste, bedauerte Benita das aus ganzem Herzen.

»Wir besuchen dich bald, wenn wir dürfen«, sagte sie und umarmte ihn. »Sobald der Junge etwas älter ist.«

Dazu kam es nicht. Am 28. Juni des folgenden Jahres wurde in Sarajevo der österreichische Thronfolger von serbischen Attentätern ermordet.

»Bailanda, 20. Juli 1914
Liebe Benita, lieber Ludwig,
ich hatte es nicht mehr zu hoffen gewagt! Aber er ist gesund und kräftig auf die Welt gekommen, am 11. Juli, Dimitri Georgij, auf dem Foto zu sehen in den Armen seines Vaters. Sofia guckt ein wenig zweifelnd auf das kleine Wesen, aber sie wird sich schon daran gewöhnen. Wir sind glücklich, trotz alledem!
Es geht uns gut, doch. Auch wenn der ständige Terror uns keine Ruhe lässt. Die Stimmung in Russland ist explosiv, Alexei fürchtet das Schlimmste. Und nun auch noch das Attentat auf den Österreicher! Der Mord am Thronfolger könnte Folgen haben, die ich mir nicht ausmalen möchte. So ist eben kein Glück ungetrübt.
Wie geht es dem kleinen Alard? Bitte schickt ein Foto, das ist natürlich kein Ersatz für eine echte Begegnung, aber es hilft ein wenig
Eurer sentimentalen Luise«

VII

»Mondsee, Herbst 1916, im dritten Kriegsjahr.«

Benita starrte auf den Briefbogen. Das war viel zu pathetisch für einen Brief an Ludwig. Er würde sich sorgen, und das durfte nicht sein. Sie knüllte den Bogen zusammen. Die Buchhaltung hatte ihr die Laune verdorben. Wie sollte sie ihm angesichts der schlechten Lage einen heiteren Brief schreiben, einen, der ihm seine Bürde erleichterte?

Ludwig von Sedlitz tat Dienst im Großen Hauptquartier des Kaisers, das man in Schloss Pless eingerichtet hatte. Das verdankte er einer weitläufigen verwandtschaftlichen Beziehung zur Kaiserin Auguste Viktoria, die Wert darauf legte, dass ihr Mann von Menschen umgeben war, die man auf irgendeine Weise zur Familie zählen konnte. Als ob das eine Garantie für Loyalität wäre, dachte Benita, aber es war ein großer Vorteil, dass Ludwig auf diese Weise nicht an die Front musste.

Sie vermisste ihn, jeden Tag und jede Stunde. Schloss Pless war zwar nicht aus der Welt, aber man ließ ihn nur selten einmal zu seiner Familie reisen. Zu unserem Weiberhaushalt, dachte Benita, nahm ein neues Blatt und den Füllfederhalter wieder in die Hand.

»Mondsee, an einem Spätsommertag im September 1916
Liebster Mann!
Heute sollst Du endlich wieder einen ausführlichen Bericht von mir erhalten. Glaub mir: Ich denke immer an Dich, aber wir haben alle Hände voll zu tun, wir von der Weiberherrschaft! Wirklich, wir langweilen uns nicht. Und Du wirst staunen: Uns bekommt die viele Arbeit im Freien.«

Ja, man bekam Farbe. Unter den Fingernägeln schwarz, die Hände rot und im Gesicht und auf den Schultern braun. In Dorf und Hof gab es kaum noch Männer, die jungen und kräftigen waren im Krieg oder leisteten Hilfsdienste, nur die alten und unnützen Greise waren geblieben. Die Frauen hatten alle Feldarbeit zu erledigen, und das unter erschwerten Bedingungen. Die Ochsen zogen weit langsamer als die Pferde, sodass die Pflugschar die Erde oft nicht mehr richtig wendete, sondern nur nach oben hob. Dann musste man selbst zupacken und die Scholle wenden.

Was man alles so lernt, dachte Benita, wenn man muss, selbst Holz hacken. Sie war in ihrem Leben selten untätig gewesen, aber sie hatte noch nie so hart arbeiten müssen.

»Der Herbst nähert sich uns in den schönsten Farben! Jetzt müssen wir uns um die Vorräte kümmern. Keine Sorge, wir werden nicht hungern müssen! Uns geht es so viel besser als den meisten anderen, ich kann gar nicht dankbar genug sein.«

Sie legte den Füllfederhalter hin und starrte aus dem Fenster. Glück gab es nur für den Moment. Aber das konnte man gar nicht hoch genug schätzen. Erst gestern war sie mit Alard im Wald gewesen, Preiselbeeren ernten. Der Kleine hatte fleißig geholfen und natürlich genascht dabei, er hatte hinreißend ausgesehen mit seinem roten Mund.

Ja, ihnen ging es gut. In den Städten sah das anders aus. Alles war rationiert, für alles gab es Lebensmittelkarten. Doch manchmal war auch von dem wenigen einfach nichts mehr da. Der Krieg wütete nicht nur an den Fronten, er wütete auch zu Hause.

Das Kämpfen und Sterben dauert schon viel zu lange, dachte Benita. Hatte es nicht im August 1914 noch geheißen: »Weihnachten sind wir wieder zu Hause«? Von wegen. Völlig unvorbereitet war man in diesen Krieg gestolpert. An nichts hatte man gedacht, alle hatten mit einer schnellen Entscheidung gerechnet. Und jetzt starben die Menschen an Hunger und Entkräftung, ja sogar an Pocken und Hungertyphus, hörte man aus Berlin. Hoffentlich steckte Ludwig sich nicht an, wenn er mit dem Kaiser reisen musste.

»Natürlich helfen wir, wo wir können. Stell Dir vor, neuerdings besuchen uns die Damen aus Wohlau und fragen nach Fleisch und Kartoffeln. Plötzlich wagt keine mehr, hochnäsig zu sein. Für das, was ich verkaufen kann, muss ich Schwarzmarktpreise nehmen, Marielle hat mir die Leviten gelesen: Alle würden unser Gut stürmen, wenn sie wüssten, dass wir gute Ware für wenig Geld weggeben. Sie hat ja recht, aber ich bin nicht gerne Kriegsgewinnlerin.«

Im Grunde war sie dankbar dafür, dass sie wenigstens etwas von ihren Fleischvorräten loswurde. Wenn sie daran dachte, wie viele Schweine sie nach Kriegsbeginn hatten keulen müssen, weil die Regierung es so wollte! Irgendwelche Schlaumeier hatten ausgerechnet, dass es zu wenig Kartoffeln für die Schweinemast gab, da die zuvor importierte Futtergerste aus Russland nun weggefallen war. Also hieß es »Das Schwein ist der neunte Feind Deutschlands!«, weil es angeblich den Menschen die Nahrung wegfraß. Millionen von Schweinen wurden gekeult, auch auf Mondsee mussten sie mehr schlachten, als sie verarbeiten konnten.

Marielle und sie hatten sich verzweifelt bemüht, so viel wie möglich von dem Fleisch haltbar zu machen. Einiges wurde gepökelt, ganze Schinken in den Rauch gehängt, die Würste kamen in den Eiskeller. Aber für vieles andere fehlte es an geeigneten Behältnissen, es gab nicht genug Einmachgläser, und die angebotenen Blechdosen waren von miserabler Qualität, man brauchte Metall aller Art ja für den Krieg. Die in Berlin wussten nicht, was sie taten. Wenn Schweine fehlten, fehlte auch Schweinemist als Dünger. Salpeter hätte geholfen, aber das, was es davon noch gab, benötigte man für Sprengstoff. Zum Töten!

»Marielle und ich kümmern uns um alles, so gut es geht. Ich kann anbringen, was ich nie gelernt habe. Kochen! Berbla musste uns verlassen, sie muss sich um ihre eigene Familie kümmern. Dir ist es zu verdanken, dass wir uns ab und an ein Tässchen Kaffee leisten können.«

Ludwigs Pakete waren immer ein Anlass für ein Freudenfest. Im Hauptquartier des Kaisers fehlte es offenbar an rein gar nichts. Für die normalen Sterblichen aber waren Zucker, Kaffee, Gewürze seltene Genüsse geworden. Die Handelsblockade der Briten wirkte, Exporte aus dem Ausland waren so gut wie völlig unterbunden. Sie wollen uns aushungern, dachte Benita. Die Verbrecher. Ganz und gar gegen das Völkerrecht! Die Blockade richtete sich schließlich auch gegen die Zivilbevölkerung. Und das musste man sich gefallen lassen, während die deutsche Armee von Sieg zu Sieg eilte!

»Wir bekommen immer mal Kriegsgefangene zugeteilt, aber die Russen sind weder sonderlich arbeitswillig noch

zuverlässig. Dabei könnten sie doch froh sein, weitab von der Front in Frieden zu leben und versorgt zu sein. Nicht schlechter als wir alle!«

Sie las den Brief noch einmal durch. Klang er weinerlich? Hörte es sich an, als ob sie sich beklagte? Niemand sollte auf die Idee kommen, dass die Heimatfront nicht das Ihre tat. Aber ihr Zorn auf die Männer, die ihre Völker sehenden Auges in die Katastrophe geführt hatten, wuchs und wuchs. Der Kaiser mit seiner falsch verstandenen Loyalität, der seinem österreichischen Gevatter Hilfe versprochen hatte – gegen die Serben. Und nun war es das Deutsche Reich, das Krieg führen musste – gegen die Russen, die Franzosen und die Briten. Was die in diesem Konflikt zu suchen hatten, war ihr vollends rätselhaft. Mitleid mit Belgien? Ach! Wer nahm Gefühle wie Mitleid einem Empire ab, das niemals zimperlich gewesen war, wenn es um die Sicherung seiner Macht ging? Wie im Krieg gegen die Buren in Südafrika.

*»Du siehst: Wir schlagen uns redlich. Nur Du –
Du fehlst. Deinem quicklebendigen Sohn und Deiner
Dich liebenden Frau.«*

Draußen hörte sie Stimmen. Dann stürmte Alard ins Zimmer, lachend. »Die Meta! Die Meta!«

Benita folgte ihm hinaus. Meta Miekosch kam nicht mehr ganz so oft, einen Brief von Luise hatte sie seit Monaten nicht mehr dabeigehabt. Sie war ein wenig rot im Gesicht, zu ihren Füßen stand ein stattliches Paket, an dem sie sicher schwer zu tragen gehabt hatte, aber ihre hellblauen Augen zwinkerten gut gelaunt, als sie »Hier kommt die Post!« trompetete.

Ihr Busen sprengte fast die Postbotenuniform, die eigentlich ihrem Mann gehörte, aber der war in den Krieg gezogen.

»Um Himmels willen, Meta, du hast dir hoffentlich keinen Bruch gehoben!« Marielle war bereits dabei, das Paket ins Haus zu ziehen.

»Ach, ein bisschen Schlepperei ist mir weit lieber als diese Briefe, Mariellchen, du weißt, welche ich meine.«

Benita drückte Meta ein Viertel Schinken in die Hand, das sie mit einem kleinen Knicks in ihrem Postsack verschwinden ließ. Niemand beneidete die Postbotin um die Aufgabe, die Briefe zu überbringen, in denen den zu Hause Gebliebenen mitgeteilt wurde, was aus ihren Liebsten an der Front geworden war. Gefallen. Vermisst. Verwundet.

Sie schoben das Paket in die große Halle, Alard tanzte darum herum, als ob es das Goldene Kalb wäre. Es war, natürlich, ein Paket von seinem Vater.

Benita achtete darauf, weder die Kordeln noch das Papier zu beschädigen, während sie das Paket öffnete. Das hatten sie alle längst gelernt: an allem zu sparen, nichts wegzuwerfen, was man noch einmal gebrauchen konnte. Zuoberst lag ein Schal aus weißer Spitze. Benita ließ ihn durch ihre Hände gleiten, die so rau und rot geworden waren in den letzten Monaten.

Eine Erinnerung an Prinzessin Daisy! Die hatte vor dem Krieg ein kleines Unternehmen gegründet, genannt »Spitzenschulen der Fürstin von Pless«. Dadurch konnten die schlesischen Frauen, die sich auf Klöppel- und Nadelspitzen verstanden, auf eigene Rechnung arbeiten und nicht mehr für einen Ausbeuter. Die Fürstin sorgte mit ihren guten Kontakten für den Vertrieb. Sie hatte Läden in Berlin und München, in Hannover und Hamburg gegründet, schlesische Spitzen waren überall begehrt. Das hatte vielen Familien geholfen.

Doch alledem hatte der Krieg ein Ende gemacht, wie so vielem anderen auch.

Sie legte den Schal beiseite. So etwas Feines passte nicht mehr in ihr Leben. Darunter lag die Mappe mit der Post, vielleicht war diesmal ein Brief ihrer Eltern dabei? Sie legte auch die Mappe beiseite.

Alard zappelte ungeduldig neben ihr, Marielle sah auf sie herab, milde lächelnd, die Hände in der Schürze. »Kaffee!«, sagte Benita und hob die große Dose aus dem Paket. »Echter Kaffee!« Sie tranken schon seit Tagen nur noch Pfefferminztee oder »Ersatz«.

»Und Zucker!« Marielle strahlte.

»Französische Seife!« Das war mal etwas anderes als die Tonseife, auf die man seit der Blockade zurückgreifen musste.

»Schokolade!« Das sollte den Jungen eigentlich interessieren, doch Alard ließ sich nicht ablenken. Und tatsächlich lag noch etwas im Paket, ganz unten. Benita tat geheimnisvoll, versenkte die Hand im Paket und blickte Alard mit hochgezogenen Augenbrauen an. »War das denn nicht alles?«, sagte sie. »Was kann denn da noch drin sein?«

»Ein Geschenk für mich!« Alard hopste aufgeregt auf der Stelle, mit glänzenden dunklen Augen.

Benita holte einen in Zeitungspapier eingewickelten langen Gegenstand hervor. Holz, fein geschnitzt und bemalt. Ein Schwert. Wie passend, gerade in Kriegszeiten, dachte sie. So etwas konnte nur einem Mann einfallen. Doch Alard gefiel das, der Bursche raste durch die Halle und teilte gewaltige Schläge aus, nach allen Seiten. Das würde dem Feind eine Lehre sein.

Seufzend stand Benita auf. Marielle hatte die Lebensmittel längst verstaut, sie hörte sie in der Küche summen. Das

Mädchen hatte sich vor ein paar Wochen die Haare abgeschnitten, ihre schönen, langen dunkelbraunen Haare. Selbst der Schmuck der Frauen wurde mittlerweile gebraucht – als Ersatz für Kamelhaar, aus dem früher Treibriemen und Dichtungen hergestellt worden waren.

Für einen Moment drückte Benita die Postmappe an ihre Brust. Sie musste sich gedulden bis zum Abend, wenn alle im Bett lagen. Dann wäre sie mit Ludwig und ihren Gedanken allein.

»Meine herzallerliebste Frau,
ich wünschte, ich wäre bei Dir. Aber hier überschlagen sich die Ereignisse. Der Kaiser befürwortet ja schon lange ein polnisches Königreich, und nun soll der neue Staat proklamiert werden. In Posen planen die Polen bereits, sich dem neuen Königreich anzuschließen. Bei uns verhalten sie sich ruhig, hoffentlich bleibt es dabei. Wir erhoffen uns ein Polen aufseiten der Mittelmächte. Es gibt Stimmen, die Hans von Pless als polnischen König sehen wollen. Ob das die richtige Idee ist? Ich weiß nicht recht. Am wichtigsten ist mir jedoch, dass Ihr durchhaltet. Ich habe schlimme Nachrichten aus dem Reich. Schon wieder sind die Rationen gekürzt worden. Aber ich weiß, dass Du Vorsorge getroffen hast. Lass Dich von Deinem mitleidigen Herzen nicht verführen. Du hast alles Recht der Welt, zuerst an Dich und die Deinen zu denken.
Für immer Dein Ludwig«

VIII

Alard stürmte ins Haus, einen langen Stock im Anschlag. Benita sah missbilligend zu, wie er damit auf Marielle zielte, »Peng!« rief und »du bist tot, du musst umfallen« sagte. Das Schwert hatte wohl mittlerweile ausgedient. Aber mehr noch war sie über Marielle irritiert, die »Bravo, kleiner Prinz!« rief. »Wir lassen uns nicht unterkriegen, gell?« Wenigstens wagte der Bengel es nicht, mit dem Stock auf seine Mutter zu zielen.

Sie hörte die Kinder nach ihm rufen, hörte den Hund bellen – und dann entsetzliches Geschrei. Hastig stand sie auf und lief hinaus. Argos hatte einen Stock im Maul und flitzte wie ein junger Hund mit fliegendem Fell zum Karpfenteich, die ganze Jungensbande hinter ihm her. Der Hund musste einem der Flegel das hölzerne Schießgerät weggenommen haben. Braver Argos, dachte Benita und lachte in sich hinein, während sie Alard hinterherblickte, der mit nackten Beinen und kurzen Hosen vorneweg lief.

Woher nahm er nur die Energie? Er war gesund, obwohl er mager war, sie alle hatten abgenommen seit Kriegsbeginn. Manchmal war sie fast am Verzweifeln. Dabei ging es ihnen doch gut, man durfte sich nicht beklagen. Doch langsam spürte sie, dass sie müde wurde. Der Krieg dauerte schon viel zu lange. Zuerst waren alle euphorisch gewesen, ich auch, dachte sie, das Reich war ja im Recht, dieses Gefühl gab allen Kraft, zu Hause und an der Front. Doch jetzt ließ ihre Kraft nach. Man konnte nicht ewig die Fahne hochhalten.

Sie schüttelte sich und ging zurück ins Haus und in die Küche, die mittlerweile ihr Lebensmittelpunkt war. Schon bald nach Kriegsbeginn war sie sich lächerlich vorgekommen, wenn sie zu dritt am großen, fein eingedeckten Tisch im Esszimmer saßen, bei einem eher frugalen Mahl, erst recht, als es Winter und kalt wurde und sie den großen Saal nicht heizten, sie mussten Holz und Kohle sparen. Die Küche war der einzige warme Raum gewesen, hier war alles intimer und freundlicher als im großen Esszimmer, das ohne Ludwig noch größer wirkte. Das Leben in der Küche hatten sie im Sommer beibehalten, das war in jeder Hinsicht praktisch, es sparte überdies Tischwäsche. Außerdem kam niemand mehr zu Besuch, man musste keinen Anschein wahren. Wir verschanzen uns, dachte sie nicht zum ersten Mal.

Marielle stand am Waschbecken und wusch den großen Suppentopf aus. Sie drehte sich nicht um zur Begrüßung, wie sonst, sondern wandte Benita stumm den Rücken zu.

»Haben sich die Männer über deine Suppe beklagt?«, fragte Benita scherzhaft.

Ihnen waren Kriegsgefangene zugeteilt worden, als Ersatz für die Männer, die eingezogen worden waren. Die erste Gruppe von Russen war eines Nachts einfach verschwunden, unter Mitnahme von Pferd und Leiterwagen. Der neue Trupp war erst seit drei Tagen da.

Marielle zog die Schultern hoch und bürstete den Topf mit vollem Körpereinsatz.

»Mariellchen!« Benita war mit ein paar Schritten bei ihr, legte ihr den Arm um die Schulter und zog sie an sich. Die junge Frau zitterte. Dann machte sie sich frei und blickte auf. Benita sah, dass sie geweint hatte.

»Was ist los? Sag schon!«

»Die Männer«, sagte Marielle schließlich. »Sie sind – einer war … Ich will da nicht mehr hin, Beni.«

Benita atmete tief ein. Sie verstand. Männer, die seit Jahren keine Frau mehr gehabt hatten – das war gefährlich. Gewiss, sie brauchten Hilfe auf dem Gut, ohne Leute, die zupacken konnten, war die Arbeit nicht zu schaffen, aber sie mussten sich auch schützen vor ihnen.

»Ich melde das«, sagte Benita mit fester Stimme, »und morgen übernehme ich die Versorgung dieser Lumpen, bis wir Ersatz haben.«

»Aber ...« Marielle hatte Tränen in den Augen.

»Hol Alard rein, wir essen.« Benita schob sie zur Tür.

Sie aßen Speck mit grünen Bohnen, die Marielle heute früh geerntet hatte. Und Kartoffeln, von den wenigen, die noch nicht gekeimt waren. Neue Kartoffeln würden sie erst in ein paar Wochen ernten können. Man musste dankbar sein.

Alard wäre beinahe schon bei Tisch eingeschlafen, aber natürlich wollte er nicht ins Bett, »es ist doch noch ganz hell draußen!«.

»Wir ziehen die Vorhänge zu. Ich bin mir sicher, dass du einschläfst, sobald du im Bett liegst.«

Marielle räumte den Tisch ab und brachte die Küche auf Hochglanz, so emsig, dass Benita sich zu fragen begann, ob die junge Frau sich womöglich nicht in ihr Zimmer traute. Marielle wohnte schräg gegenüber im Kavaliershaus im ersten Stock, wo normalerweise auch der Kutscher seine Bleibe hatte. Mittlerweile lebte sie allein dort, die Männer waren ja im Feld. Seit es vermehrt zu Diebstählen und Einbrüchen gekommen war, hatte Benita ihr ein Gewehr mitgegeben. Auch in ihrem eigenen Schlafzimmer lag eine Flinte neben dem Bett, für den Notfall, man musste mit allem rechnen. Alard schlief im Nebenzimmer, die Tür zwischen den beiden Zimmern war nur angelehnt, er wurde von Argos bewacht, das beruhigte sie zutiefst.

Aber Marielle?

»Willst du vielleicht lieber hier im Haus übernachten, Mariellchen? Solange die Russen noch da sind?«

Marielle zog die Schultern hoch. »Danke, Beni, es ist alles in Ordnung«, sagte sie. Doch sie wich noch immer Benitas Blick aus.

Benita lief durch Königsdorff-Jastrzemb, sie war schon stundenlang unterwegs, es ging immer bergauf, immer weiter weg von zu Hause. Aber so schnell sie auch lief, sie holten sie ein. Die Wölfe. Sie hörte sie knurren. Weiter! Sie musste schneller laufen. Gebell. Immer näher. Aber ihre Beine waren so schwer. So schwer! Sie wollten keinen Schritt mehr tun. Benita stöhnte auf. Sie waren über ihr. Es war vorbei.

Ein Schuss. Das Bellen ging in ein Winseln über. Irgendwo ging ein Fenster auf und wieder zu. Sie schrak hoch. Ihr Puls raste, alle Sinne waren angespannt. Doch sie fand sich in Mondsee wieder, in ihrem Ehebett, es gab keine Wölfe, die sie verfolgten. Ein Albtraum.

Sie schwang sich aus dem Bett und schaltete die Nachttischlampe ein. Ihre Zehen suchten die Pantoffeln, sie schlüpfte hinein. Dann ging sie leise hinüber ins Nebenzimmer. Der Mond schien ins Zimmer, Argos stand angespannt am Fenster, doch Alard lag ruhig im Bett, die Arme um die Bettdecke geschlungen. Sie horchte auf seinen Atem, ging hinüber, legte ihm die Hand auf die Stirn.

»Alles gut, Argos«, flüsterte sie und ging zum Fenster, um die Vorhänge zuzuziehen. Der Hund entspannte sich, hob den Schwanz, trabte zurück zu Alards Bett, ließ sich auf dem Bettvorleger nieder und legte den Kopf auf die Pfoten.

»Braver Hund«, flüsterte Benita, tätschelte seinen Kopf und ging zurück in ihr Zimmer.

Alard war ungewöhnlich still, als sie morgens zum Frühstück in die Küche kam, wo Marielle bereits die Schälchen mit der Dickmilch und ein Glas mit eingemachten Sauerkirschen auf den Tisch gestellt hatte. Der Junge rutschte auf seinem Stuhl hin und her und blickte nicht auf.

»Was ist, Söhnchen?«, fragte Marielle liebevoll und goss heiße Milch in seinen Becher.

Benita musterte ihren Sohn. War doch etwas geschehen in der vergangenen Nacht? Aber er hatte doch geschlafen?

Marielle hatte sich wieder dem Herd zugewandt und dem großen Topf, in dem die Suppe kochte. Besser gesagt: alles, was übrig blieb, Speisereste, Knochen, Gemüseabfall. Nach ein paar Tagen, in denen der Topf immer voller wurde, seihte sie alles durch ein Tuch und stellte die übrig gebliebene Flüssigkeit in die kühle Speisekammer, wo sie zu einer gallertartigen Masse wurde. Das war die Grundlage für viele andere Gerichte, eine bessere Resteverwertung gab es nicht.

»War alles ruhig heute Nacht? Ich habe geträumt, von Wölfen, die mich verfolgten, und dann fiel ein Schuss. Es war ein ziemlich aufregender Traum, man kann mir nicht nachsagen, dass ich keine Fantasie hätte.«

Jetzt drehte sich Marielle um, in den Augen eine stumme Bitte. Benita verstand. Nicht in der Gegenwart von Alard.

»Wenn du fertig bist, schaust du nach den Hühnern, Alard, ja? Es gibt bestimmt wieder Eier!«

»Ich weiß nicht, ob er was gesehen hat«, murmelte Marielle und setzte sich mit einem Becher Kaffee an den Küchentisch.

»Was«, fragte Benita, alarmiert, »könnte er denn gesehen haben?«

»Die Russen«, sagte Marielle. »Sie sind weg.«

»Gut so«, sagte Benita. »Weit werden sie nicht kommen.«

Marielle schwieg in ihren Kaffee.

»Warst du das? Hast du geschossen? Wolltest du sie aufhalten?«

»Ja. Nein.« Marielle legte die Hände um den Becher. »Ich war nur – erschrocken.«

»Das kann ich verstehen«, sagte Benita beruhigend, aber sie ahnte, dass das nicht alles war. Marielle verschwieg etwas. Und Alard hatte etwas gesehen. Was?

Er würde nicht antworten, wenn sie ihn fragte. Er war eben nicht mehr ihr lieber kleiner Junge, der sich abküssen ließ und auf ihrem Schoß kuschelte, wenn sie gemeinsam ein Buch lasen.

Sie sehnte sich nach Ludwig. Und nach Frieden.

IX

Diesmal schickten sie keine Russen, sondern rumänische Kriegsgefangene. Die Rumänen hatten nicht lange unter dem Krieg zu leiden gehabt, dachte Benita, vielleicht war deshalb der Umgang mit ihnen einfacher. Die rumänische Regierung hatte geglaubt, sich gegen Österreich-Ungarn behaupten zu können, und dem Kaiserreich im August 1916 den Krieg erklärt. Doch schon Ende 1916 waren mehr als die Hälfte Rumäniens und die Hauptstadt Bukarest in der Hand Deutschlands und Österreichs.

Die fünf jungen Männer, drahtige Kerle mit dunklen Augen, benahmen sich jedenfalls weit anstelliger als die Russen – und vor allem zeigten sie sich dankbar für Unterkunft und Verpflegung. Von Marielle kamen keine Klagen.

Sie war mit den anderen Frauen draußen beim Heu. Die Männer misteten die Schweineställe aus. Und Benita hatte die Wäsche übernommen, eine Tätigkeit, die sie zutiefst verabscheute. Das Kneten und Auswringen der Wäsche in der heißen Lauge ließ die Hände aufquellen. Vor ihrer Heirat war sie stolz gewesen auf ihre gepflegten Hände, so gehörte sich das, wenn man auf sich hielt. Das war Vergangenheit.

An Tischwäsche sparten sie schon lange, auch die Bettwäsche wurde nicht mehr jede Woche gewechselt. Die Arbeitskleidung zogen Marielle und sie so lange an, bis die festen Männerhosen, die sie beide trugen, von allein stehen konnten. Doch die kleine Wäsche wollte auch erledigt werden. Als sie mit dem Wäschekorb hinaustrat, auf die Wäschewiese hinten am Teich, sah sie Alard mit einem Spaten hantieren, der viel zu groß war für das Kind.

Sie stellte den Korb ab, ging hinüber und sah ihm eine Weile zu. »Was soll das werden, Alard?«, fragte sie ihn schließlich. Er strahlte sie an, voller Stolz über die paar Erdhäufchen, die er ausgegraben hatte. »Wir brauchen einen Schützengraben, Mama! Wenn das Trommelfeuer kommt!«

Benita versuchte zu lächeln, aber sein Eifer tat weh. Was hatte sie sich Mühe gegeben, um das Elend der Welt von dem Sechsjährigen fernzuhalten! Doch sie konnte ihn nicht schützen, vor niemandem, vor allem nicht vor den Nachbarskindern, mit denen er ständig unterwegs war, seit die unerzogenen Lümmel nicht mehr in die Schule mussten.

Die meisten Lehrer waren einberufen worden, und als es im Winter nichts zum Heizen gegeben hatte, hatte man den Unterricht einfach eingestellt. Den Kindern fehlte die Disziplin, die Zucht. Sie fürchtete deren schlechten Einfluss auf Alard, denn von ihnen hatte er das, diese Obsession mit dem Krieg, den er doch noch gar nicht verstand.

Die ersten Kriegsversehrten, denen sie beim Einkaufen in Wohlau begegnet waren, hatte er noch mit großen Augen angestarrt, bis sie ihn weggezogen hatte. Warum hat der Mann keinen Arm? Warum nur ein Bein? Wieso geht er auf Krücken? Warum hat er einen Verband um den Kopf?

Doch mittlerweile war der Krieg für den Jungen zum Normalzustand geworden. Er hatte noch protestiert, als wieder eines der Pferde weggebracht wurde, für den Krieg. Mit einem der jungen Hengste war er aufgewachsen. Und was war das für ein Drama gewesen, als das zahme Kälbchen geschlachtet wurde, Lisa, das von Marielle mit der Flasche aufgezogen worden war. Was hatte er da auf ihrem Schoß geweint! Doch das war vorbei, Alard wollte jetzt bei den Jungen sein, nicht mehr bei den Frauen.

Sie ließ ihn sich abmühen mit dem großen Spaten. Viel Schaden konnte er nicht anrichten, der einst so gepflegte Rasen des Parks war längst zu einer unordentlichen Wiese geworden. So vieles war formlos gewuchert in den letzten Jahren, überall lag die alte Ordnung in Scherben.

Alard brauchte seinen Vater, er brauchte einen Mann. Und sie erst recht.

Sie hängte die Wäsche auf die Leine, Unterwäsche, Nachthemden, Alards Pyjamas. Sie würde den Rest des Tages mit Nähen und Stopfen verbringen müssen, insbesondere Alards Strümpfe wurden langsam durchsichtig. Ja, es gab genug zu tun. Aber manchmal wünschte sie sich ihr Leben ein wenig – nun: nicht ereignisreicher. Vielleicht heldenhafter?

Von Daisy von Pless hörte man, dass sie als Rotkreuzschwester Dienst tat, Benita bewunderte sie dafür. Aber so war sie, die Prinzessin: Sie kümmerte sich um alle, die Hilfe brauchten. Die Gewinne aus den Siegen ihres Rennpferdes hatte sie in ein Krüppelheim und ein Bergarbeiterhospital gesteckt. Schlesien hatte ihr viel zu verdanken, doch Menschen neigen nicht zur Dankbarkeit, dachte Benita. Sie selbst tat, was sie konnte, um die Familien im Dorf zu unterstützen, deren Ernährer gefallen oder kriegsversehrt war. Doch war das genug?

Als Meta mit der Post kam, ließ sie alles stehen und liegen. Gewiss hatte Ludwig geschrieben. Vielleicht gab es auch einen Brief der Eltern. Das war der Trost, den sie jetzt dringend brauchte.

Die Briefträgerin war meistens guter Laune, nur heute nicht. »Ich bin froh, wenn ich mal einen normalen Brief ausliefere. Schauen Sie ...« Sie zeigte auf ihre Tasche. Benita sah hinein. Zwei der Briefe hatten amtliche Kuverts, sie wusste, was in ihnen stand.

Sie verabschiedete sich von Meta und ging durch den Park zum Rosengarten. Die zweite Rosenblüte setzte soeben ein, das würde viele Hagebutten geben, für Marmelade und Tee. Sie wartete eine Weile, nachdem sie sich auf die Bank gesetzt hatte, atmete tief durch und öffnete als Erstes den Brief der Eltern.

Königsdorff-Jastrzemb war längst kein Kurort mehr, der sich bemühte, mondän zu wirken. Das Städtchen hatte sich in ein großes Lazarett für verwundete Soldaten verwandelt. In der kurärztlichen Praxis wurden jetzt Männer ohne Bein oder Arm versorgt, mit entstellten Gesichtern, erblindet oder durch Giftgas verätzt, hatte ihr Vater geschrieben. Die meisten würden, nachdem sie wiederhergestellt waren, zurück in den Krieg müssen. Erst heilen, dann in den Tod schicken? Eigentlich ließ sich das nicht mit dem hippokratischen Eid vereinbaren.

Und doch war auch dieser Brief wieder voller Zuversicht. »Danke, Du Liebes, für die guten Gaben, die Du uns hast angedeihen lassen. Der prachtvolle Schinken! Die Würste! Das alles wird uns gut über den Winter bringen, auch Ludwig hat an uns gedacht! Wir müssen dankbar sein angesichts all des Leides um uns herum. Doch der Sieg ist nahe, wir müssen nicht mehr lange durchhalten«, las Benita in der Handschrift ihrer Mutter. Das Postskriptum stammte von ihrem Vater und war weit realistischer: »So gerne wir Euch zu Besuch hätten, aber die Bilder des Elends auf unseren Straßen sind nichts für ein Kind.«

Wahrscheinlich hatte er recht, aber sie sehnte sich nach ihren Eltern. Und sie machte sich Sorgen um sie. Was, wenn sie sich an einer der Krankheiten ansteckten, die von den Verwundeten eingeschleppt wurden? Tuberkulose, Typhus und Ruhr oder gar Cholera, an der besonders viele Kranke starben. Sie kannte ihre Eltern, sie neigten dazu, sich bedenkenlos aufzuopfern. Seufzend legte sie den Brief beiseite.

Ludwigs Brief war länger als sonst.

Schloss Pless, im September 1917
»Mein liebes Herz,
hast Du das mitbekommen? Georg V. will nicht mehr Sachsen-Coburg-Gotha heißen, sondern nennt sich jetzt

Windsor! Na, hoffentlich nehmen seine Untertanen ihm das ab, dass er plötzlich rassereiner Engländer ist!
Das ist vielleicht das Einzige, worüber man derzeit lachen kann. Es ist so gekommen, wie ich es befürchtet habe. Nachdem wir den U-Boot-Krieg beschlossen haben – was für ein riskanter Rat von Hindenburg und Ludendorff! –, ist den Amerikanern der Kragen geplatzt. Nun haben sie uns den Krieg erklärt. Was sollten sie auch sonst machen? Die ersten Divisionen sind in der Bretagne gelandet. Der Regierung saust der Frack, Erzberger hat doch tatsächlich erklärt, dass keine Aussicht auf einen Sieg mehr bestehe. Wahrscheinlich hat er recht, aber muss er das auch noch ausplaudern?
Noch halte ich die Stellung hier in Pless, das Große Hauptquartier ist nach Bad Kreuznach verlegt worden, wir gehen aber womöglich bald schon nach Belgien. Prinzessin Daisy hat uns hier vor ein paar Wochen besucht, was allerdings niemand wissen durfte. Man versucht, ihr anzuhängen, dass sie eine englische Spionin sei, und das dumme Volk glaubt das auch noch. Und das, obwohl sie so viel für die Menschen hier getan hat! Es ist ein Elend. Der Krieg hat allen den Verstand genommen.
Es gibt nur eine gute Nachricht: Bevor es nach Belgien geht, hat man mir ein paar Tage freigegeben, sodass ich nach Mondsee kommen darf. Zu Dir und zu Alard. Ich hoffe, das freut Dich ebenso sehr, wie es Deinen getreuen Ludwig glücklich macht.«

Benita ließ den Brief sinken. Fast hätte sie vor Freude und Erleichterung geweint. Doch dafür war keine Zeit, es musste alles in guter Ordnung sein, wenn Ludwig zurückkam. Sie stand auf und ging hinüber zum Gewächshaus.

»Marielle!« Das Gewächshaus war leer. Wo steckte Marielle? Benita lief über den Hof zu den Ställen. Da stand sie, zwischen den rumänischen Arbeitern, die auf sie einredeten. Die Männer schienen erregt. Brauchte das Mädchen Hilfe? Nein, die vier Burschen wirkten eher erschrocken. Verängstigt? Das wunderte sie. Erwachsene Männer fürchteten sich doch gewiss nicht vor Marielle, nur weil sie die Arme in die Hüften gestemmt hatte?

Als sie näher kam, sah sie, dass der Gegenstand des Disputs auf dem Boden lag, auf einem Häufchen Stroh. Ein Knochen. Was sollte daran ungewöhnlich sein? Es kam immer mal vor, dass Argos einen der Knochen, die beim Schlachten für ihn abfielen, in ein Versteck schleppte, für Zeiten der Not, nahm sie an, den er später nicht wiederfand. Schon weil er auf Mondsee keine Not zu leiden hatte. Die Rumänen schauten auf, gestikulierten, winkten sie herbei. Deuteten auf den Knochen und dann hinüber zu den Ställen.

»Das haben sie beim Ausmisten gefunden«, sagte Marielle. »Und jetzt sind sie ganz aufgeregt. Ich verstehe nicht, warum. Der Knochen stammt von einem Ochsen, wahrscheinlich hat ihn der Hund im Stall vergraben.«

Benita betrachtete das lange graue Ding. Von einem Schwein stammte der Knochen nicht, dazu war er zu lang. Auch nicht von einem Pferd oder gar einem Ochsen, dafür war das Ding wiederum nicht lang und dick genug. Sie blickte auf. Marielle schien ihrem Blick auszuweichen. Irgendetwas stimmte hier nicht.

Sie trat in die Runde, breitete beruhigend die Hände aus, nahm den Knochen auf, sagte langsam und mit Nachdruck:

»Alles in Ordnung. Geht wieder an die Arbeit!« Die Männer sahen einander an, noch immer misstrauisch, aber sie schienen zu verstehen und gingen, wenn auch widerwillig, zurück an die Arbeit.

»Das ist kein Ochsenknochen«, sagte sie nach einer Weile zu Marielle. »Die Männer wissen, wie so etwas aussieht.« Sie weicht meinem Blick aus, dachte Benita. Wie kürzlich. In der Nacht, in der die Russen geflohen sind.

»Vielleicht«, antwortete Marielle.

»Welcher war es? Der, der dich belästigt hat?«

Marielle antwortete nicht, drehte sich um und ging zurück zum Haus.

Benita spürte, wie ihr die Knie weich wurden. Was hatte das Mädchen getan? Und hatte Alard womöglich alles mitbekommen?

Offenbar war nicht allen Russen die Flucht gelungen. Einer war zurückgeblieben. Die Schweine hatten seine Reste beseitigt. Benita wusste nur eines: Sie musste Marielle beschützen. Wusste das Mädchen, was es getan hatte? Wusste sie, was es hieß, einen Menschen zu töten?

Sie putzten das Haus von oben bis unten: die Schlafzimmer oben. Salon, Esszimmer und Saal unten. Sie überprüften die Vorratskammer, die tief unten im Keller lag, an der Stelle, an der sich früher der Burgturm erhoben hatte. Breiteten die Tischtücher aus und untersuchten sie auf Stockflecken, bezogen die Betten frisch. Sie sprachen kein einziges Wort miteinander.

Nach dem Abendessen war Benita todmüde, aber Alard bestand auf seinem abendlichen Ritual: Sie musste ihm vorlesen. Den »Don Quichotte« hatten sie durch, nach der

Lektüre des ersten Teils hatte sie Alard dabei erwischt, wie er die Schafherde wild gestikulierend zum Kampf aufforderte. Sie hatte sich noch nicht entschieden, was sie ihm als Nächstes vorlesen wollte, und ging hinüber in die Bibliothek. Das Buch mit den Kinder- und Hausmärchen der Gebrüder Grimm fiel ihr ins Auge, die mussten im Hause derer von Sedlitz oft gelesen worden sein, der blauseidene Einband war verblasst und mürbe, und das Buch öffnete sich beim Märchen »Von dem Machandelboom«. Das musste es also heute Abend sein.

In der Küche roch es nach Milch mit Honig, die Marielle für Alard gekocht und in seinen Lieblingsbecher gefüllt hatte, und beide saßen brav am abgeräumten Küchentisch in Erwartung der abendlichen Lesung. Benita setzte sich an die Stirnseite.

»Was, liebe Kinder«, sagte sie und blickte von Marielle zu Alard und wieder zu Marielle, »ist wohl ein Machandelbaum?« Alard machte große Augen, Marielle sah nicht von ihrer Näharbeit auf, sagte aber schließlich leise: »Ein Mandelbaum.«

»Ein Wacholderbaum.« Benita löste das Rätsel. »So nennt man ihn auf Plattdeutsch, nehme ich an, in dieser Sprache wurde das Märchen zuerst aufgeschrieben.«

Dann las sie vor: von der frommen Frau, die sich beim Apfelschälen in den Finger schneidet und sich ein Kind wünscht, so rot wie Blut und so weiß wie Schnee. Ja, dachte sie. Das wünsche ich mir auch. Wenn Ludwig erst zurück ist. Ein zweites Kind wäre zu schön. Ein Mädchen. Sie war noch nicht einmal dreißig Jahre alt, nicht zu alt für eine Schwangerschaft, oder?

»Weiterlesen!«, forderte Alard.

»Die Frau gebärt ein Knäblein, aber sie stirbt daran.« Heute stirbt man nicht mehr daran, sagte sie sich, obwohl der Gedanke sie zutiefst erschreckte. Durfte sie das Risiko eingehen? Alard und Ludwig womöglich alleinlassen? Warum nur hatte sie ausgerechnet dieses Märchen ausgewählt? Marielle streckte die Hand aus, legte sie auf Benitas Arm, drückte ihn leicht. Sie versteht, dachte Benita.

»Man begräbt die arme Frau unter dem Wacholderbaum. Der Vater des Jungen heiratet wieder, eine Frau, die ihm eine Tochter gebärt. Die Stiefmutter aber ist dem Knaben nicht wohlgesonnen.« Als sie vorlas, wie die Frau daranging, den Knaben umzubringen, spürte Benita, wie Alard neben ihr unruhig wurde, und zog ihn näher zu sich heran. Doch jetzt gab es kein Zurück mehr, die Geschichte musste bis zum bitteren Ende gelesen werden.

Als die Stiefmutter den toten Knaben in der Suppe kocht, die der Vater mit Genuss verspeist, als die Schwester des Toten seine Knochen einsammelt und unter den Wacholderbaum legt, hatte sich Marielles Gesicht gerötet, sie beugte sich immer tiefer über ihre Näharbeit, Alard hingegen hüpfte ungeduldig auf und ab. »Können wir nicht den großen Knochen aus dem Schweinestall unter den Wacholderbaum legen? Und dann schauen, was passiert?«

Benita spürte förmlich, wie Marielle erstarrte. Es stimmte also. Alard hatte es gesehen. Hatte etwas gesehen. Was?

Auf dem weißen Unterrock, an dem die Spitzenrüsche abgerissen war, die Marielle wieder annähte, breitete sich ein roter Blutstropfen aus.

»Bringst du den Jungen ins Bett, Mariellchen?«, sagte Benita nach einer Weile leise.

Benita fragte Marielle auch in den Tagen danach nicht, was in dieser Nacht geschehen war, sie wollte nicht in sie dringen, dabei machte sie sich Sorgen um sie. Das Mädchen war blass geworden, lachte nur noch gequält, versteckte sich vor ihr und Alard hinter ihrer Arbeit. Aller Zorn und aller Mut, die sie in der Nacht dazu gebracht haben mussten, einen Menschen zu töten, waren offenbar verflogen. Benita hätte sie gern getröstet, aber sie wusste nicht, wie. Marielle hatte ein Menschenleben auf dem Gewissen. Wie lebt man damit?

Gib ihr Zeit, dachte Benita.

Meta musste mit der Post da gewesen sein, während die Frauen im Gewächshaus gearbeitet hatten. Jedenfalls lag ein Brief auf dem Schreibtisch im Büro. Der Brief war an Ludwig und sie gerichtet, die Handschrift war Benita vertraut. Luise hatte geschrieben, endlich wieder. Sie öffnete das Kuvert. Der Brief musste monatelang unterwegs gewesen sein, ein Wunder, dass er überhaupt angekommen war. Nachdem sie ihn gelesen hatte, beschloss sie, ihn Ludwig nicht zu schicken. Er würde sich Sorgen machen – und dafür gab es allen Grund. Russland hatte den Krieg verloren, bevor er zu Ende war. Dafür steckte das Land jetzt mitten im Bürgerkrieg, dem grausamsten aller Kriege.

»Bailanda, 22. April 1917
Ihr Lieben,
ich hoffe, dieser Brief erreicht Euch, ich gebe ihn jemandem mit, der das Land verlassen muss. Ich bete zu Gott, dass er durchkommt.
Ja, wir leben in schrecklichen Zeiten. Der Zar hat abgedankt, eher zu spät als zu früh, wenn ihr mich

fragt. Er hat Russland in einen Krieg geschickt, den es nicht gewinnen konnte. Er hat sein Volk durch Unnachgiebigkeit und Uneinsichtigkeit in den Abgrund getrieben. Nun ist die Revolution da, und sie wird alles vernichten, nicht nur die überflüssige Aristokratie, auch Recht und Ordnung.
Alexei hat sich von seiner schweren Verletzung erholt, ich habe mittlerweile reichlich Erfahrung mit der Versorgung von Verwundeten, das könnt Ihr Euch denken. Immer wieder versucht er, mich zu beruhigen. Er meint es gut, aber er ahnt genau wie ich, dass uns Furchtbares bevorsteht. Wir gehören jetzt zu den »ehemaligen Leuten«, so nennt man heute den Adel. Das Volk, das unsere Liberalen so vergöttern, zieht mit Gewehren und Messern bewaffnet durch die Straßen, brüllend, singend, saufend. Sie plündern und brennen und zerstören. Haben wir das verdient? Diesen Hass, diese Wut? Ja, sagen die unschuldigen Herzen unter unseren adligen Nachbarn und beklatschen die Revolution, wir haben uns am Volk versündigt, und das ist die gerechte Strafe!
Ich nicht. Ich habe keine Schuld auf mich geladen. Wir gehören nicht zu diesen reichen dekadenten Dummköpfen, die jetzt rote Fahnen an ihre Schlösser hängen und glauben, dass man sie deshalb verschont.
Alexei meint, wir müssten standhalten und für Ordnung sorgen. Ich glaube, dass es dafür zu spät ist. Möge mein Brief Euch erreichen. Man kann nicht mehr telefonieren. Immerhin fahren Züge.
Betet für uns. In Liebe, Luise«

X

Ludwig setzte sich in den Ohrensessel und streckte die Beine von sich. Er sieht müde aus, dachte Benita, die sich auf der Récamiere ausgestreckt hatte. Und ich? Wie wirke ich auf ihn? Abgearbeitet und desillusioniert.

Plötzlich lächelte er. Beinahe wäre sie aufgesprungen und hätte ihn geküsst. So hatte er in der ersten Zeit ihrer Verliebtheit ausgesehen, so weich, so jung, so glücklich. »Es steht dir«, sagte er.

»Was steht mir?« Sie strich sich mit der Hand über ihr Kleid, ein schlichtes dunkelblaues Baumwollkleid, das Marielle schon mehrmals geflickt hatte.

»Das Landleben.« Er stand auf, ging neben der Récamiere auf die Knie und legte seinen Kopf an ihre Brust. »Ich habe dich vermisst. Euch beide.«

Sie legte ihm die Hand auf den Kopf, auf das weiche wellige Haar, das er gegen alle Mode ohne Scheitel und Brillantine trug. »Wenn du wüsstest, wie ich dich vermisst habe.« Sie zögerte. »Und der Junge braucht seinen Vater.«

Er hob den Kopf. In seinen Augen las sie, was sie befürchtet hatte.

»Ach. Du musst also beim Kaiser bleiben. Und ich hatte gehofft …«

»Ich auch. Wir hatten alle gehofft. Wir hatten gehofft, dass die Sache schnell entschieden ist, und nun kämpfen wir Jahr um Jahr. Die Engländer und Franzosen rennen zwar vergebens gegen uns an, aber auch wir kommen nicht voran. Und der Blutverlust ist ungeheuerlich.«

»Wir müssen siegen. Wir werden siegen«, sagte sie leise.

»Das glaubt der Kaiser auch.« Ludwig gab einen Ton von

sich, der beinahe abfällig klang. »Aber mit den Amerikanern haben wir schlechte Karten.«

»Was haben die überhaupt in Europa zu suchen?«

»Wir haben sie doch geradezu herausgefordert! Und jetzt behaupten sie die moralische Oberhoheit. Sie beschuldigen uns der Barbarei! Und warum? Weil wir den Engländern ihren Trick nicht haben durchgehen lassen! Den Trick, ihre mit Munition vollgeladenen Schiffe mit ein paar Passagieren zu bestücken, damit sie ein großes Geschrei anstimmen können, wenn wir die Konterbande torpedieren.«

»Aber ...«

»Ja, sicher, es sind Zivilisten ums Leben gekommen, ich weiß. Und das ist die eigentliche Barbarei, verstehst du: Sie setzen unbeteiligte Menschen auf ihre Munitionskisten, als Schutzschilde, damit wir die Verbrecher sind, wenn wir uns dagegen wehren. Und nein, ich habe kein Mitleid, solange bei uns die Menschen dank der Seeblockade zu Tausenden an Hunger sterben. Das hat nichts mehr mit Krieg zu tun, das Aushungern der Zivilbevölkerung.«

»Vielleicht sollten wir unsere letzten Hühner schlachten, sie braten und über die Burgmauern werfen?«, sagte sie leise.

Er sah sie mit gerunzelter Stirn an. Dann lachte er und nahm sie in den Arm. »Was gegen die Hussiten geholfen hat, wird uns heute nichts mehr nützen, Liebes.«

»Vielleicht sollten wir ihnen ein Friedensangebot machen?«

Er seufzte. »Die Zeit der Ritterlichkeit ist vorbei. Frankreich will das Deutsche Reich zerschlagen.«

»Und wenn wir ihnen ein besonders fettes Hühnchen namens Elsass vorwerfen?«

Wieder lachte er. »Großartige Idee. Sie könnte von der

verrückten Prinzessin stammen, die uns kürzlich heimgesucht hat.«

»Daisy? Ich dachte, sie sei nicht mehr wohlgelitten?«

»Ehrlich gesagt: Sie übertreibt es ein wenig mit ihren guten Ratschlägen. In Kriegsdingen ist weiblicher Rat nicht unbedingt gefragt.«

Benita musterte ihn erstaunt. »Wenn ich mich recht erinnere, warst du dafür, Frauen das Wahlrecht zu geben?«

»Das ist nicht das Gleiche, Liebes, das weißt du.«

Er stand auf und goss sich einen Whisky ein, aus der Flasche, die sie seit Alex' Besuch nur bei besonderen Anlässen öffneten. Sein Gesicht hatte sich wieder verdunkelt.

»Hast du von Alex gehört?«, fragte sie, zögernd.

»Ja. Daisy hat sich ihre Post an die amerikanische Botschaft in Berlin schicken lassen, die alles weitergeleitet hat. Alex hat ihr geschrieben und einen Brief an mich beigelegt. Er hat mit den Gordon Highlanders an der Schlacht an der Somme teilgenommen. Sie haben ungeheure Verluste erlitten.« Er legte den Kopf zurück und schloss die Augen. »Ihn hat ein Schrapnell erwischt. Das linke Bein ist hin. Du weißt ja, wie er ist, er klagt nicht, aber er deutet an, dass es ein bleibender Schaden sein könnte.«

Alex ein Kriegskrüppel? Unvorstellbar, dass diese Urgewalt von Mann sich dem Diktat eines verletzten Körpers unterwerfen könnte. Es war, immer und immer wieder, zum Weinen.

Benita hatte noch vor einem Jahr regelmäßig die Heeresberichte gelesen, die in Wohlau am Rathaus angeschlagen waren. Alard hatte immer wieder nach »unserem Sieg« gefragt. Sie musste ihm alles erklären, soweit ihr das möglich war. Doch das Deutsche Reich siegte nicht mehr. Der Gegner zwar auch nicht, aber was half das? Das war kein Krieg, das war quälend langes Siechtum.

Ludwig setzte sich wieder und hob das Glas, als ob er auf das Wohl seines Freundes trinken wollte. »Weißt du, was der verrückte Kerl gemacht hat? An der Front, im Niemandsland? Zu Weihnachten? Er hat ›Stille Nacht, heilige Nacht‹ gesungen, auf Englisch. Bis die Gegenseite einfiel und mitsang. Auf Deutsch. Und dann haben sie Zigaretten und Verpflegung getauscht und so getan, als ob Frieden wäre. Dafür hat er vier Wochen Arrest aufgebrummt bekommen.«

Sie musste lachen. Auch im allergrößten Elend gab es offenbar ab und an noch so etwas wie Menschlichkeit. Sollte sie ihm jetzt den Brief von Luise geben? Nein. Das hatte Zeit. Es war auch so schon schlimm genug.

XI

Die Nachbarskinder gehen wieder zur Schule und spielen keine Kriegsspiele mehr. Der Kampf ist verloren, der versprochene Sieg ist ausgeblieben.

Alard lernt neue Worte: Niederlage und Kapitulation. Verrat. Schande und Schuld. Die Erwachsenen sprechen davon nur leise und verstummen, wenn sie merken, dass er zuhört. Er lernt, sich unsichtbar zu machen.

In Wohlau haben sie den hölzernen Hindenburg weggeschafft, den er so geliebt hat. Mama hatte ihm mehrmals erlaubt, einen Nagel in die Statue zu schlagen, dafür gab sie eine Spende in den Kasten, fürs Rote Kreuz.

Und eines Tages ist auch der Kaiser fort. Er hing immer im Kaminzimmer, nicht direkt über dem Kamin, rechts davon. Alard hat das Bild oft bewundert. Obwohl der Kaiser darauf keine Krone trägt und auch sonst ganz normal aussieht, macht seine Uniform ihn zu etwas Besonderem: der blaue Rock. Der rote Streifen an der Hose. Die Schärpe und die Orden und die Schulterstücke. Die Orden haben Namen, sein Vater hat sie ihm oft genannt, er kennt sie mittlerweile auswendig. Doch nun ist das Bild fort, an seiner Stelle sieht man ein helles Rechteck an der Wand.

Sein Vater nennt den Kaiser nicht mehr Majestät, sondern Deserteur. Feige geflohen vor der Verantwortung für sein Land. Wie kann das sein, wenn er doch der Diener seines Volkes ist?

Er hat uns verraten, sagt Mama. Verrat ist ein Wort, das Alard zittern lässt. Verrat ist etwas Großes, etwas Verbotenes, etwas Faszinierendes. Es beschäftigt ihn. Und heimlich liebt er ihn noch immer, den Kaiser.

Ludwig war zurück, aber in Gedanken war er überall, nur nicht in Mondsee. Schon am nächsten Tag würde er wieder losmüssen. Und Benita hatte geglaubt, ihn endlich wieder bei sich zu haben.

»Der Krieg mag vorbei sein, aber der Frieden ist noch lange nicht in Sicht.« Ludwig starrte auf seine Hände, die sich ineinander verkrampft zu haben schienen. Sie saßen einander gegenüber, bei Kaminfeuer und Kerzenschein. »Trotz Waffenstillstand wird immer weiter gestorben. Sie haben die Handelsblockade nicht aufgehoben. Und wir können uns nicht mehr wehren.«

Benita wollte endlich leben, nach den verfluchten Kriegsjahren, wollte mit ihrem Mann zusammen sein, hoffte auf ein weiteres Kind. Im Krieg hatte es keine Zeit zum Nachdenken gegeben, sie hatten zu tun gehabt, man musste überleben, von Tag zu Tag. Keine Zeit, darüber nachzudenken, über den Sinn des Ganzen und darüber, wie das alles enden würde. Bis in den Sommer hinein war sie vom Sieg der deutschen Soldaten ausgegangen, den tapfersten der Welt, hatte sie geglaubt. Und dann der Waffenstillstand, nein: die Kapitulation! Es war vorbei, wenn auch auf die schändlichste, niederträchtigste Weise. Und was jetzt?

Sie war ihre Existenz zwischen Schweinestall und Herrenhaus gründlich leid, den einsamen Aufenthalt in Räumen, deren Pracht in keinem Verhältnis stand zu dem Leben, das sie dort führten. Es brauchte Menschen, Liebe, Licht!

Doch es gab nichts zu feiern, das Sterben ging weiter. Und jetzt hörte man von einer Grippewelle, die ganz Europa erfasst hatte. Wenn Ludwig nun krank wurde?

»Die Oberste Heeresleitung hat die Reichsregierung schon Ende September aufgefordert, Friedensverhandlungen aufzunehmen. Wir wussten, dass es vorbei war. Der Kaiser hat alles getan, was notwendig war, er hat sogar die Einführung des Parlamentarismus versprochen. Doch das genügte dem Gegner nicht.«

»Aber warum ist er ins Exil gegangen? Warum hat er uns alleingelassen mit dem Feind? Und mit den Aufrührern.«

Wilhelm II. war in die Niederlande geflohen, obwohl das Land in Flammen stand – Streiks und Aufruhr, revolutionäre Umtriebe überall. Nicht hier bei uns, dachte Benita, hier nicht. Aber würde das so bleiben?

»Ach, der Kaiser. Ich habe ihn ja zur Genüge erlebt. Er sah sich als der große Kriegsherr, dabei haben wir alle wesentlichen Informationen von ihm ferngehalten. Über

Erfolge hat er übermäßig gejubelt, aber selbst die kleinste Niederlage hat ihn zutiefst erschüttert. Wir mussten bei den Diners seinen Monologen zuhören und danach mit ihm Karten spielen. Irgendwann begeisterte er sich plötzlich für die Rekonstruktion der hethitischen Sprache, was niemanden interessierte, wir waren mit der Schlacht an der Somme beschäftigt.«

Hatte das nicht einst den Charme Wilhelms II. ausgemacht? Dass er so leicht zu begeistern war, dass er sich für alles Mögliche interessierte, für Technik und Wissenschaft, für den Fortschritt?

»Der Kaiser hätte in Berlin bleiben müssen. Vielleicht hätte die Monarchie überlebt, wenn er nicht nach Spa ins Hauptquartier gefahren wäre. Von da aus flüchtete er in die Niederlande. Das ist ehrenrührig.«

»Aber Ludwig! Sie haben seinen Kopf gefordert. Sie wollten ihn vor Gericht stellen, ihn hängen, ihn verbannen. Er musste doch fort!«

Ludwig wiegte den Kopf. »Er hätte auf dem Schlachtfeld sterben sollen, das hätte vielleicht geholfen. Doch wie auch immer: Das Kapitel ist beendet, wir haben es jetzt mit anderen mächtigen Kräften zu tun. Ich bin kein Freund der SPD, Liebes, das weißt du. Aber die Partei ist die einzige, die der radikalen Linken Einhalt gebieten kann. Wir werden uns mit Reichskanzler Friedrich Ebert zusammentun und Ordnung schaffen. ›Kein Feind hat euch überwunden‹, hat er unseren Soldaten zugerufen. Das muss man ihm hoch anrechnen, jetzt, wo Hunderttausende Demobilisierte nach Berlin strömen.«

»Und so einer ist unsere letzte Hoffnung?« Wie erniedrigend, dachte Benita.

Ludwig leerte sein Glas und goss sich und ihr nach. Cognac aus Grünberg, wo die größten Kellereien des schlesischen Weinbaus lagen. Heute war kein Tag zum Feiern mit Alex' Whisky.

»Die Umstürzler müssen entwaffnet werden. Deshalb muss ich nach Berlin. Jetzt geht es darum, das Reich zu retten.«

»Zusammen mit den Sozis?«

»Mit den Sozialdemokraten, Liebes. Ebert ist ein sehr vernünftiger Mann. Ohne ihn wäre die Lage längst völlig entgleist.«

»Und darauf verlässt du dich?«

»Wir haben keine Wahl, fürchte ich.«

Benita leerte ihr Glas in einem Zug. Ihr war schwindelig, aber nicht des Alkohols wegen. Sie hatte Angst, mehr Angst, als sie während des ganzen Kriegs verspürt hatte.

Ludwig räusperte sich. »Die Nationalversammlung hat einen Untersuchungsausschuss einberufen. Es soll geklärt werden, ob wir schuld sind am Krieg und ob wir uns nicht rechtzeitig um Frieden bemüht haben.«

Benita merkte seiner Stimme den unterdrückten Zorn an. »Ich dachte, die Sieger hätten die Schuldfrage bereits zu unseren Ungunsten geklärt?«, fragte sie spitz.

»Sicher. Aber nun sollen wir dem auch offiziell zustimmen. Jedenfalls haben sie Hindenburg und Ludendorff geladen, und die wünschen meine Anwesenheit.«

Damit musste sie sich zufriedengeben.

Als er Tage später aus Berlin zurückkam, wirkte er verändert. Nein, der Krieg war noch nicht zu Ende.

XII

Der milde Mai tat sein Bestes, um die Stimmung zu heben. Besser war nur noch, dass Berbla wieder da war, zu Benitas großer Erleichterung. Sie war Marielles und ihre eigenen Kochkünste leid. Hanesek war ebenfalls zurück, er hatte Hilfsdienste verrichten müssen und den Krieg nur von Weitem gesehen. Auch das war eine Erleichterung: Das Holzhacken und -aufschichten waren eine echte Plage gewesen.

Doch viele Männer aus Mondsee würden nie mehr zurückkommen. Meta Miekosch hatte ihr Lachen verloren. Sie musste noch immer die Post mit den amtlichen Schreiben austragen, ihr Mann wurde unter die Vermissten gezählt.

»Schlimm genug, aber ich habe wenigstens noch Hoffnung, dass er irgendwann wiederauftaucht.« Meta hatte einen Brief von Benitas Eltern mitgebracht und saß bei Marielle mit einer Tasse Kaffee in der Küche.

»Für die Tochter vom Schmied ist alles vorbei, ihr Mann ist gefallen, irgendwo an der Ostfront. Der Sohn von Frau Paschke ist ebenfalls tot. Die arme Frau. Steht in ihrem Laden und weint sich die Augen aus. Und dann Thomas Scheloske. Gut, dass er wieder da ist, aber ich traue mich kaum, ihn anzusehen.«

»Wir müssen uns um die Kriegsversehrten kümmern«, sagte Benita. »Wir dürfen ihnen nicht das Gefühl geben, überflüssig zu sein oder der Gemeinschaft zur Last zu fallen.«

»Sicher.« Meta stand auf, ein wenig verlegen. »Aber er hat nur noch ein halbes Gesicht und sieht nicht mehr richtig. Und so einer muss ausgerechnet Bahnwärter werden?«

Marielle räumte Metas Tasse weg. »Er muss die Schranke am Bahnübergang herunterlassen, bevor ein Zug kommt«, sagte sie, »und er darf nicht vergessen, sie wieder hochzuziehen. Er muss die Weichen stellen. Das Läutewerk bedienen.«

Benita nickte ihr zu. »Ich finde, er übt sein Amt mit Ernst und Würde aus, und wer bei seinem Anblick erschrickt, muss sich halt daran gewöhnen. Er hat einen hohen Preis gezahlt, und das Vaterland muss ihm etwas zurückgeben: Respekt und einen verantwortungsvollen Posten.«

Meta nickte, obwohl man ihr ansah, dass ihr das schwerfiel. »Vor allem haben wir jetzt Anschluss an die große Welt«, sagte sie, stand auf, nahm den Postsack auf die Schulter und verabschiedete sich.

Mondsee hatte erst seit Kurzem einen Bahnhof, einen zweigeschossigen Bau mit Lokschuppen und einer kleinen Wartehalle. Der erste Zug, der über die Strecke zwischen Wohlau und Rathau gefahren kam, war zur Premiere mit Girlanden geschmückt gewesen. Benita und Marielle waren mit Alard zur Bahnstation gegangen, um dem Spektakel zuzusehen. Sie war so stolz auf ihren Jungen gewesen, der dem schwarzen fauchenden Monster mit großen staunenden Augen entgegensah, während andere Kinder schrien und sich hinter ihren Müttern versteckten. Bahnwärter Scheloske hatte sich in seiner schicken neuen Uniform große Mühe gegeben und mit Feldwebelstimme »Zurücktreten!« gerufen, wenn sich ein ganz Mutiger dem Dampfross auch nur um einen halben Meter näherte, um es womöglich gar anzufassen.

Benita hatte inzwischen den Brief von ihren Eltern geöffnet. »Sie kommen in einer Woche, Marielle!« Das waren wunderbare Nachrichten. »Mit dem Zug!«

Alard hatte so lange gezappelt und »Wir kommen zu spät« gerufen, dass sie eine halbe Stunde zu früh am Bahnhof waren.

Noch bevor man den Zug sah, hörte man das schrille Pfeifen der Lokomotive. Benita glaubte, das Vibrieren der Gleise zu spüren, während die Lok stampfend und keuchend einlief, grauen Dampf ausstoßend. Die roten Pleuelstangen bewegten sich langsamer und langsamer, bis der Zug mit kreischenden Bremsen zum Stillstand kam und eine letzte Dampffontäne in den Himmel schickte.

Alard lief bereits über den Perron am Zug entlang und hielt Ausschau nach den Großeltern. Und da waren sie. Jetzt lief auch Benita in die weit geöffneten Arme ihres Vaters. Ihre Mutter herzte und küsste Alard, der sich das mit erstaunlicher Geduld gefallen ließ. Dabei war er doch aus dem Schmusealter heraus mit seinen beinahe acht Jahren.

Hanesek war mittlerweile eingetroffen und lud das Gepäck auf den Leiterwagen. Der Junge lief vorneweg. Benita hakte sich bei ihren Eltern ein, sie mussten langsam gehen, ihr Vater ging am Stock, was ihm spürbar peinlich war. »Geht voran, ihr jungen Dinger, wartet nicht auf mich«, murmelte er, »es ist alles in Ordnung, mir macht nur das Wetter zu schaffen.« Ihre Mutter tätschelte Benitas Arm und schüttelte milde lächelnd den Kopf, aber sie sagte nichts.

»Wir müssen uns nicht beeilen«, sagte Benita. »Ludwig ist gerade erst aus Berlin zurück, er hat noch ein paar Dinge zu erledigen und stößt erst später zu uns.«

»Hat er alles gut überstanden?«, fragte Caroline.

Benita zuckte mit den Schultern. »Die Sache mit dem Kaiser schmerzt ihn. Er war bis zuletzt bei ihm, in Spa. Und nun ist die Tragödie noch immer nicht zu Ende.«

»Es ist unfassbar. Unglaublich. Unwürdig und respektlos«, murmelte ihr Vater. »Sie wollten ihn verhaften. Ihm den Prozess machen. Nennen ihn einen Erzverbrecher. Unseren Kaiser!«

»Ludwig meint, es wäre am besten gewesen, wenn der Kaiser an der Front gefallen wäre, statt nach Holland ins Exil zu gehen. Jetzt nennen ihn alle feige.«

»Vielleicht«, meinte ihr Vater. »Vielleicht hätte das die Monarchie gerettet. Aber jetzt ist es zu spät. Streiks, Aufruhr, Revolution! Unser Land ist den Hyänen zum Opfer gefallen. Dem sozialistischen Gesindel.«

»Maximilian«, sagte Caroline beschwichtigend. »Lass uns nicht politisieren. Die Zeiten sind schwierig genug, und wir wollen den Aufenthalt in Mondsee ein wenig genießen, ja?«

Benita war dankbar für ihr Eingreifen. In Wirklichkeit war Ludwig über die Flucht des Kaisers regelrecht entsetzt.

Ja, dachte Benita. Der Kriegsgegner nimmt Rache. Nicht am Kaiser, sondern am ganzen deutschen Volk. Was war denn der angebliche Friedensvertrag anderes als eine erneute Kriegserklärung? Das Elsass ging an Frankreich, es regnete also Brathähnchen, aber das genügte nicht. Fast ganz Westpreußen und Posen wurden an das wiedererstandene Polen verschenkt. Von Niederschlesien wollte man Streifen nahe der Grenze abtrennen und ebenfalls Polen zuschlagen. Doch Oberschlesien wollten sie ganz, die Polen. Darüber musste sie mit ihren Eltern reden. Sie hatte Angst um sie.

Endlich kam Ludwig. Das Essen verlief entspannt, Berbla hatte ihr Bestes gegeben. Es gab Wildschwein mit Kraut, dazu zwei der letzten Flaschen des französischen Rotweins aus Ludwigs Weinkeller. Erst beim Nachtisch ging es um Politik. Um die Zukunft Deutschlands.

Ludwig hatte seinen Schwiegervater nach den Unruhen in Oberschlesien gefragt. »Posen gilt ja bereits als verloren. Die

Regierung kämpft nicht. Was ist, wenn wir auch Schlesien preisgeben?«

»Ach, so weit wird es nicht kommen«, meinte Caroline.

Maximilian widersprach. »Es war ein Fehler, dass der Kaiser den Polen die Wiedererrichtung ihres Königreichs versprochen hat. Es war doch klar, dass sie sich nicht auf das ehemals russische Gebiet beschränken würden!«

»Wir hatten immer ein gutes Verhältnis zu unseren Polen«, zwitscherte Caroline. »Der Fürst und die Fürstin ebenfalls. Und wenn man bedenkt, was wir den Polen angetan haben!«

»Wir?«

Benita spürte, dass Ludwig ungehalten wurde.

»Sie haben ein Recht auf einen eigenen Staat.«

»Auf unsere Kosten?« Ludwigs Stimme war ein wenig lauter geworden, aber Caroline störte das nicht.

»Über hundert Jahre lang existierte Polen nicht! Sie haben das Land aufgeteilt. Auseinandergerissen. Alle haben sich wie die Kannibalen ein Stück genommen: die Russen, die Preußen, die Österreicher! Der Kaiser hat gut daran getan, für ein neues polnisches Königreich zu stimmen.«

»Sicher, das alles war furchtbar, aber es ist Vergangenheit. Warum soll Schlesien dafür bluten?« Benita sprach so sanft wie möglich, sie versuchte, Ludwig zuvorzukommen, der aussah, als ob er gleich explodierte. Auch Maximilian räusperte sich bereits, ein schlechtes Zeichen, das alles lief auf politische Zänkereien hinaus.

Doch Caroline bemerkte das aufziehende Gewitter nicht und lächelte. »Es wird so schlimm nicht kommen. Man denke an all das Gute, das Prinzessin Daisy bewirkt hat! Allein, was sie für die hygienischen Verhältnisse bei den Ärmsten getan hat, mit Unterstützung des Kaisers! Wisst ihr, dass sie alles, was sie durch die Siege ihres Pferdes beim Rennen gewonnen hat, in ein Heim für Krüppel und ein Hospital für Bergarbeiter gesteckt hat?«

»Ich fürchte, dass sie längst nicht mehr so beliebt ist, wie du glaubst, Schwiegermama.« Ludwig stand auf, um die Tafel aufzuheben, aber vielleicht auch, um einer weiteren Auseinandersetzung aus dem Weg zu gehen.

»Caroline«, sagte Maximilian leise, die Hand auf der Hand seiner Frau, »wenn wir das Kohlerevier an die Polen abtreten müssen, verlieren wir unser wirtschaftliches Rückgrat. Da hören sie auf, die freundschaftlichen Beziehungen zwischen Polen und dem Reich.«

Sie wechselten hinüber zum Kaminzimmer, wo Ludwig mit Whisky und Zigarren wartete. Maximilian ließ sich seufzend in einen Lehnstuhl fallen und streckte das Bein von sich. Benita war besorgt. So angeschlagen hatte sie ihn noch nie erlebt.

Ludwig räusperte sich. »Uns wird nichts anderes übrig bleiben, als eine selbstständige ostdeutsche Republik zu gründen – Preußen, Posen, Schlesien. Um vom Deutschtum zu retten, was zu retten ist. Eine Anlehnung an Polen scheint mir ein geringeres Übel zu sein als die Annexion. Und wer weiß, wie lange das neue Polen überlebt.«

Maximilian dachte nach und schüttelte dann langsam den Kopf. »Das heißt Krieg. Unsere Gegner werden in einem solchen Fall nach Westdeutschland einmarschieren, und was dann?«

»Vielleicht muss uns das egal sein«, sagte Ludwig und leerte sein Glas.

Benitas Eltern ließen sich nicht dazu überreden, länger als

ein paar Tage zu bleiben. »Es sind noch immer zu viele, die verletzt und halb verhungert aus der Gefangenschaft kommen und die wir wieder aufpäppeln müssen, Liebes«, meinte ihre Mutter. Der Abschied tat weh, obwohl alle beteuerten, dass man sich bald wiedersehen werde, im Frieden. Doch wann würde das sein?

XIII

»Was gibt es?«

Benita von Sedlitz wusste, dass sie unwirsch klang, und schickte ihrer allzu kurzen Antwort auf eine höfliche Bitte um Gehör ein Lächeln hinterher. Die Hauslehrerin, die in der Tür zum Büro stand, verzog keine Miene. Sie kennt mich schon, dachte Benita, mich und meine Ungeduld. Sie respektierte Marie Sohn, aber sie mochte sie nicht, wenn sie ehrlich war. Nicht die Art, wie sie dastand, die Hände unter dem massigen Busen gefaltet, die Haare streng zurückgekämmt, die dunklen Augen unter der Brille zusammengekniffen. Und dann die ungepflegten Augenbrauen! Aber sie war eine gute Lehrerin, sie konnte jederzeit abgeworben werden, also wäre es geschickt, sich mehr um sie zu bemühen.

»Ist alles in Ordnung, Fräulein Sohn?« Benita stand auf und machte ein paar Schritte auf sie zu, eine höfliche Geste und überdies hilfreich, dann musste sie die Frau nicht hereinbitten.

Fräulein Sohn sog die Luft ein, mit bebendem Busen. Theatralisch, wie immer, dachte Benita.

»Es geht um Alard. Er ist – verstört.«

Benita erschrak. Ihr war nichts aufgefallen. Oder doch? Wich er nicht neuerdings ihrem Blick aus?

»Er hat mich gefragt, ob ein Mensch wegen Hochverrats sterben muss.« Marie Sohns Augen hinter der runden Brille zwinkerten nervös.

Benita spürte, wie ihr Herz einen Schlag aussetzte, bevor es weiterstolperte. Das konnte nicht sein! Hatten sie nicht aufgepasst? Hatte das Kind etwas mitbekommen? Alard war ein stiller Junge, er beobachtete die Dinge, nahm alles auf, verarbeitete es, bis es Tage oder Wochen später wieder aus ihm heraussprudelte: all die Worte und Ereignisse, die er nicht verstand. Krieg. Und neuerdings Niederlage und Kapitulation. Aber woher kam die Frage nach Hochverrat und Todesstrafe? Und warum hatte er nicht sie gefragt oder seinen Vater, warum ausgerechnet die Lehrerin?

Warum wohl. Benita spürte, wie ihr die Hitze in die Wangen stieg. Sie erinnerte sich. Sie hatte etwas gesehen, als sie vor ein paar Tagen wutentbrannt aus der Bibliothek gestürmt kam, etwas, das die Treppe hinaufhuschte. Ihren Sohn. Er hatte gelauscht.

»Danke, liebes Fräulein Sohn, ich werde ihn dazu befragen.«

Was sollte sie ihn fragen? »Hast du gelauscht?« Hast du zugehört, wie sich fremde Männer heimlich in der Bibliothek von Gut Mondsee mit deiner Mutter und deinem Vater getroffen haben, um sich gegen die Obrigkeit zu verschwören? Hast du gehört, was niemand außer den Anwesenden hören durfte? Hast du mitgekriegt, wie sie murmelten und stritten, mal leiser, mal lauter, wie sie zweifelten und Bedenken hatten und zögerten und mich zur Raserei getrieben haben? »Und wenn es Hochverrat wäre«, hatte sie noch in der Tür gerufen,

»und wenn darauf die Todesstrafe steht! Es muss sein, wenn Deutschland überleben soll.«

Sie hätte sich nicht einmischen dürfen. Sie hätte die Verschwörer allein lassen sollen. Sie hätte sich besser um ihren Sohn gekümmert. Sie konnte doch an alledem nichts ändern, ebenso wenig wie die Männer, so großspurig sie auch taten.

Marie Sohn stand noch immer da. Was wollte sie denn noch?

»Es ist – der Kaiser«, sagte die Lehrerin schließlich. »Der Kaiser sei fort, hat der Junge gesagt. Und ob das Hochverrat sei.«

Benita brauchte ein paar Sekunden, bis sie begriff. Es war nicht das, was sie befürchtet hatte. »Der Kaiser ist ins Exil gegangen, das hat der Junge natürlich mitbekommen.« Und er würde auch mitbekommen haben, dass sein Vater den Kaiser als Deserteur und Feigling beschimpft hatte. Als Verräter.

»Nein, er meinte ...« Marie Sohn machte ein paar Schritte in den Raum hinein und zeigte auf den Kamin. Auf die Stelle rechts vom Kamin. Auf das etwas hellere Quadrat an der Wand. Dort hatte das Porträt des Kaisers gehangen, Wilhelm II. im blauen Rock, mit Schärpe und Orden und Schulterstücken. Sie hatte das Bild in einem Moment tiefster Depression abgehängt – aber das war schon eine Weile her.

Benita hätte beinahe gelacht. Darum ging es also, um eine Nichtigkeit! Doch für das Kind war das womöglich sehr viel mehr. Alard liebte den Kaiser, und soweit sie wusste, war auch Marie Sohn eine glühende Monarchistin. »Der Kaiser hat abgedankt, Fräulein Sohn«, sagte sie leise. »Zu unser aller Leidwesen. Doch es ist kein Hochverrat, sein Porträt abzuhängen. Das hätten Sie dem Jungen ruhig sagen dürfen.«

Die Lehrerin nickte. »Ich dachte mir nur, Sie sollten das wissen.«

»Dafür danke ich von Herzen!« Benita reichte ihr die Hand und geleitete sie hinaus. Eine Weile noch blieb sie hinter der geschlossenen Tür stehen und atmete tief durch. Dann setzte sie sich wieder an den Schreibtisch. Doch auf die Buchführung konnte sie sich nicht mehr konzentrieren. Es waren schwere Zeiten. Sie würden nicht leichter werden.

Das Kaiserreich hatte den Krieg verloren. Es schüttelte sie beim Gedanken an die Sieger, wie sie den geschlagenen Riesen umringten und versuchten, ihm die besten Stücke aus dem Leib zu reißen.

Das war der Grund, warum sie sich auf Mondsee getroffen hatten: Patrioten, die nicht zusehen wollten, wie das Deutsche Reich unterging. Alles gestandene Männer. Alles Feiglinge, dachte sie, die sich, wenn es ernst wurde, nicht entscheiden konnten.

Jedes Treffen begann mit hochgemuten Erklärungen der Herren. Niemals würden sie eine Abtretung oder auch nur eine Teilung Schlesiens zulassen. Alles müsse getan werden, um das Schlimmste zu verhindern. Einen Separatstaat gründen! Aus Preußen, Posen und Schlesien! Manche Faust wurde da geschwungen, von Kampf war die Rede, gar von Krieg. Doch wenn es konkret wurde, zogen sie den Kopf ein. Und wenn sie, eine Frau, es wagte, die entscheidenden Fragen zu stellen, schwiegen sie. Fragen wie: Wer steht hinter uns? Gibt es militärische Unterstützung? Haben wir internationale Verbündete?

Stets endeten die Sitzungen mit Schnaps und Zigarren und mit irgendjemandem, der den Plan eines Separatstaates »Hochverrat« nannte, woraufhin sie alle mit schweren

Köpfen nickten. Hochverrat. Meinetwegen, dachte Benita, Not kennt kein Gebot. Deutschland muss weiterleben. Oder die Welt, in der sie aufgewachsen war, die einzige, die sie kannte, würde untergehen.

Sie hatte anfangs an den Versammlungen teilgenommen, zuerst mit angespannter Neugier, dann mit wachsender Enttäuschung. Es war alles nur Gerede. Heiße Luft, folgenloses Geschwätz eitler Herren.

Gottlob hatte der Junge von ihren umstürzlerischen Plänen wohl nichts mitbekommen. Und was hätte der Junge aus den geheimen Treffen gelernt? Kampfesmut? Wankelmütigkeit? Patriotismus? Verrat?

Nur die Sache mit dem Kaiser ... Benita schüttelte den Kopf. Auch sie hatte den Kaiser einst verehrt, vor unvordenklichen Zeiten, als man im Frieden lebte. Und als du noch ein naives Mädchen warst, dachte sie und wünschte sich beinahe ihre Unschuld zurück. Inzwischen glaubte auch sie, er wäre besser auf dem Schlachtfeld den Heldentod gestorben.

Sie legte den Füllfederhalter aus der Hand, schob den Stuhl zurück und stand auf. Seit dem Waffenstillstand war sie nicht mehr sie selbst. Dabei könnte sie doch glücklich sein! Sie liebte ihren Mann. Sie liebte ihren Sohn. Sie liebte Mondsee. Und noch war ihr Leben hier in Niederschlesien nicht bedroht. Aber würde das auch so bleiben?

XIV

Benita legte die Zeitung beiseite. Offenbar waren die Polen größenwahnsinnig geworden, seit sie die Russen geschlagen hatten. Plötzlich behaupteten sie, ganz Schlesien gehöre seit den Piasten eigentlich ihnen. Die Piasten! Die hatten sich seit Hunderten von Jahren erledigt. Der neue polnische Nationalstolz hat offenbar ein paar handfeste Märchenerzählungen nötig, dachte Benita. Und jetzt fiel polnisches Militär in Schlesien ein, unterstützt von Aufständischen. Sie fürchtete um ihre Eltern. Königsdorff-Jastrzemb war nicht allzu weit von Kattowitz entfernt, und man hörte Furchtbares über die Lage dort.

Ja, sie liebte ihr Leben hier. Doch die Sehnsucht nach der alten Heimat wurde übermächtig, je länger um Oberschlesien gekämpft wurde. Die Polen beanspruchten beinahe das gesamte Industriegebiet Schlesiens, seinen ganzen Reichtum. Die Lügenpropaganda, wonach die deutschen Schlotbarone die schlesische Industrie vernichten wollten, trug Früchte.

Jahrzehntelang hatte man es miteinander ausgehalten, die Polen und die Deutschen – und all jene, die sich weder besonders deutsch noch besonders polnisch fühlten. Damit war es vorbei, das spürte Benita. Wenn die Polen siegten, würden sie alle Deutschen aus dem an sie abgetretenen Gebiet vertreiben. Niemand war seines Lebens noch sicher. Womöglich noch nicht einmal hier, in Niederschlesien. Dabei war man hier nicht katholisch, sondern protestantisch. Ob sich die Polen darum scherten? Egal, dachte Benita. Wir hätten nicht zulassen dürfen, dass die Eltern nach Oberschlesien zurückkehrten.

Sie bewunderte ihren Mann um seine Ruhe. Und manchmal verfluchte sie ihn dafür. »Wir haben den Krieg verloren, vergiss das nicht!«, sagte er dann. Nein, das vergaß sie nicht. Das Kaiserreich hatte verloren, aber war das, was folgte, vielleicht gerecht? Der Kaiser hatte geglaubt, der österreichischen Majestät beistehen zu müssen. Wegen unangebrachter Loyalität wurden wir in etwas verwickelt, das uns gar nichts anging, dachte Benita bitter. Und jetzt sollen wir schuld sein. Jetzt nehmen sie Rache an uns. Nehmen uns die Ehre – und die Heimat.

»Ach, die Ehre«, pflegte Ludwig zu sagen. »Dafür kann man sich nichts kaufen. Sie wollen etwas viel Wichtigeres: unsere Wirtschaftskraft. Wenn Oberschlesien an Polen geht ...«

Wie oft hatten sie sich darüber gestritten. »Die Mehrheit wird für den Verbleib im Deutschen Reich stimmen!« Er hatte ihr nicht widersprochen, aber sie spürte seine Zweifel. »Es ist so ungerecht!« Ja, es war ungerecht, das sah Ludwig ebenso wie sie. Aber ihn bewegten die menschlichen Schicksale weit weniger als sie. »Sie nehmen dem Reich das Rückgrat unseres Wohlstands«, das war es, was ihm etwas bedeutete.

Benita durchquerte die lange Halle aus Kreuzgewölben mit den eigentümlichen Mustern aus Stuck an der Decke, deren Ursprung und Sinn ihr niemand erklären konnte. Der Klang ihrer Schuhabsätze auf den Fliesen stieg hoch zur Decke und kehrte als Echo zurück. Dann öffnete sie die schwere Holztür und trat ins Freie.

Vom Tisch mit den vier Stühlen, der im Park unter der Buche stand, hatte sich die Tischdecke gelöst und sich um die zur Kugel geschnittene Krone eines Buchsbaumstämmchens gewickelt. Sie ging hinüber, befreite das Bäumchen von der Decke, faltete sie zusammen und legte sie auf einen der Stühle. Von den Stallungen wehte der Geruch nach Vieh und Stallmist herüber, nach Heu und Kartoffelflocken. Die Hühner gackerten im Misthaufen. Die Ochsen brüllten im Duett mit den Schweinen. Die Pferde grasten auf der Koppel, von einst sechsunddreißig Ackerpferden gab es nur noch acht, die anderen waren während des Krieges eingezogen und durch Zugochsen ersetzt worden. Benita atmete tief ein, all diese beruhigenden Düfte nach Landwirtschaft. Gut, hier zu sein und nicht in der Stadt, sie hatten während des Krieges nicht frieren und hungern müssen wie so viele andere. Verflucht seien die Engländer, die uns mit ihrer Seeblockade aushungern wollten, aber es ist ihnen nicht gelungen, dachte Benita auf dem Weg zum Gewächshaus. Dafür werden wir immer sorgen, ich und das Mariellchen mit dem grünen Daumen.

Marielle schien gar nicht zu bemerken, dass sie in der Tür stand, Benita sah nur ihr Hinterteil, über dem sich der schwarze Rock spannte, während die Haushälterin die vorgezogenen Salatpflänzchen in die Erde steckte. Trotz aller Entbehrungen war Marielle eine Frau mit weiblichen Rundungen geworden – und ihr schönes dichtes Haar war wieder gewachsen. Doch ob sie hier im beschaulichen Mondsee jemals einen Mann finden würde?

»Und? Wächst alles so, wie es sich gehört?«

Marielle richtete sich auf, breitbeinig, die Hand im Kreuz. Benita erschrak beim Gedanken, Marielle an einen Mann zu verlieren. Sie war die treueste Seele, die man sich vorstellen konnte. Wenn sie miteinander allein waren, sprachen sie manchmal das, was Ludwig naserümpfend »Wasserpolnisch« nannte, aber Benita mochte es, wenn Marielle »Beitel« oder »Fotzlik« zu Alard sagte, solche Worte bedeuteten Heimat.

»Aber ja«, sagte Marielle breit lächelnd. Benita versuchte zurückzulächeln.

Sie verließ das Gewächshaus ein wenig getröstet. Ludwig machte sich Sorgen um die allgemeine Wirtschaftslage, aber sie kümmerte sich um das Wohlergehen ihrer Familie und all derer, die davon abhängig waren, dass Mondsee florierte. Das Gut war autark. Sie würden auch in Zukunft keine Not leiden. Es gab die Schweine, Rinder und Schafe, die Karpfen im Schlossteich, die Kartoffeln, das Gemüse. Und das eigene Elektrizitätswerk, falls Mondsee einmal von allem abgeschnitten sein sollte.

Auf dem Weg zum Teich lag der Rosengarten, ein von Stamm- und Strauchrosen umgebenes Rondell, in dessen Mitte unter einer Pergola eine Bank stand. Sie hatte den Garten mithilfe von Hanesek vor bald zehn Jahren angelegt, mit Prinzessin Daisys Rosen, die sie ihnen zur Hochzeit geschenkt hatte.

So etwas fiel nur einer wie Daisy von Pless ein. Wo sie wohl heute war?

Benita setzte sich auf die Bank unter den blühenden Rosenbogen. Sie sah Daisy vor sich, im weißen Kleid, das blonde Haar unter einen ihrer großen Hüte gesteckt, so, wie sie es meistens trug. Aber immer gab es ein, zwei Locken, die sich aus dem Haarkranz befreit hatten und ihr über die Wangen fielen. Ohne Daisy hätte sie Ludwig nicht kennengelernt. Und dann gäbe es den Jungen mit den dunklen Augen und Haaren seines Vaters nicht – Alard, der jetzt auf sie zulief, ihr Einziger. Die Liebe zu ihm stieg in ihr hoch und verschloss ihr die Kehle. Sie breitete die Arme aus.

XV

»Darf ich dir Christoph von Rahnfeld vorstellen?«

Ludwig hatte Alard nach Benita geschickt, sie war im Garten gewesen und hatte sich erst die Hände gewaschen, die Schürze abgelegt und die Schuhe gewechselt, bevor sie zu ihm ins Büro trat. Ludwig stand am Fenster, neben ihm ein Hüne von Mensch, blond und blauäugig, ein schmales Lächeln im Gesicht. Und eine dünne weiße Narbe auf der Wange.

»Er wird mich vertreten, wenn ich unterwegs bin.«

»Baronin«, sagte der Hüne und nahm Haltung an. Benita neigte den Kopf. Also sollte es so weitergehen, Ludwig würde wieder tage- und wochenlang unterwegs sein.

»Ich habe ihn als Gutsverwalter eingestellt, er wird dir alle Arbeit abnehmen, du kannst dich ganz dem Haus und vor allem Alard widmen.«

Wenigstens das würde ihr bleiben: ihr Sohn. Ludwig hatte ihr versprechen müssen, dass Alard erst dann in die Schule in Wohlau gehen würde, wenn sein Vater wieder zu Hause wäre. »Sonst bin ich ganz allein«, hatte sie gesagt. »Ganz ohne Mann.« Sie hatte gelächelt, obwohl sie es bitterernst meinte. Und Ludwig sollte ja nicht auf die Idee kommen, von Marielle zu reden, die ihr ja Gesellschaft leisten könne. Es war nicht das Gleiche.

Seither wurde Alard nicht nur von Fräulein Sohn, sondern auch von seiner Mutter unterrichtet, von ihr lernte der Junge Französisch und Englisch und ein wenig Weltläufigkeit, »davon wird er gewiss nicht dümmer«, hatte sie angeführt. Auch dagegen konnte Ludwig kaum etwas sagen, ohne sie zu verletzen.

Und nun hatte er, ohne vorher mit ihr zu sprechen, einen Gutsverwalter eingestellt.

»Ihr werdet gut zusammenarbeiten, da bin ich mir sicher. Ich habe Herrn von Rahnfeld in der größeren der beiden Erdgeschosswohnungen im Kavaliershaus untergebracht, ich hoffe, dir ist das recht.«

»Natürlich.« Sie hatte in dieser Angelegenheit wohl sowieso nichts mehr zu sagen.

»Sehr gut. Dann also an die Arbeit.«

Der Herr von Rahnfeld legte beim Herausgehen zum Gruß die Hand an die Stirn. Das kann ja heiter werden, dachte Benita.

Ludwig fuhr bereits am nächsten Tag wieder fort, er sagte nicht, wohin und wieso. Das stand neuerdings zwischen ihnen: Geheimnisse. Selbst während des Krieges hatte er bei seinen wenigen Besuchen mit ihr über die politische Lage gesprochen, aber jetzt schwieg er sich aus. Dabei war die Oberste Heeresleitung im vergangenen Jahr aufgelöst worden, die Friedensverträge waren unterzeichnet, und die Seeblockade hatte man endlich, endlich aufgehoben. Sollte man nicht jetzt an Frieden denken dürfen, an ein normales Leben, an einen geordneten Alltag?

Alard beunruhigte die erneute Abwesenheit seines Vaters sehr, er hatte sich doch gerade wieder an ihn gewöhnt, sie spürte das, obwohl er nur ganz zu Anfang fragte, was der Vater denn Wichtiges anderswo und so ganz ohne seine Familie zu tun hatte. Das Kind merkte, dass seine Eltern Geheimnisse vor ihm hatten. Nicht seine Eltern, dachte Benita. Sein Vater.

Sie bemühte sich, ihn mit den Epochen der deutschen Geschichte vertraut zu machen, als man noch stolz auf sein Land sein konnte. Sie selbst versuchte, nicht daran zu denken, was für ein armer, amputierter Rumpf das einst so stolze Reich geworden war. Posen war verloren, Oberschlesien sollte folgen, seine Gruben und Hütten, der Stolz und der Reichtum des Landes. Polnische Soldaten waren in Oberschlesien eingefallen, hatten sich mit dortigen polnischen Aufrührern verbunden und Teile der Region besetzt. Und das, obwohl die Alliierten eine Abstimmung darüber zugelassen hatten, ob Oberschlesien polnisch werden oder deutsch bleiben sollte!

Nicht daran denken. Das sagte sich so leicht. Benita schlief unruhig, wachte viel zu früh auf, aus Sorge um ihre Eltern, von denen sie seit Monaten nichts gehört hatte. Wenn sie nur zu ihnen fahren könnte!

Der neue Gutsverwalter machte seine Arbeit augenscheinlich gut, er nahm ihr auch die Buchführung ab, was ihr nicht unlieb war. Sie hatten nicht viel miteinander zu tun, er ließ sich von der Frau eines der Landarbeiter versorgen, die für ihn kochte, wusch und putzte. Dumm war nur, dass Benita als einzig anwesendes Familienmitglied nun wieder das Oberhaupt darstellen musste, aber keine Arbeit mehr vorschieben konnte, um sich dem Besuch des Gottesdienstes zu entziehen. Im Unterschied zu Kriegszeiten saßen jetzt wenigstens nicht mehr nur Frauen in den Bänken.

Als der Pfarrer eines Sonntags eine Vortragsveranstaltung über die verloren gegangene Kolonie in Südwestafrika ankündigte, fühlte sich Benita in den schrecklich heißen Sommer 1911 zurückversetzt, als der damals so junge und unschuldig wirkende Diakon für seine dortige Mission geworben hatte. Nun, acht Jahre später, war er zurück und würde von seinem Kolonialabenteuer erzählen. Damals war sie hochschwanger gewesen, schon deshalb nahm sie den Jungen mit.

Karl Meister hatte seinen rotblonden Schopf verloren, nur ein Haarkranz war übrig geblieben, dafür hatte der Schnurrbart an Fülle gewonnen. Er war nicht nur älter geworden, er schien auch seine Unschuld und seine Abenteuerlust verloren zu haben. Er trauerte um das verlorene Land, von dem er schwärmte: die rote Wüste und das blaue Meer, die Berge, die Savanne, die wilden Tiere. Das waren Schilderungen, die Alard aufrecht sitzen und mit leuchtenden Augen lauschen ließen. Und erst die vielen Namen: Kalahari. Herero. Benguela. Sambesi. Oshivambo – Namen, die Benita noch nie gehört hatte.

Und dann war das bittere Ende gekommen, der Krieg, und der Diakon musste seine Schüler verlassen, denen er Gott und die deutsche Kultur nahegebracht hatte. »Dass Weiße auf Weiße schießen – das hat der Neger gerade noch verstanden. Aber nicht, dass die Engländer Schwarze auf Weiße schießen ließen.«

Alard sprach noch Tage danach von Nashörnern und Antilopen, von Löwen und Hyänen. Nach einigem Suchen stieß Benita in Ludwigs Bibliothek auf alle Bände von Brehms Tierleben. Ein Schatz! Sie studierten gemeinsam die Kapitel über Löwen und Geparden, Giraffen, Gazellen und Antilopen. Mit diesen exotischen Tieren konnte Alards Lieblingsschaf nicht mithalten, noch nicht einmal Argos, der treue Hund mit den unklaren Vorfahren. Erst bekannte Alard, zum Zirkus gehen zu wollen, dann wünschte er, Zoodirektor zu werden. Sie malten sich gemeinsam aus, welche Tiere man in seinem Zoo würde bewundern können.

Als Ludwig endlich zurück war, vergaß Alard seine Träume von wilden Tieren und taufte mit Hingabe die zwölf Ferkel, die Adelinde geworfen hatte.

XVI

»Willst du nicht auch nach Hause fahren und abstimmen?«

Marielle stand in der Waschküche und drehte Benita den Rücken zu, sie fuhr mit dem schweren Bügeleisen über eine der Tischdecken, die sie gestern gewaschen hatte. »Worüber soll ich denn abstimmen? Ich bin nicht für Polen und ich bin nicht für Deutschland. Ich bin für Schlesien.«

Benita seufzte. »Das steht nicht zur Wahl. Leider. Und was ist mit deiner Familie? Wollen deine Eltern zu Polen oder zu Deutschland gehören?«

»Weder – noch, denke ich.« Marielle bügelte, als ob man Leinen noch glatter als glatt bügeln könnte. »Es wird ihnen so egal sein wie mir. Uns Schlonsaken hat der Unterschied zwischen den Preußen und den Österreichern nie interessiert. Man lebt sein Leben, ganz gleich, wer da oben regiert.«

»Aber es darf uns nicht egal sein! Wenn Oberschlesien an Polen geht, werden deine Eltern Polnisch sprechen müssen. Und wenn erst alle Reichen enteignet sind, haben sie keine Arbeit mehr.«

Marielle reichte ihr zwei Zipfel des vom Bügeln warmen großen weißen Tuches. Benita trat ein paar Schritte zurück, sodass das Tuch sich zwischen ihnen spannte. Sie falteten es der Länge nach, erst einmal, dann zweimal, und traten dann aufeinander zu wie in einer Quadrille, um es ein weiteres Mal zu falten. Marielle wich Benitas Blick aus, als sie vor ihr stand.

Benita verstand das nicht. Interessierte Marielle sich denn gar nicht für das Schicksal ihrer alten Heimat? Es war immerhin ein Sieg der Vernunft gewesen, die Oberschlesier selbst darüber abstimmen zu lassen, wohin sie künftig gehören wollten. Zunächst hatten die Siegermächte die Absicht gehabt, ganz Oberschlesien an Polen zu verschenken, weil die Mehrheit der Bevölkerung dort angeblich Polnisch spräche. Ludwig und sie hielten das für eine gezielte Lüge der polnischen Nationalisten, die einfach behaupteten, Schlonsakisch sei im Grunde Polnisch, dabei war es eine Mischung aus Deutsch und Tschechisch. Es war eine eigene Sprache, behaupteten die Schlesier.

Doch nun sollte am 20. März 1921 abgestimmt werden. »Die Schlesier werden klug genug sein, beim Deutschen Reich bleiben zu wollen, meinst du nicht?«

Wer wusste schon, wie lange das neue Polen diesmal überdauern würde, es war schließlich schon mehr als ein Mal untergegangen. Außerdem waren die meisten Schlesier evangelisch, nicht katholisch wie die Polen. Doch der katholische Klerus agitierte eifernd mit.

»Oder glaubst du etwa auch, dass die Schwarze Madonna von Tschenstochau nur Polnisch versteht?«

Marielle lachte und legte ein weiteres Tischtuch auf den Bügeltisch.

»Es sind die Polen, die dich zu einer Polin machen wollen.« Benita hätte Marielle am liebsten bei den Schultern gepackt und geschüttelt. »Bei den Deutschen darfst du schlesisch bleiben.«

Jeder durfte an seinem Geburtsort abstimmen, es waren Sonderzüge dafür eingerichtet worden, die auch nach Tychy führten, Marielles Heimatort. Und nach Königsdorff-Jastrzemb. Plötzlich überkam Benita heftige Sehnsucht nach dem Kurort, dabei würde sie den Ort wohl kaum wiedererkennen. Mondän ging es dort gewiss nicht mehr zu.

»Wir könnten gemeinsam fahren.« Warum nur hatte sie das gesagt? Das war unmöglich.

Marielle drehte ihr wieder den Rücken zu. »Es ist zu gefährlich. Der Herr Baron wird dich nicht fortlassen, Beni«, sagte sie. In intimen Momenten benutzte sie den alten Kosenamen, obwohl Benitas Mutter ihr das einst verboten hatte. »Du musst sie ›gnädiges Fräulein‹ nennen, Marielle, hörst du? Alles andere gehört sich nicht.« Benita war froh, dass ihre kleine Schwester sich daran nie gehalten hatte.

Marielle hatte natürlich recht. Ludwig würde von der Idee gar nichts halten. Der Abstimmungskampf war immer brutaler geworden, immer wieder drangen polnische Trupps nach Oberschlesien ein, mit der Billigung der Franzosen, die bei der Aufteilung der Beute dabei sein wollten.

Wenn die Reise für sie zu gefährlich war, galt das auch für Marielle. Und doch. Durfte man den Kampf um Oberschlesien deshalb schon aufgeben?

Marielles wütender Aufschrei riss Benita aus ihren Gedanken. »Wirst du wohl, du Plotsch!« Murr, der rote Kater, angestellt zum Mäusefangen, war auf den Stapel mit den frisch gewaschenen und gebügelten Tischtüchern gesprungen, hatte sich zusammengerollt, den Kopf auf die Vorderpfoten gelegt und dachte nicht daran, sich von Marielle verjagen zu lassen, bis Benita ihn am Schlafittchen packte und hinausbeförderte.

Als sie zurückkam, saß Marielle in der Waschküche auf der Bank und schüttelte sich vor Lachen. Das war so ansteckend, dass Benita sich neben sie setzte und mitlachte.

Nach einer Weile griff Marielle nach ihrer Hand. »Mach dir keine Sorgen, Beni«, sagte sie leise. »Meine Heimat ist hier, ist bei dir. Das wusste ich schon, als ich gerade mal ein paar Wochen von zu Hause fort war. Ich vermisse nichts und niemanden. Vielleicht« – sie zog die Nase kraus –, »vielleicht vermisse ich manchmal den kleinen Jäckel, das war unser Jüngster. Aber wenn du wüsstest, wie wir gelebt haben ... «

Benita zog Marielle an sich. »Ich lass dich nicht allein, kleine Schwester«, murmelte sie. Sie erinnerte sich daran, wie Schlesiens arbeitende Bevölkerung hauste. Enge, dunkle, zugige Unterkünfte, unvorstellbare hygienische Zustände, Krankheitsepidemien. Dorthin wollte niemand zurück. Und wer wusste schon, ob man Marielle wieder nach Mondsee zurückfahren ließe nach der Abstimmung? Niemand konnte sagen, wie die Sache ausgehen würde.

»Mama?« Alard stand in der Tür. »Fräulein Sohn möchte dich sprechen!«

»Was hast du wieder angestellt, du Buxlik?« Marielle hatte sich aufgerichtet und lachte Alard an.

»Nichts, Mariellchen, gar nichts!« Der freche Knabe grinste zurück.

»Lacht ihr nur. Wer weiß, was deine Lehrerin heute wieder zu berichten hat.« Benita seufzte, stand auf, strich mit beiden Händen ihr Kleid glatt und ging aus dem warmen Waschküchendunst hinaus in den Hof, wo Fräulein Sohn bereits wartete.

»Es ist Zeit, dass Alard in die Schule geht«, sagte die Lehrerin, nachdem sie einander die Hand gegeben hatten. »Ich kann ihm zwar noch einiges beibringen, vor allem Manieren.« Sie machte eine Kunstpause, offenbar erwartete sie Benitas Zustimmung, aber die dachte nicht daran. »Aber nun, da der Vater wieder im Haus ist ... «

Benita stimmte ihr lachend zu. »Ja, endlich ist es vorbei mit der Weiberherrschaft!«

Fräulein Sohn lachte nicht. »Jedenfalls möchte ich mich

von Ihnen verabschieden. Mein Zug geht morgen Vormittag. Ich werde zu Hause gebraucht.«

Das überraschte Benita. Bislang hatte Fräulein Sohn wenig über ihre Familie erzählt. »Ihren Eltern geht es hoffentlich gut?«

Das Gesicht der Lehrerin veränderte sich, wurde weicher. »Sie wissen ja, wie es um Danzig steht. Wir sind – eingekreist.« Man sah ihr an, dass sie am liebsten »umzingelt« gesagt hätte.

Benita hatte vergessen, dass Fräulein Sohn aus Danzig stammte. Ihre Sorge war nur allzu berechtigt.

Der amerikanische Präsident hatte dem polnischen Staat einen freien und sicheren Zugang zum Meer garantiert. Für den Weg zur Ostsee musste ein polnischer »Korridor« durch Deutschland gelegt werden, ein Landstreifen zwischen Pommern und der Weichsel. Danzig wurde als Freistaat aus dem Deutschen Reich ausgegliedert, und seine Bewohner verloren die deutsche Staatsangehörigkeit. Ostpreußen war damit vom Deutschen Reich abgetrennt. »Politische Dummheit«, urteilte Ludwig. Ein viel zu mildes Urteil, dachte Benita. Das konnte nicht gut gehen.

»Ich will sie überreden, Danzig zu verlassen.« Die Brille der Lehrerin war beschlagen, vielleicht der Kälte wegen, vielleicht weinte sie auch.

»Das ist eine weise Entscheidung, Fräulein Sohn«, sagte Benita. Sollte sie Mitleid äußern? Aufmunternd sein? Irgendetwas musste sie sagen, aber sie wusste nicht, was bei der Frau ankommen würde, die da vor ihr stand, mit geröteter Nase, die sie jetzt mit einem Taschentuch betupfte.

»Ich wünsche Ihnen dabei natürlich alles erdenklich Gute«, sagte sie.

»Danke.« Die Lehrerin nahm die Brille ab und versuchte, sie mit dem Taschentuch trocken zu reiben. »Ich verlasse Sie ungern. Alard ist aller Mühe wert.«

Nanu? Das gestrenge Fräulein sagte das erste Mal etwas Positives über ihren Schüler.

»Er ist nicht fleißig und diszipliniert genug.« Na, das klang wieder nach dem Gewohnten, dachte Benita. Die Lehrerin blickte auf. Ohne die Brille sahen ihre Augen kindlich groß und irgendwie hilflos aus. »Aber er hat ein schnelles Auffassungsvermögen. Er beobachtet genau. Er ist empfindsam und oft in sich gekehrt. Ihm würden die Schule und der Kontakt mit anderen Kindern als denen aus dem Dorf sicher guttun.«

»Ohne Sie wird uns da jetzt wohl nichts anderes übrig bleiben, Fräulein Sohn.«

Die Lehrerin nickte, steckte das Taschentuch wieder ein, rückte sich die Brille auf der Nase zurecht und sagte: »Also dann.«

Benita streckte die Hand aus. »Ich danke Ihnen für all Ihre Mühe. Und sagen Sie doch bitte Hanesek Bescheid, er soll Ihnen morgen Ihr Gepäck zur Bahn bringen.«

»Auch Ihnen alles Gute«, sagte Fräulein Sohn, drehte sich würdevoll um und ging.

»Fräulein Sohn wird uns morgen verlassen«, sagte Benita beim Abendbrot. Für Alard war das offenbar nichts Neues, er stocherte in seinem Bohnensalat, ohne aufzuschauen.

Ludwig legte Messer und Gabel beiseite. »Das spart Geld«, sagte er, »und dürfte Alard gerade recht sein, was, Bursche?«

Alard schüttelte den Kopf. Auch eine Art von Nicken, dachte Benita.

»Wer wird dem kleinen Ganoven jetzt nur Manieren beibringen?«

»Fräulein Sohn meint, dass er in die Schule gehen soll.«

Sie hatte ihre Zweifel. Der Junge war zu still, er passte schon lange nicht mehr zu den Nachbarskindern, mit denen er früher gespielt hatte, und er würde sich auch in der Schule schwer damit tun, sich einer Gruppe anzuschließen. Er wäre stets ein Außenseiter.

»Aus der Volksschule ist er rausgewachsen. Also müsste er nach Wohlau ins Städtische Gymnasium.«

»Ach, die nehmen mich nicht.« Alard hatte den Kopf gehoben und lächelte seinen Vater an. Ein unwiderstehliches Lächeln, unwiderstehlich wie die dunklen Augen unter dem dunklen Haarschopf, dachte Benita. Er kommt eben nach Ludwig.

»Wieso denn das?«

»Da gehen nur die feinen Leute hin.«

»Die feinen Leute. Soso. Und wer hat dir so einen Unsinn erzählt?« Ludwig hob die Augenbrauen. »Marielle?«

»Ich glaube kaum, dass Marielle uns zu den weniger feinen Leuten zählt, Lieber«, sagte Benita und legte ihm die Hand auf den Arm. »Der Knabe will sich bloß drücken.«

»Aber daraus wird nichts«, sagte Ludwig bestimmt.

XVII

Die Abstimmung war gewonnen! Die Mehrheit der Oberschlesier hatte sich für den Verbleib bei Deutschland entschieden. In den Wochen nach dem schicksalhaften 20. März

1921 glaubte Benita sich wieder glücklich und im Frieden. Jetzt, endlich, konnte das normale Leben beginnen. Ludwig blieb nun meistens zu Hause, dem Himmel sei Dank, er wurde dringend gebraucht auf dem Gut. Gewiss, der Gutsverwalter machte seine Sache recht ordentlich, aber er hatte nicht Ludwigs Weitblick. Nur er konnte entscheiden, welcher Viehbestand auch zukünftig einen Markt finden und welche Feldfrucht auch in den nächsten Jahren verlässlich nachgefragt werden würde. Davon hing ihre Existenz ab.

Sie selbst versuchte, Marielle so oft wie möglich im Garten zu helfen, wo jetzt, im Frühjahr, die meiste Arbeit anfiel. Das Frühjahr war die Belohnung nach dem düsteren Winter. Im Park machten sich alle Stauden und Sträucher bereit, die Welt in ein duftendes farbiges Paradies zu verwandeln. Im Gewächshaus schossen die Setzlinge in die Höhe, und auf der Parzelle waren bereits die Spitzen der Erbsen zu sehen.

Doch mit Ruhe und Frieden war es bald wieder vorbei. Die Polen dachten nicht daran, den Mehrheitsentscheid anzuerkennen. All ihre Ängste stellten sich wieder ein und ließen Benita nachts nicht schlafen. Über ein Jahr lang war um Oberschlesien gekämpft worden, Tausende von Menschen hatten ihr Leben verloren, endlich war eine Entscheidung gefallen – warum um Himmels willen gaben die Polen keine Ruhe? Mitten in einem wunderbaren Frühling bestreikten die Arbeiter die oberschlesischen Gruben und Hütten. Soldaten und vom polnischen Staat unterstützte Aufrührer marschierten ein, um Schlesien vom »deutschen Joch« zu befreien: »Die Hölle ist hier los!« lautete die Schlagzeile in der Zeitung vom Wochenende.

Die Zeitung. Normalerweise lag sie abends neben Ludwigs Sessel am Kamin. Meist interessierte sich Benita nicht dafür. Politik war ein schmutziges Geschäft, all die Intrigen und Querelen stießen sie ab. Doch jetzt, wo sie sich über die jüngsten Nachrichten aus Oberschlesien informieren wollte, suchte sie die Zeitung vergebens.

»Gibt es neuerdings keine Zeitung mehr?«, fragte sie nach dem Abendbrot.

Ludwig hatte sich in seinem Sessel niedergelassen und eine Zigarre angezündet.

»Doch«, antwortete er. »Warum fragst du?«

»Weil ich sie nicht finde.«

»Du liest sie doch gar nicht«, antwortete Ludwig scherzhaft, aber sie merkte seinem Ton an, dass ihm nicht wirklich nach Scherzen zumute war.

»Ich lese sie jetzt. Weil ich wissen will, was in Oberschlesien passiert.«

»Was schreiben denn deine Eltern?«

Er wollte wohl ablenken. Der letzte Brief ihrer Eltern lag schon ein paar Wochen zurück und enthielt wie üblich nichts, was ihre Tochter alarmieren könnte. »Die Zeitung«, antwortete Benita. »Ich habe nach der Zeitung gefragt.«

»Ich gebe sie an Christoph weiter, sobald ich sie ausgelesen habe«, antwortete er behutsam. »Doch wenn du willst, bekommt er sie erst einen Tag später.«

Benita seufzte und setzte sich in ihren Sessel, ihm gegenüber. »Erzähl mir das Schlimmste«, sagte sie.

»Liebes, warum …« Er beendete seinen Satz nicht, er musste ihr angesehen haben, dass sie es ernst meinte. »Das Schlimmste heißt Albert Korfanty.«

»Der polnische Agitator?«

»Der sich neuerdings Wojciech nennt, damit die Polen ihn noch mehr lieben. ›Dieses Volk wird eher alle Gruben und Hütten sowie andere Arbeitsstätten vernichten, als dass es kapitulieren sollte.‹ Das ist die Botschaft.«

»Ich kenne den Satz«, antwortete Benita. Alle kannten ihn.

»Seine Mordbuben foltern, misshandeln und verschleppen, morden und zerstören, verwüsten Schulen und Bahnhofsgebäude, sprengen Brücken. Das Schloss Stubendorf von Strachwitz liegt in Trümmern. Kattowitz ist ohne Wasser. Und all das wird von regulären polnischen Militärs aus Kongresspolen unterstützt. Es ist zum Verzweifeln.«

Kattowitz war nicht weit entfernt von Königsdorff-Jastrzemb. Sie spürte ihren Puls schneller werden.

»Hat nicht der deutsche Selbstschutz den Annaberg zurückerobert?«

»Sicher. Doch in den anderen Teilen Oberschlesiens wüten die Aggressoren weiter.«

»Warum hindert sie denn niemand daran? Was machen die Franzosen? Die Italiener? Die Briten?«

»Nur die italienischen Truppen leisten Widerstand, die Franzosen unterstützen die Polen mehr oder weniger offen, egal, was Lloyd George davon hält. Und der hält gar nichts davon. Dennoch frage ich mich, wie lange auf die Engländer noch Verlass ist.«

»Ihr habt den Polen den kleinen Finger gegeben, und jetzt wollen sie die ganze Hand«, flüsterte Benita. »Wozu brauchen sie ein Königreich? Was hat der Kaiser sich dabei gedacht? Wir haben doch jahrelang friedlich zusammengelebt.«

»Liebes, ich habe seine Strategie für richtig gehalten.« Ludwig lehnte sich wieder zurück und legte die Zigarre in den Aschenbecher, er hatte wohl die Lust daran verloren.

»Wir haben geglaubt, wir könnten Polen ans Reich binden, ein unabhängiges Polen würde uns im Krieg unterstützen. Und wir brauchten ein Bollwerk gegen Russland. Wir haben den polnischen Nationalstolz unterschätzt. Sie wollen Polens einstige Größe wiederherstellen.«

»Auf unsere Kosten. Dabei hat Schlesien nie zu Polen gehört.«

Ludwig seufzte. »Noch haben sie sich nicht durchgesetzt.«

XVIII

Die Fahrt mit dem Zug nach Wohlau und zurück ist das einzig Schöne an der Schule. Jeden Morgen läuft Alard durch die nach Schwein und wiederkäuenden Rindern duftende Luft zum Bahnhof. Er ist meist schon da, bevor der Zug einrollt. Denn hier warten andere, weit aufregendere Gerüche. Zuerst ist da der Geruch von Kohle und Asche. Dann, wenn der Zug angeschnaubt kommt, riecht es nach Ruß und Rauch und heißem Öl. Er atmet tief durch und steigt erst ein, wenn die Dampflok ihren letzten Seufzer ausgestoßen hat. Im Abteil sitzt er hinter schnatternden Frauen mit Hauben auf dem Kopf und in dicken Röcken, aus denen der Geruch von Kampfer quillt. Die Männer riechen nach Schweiß und Schuhwichse, und die Holzbänke sind so blank gescheuert, dass man mit dem Hosenboden auf ihnen hin- und herrutschen kann.

Die Schule riecht anders. Im Treppenhaus nach Bohnerwachs. Im Klassenzimmer nach Kreide, ein Geruch, der ihm jedes Mal den Atem nimmt. Manche der Mitschüler riechen nach ungewaschenen Kleidern, andere nach ihren Pausenbroten. Der Deutschlehrer atmet Lutschpastillen.

Der Schulhof stinkt nach Nasenbluten und aufgeschlagenen Knien. Nach Fäusten und Fußtritten. Nach Alexander und Paul, Lorenz und Ignatz.

»Mach dir nichts draus, Prinzchen.« Marielle kniete vor Alard und betupfte mit einem feuchten Küchentuch die blutige Wunde auf seinem Knie.

Benita stemmte die Fäuste in die Taille. »Ich dachte, du wärst aus dem Alter heraus, in dem man herumtobt! Ist die Hose wenigstens heil geblieben?«

»Nein«, antwortet Marielle und tupfte weiter. »Kümmern Sie sich nicht darum, Frau Baronin, ich mach das schon. Und er kann nichts dafür, gell, Jingla?«

Wenn Marielle sie »Baronin« nannte, hatte Benita nichts zu melden, das kannte sie schon. Und Alard auch, der sagte besser gar nichts. Aber das Knie sah nur halb so schlimm aus wie sein Gesicht.

Marielle stand auf, fasste ihn unters Kinn und hob sein Gesicht der Sonne entgegen, die durch das Küchenfenster fiel. Das Blut stammte offenbar von einer Platzwunde über der Augenbraue. Auch unter der Nase blutiger Schorf.

»Was ist passiert?«, fragte Benita und strich ihm die feuchte Haarsträhne aus der Stirn.

Marielle antwortete. »Das waren die Burschen aus der Schule. Sie sind bis zum Bahnhof hinter ihm hergelaufen. Sie haben ihn so lange vor sich hergestoßen, bis er hingefallen ist. Und dann muss die Prügelei wohl weitergegangen sein.«

»Aber warum?« Und das Gymnasium sollte etwas für die feineren Leute sein?

»Der Adel muss hängen«, murmelte Alard. Er schien durch die Nase nicht atmen zu können. Hoffentlich, dachte Benita, war sie nicht gebrochen. »Rotfront.«

»Rotfront? Was ist denn das für ein Unsinn?«

»Die von der Rotfront sagen, dass der Adel an die Laterne gehört. Neben die Papisten.«

Dass die Kämpfe der Zeit schon bei den Schülern angekommen waren, hätte sie nicht wundern dürfen. Dennoch war Benita schockiert.

»Die Rotfront kriegt von den Katholischen auf die Nase. Und ich von allen.«

»Du musst zurückhauen«, meinte Marielle sachlich, die Alards Knie zugepflastert hatte und jetzt versuchte, ihm mit dem Küchentuch das Gesicht zu säubern. »Nicht lang reden. Zuschlagen.«

Alard versuchte zu lachen. »Das sind zu viele, Mariellchen.«

»Du musst es deinen Lehrern sagen.« Benita nahm Marielle das Tuch aus der Hand und wusch es unter dem Wasserhahn aus.

Alard warf ihr einen Blick zu, den sie von ihm nicht kannte. Ein viel zu erwachsener, viel zu abgeklärter Blick. Einer, der sagte: So ist das Leben. Man muss das hinnehmen. Sie sind in der Mehrzahl.

»Nur weil sie mehr sind, haben sie nicht recht«, sagte sie bestimmt. »Ich rede mit deinem Klassenlehrer.«

»Bitte, Mama«, murmelte Alard unter dem feuchten Tuch, das Marielle ihm wieder unter die Nase hielt. »Tu das nicht. Dann bin ich ein Verräter, und sie fallen erst recht über mich her.«

Oberlehrer Lübbert äußerte zwar vollstes Verständnis für ihre mütterlichen Sorgen, aber er riet davon ab, die anderen Jungen zur Rechenschaft zu ziehen. »Das macht es für Ihren Sohn nur schlimmer. Er ist nun mal ein Außenseiter.«

»Warum ein Außenseiter?«

Lübbert wand sich. »Er ist den anderen voraus, jedenfalls in Deutsch und Mathematik.«

Das verdankte er Fräulein Sohn und seinem Vater – und vielleicht auch seiner Mutter. Sie war ein wenig stolz auf dieses Lob, aber dass ihm das nun zum Nachteil wurde, war ungerecht.

»Und dann ... im Krieg ...« Lübbert senkte den Kopf. Er war ein kleiner, drahtiger Mann mit schwarzem Haar und Seitenscheitel, fest an den Kopf geklebt. Er hatte sicher bereits vor dem Krieg unterrichtet.

Benita wartete.

Lübbert seufzte. »Alle denken hier, die Rittergutsbesitzer auf dem Land hätten ein feines Leben gehabt, während man in der Stadt darben musste.«

Das erklärte vielleicht, dass die streitlustigen Buben den Adel aufhängen wollten. Aber was war mit Rotfront?

»Die Kinder geben doch nur das wieder, was sie zu Hause hören. Auch in Wohlau haben wir Personen, die den Umsturz wollen. Sie wissen ja, was im Reich los ist. Selbst hier bei uns gibt es Kommunisten.«

Kommunisten. Bolschewisten. Niemals würde Benita vergessen, dass diese Verbrecher die Zarenfamilie getötet hatten.

»Alard hat erzählt, dass sich die Rotfrontanhänger auch mit den Katholiken streiten. Was ist los an Ihrer Schule, Herr Lübbert? Sie können das doch nicht einfach hinnehmen!«

»Die Schule ist nicht aus der Welt, Baronin. Der Sieg über die Russen hat den Nationalstolz der Polen befördert und ärgert naturgemäß die Kommunisten.«

»Ich wünsche, dass Sie meinem Sohn bei Konflikten beistehen«, erklärte Benita erhobenen Hauptes, obwohl sie einzusehen begann, dass das nichts nützen würde. Alard musste sich selbst helfen.

»Ich tue mein Bestes«, murmelte der Lehrer und brachte sie zur Tür.

Der Junge kam noch mehrmals zerschunden nach Hause, aber er klagte nicht, im Gegenteil. »Wir haben es ihnen ordentlich besorgt«, sagte er, als sie ihn eines Tages kopfschüttelnd fragte, ob das nun immer so weitergehen würde.

»Ihr habt euch gewehrt?«

Er zuckte mit den Schultern. »Nicht wir. Die anderen mussten sich wehren.«

Benita durchfuhr ein eisiger Schreck. »Wer ist *wir*?«, fragte sie, schärfer, als sie wollte.

»Die schwarzen Ritter«, antwortete Alard mit leuchtenden Augen. »Wir beschützen alle, die unter den Schlägern leiden.«

Er hatte es offenbar geschafft. Er hatte sich selbst geholfen. Aber um welchen Preis? Wer waren die anderen?

Ludwig lachte über ihre Sorgen. »Er hat sich mit Freunden zusammengetan, er ist kein Einzelgänger mehr, das ist gut so!«

Als sie darauf nicht einging, nahm er ihre Hand und küsste sie. »Seit unvordenklichen Zeiten wollen Schulbuben sich prügeln. Das werden wir nicht ändern können. Sieh es positiv: Alard macht die unschätzbar wichtige Erfahrung, dass man sich wehren kann, wenn man nicht allein ist.«

Er hatte sicher recht. Doch die Zeiten waren nicht normal, die politischen Gegensätze spitzten sich zu, und plötzlich mussten sich schon die Kinder entscheiden, auf welcher Seite sie stehen wollten. Wann hatte das begonnen, dass man sich in Deutschland nicht mehr zusammengehörig fühlte?

Sie drückte Ludwigs Hand, seine warme große, ein wenig raue Hand. Es war ein Trost, dass der Sohn wieder einen Vater hatte.

XIX

Benitas Angst um ihre Eltern wuchs von Tag zu Tag. War so ein Kurort nicht ideal für alle, die ihren Hass auf die Reichen und Mächtigen austoben wollten?

Ludwig verstand. »Du hast recht, wir müssen uns um deine Eltern kümmern. Ich werde sie anrufen. Sie sollten so bald wie möglich zu uns kommen.«

Er konnte Gedanken lesen.

Auf Gut Mondsee hatten sie kein Telefon. »Wozu auch?«, meinte Ludwig. Wenn es mal nötig war, ging er hinüber zum Bahnhof, bei Bahnhofswärter Scheloske gab es einen Anschluss. Als Ludwig vom Telefonieren zurückkam, sah Benita seinem Gesicht an, dass er schlechte Nachrichten mitbrachte.

»Ich habe im Kurhaus angerufen, hatte ein hysterisches Frauenzimmer am anderen Ende, das ich erst mit allen Mitteln überreden musste, sich in Bewegung zu setzen. Offenbar wurde überall in der Stadt geplündert und zerstört, den Apotheker haben sie erschlagen. Beinahe konnte ich verstehen, dass die Frau sich nicht hinauswagte, aber als ich vom Kurarzt Lanzdorf sprach, lenkte sie ein.«

Benita war entsetzt. »Meine Eltern sind überall beliebt, sie haben sich doch um jeden gekümmert, um alle, nicht nur um die reichen Kurgäste!«

»Ich weiß, Liebes. Jedenfalls musste ich eine Stunde warten, bis ich die Frau wieder in der Leitung hatte.«

»Warum hat sie nicht Vater ans Telefon geholt? Oder Mutter?«

Ludwig schüttelte den Kopf. »Die Praxis war leer, Benita. Sie hat niemanden angetroffen. Die Plünderer haben den Medikamentenschrank ausgeräumt und das Mobiliar zerschlagen. ›Da ist nichts mehr zu retten‹, hat die Frau gemeint.«

»Dann müssen doch die Eltern noch oben in der Wohnung gewesen sein! Hat diese Person auch da nachgeschaut?«

»Hat sie. Auch in der Wohnung war niemand. Aber es muss dort gebrannt haben. Die Einbrecher haben offenbar Stühle und Kissen in die Mitte des Wohnzimmers gelegt und angezündet.«

»Papa und Mama haben sich in Sicherheit gebracht«, sagte Benita fest. »Sie haben Freunde. Einflussreiche Patienten. Sie sind vielleicht in der Villa der rumänischen Großherzogin untergekommen.«

Wieder nahm Ludwig sie in den Arm. »Wir werden bald von ihnen hören«, flüsterte er.

Tage später. »Wenn Alard nicht gewesen wäre. Er hat sofort gewusst, was zu tun war«, flüsterte Benita, noch immer den Tränen nah. »Ohne ihn hätten sie am Bahnhof gestanden und gewartet, allein, verloren …«

Am späten Nachmittag war ein Nachbarsjunge atemlos auf den Hof gelaufen, lautstark begrüßt von Argos, der mit Alard spielte. »Ihr müsst jemanden zum Bahnhof schicken«, hatte der Junge gerufen. »Mit dem Leiterwagen.«

Alard lief zu Hanesek, der gerade mit einem Schubkarren voller Mist aus dem Stall kam. Der ließ die Schubkarre stehen, holte den Leiterwagen aus der Remise und trabte im Laufschritt zum Bahnhof, Alard und Argos hinterher.

Die Großeltern waren gekommen.

»Das ist alles ein großes Missverständnis. Die Polen sind unsere Freunde.« Caroline von Lanzdorf lächelte verträumt. Ihre blauen Augen waren blass geworden, ihr blondes Haar dünn und matt. Sie lag wie ein zartes Hühnchen auf der Récamiere im Kaminzimmer. Benita hielt ihre Hand und konnte die Tränen kaum unterdrücken. Das war nicht mehr die zupackende, lebenspraktische Frau, die sie kannte. Ihre Mutter war in ihren Grundfesten erschüttert, aber das würde sie nie zugeben.

»Du hast recht, man soll nicht alle über einen Kamm scheren. Doch es gibt auch welche, die nicht unsere Freunde sind, Mama.«

»Das stimmt natürlich, Liebes.« Ein zarter Händedruck. »Aber die bedeuten nichts. Wir kehren bald zurück und bauen die Praxis wieder auf. Sie brauchen uns doch, jetzt erst recht.«

»Natürlich«, sagte Benita leise. »Und bis es so weit ist, bleibt ihr hier.«

Marielle richtete eine der beiden Parterrewohnungen im Kavaliershaus für die beiden ein, Benita hatte ihrem Vater angemerkt, dass ihm der Gedanke unangenehm war, im Gästezimmer des Guts zu wohnen. »Ihr braucht euren Raum, in dem ihr ungestört seid, und wir auch«, hatte er leise gesagt, als sie über die Unterbringung der beiden alten Leute beratschlagten. Aber vielleicht scheute er einfach nur das Treppensteigen, mit seinem kaputten Bein, und wollte es nicht zugeben? »Männer«, hatte Benita gedacht.

»Das alles ist eine fürchterliche Verirrung. Bald ist der Spuk vorbei, und wir werden wieder friedlich zusammenleben. Denk an das, was Gerhart Hauptmann gesagt hat, unser großer Dichter, vor dem Reichstag! Es gibt einen Weltenbrand, wenn das Ergebnis der Volksabstimmung missachtet wird. Das kann niemand wollen.«

»Doch, Mama. Wenn es nach Korfanty geht, werden fast alle Bergwerke, Erzgruben, Stahl- und Walzwerke an Polen gehen. Von Ratibor bis Kattowitz, mitsamt Königshütte und Tarnowitz.«

»Das hast du missverstanden. Korfanty will, dass wir in Frieden zusammenleben. Das wollen doch alle! Und warum sollen wir uns nicht unseren Wohlstand teilen, die Polen und wir? Das scheint mir das Gerechteste zu sein.«

»Das ist schön gedacht, Mama. Aber es geht ihnen nicht ums Teilen. Sie wollen alles.« Und die Franzosen helfen ihnen dabei, dachte Benita.

»Denk an den Fürsten von Pless. Niemand braucht ein derart riesiges Schloss wie Fürstenstein. Das war einer der Gründe, warum Daisy mit ihrem Mann nicht mehr glücklich sein konnte, heißt es. Hans Heinrich hat das gesamte Vermögen der Familie in den Ausbau seines Schlosses gesteckt, wie ein Wahnsinniger! Und jetzt? Wer braucht denn schon sechshundert Räume?«

»Du hast ja recht. Es gibt keine rauschenden Feste mehr zu feiern. Es gibt auch keinen Besuch des Kaisers oder des englischen Königs mehr«, sagte Benita leise. »Fürstenstein ist verzichtbar. Aber was wird aus Königsdorff?«

Beim Gedanken an den hübschen kleinen Kurort, in dem sie aufgewachsen war, wären ihr beinahe schon wieder die Tränen gekommen.

Ihre Mutter richtete sich mühsam auf. »Ach, es ist doch im Grunde egal, wer an der Regierung ist. Mein Vater hat immer gesagt: Man wechselt die Uniform und ist darunter noch immer derselbe Mensch.« Sie ließ sich wieder zurücksinken. »Und es ist noch nichts beschlossen, oder?«

Nein, dachte Benita und lächelte ihre Mutter an. Aber ich mache mir keine Hoffnung mehr. »Hast du etwas gehört von Prinzessin Daisy?«, fragte sie.

Caroline von Lanzdorf strich sich die Haare aus der Stirn und seufzte. »Sie hat es furchtbar schwer. Man stelle sich vor: Sie durfte während des ganzen langen Krieges nicht mehr zu ihrer Familie nach England! Weil sie eine deutsche Spionin gewesen sein soll! Und bei uns hat man sie ›Engländerin‹ geschimpft, weil sie angeblich Deutschland verraten hat!«

»Prinzessin Daisy? Sie war mit dem Kaiser befreundet, womit soll sie Deutschland verraten haben?«

»Hast du nicht gehört? Angeblich hat sie den Großherzog von Mecklenburg-Strelitz in den Tod getrieben, ihren Freund, weil der herausgefunden hat, dass sie für den Feind spioniert.« Caroline schüttelte den Kopf. »Das sind nichts als Lügen. Es ist so unfassbar niederträchtig. Sie war heimatlos! Ihr Mann hat ihr untersagt, nach Hause zu kommen!«

Arme Daisy. Sie war zwischen die Fronten geraten, sie, die doch immer alle versöhnen wollte, vor allem die Engländer und die Deutschen. Aber die Engländer haben uns im Stich gelassen, dachte Benita bitter. Sie haben mit den Franzosen und den Russen gegen uns paktiert. Ohne ihre Einmischung hätte sich der Krieg nicht zu diesem unbeschreiblichen Massenmorden gesteigert. Das sagte Ludwig – und Benita gab ihm recht.

»Erst im Juni durfte sie zurück nach Fürstenstein. Es sollte wohl einen Neuanfang geben mit dem Fürsten. Aber Winchen meint, nun würde alles auf eine Scheidung hinauslaufen.«

Malwine. Die alte Klatschtante. Natürlich. Benita erinnerte sich an die Stecknadeln zwischen den schmalen Lippen der Schneiderin, an ihre kalten Finger, wenn sie hier einen Abnäher und dort einen Saum am Kleid absteckte. Die Person mit dem guten Kontakt zum Personal am Fürstenhof.

Winchen hatte nicht nur ihr Hochzeitskleid genäht, sondern auch das Kleid, das sie bei ihrem ersten Besuch auf Schloss Pless getragen hatte. Das Kleid, in dem sie Ludwig zum ersten Mal begegnet war. Sie hatte noch immer die lebhaftesten Erinnerungen an das Fest, an die Farben und das Licht, an die vielen Menschen und den Duft von Blumen und Parfüm. Die Zeit für so viel Prachtentfaltung war vorbei. Die Ära der Prinzessin von Pless war vergangen. Dieses Europa gab es nicht mehr.

Caroline hatte die Augen geschlossen, ihre ruhigen Atemzüge verrieten, dass sie eingeschlafen war. Benita zog die Decke um die viel zu schmale Gestalt ein wenig höher. Hanesek musste Feuer machen. Man spürte den kommenden Winter.

Alles vergeht, dachte Benita, natürlich, das muss so sein, es ist der Gang der Welt. Aber ihr war eng um die Brust geworden.

Sie ließ ihre Mutter schlafen und ging hinaus, auf der Suche nach Hanesek. Alard und sein Großvater saßen im Rosengärtchen unter der Pergola, sie hörte Alards helle Stimme, er schien etwas zu fragen, und dann ertönte die Stimme ihres Vaters. Benita blieb stehen.

»Es geht selten gerecht zu in der Welt, lieber Junge. Natürlich ist der Kaiser nicht schuld am Krieg. Aber das Deutsche Reich hat den Krieg verloren, und einer muss es doch büßen, dieses schreckliche Massenmorden.«

»Wir hätten siegen sollen«, antwortete Alard, stolz und trotzig. Woher er das wohl hatte. Sein Großvater lachte leise. »Sicher. Besser wäre gewesen, wir hätten den ganzen Unsinn gar nicht erst mitgemacht. Noch besser, wenn sich auch die anderen zurückgehalten hätten, statt aus einem begrenzten Konflikt einen Weltenbrand zu machen. Merke dir eines: Niemand ist nur gut oder nur böse, aber die Menschen neigen dazu, sich einen Sündenbock auszusuchen, wenn sie irgendwann feststellen, dass sie alle gemeinsam den Karren in den Dreck gefahren haben.«

»Aber wieso müsst ihr weg aus eurer Heimat? Was könnt ihr denn dafür?«

Benitas Vater seufzte. »Uns hat niemand gefragt, Alard. Deine Großmutter und ich, wir wollten keinen Krieg. Aber die Kriegsherren denken nicht an all jene, die ihre Entscheidungen ausbaden müssen. Das war immer schon so.«

Als Benita sich gerade unauffällig zurückziehen wollte, stand Ludwig hinter ihr.

»Deine Mutter begreift den Ernst der Lage nicht«, murmelte er. »Und dein Vater ahnt das Schlimmste noch nicht einmal.«

»Schsch«, machte Benita und zog ihn fort, sie wollte das Gespräch von Enkel und Großvater nicht unterbrechen.

»Der Völkerbund wird der Teilung Oberschlesiens zugunsten Polens zustimmen«, sagte Ludwig, als sie weit genug weg waren. »Wir können die Reparationen nicht mehr zahlen. Und die Mark verliert immer weiter an Wert.«

Benita schwieg. »Wir werden Mama in ihrem Glauben lassen, dass alles gut wird«, sagte sie nach einer Weile. »Alles andere verkraftet sie nicht.«

XX

Mondsee, Berlin

»Warum haben wir eigentlich kein Auto?« Alard lächelte unschuldig. Benita kannte das nur zu gut, so lächelte er immer, wenn er etwas ganz und gar Unmögliches sagte oder tat.

Ludwig legte Messer und Gabel beiseite. »Warum sollten wir eines haben wollen? Wir haben den Landauer und unsere Pferde.«

Benita blickte nicht auf, aus lauter Angst, lachen zu müssen. Sie zerteilte ihren Kartoffelkloß besonders sorgfältig, spießte ein Stück auf die Gabel und tunkte es in die Soße. Beinahe hätte sie gekleckert, auf das frische weiße Tischtuch, das sie erst heute aufgelegt hatte. Sie aßen wieder im Esszimmer, nach all den Jahren, in denen sie fast vergessen hatte, was Tischkultur war. Manchmal sehnte sie sich beinahe zurück nach der Intimität der Küche und der Gesellschaft von Marielle, die wusste, wie man mit vorlauten Knaben fertigwurde. Jetzt war Alards Vater dafür zuständig.

»Es hat ein Autorennen gegeben. In Berlin. Auf der Avus«, berichtete Alard.

»Was du alles weißt«, knurrte Ludwig.

»So ein Auto ist viel schneller als unser Pferdewagen.«

»Mag ja sein. Aber mit Lisbeth und Hummel kommen wir wenigstens auch da an, wo wir hinwollen.« Ludwig ließ sich von Alards Begeisterung nicht anstecken. Benita schon eher. Sie hatte alles über die Deutsche Automobilausstellung im vergangenen Herbst gelesen. Edmund Rumpler, der Erbauer der legendären »Taube«, eines der ersten deutschen Motorflugzeuge in größerer Stückzahl, durfte nach dem verlorenen Krieg keine Flugzeuge mehr bauen und hatte nun ein Auto vorgestellt: eine windschnittige Limousine namens »Tropfenauto«. Ihr gefiel das. So ein Auto hinterließ keine Pferdeäpfel, blieb nicht stehen, wenn es keine Lust mehr hatte, und ging auch nicht durch, nur weil ein Hund es anbellte.

»Also wenn wir ein Auto hätten, könnte ich damit üben und später Rennfahrer werden.«

»Ich glaube nicht, dass du auf unseren verschlammten Feldwegen weit damit kommst«, sagte Ludwig und ließ sich von Berbla den Nachtisch servieren. »Wie ich hörte, hat sich ja selbst die Rennstrecke in Berlin als wenig geeignet erwiesen. Aber wenn ich so darüber nachdenke ...«

»Ja?« Alard rutschte auf dem Stuhl hin und her und ignorierte seinen Nachtisch.

»Wir müssen mit Christoph reden, er soll noch vor dem Frühjahr die Wirtschaftswege planieren und schottern, denk doch bitte mit daran, Benita.« Ludwig legte die Serviette beiseite und stand auf. »Und wir üben mal mit dem Landauer, Alard, wenn das Wetter besser ist, ja?«

Benita hielt sich die Serviette vor den Mund, damit ihre beiden Männer nicht sahen, dass sie in sich hineinkicherte.

»Du hättest auch gern ein Auto, Mama, nicht wahr?«, flüsterte Alard, als sein Vater aus dem Zimmer war.

»Warum nicht? Aber musst du denn unbedingt Rennfahrer werden? Warum nicht Löwenbändiger? Oder Archäologe, wie Schliemann? Weltreisender, wie Gertrude Bell?« Durften Deutsche heutzutage wieder in die Welt reisen? Was durften sie denn überhaupt noch?, fragte sich Benita. Von den Olympischen Spielen hatte man sie ausgeschlossen, warum auch immer. Dabei waren es doch nicht die deutschen Sportler, die den Krieg verursacht hatten.

»Ach, das machen schon alle anderen. Ich möchte etwas tun, was noch niemand getan hat!«

Benita machte ein ernstes Gesicht, dabei war sie ganz und gar hingerissen von diesem zehnjährigen Knaben, der mit glühenden Augen unter den dunklen Locken kerzengerade dasaß, ein künftiger Held, Bezwinger brüllender Maschinen, Abenteurer, Entdecker des Unbekannten.

»Du könntest Forscher werden. Erfinder.«

Alards Augen verloren ein wenig von ihrem Glanz.

»Ach nein, das ist nicht das Richtige, da müsstest du ja auf deinem Hosenboden sitzen – wie jetzt gleich, in exakt zehn Minuten, wenn du das Heft herausnimmst und deinen Schulaufsatz schreibst!«

Alard stöhnte auf wie Argos, wenn er schlecht träumte.

»Also geh und bring es hinter dich. Je schneller du mit der Schule fertig bist, desto eher kann das Abenteuer beginnen.«

Er schob seinen Stuhl zurück und stand auf, etwas zu heftig, er hatte noch immer nicht gelernt, seine Gefühle zu zügeln. Sie blickte ihm hinterher. Sie gab es ungern zu, aber die Schule tat ihm gut. Er wusste jetzt, wie man sich behauptete. Und er bekam Anregungen, die auf dem Gut selten zu haben waren. Je öfter Benita mit ihren Eltern zusammen war, desto heftiger vermisste sie Königsdorff – oder vielleicht auch nur seine vielsprachigen Kurgäste mitsamt ihren fremden Sitten und Gebräuchen. Die Welt war nach dem Krieg furchtbar klein geworden. Und so ein Rittergut war ja nicht viel mehr als ein etwas größerer Bauernhof.

Draußen in der Welt gab es so vieles, was sie nicht kannte. Autos, sicher, das eine oder andere sah man auch in Wohlau. Doch Berlin hatte nicht nur die Oper, Theater, Museen, sondern auch Kinopaläste – und vielleicht noch ein bisschen von jenem alten Glanz, der im Morast der Schützengräben versunken war.

Sie sprach mit Ludwig nach dem Abendessen, als Alard schon auf seinem Zimmer war. Dass er gar nicht groß überredet werden musste, verblüffte sie. Sollten nicht die Wege geschottert werden? Was war mit den Vorbereitungen aufs Frühjahr? Es gab so viel zu tun auf dem Gut! Er lächelte.

»Wozu haben wir Christoph? Und bis zum Frühling ist es noch eine Weile hin.«

Eine Woche später ging es nach Berlin.

Sie fuhren zeitig los. Christoph von Rahnfeld, Marielle und die Eltern brachten sie im großen Geleitzug zum Bahnhof, Marielle hatte einen Picknickkorb gepackt, als ob es um eine Expedition in ferne Länder ginge. Dabei würden sie noch nicht einmal vier Stunden unterwegs sein.

Sie hatten ein ganzes Abteil für sich, die Fahrt verlief ruhig und entspannt. Ludwig las die Zeitung, er kannte die Strecke von seinen vielen Reisen nach Berlin. Alard schien völlig damit zufrieden, aus dem Abteilfenster in die Gegend zu schauen. Benita hatte den »Fall Deruga« von Ricarda Huch eingesteckt, ein »Schundroman«, wie Ludwig meinte, aber sie sah das anders. Warum sollte Literatur nicht spannend sein dürfen? Doch auch sie genoss den Ausblick aus dem Fenster, es war aufregend, wie sich die Landschaft von Kilometer zu Kilometer veränderte. Und wie sich der Zug bei jedem Halt entleerte und wieder auffüllte: mit Alten und Jungen, Frauen mit Hut und Mütterchen mit Kopftuch, in Liegnitz, Sommerfeld, Frankfurt. Viel zu früh kamen sie in Berlin an, auf dem Schlesischen Bahnhof, sie hatten Marielles Picknickkorb kaum angerührt. Auf dem Perron wartete ein Chauffeur auf sie, der sie zum Continental-Hotel brachte.

Ludwig hatte auch dafür gesorgt: »Du wirst sehen: Alles ist in der Nähe, Museen, Theater, worauf immer du Lust hast. Unter den Linden ist gleich um die Ecke.«

Das Hotel war riesig. Und erst die Eingangshalle! Alard zeigte sich tief beeindruckt, aber Benita fühlte sich beinahe eingeschüchtert. Schloss Pless war kaum großartiger gewesen. Doch für ausgiebiges Staunen war keine Zeit, Ludwig drängte nach draußen, sobald sie sich in ihrer Suite frisch gemacht und sich umgezogen hatten.

Es war ein eisig kalter Tag, von Frühling keine Spur, doch immerhin schien die Sonne. Auf der Eisenbahnbrücke über der Friedrichstraße las man in großen Lettern Werbung für eine Zigarrensorte, die sich »die gute Massary« nannte. Seltsam. Nach der Schauspielerin?

Benita wärmte sich die Hände in ihrem Pelzmuff und stellte schon nach wenigen Metern auf der Friedrichstraße fest, dass sie die Einzige war, die so etwas noch trug.

Alard musterte die Passanten unbefangen, während Benita versuchte, ihre Neugier zu verbergen. Nur Ludwig schritt mit erhobenem Haupt voran, als ob die Stadt ihm gehöre. Plötzlich blieb Alard stehen und zupfte an ihrem Mantel. »Mama!

Was ist das?« Er deutete auf eine Dame in hochgeschnürten Stiefeletten mit einem dramatisch ausladenden Hut auf dem Kopf. Hinter der Dame trippelten zwei kleine weiße Wollknäuel an der Leine.

»Schoßhunde«, flüsterte sie ihrem Jungen zu. »Die hat man hier.«

»Argos würde die beiden für Nachtisch halten«, flüsterte Alard zurück. Sie lachten sich an, zwei Verbündete inmitten einer Hochburg des modernen Lebens.

»Unter den Linden« war ein prächtiger Boulevard, ganz ohne Zweifel. Hinter ihnen lag das Brandenburger Tor, vor ihnen eine breite baumgesäumte Allee zwischen prächtigen Gebäuden, manche vier oder sogar fünf Stockwerke hoch, mit gestreiften Markisen über den Läden und Cafés im Erdgeschoss. Ludwig gab den Fremdenführer, er wusste über beinahe jedes Gebäude etwas zu sagen, vom Café Kranzler über das Hotel Imperial bis zum Zeughaus, aber schon bald konnte sie ihm nicht mehr folgen.

Nach einer Stunde des Flanierens gingen sie zum Hotel zurück, wo eine Motordroschke auf sie wartete, ein riesiger schwarzer Wagen mit lang gezogener Schnauze und Platz für sechs Personen. Alard war völlig aus dem Häuschen und wäre am liebsten neben dem Chauffeur eingestiegen, aber das erlaubte Benita nicht. Während die Männer geradezu an den Fenstern klebten, schaute Benita nur ab und an hinaus. Die Fahrt war viel zu aufregend für ihren Geschmack.

Die Stadt war ihr zu groß und zu laut, die Häuser waren zu hoch und zu wuchtig, sogar die Nebenstraßen waren zu breit und die Menschenmengen unüberschaubar. Überall Fahrräder und Karren, dazwischen die Straßenbahn, behäbige Doppeldeckerbusse und furchtbar viele Autos, die Krach machten und übel rochen. Als sie beim Kurfürstendamm angelangt waren und ausstiegen, konnte Benita sich kaum auf den Beinen halten.

»Du wirst es nicht für möglich halten, aber das hier war mal ein schlichter Reitweg, auf dem Kurfürst Joachim vom Stadtschloss zum Jagdschloss Grunewald ritt«, sagte Ludwig und hakte sie unter. »Und jetzt ist hier die Welt zu Hause.« Jenseits des breiten Bürgersteigs, von Bäumen begrenzt, drängte sich alles, was Räder hatte. Auf dem Bürgersteig vor und hinter ihnen Menschenmassen, die sich an den weiß leuchtenden Wohnhäusern vorbeidrängten, eines prächtiger als das andere. Dazwischen Kaffeehäuser und Kinos, Bars und Theater. Und inmitten all des Wohlstands und der Eitelkeit hockten Kriegskrüppel am Wegesrand, die ihre Mütze aufhielten. Benita bat Ludwig um Kleingeld, wenigstens eine Winzigkeit musste man gegen das Elend tun.

Als es dämmerte, sprangen überall Lichter an: Jede Bar, jedes Restaurant, jedes Kaufhaus warb mit großen Lettern für sich. Über allem schwebten riesige beleuchtete Reklametafeln. Die Werbung für eine Mundspülung namens Odol war besonders auffällig. Jedes Schaufenster war hell erleuchtet, vollgestopft mit einer Überfülle an Waren.

Trotz des vorzüglichen Essens abends im Hotel, bei dem sich Alard von seiner besten Seite zeigte, war Benita völlig erschöpft und ging zeitig ins Bett.

Am liebsten hätte sie den folgenden Tag mit Kopfschmerzen im abgedunkelten Hotelzimmer verbracht. Als ob er gespürt hätte, wie überanstrengt sie war, erklärte Ludwig nach dem Frühstück den Tag zu einem Männertag: »Genieß ein bisschen Luxus, Liebes. Der junge Mann und ich gehen Männersachen kaufen. Danach schauen wir uns die neuesten Automobile an.« Er beugte sich zu ihr hinunter, küsste sie auf die Wange und flüsterte ihr ins Ohr: »Zum Abschluss besuche ich mit dem Jungen eine verruchte Bar mit halb nackten Weibern, was hältst du davon?« Sie verschluckte sich fast vor Lachen.

Als die beiden wieder auftauchten, war sie entspannt und gelöst und bereit für das Abenteuer, das Ludwig bereits angekündigt hatte. Doch er wollte ihr auch beim Nachmittagstee nicht verraten, worum es ging. Noch irritierender: Die beiden Männer warfen sich verschwörerische Blicke zu, aber keiner erzählte, was sie den ganzen lieben langen Tag getrieben hatten. Einerseits freute sie sich, dass das Band zwischen Vater und Sohn so eng geworden war. Andererseits fühlte sie sich ausgeschlossen. »Männerangelegenheiten« – das bedeutete selten Gutes und war meistens kostspielig.

Nach dem Tee ging es wieder hinaus in die Kälte. Diesmal nahmen sie eine Droschke, überquerten »Unter den Linden« und fuhren durch die Mohrenstraße bis zum Potsdamer Platz. Sie hielten vor einem Gebäude, einem riesigen Kasten, der in der ersten Etage anstelle von Fenstern eine Art Bullaugen hatte.

»Ein Kino!«, rief Alard andächtig.

Hatte sie sich nicht genau das gewünscht? Benita stieg aus der Droschke. Vor dem Eingang zum Kino stand man Schlange, doch Ludwig hatte bereits Karten besorgt. Mit einer Spur schlechten Gewissens folgte Benita ihren beiden Männern, die sich an der langen Schlange vorbei ins Innere drängten.

Das Gemurmel von Hunderten von Menschen quoll ihnen entgegen. Es roch nach Zigarettenrauch und Parfüm. Der Kinosaal kam ihr riesig vor, wie sollten sie sich hier zurechtfinden? Doch Ludwig dirigierte sie sicher zu ihren Plätzen. Und dann begann das Schauspiel mit einer Schrift auf der Leinwand.

»Spukhafte Träume steigen aus dem Herzen und nähren sich von Deinem Blut.« Der Satz erschütterte sie beinahe mehr als das, was folgte: die Geschichte eines jungen Mannes, der seine schöne Frau zurückließ, um in die Karpaten zu einem geheimnisvollen Grafen zu fahren. Als die Gestalt des Grafen zum ersten Mal auftauchte, ging ein Stöhnen durch den Saal. Der spindeldürre Kerl mit den langen Fingernägeln, den riesigen schwarz umränderten Augen und der Hakennase war offenbar ein Vampir, ein Blutsauger, der es auf den jungen Mann abgesehen hatte. Benita fand die Geschichte eher bizarr als gruselig, die Schauspieler agierten übertrieben, wohl um auszugleichen, dass man sie nicht hörte. Nur die Bilder der wilden Landschaft faszinierten sie – und überhaupt: dass die Bilder laufen gelernt hatten. Ein Seitenblick zeigte ihr, dass Alard offenen Mundes zusah. Gruselte er sich? War er vom Bösen fasziniert? Und wenn ja, was hieß das? War ihr Sohn bloß abgebrüht? Oder gar gefährdet?

Er hat zu oft beim Schweineschlachten zugeschaut, dachte sie, Blut schreckt ihn nicht. Aber was mochten all jene denken, die das große Blutvergießen im Krieg mit Müh und Not überstanden hatten?

Doch immerhin: Der unheimliche Blutsauger endete als Rauchwölkchen, und das Publikum im Saal klatschte, als ob es damit zufrieden sei. Sie war froh, dass der Film und die aufdringliche Musik vorbei waren.

Im Hotel beim Abendessen enthüllte Ludwig endlich seine Pläne. Vater und Sohn hatten zuerst Zigarren eingekauft, bei Loeser und Wolff.

»Keine Massary?«

Ludwig lachte. Danach waren sie aus Berlin hinaus nach Tegel gefahren.

»Zu den Borsig-Werken nach Borsigwalde«, erklärte Alard gewichtig.

»Du hättest das sehen sollen: ein Riesengebiet, Meter um Meter von Fertigungshallen. Und die Verwaltung residiert in einem Backsteinpalast.«

»Du willst hoffentlich keine Dampflok kaufen?« Benita scherzte, aber sie traute ihrem Mann alles zu, wenn er diesen Blick hatte, den strahlenden Blick eines begeisterten Schuljungen. Wie ähnlich sie sich sahen, die beiden, Alard und Ludwig!

Ihr Mann wiegte den Kopf. »Ich habe schon eine Weile mit Friedrich Stetten korrespondiert, ein Schulkamerad, der jetzt bei Borsig arbeitet. Beim größten Lokomotivenlieferanten in Europa, weltweit auf Platz zwei! Ich hätte dem Kerl das gar nicht zugetraut, er war furchtbar faul in der Schule.«

»Das war also euer Männertag. Ich verstehe!« Als ob sich nicht auch Frauen für solche großartigen technischen Leistungen interessierten.

»Sie haben einen Motorschlepper für die Landwirtschaft entwickelt. Kleiner und wendiger als ein Fordson oder ein Lanz Bulldog. Ich habe einen bestellt, das erspart uns Zugochsen und Pferdearbeit. So was ist fast so gut wie ein Auto, Alard, meinst du nicht?«

Der Knabe nickte stolz, obwohl er mit einem Motorschlepper ganz gewiss keine Rennen würde fahren können.

»Aber ...« Das ist zu teuer, dachte Benita, das können wir uns nicht leisten. Ludwig sah sie an und zog die Augenbrauen hoch. Sie versuchte zu lächeln. Er kennt mich zu gut, er spürt meine Bedenken. Er legte seine Hand auf ihre.

»Nun mach dir mal keine Sorgen. Unsere Bank hat mir

einen Kredit eingeräumt, den ich innerhalb der nächsten zwei Jahre abbezahlen kann. Es ist eine Investition in unsere Zukunft, Liebes. Wir nehmen in diesem Jahr mehr Land als je zuvor unter den Pflug, da lohnt sich eine solche technische Hilfe.«

»Mehr Land?«

»Ich habe dem alten Oswald Handke seine sauren Wiesen abgekauft, wir vergrößern uns.« Er lächelte zufrieden.

Und mir hast du nichts davon gesagt, dachte sie. Als ob ich nicht unseren Betrieb mindestens so gut kenne wie du. Wer hat im Krieg die Stellung gehalten, wer hat jahrelang die Buchhaltung erledigt?

»Ich musste lange mit Oswald verhandeln, ich wollte dich damit nicht belasten«, sagte er leise. »Und jetzt lass uns darauf trinken – auf uns, auf die Zukunft. Auf Deutschland.«

XXI

Mondsee

Niemals würde sie diesen Ausdruck auf Alards Gesicht vergessen. Der Junge bestaunte das Geschenk seines Vaters zu seinem zwölften Geburtstag wie jemand, der das Paradies schaut. Ludwig hatte mit einem Bekannten in Wohlau ein Tauschgeschäft gemacht und dessen Automobil ausgeliehen, einen Benz, der nun, lang, schnittig, schwarz und mit offenem Verdeck, auf dem Kies in der Einfahrt stand. Mit zwei seiner Freunde war Alard zu einer Ausfahrt eingeladen, doch erst nach dem Mittagessen, eine Wartezeit, die viel zu lang war für die ungeduldig zappelnden Buben. Angesichts eines solchen Geschenks verblasste alles andere: die Jacke, die Marielle gestrickt hatte, das Federballspiel von seiner Mutter und die Überraschung, die Benitas Eltern ihrem Enkel auf den Geburtstagstisch gelegt hatten, etwas Geheimnisvolles, das in einen blütenweißen Briefumschlag passte. Ja, dieser 13. August war ein Tag der Freude. Die Rosen blühten noch immer in geradezu wollüstiger Pracht, nach dem Hochwasser im Februar und dem viel zu kalten Juni war das Wetter seit Juli sonnig und warm, ein milder Wind fächelte den Geruch nach Schwein und Mist fort vom festlich gedeckten Tisch im Park.

Der Nachfolger des im vergangenen Winter gestorbenen, bitter beweinten Argos, ein junges Rottweilermädchen namens Asta, japste den Seifenblasen hinterher, die Maximilian von Lanzdorf in den Himmel steigen ließ. Wie ein staunendes Kind blickte Benitas Vater den schillernden Kugeln hinterher und versuchte, seine Frau dafür zu begeistern. Aber Caroline saß regungslos in ihrem Stuhl, wie schon seit Monaten, mit einem feinen Lächeln auf dem Gesicht, aber ohne erkennbare Anteilnahme am Leben.

Zum Nachmittagskaffee kamen Ludwig und die Buben zurück, lachend und mit geröteten Wangen. Albert und Eberhard aus Wohlau gehörten zu den »schwarzen Rittern«, mit deren Hilfe sich Alard in der Schule gegen die anderen Banden, von Rotfront bis zu den Katholiken, Respekt verschafft hatte. Ludwig stürzte sich beinahe ebenso ausgehungert wie die drei Knaben auf die köstlichen Torten, die Berbla gebacken hatte.

Es war eigentlich ein rundum gelungener Tag. An seinem Ende tat Benita das Gesicht weh von alldem Lachen und dem Frohsinn. Doch konnte man froh sein, wenn einem im Grunde zum Heulen zumute war? Um sie herum brach schließlich alles zusammen. Der letzte vernichtende Schlag war die seit dem Frühjahr galoppierende Inflation nach der Besetzung des Ruhrgebietes durch französische Divisionen. Mittlerweile rechnete man nur noch in Millionen. Die Stiefel, die sie für Alard hatte bestellen wollen, sollten zwölf Millionen Mark kosten! Es war der schreiende Wahnsinn.

Heute Morgen hatte Meta Miekosch, die die Post austrug, unter Tränen erzählt, dass man sie nicht mehr brauchte. »Es gibt immer weniger Briefe, weil der Tarif so teuer geworden ist, also müssen sie sparen bei der Post.« Und an wem sparte man zuerst, hatte Benita gedacht – an den Menschen, die die Arbeit tun. Und zuallererst an den Frauen.

Caroline wurde früh müde und ließ sich von Marielle ins Bett bringen. Die Buben durften gemeinsam im Heu übernachten und meldeten sich freiwillig ab, obwohl man Alard selten so früh ins Bett kriegte. Ludwig besprach sich bei den Ställen mit Christoph. Eine Amsel begrüßte die Dämmerung, während der weiche Wind auffrischte, und Benita und ihr Vater saßen bei einer Flasche Rotwein auf der Bank im Rosengärtchen, einmütig schweigend, obwohl doch so viel zu besprechen war. Endlich sagte Maximilian etwas.

»Es ist gut, dass Caroline vieles nicht mehr versteht. Sie würde verzweifeln.« Er blickte in das Weinglas, ließ den Wein darin kreisen. »Das Reich ist zahlungsunfähig. Unfassbar. Die Franzosen besetzen die Ruhr, um sich an unserer Kohle schadlos zu halten. Skandalös und rechtswidrig.« Er nahm einen Schluck Wein. »Ich kann mit ihr darüber nicht reden, sie gerät außer sich, wenn ich derlei auch nur erwähne.«

»Sie lebt in der Vergangenheit. In einem Königsdorff, das es nicht mehr gibt.«

»Ja«, sagte Maximilian leise. »Sie will nicht wahrhaben, dass wir niemals zurückkehren werden. Dass nichts mehr da ist von dem, was wir einmal besaßen. Und dann – Benita, mein Kind: Wir sind eine Last für euch.«

Sie streckte die Hand nach ihm aus. Er drückte sie fest, aber sie spürte ein leichtes Zittern. Ihr Vater, der immer eine ruhige Hand hatte, »die braucht man als Arzt«! Der Fels in der Brandung zitterte. Sie spürte, wie ihr die Tränen in die Augen stiegen.

»Du darfst so etwas noch nicht einmal denken. Ich bin so froh, dass ihr da seid. Dass ich meine Familie bei mir habe, es gibt doch sonst niemanden hier.«

Von Ludwigs Schwester Luise hatten sie seit der bolschewistischen Revolution nichts mehr gehört, Ludwig sprach nicht darüber, aber sie wusste, wie sehr er sich sorgte. Die Revolutionäre hatten die Zarenfamilie ermordet, sie machten sicherlich auch vor dem niederen Adel nicht halt.

»Alard soll so viel wie möglich mit seinen Großeltern zusammen sein können. Und mir seid ihr so unendlich wichtig.« Jetzt schniefte sie doch tatsächlich.

»Ihr uns auch«, sagte Maximilian, mit dieser sanften Stimme, die er immer hatte, wenn er Menschen mit ernsten Erkrankungen behandelte. »Aber du musst der Wahrheit ins Gesicht sehen. Die Zeiten werden schlechter, noch viel schlechter werden. Und wir – wir werden euch nicht helfen können. Ich hoffe, dass das Sparbuch überhaupt noch etwas wert ist.«

Ihre Eltern hatten Alard ein Sparbuch geschenkt mit der stolzen Summe von über eintausend Mark. Jahr um Jahr hatte Maximilian eingezahlt, jeweils zu Alards Geburtstag. Eine stolze Summe, noch vor wenigen Monaten. Heute bekam man noch nicht einmal mehr eine Briefmarke dafür.

»Das Geld war für seine Ausbildung gedacht.«

»Ach Papa.«

Er hob die Weinflasche und verteilte den restlichen Rotwein auf ihre Gläser.

»Wie steht es um euch? Ich hoffe, ihr habt Schulden. Das lohnt sich heute.«

Benita musste lachen, dem Ernst der Lage zum Trotz. »Du hast recht, Papa. Die Schulden sind wir los. Was unser Vermögen betrifft …« Sie brach ab.

»Ihr habt Land und Vieh. Das ist das Wichtigste.«

»Sicher, Papa. Doch wir haben schon einmal alles Geld verloren, das in den Kriegsanleihen steckte. Wenn das so weitergeht …«

Er nickte. »Wenn das so weitergeht, sehe ich rabenschwarz.« Und dann lachte er, ein wenig verlegen. »Lass dich nicht ins Bockshorn jagen. Hör einfach nicht auf mich alten Mann.«

XXII

Es war Sonntag, der Tag, an dem sie nach der Kirche immer etwas später und mit der ganzen Familie frühstückten. Benita machte sich keine Sorgen, als ihre Eltern nicht erschienen, Maximilian bestand darauf, seine Frau ohne die Hilfe anderer zu waschen und anzuziehen, selbst aufs Frisieren verstand er sich, aber das dauerte seine Zeit, deshalb waren die beiden nie pünktlich. Es machte Benita noch immer traurig, dem langsamen Verglühen ihrer Mutter zuzuschauen, die einst so stark und unerschütterlich gewesen war. Doch ihre Eltern hatten einander – »in Treue fest«, pflegte Maximilian zu sagen.

Erst als Marielle kam und angesichts des unbenutzten Gedecks der beiden ein fragendes Gesicht machte, begann Benita, sich Sorgen zu machen.

Soll ich?, schien der stumme Blick Marielles zu sagen, doch Benita schüttelte ganz leicht den Kopf und stand auf.

»Entschuldigt ihr mich? Ich schaue mal nach den Eltern«, sagte sie.

Die Tür zur Wohnung der Eltern war nicht verschlossen. Sie ging durch den schmalen Flur, klopfte und öffnete dann die Tür zum Wohnzimmer. »Papa?«

Er antwortete nicht. Niemand antwortete, auch nicht ihre Mutter. Benita spürte, wie ihre Knie zu zittern begannen, sie stützte sich am Wohnzimmertisch ab, so schwach hatte sie sich noch nie gefühlt. Ihr ging seit Tagen das Gespräch mit ihrem Vater durch den Kopf, er hatte sie so innig angesehen dabei. Er nimmt Abschied, hatte sie gedacht. War es jetzt so weit?

Auf dem Tisch stand eine Vase mit einem Strauß später Astern, an der ein weißes Kuvert lehnte. Davor lag der vertraute Schmuck ihrer Mutter. Das Collier mit den Mondsteinen war das neueste der Stücke, Maximilian hatte es ihr zum Kriegsende geschenkt. Benita nahm den Armreif auf, den ihre Mutter so liebte, sie hatte ihn von ihrer eigenen Mutter geerbt: ein breiter goldener Reif mit einer Rose aus Perlen. Daneben die Ohrringe mit ihren zarten Muschelkameen, ebenfalls ein Erbstück. Gekrönt wurde das Ganze von einem prächtigen goldenen Collier mit Rubinen und Perlen.

Benita wusste, was das alles hieß. Sie wusste es, weil sie es längst geahnt hatte.

Langsam ging sie durch das Zimmer hindurch zur Tür, die ins Schlafzimmer führte. Sie setzte jeden Fuß besonders vorsichtig auf, als sie das Zimmer betrat, nichts sollte die Ruhe stören, die hier herrschte. Die Gardinen waren zugezogen, doch durch einen offen gebliebenen Spalt drang das bleiche Licht eines trüben Tages.

Caroline von Lanzdorf lag auf dem Rücken, mit gelöstem Haar, die Hände vor der Brust gefaltet, dazwischen eine rote Rose. Das Gesicht mit den geschlossenen Augenlidern war weiß wie Porzellan, man erblickte keine Falte auf ihrer Stirn, und der Mund sah aus, als ob sie lächelte.

Vater, dachte Benita. Du hast es in Liebe und mit Liebe getan. Er hatte dafür gesorgt, dass seine Frau so aussah, wie man sie in Erinnerung haben sollte, hatte ihr die Haare gekämmt und die Hände zusammengelegt.

Sie ging hinüber zum Bett, kniete sich auf den Boden, küsste ihre Mutter auf die Stirn und legte ihren Kopf neben sie auf das weiße Laken. So früh, dachte sie. Caroline von Lanzdorf war gerade einmal vierundfünfzig Jahre alt geworden. Sie war neun Jahre jünger gewesen als ihr Mann.

Beim Gedanken an ihren Vater stand sie auf, öffnete die Vorhänge, verließ das Schlafzimmer und ging auf die Suche nach Maximilian von Lanzdorf. Ihr Vater wusste, wie man Menschen spurlos tötete. Doch galt das auch für ihn selbst? In der kleinen Wohnung jedenfalls war er nicht.

Sie nahm den Brief auf, der an der Vase lehnte, und öffnete ihn. »Mein liebes Mädchen, erschrick nicht. Du weißt, warum. Und ich weiß, wie stark Du bist. Carolines Schmuck war immer für Dich gedacht, vielleicht wirst Du ihn einmal tragen können. Vor allem aber soll er Dir Hilfe sein in der größten Not, von der Du und die Deinen hoffentlich verschont bleiben.« Sie hielt den Brief in Händen, bis die erste Träne auf die akkurate Schrift ihres Vaters fiel. Dann legte sie ihn mit zitternden Händen zurück und setzte sich auf die Bank unter dem Fenster, bis das Zittern verebbte.

Nach einer Weile stand sie auf und ging hinaus. Draußen stand der Gutsverwalter mit Asta, die neben ihm hockte und herzzerreißend winselte. Sie spüren doch alles, unsere angeblich so seelenlosen Tiere, dachte Benita, hockte sich hin und öffnete die Arme, um das Tier zu trösten. Dabei tröstete der Hund in Wirklichkeit sie.

Als sie wieder aufsehen konnte, blickte sie in das ernste Gesicht von Christoph von Rahnfeld.

»Mein Vater?«

Er nickte. »Hanesek hat ihn gefunden. In der Scheune.«

Als Benita die Scheune betrat, war Ludwig bereits da und nahm sie fest in den Arm. Dann führte er sie zum Leichnam ihres Vaters, den sie auf ein Lager aus Heu gebettet hatten. Den Strick hatten sie ihm abgenommen.

Die von Sedlitz besaßen ein großes Familiengrab auf dem Friedhof hinter der Kirche. Hier lagen Ludwigs Eltern, Cecilie und Friedrich von Sedlitz, beide gestorben im Januar 1908 nach dem Unfall mit ihrem Landauer. Auch Ludwigs jüngerer Bruder war hier begraben, Wilhelm, gestorben drei Wochen nach seiner Geburt. Nun fanden Maximilian und Caroline von Lanzdorf in Mondsee ihre letzte Ruhe.

Alard hielt sich tapfer während Gottesdienst und Begräbnis, nur einmal hörte sie ihn aufschluchzen – als die ersten Brocken Erde auf die Särge fielen.

Zweites Buch

Benita

I

Mondsee

Benita schleppte sich durch die grauen Tage, nichts konnte sie aufheitern. Ludwig war geduldig mit ihr, er schob ihre Stimmung auf den Tod der Eltern. Und Alard kümmerte sich wirklich rührend um seine Mutter. Er übte kleine Sketche ein, die er ihr jeden Nachmittag mit Leidenschaft vortrug. Es ging viel um Treue und Verrat, was ihr schon wieder zu denken gab. Gab es denn kein anderes Thema für ihn? Doch obwohl ihr nicht danach zumute war, lobte sie jede kleine Aufführung.

Nur heute fiel das mittlerweile gewohnte Ritual aus. Benita hatte sich nach getaner Arbeit umgezogen und kam die Treppe hinunter in die Halle, als sie aus der Küche Gelächter hörte. Durch die offene Tür sah sie Marielle, den Gutsverwalter und Alard um den Küchentisch stehen.

»Wie die glänzen!«, rief Alard. »Schau mal!«

»Sie sind ja auch noch ganz neu!«, antwortete Marielle.

»Frisch aus der Presse«, brummte Christoph von Rahnfeld.

Als Benita in den Raum trat, lief Alard auf sie zu. »Wir sind die Allerallerersten, hat Christoph gesagt!«

Auf dem Tisch lagen rot und gold glänzende Münzen neben einem schmalen Bündel mit grünlichen und rötlichen Scheinen.

»Hier!« Ein aufgekratzter Knabe mit strahlenden Augen drückte ihr eine der Münzen in die Hand. In der Mitte die Zahl 50, von Eichenlaub umkränzt, »Deutsches Reich, Rentenpfennig« stand auf dem Rand. Sie drehte die Münze um. Sechs stilisierte Ähren und die Jahreszahl – 1923. Sie legte die Münze auf den Tisch und griff nach einer rot glänzenden Zweipfennigmünze, auf ihrer Rückseite ein dickes Ährenbündel. Es gab wieder Pfennige! Solche Zahlen war niemand mehr gewohnt. Wenn man bedachte, dass ein Kilo Rindfleisch noch vor wenigen Wochen hundert Millionen Mark gekostet hatte! An ihrem Viehbestand gemessen, waren sie Multimillionäre gewesen.

»Endlich wieder eine harte Währung!« Marielle biss in ein silbern glänzendes Markstück.

»Mit den alten Scheinen könnte man jetzt den Lokus tapezieren«, sagte Christoph von Rahnfeld gemütlich. Benita sah ihn an. Er zwinkerte ihr zu.

»Ich glaube, das wäre eine richtig gute Idee«, sagte Benita und lächelte zurück.

Vielleicht wurde jetzt alles gut? Sie hatten alle nicht nur unter der galoppierenden Inflation gelitten, sondern auch unter der Rachsucht der Sieger. Ja, das war Rachsucht, dachte Benita, die Besetzung des Ruhrgebietes durch die Franzosen! Deren Truppen hatten beschlagnahmt, geraubt, erpresst und Deutschlands wichtigstem Industriegebiet unermesslichen Schaden zugefügt. Und während die Geldentwertung wie eine Lawine zu Tal rollte, hatten sich die Franzosen jeder Verhandlung verweigert. Nichts hatte geholfen, auch nicht, dass die Reichsbank ihre Goldbestände opferte. Ludwig hatte mit düsterer Miene davon gesprochen, dass die Reichsregierung plane, den Grundbesitz auch der Landwirtschaft mit einer Hypothek zu belegen.

Benita hatte das per Zufall mitgehört, als er mit dem Gutsverwalter die notwendigen Arbeiten auf dem Hof besprach. Auch das noch! Das wäre das Ende. Dabei waren sie vergleichsweise gut mit der Geldentwertung fertiggeworden, dank sorgsamer Vorratswirtschaft und vorausschauender Haushaltsführung, wofür sie mit Marielle gesorgt hatte. Sie hatten sich sogar um die Ärmsten der Armen im Dorf kümmern können. In Wohlau hatten viele das Familienerbe verscherbeln müssen, um das nackte Leben zu erhalten. Schmuck, Familiensilber, Geschirr und Möbel. Der Kelch war an ihnen vorbeigegangen. Gottlob – nie hätte sie sich vom Schmuck ihrer Mutter trennen können. Der war für Alard bestimmt.

Hinter ihr räusperte sich jemand. Ludwig. »Die Währungsreform ist ein Segen. Und da wir sowieso kein Geld mehr hatten, kann es ab jetzt nur noch besser werden.«

Benita drehte sich um und ließ sich von ihm in den Arm nehmen. Doch, der heutige Tag brachte ein wenig Licht ins Dunkel.

»Stresemann ist zurückgetreten. Wir kriegen eine neue Regierung.« Ludwig faltete die Zeitung zusammen, legte sie beiseite und griff nach seiner abendlichen Zigarre, die schon bereitlag.

»Das ist ja ganz was Neues!« Benita legte ihr Buch beiseite. »Die wievielte haben wir jetzt?«

»Die zehnte, wenn ich mich nicht verzählt habe.«

Er las ihr oft aus der Zeitung vor, wenn er etwas für wichtig hielt, denn sie vermied es mittlerweile, selbst in die Zeitung zu schauen. Sie war sie leid, all diese Männer, die kamen und gingen und nichts zuwege brachten. Wäre alles anders gekommen und besser geworden, wenn so einer wie Walther Rathenau nicht Opfer eines Attentats geworden wäre? Ein wenig schämte sie sich für den Gedanken – aber sie fürchtete, dass es egal war, wer gerade das Sagen hatte: Erfüllungspolitiker waren sie alle.

»Immerhin: Jetzt ist endlich Schluss mit dem Terror auf den Straßen. Sie haben sowohl die NSDAP als auch die KPD verboten. Der Führer der NSDAP hat doch tatsächlich zum ›Marsch auf Berlin‹ aufgerufen, und das von einem Münchner Wirtshaus aus, lachhaft. Wenn solche Narreteien angesichts der Stimmung im Lande bloß nicht so gefährlich wären.«

Ludwig hatte das umständliche Ritual beendet, dem sie immer zusah, weil sie es kurios fand: Erst wurde die Spitze der Zigarre abgeschnitten, dann zündete er ein Streichholz an, drehte die Zigarrenspitze in der Flamme, bevor er das zeppelinförmige Ding in den Mund steckte und so lange paffte, bis die Zigarre brannte. Eigentlich mochte sie den Duft einer guten Sumatra, aber seit einigen Tagen schlug ihr der Geruch auf den Magen.

Jemand öffnete die Haustür, das würde Christoph von Rahnfeld sein. Benita erhob sich. Den Stimmen nach wurde er von Marielle begrüßt, sie hatte sich offenbar noch in der Küche beschäftigt, normalerweise war sie um diese Zeit schon drüben in ihrem Zimmer. Ob sie auf den Gutsverwalter gewartet hatte? Benita waren die kleinen Zeichen der Vertraulichkeit zwischen den beiden nicht entgangen, aber sie hatte sich noch nicht entschieden, was sie davon halten sollte. Marielle war jetzt achtundzwanzig Jahre alt, sie war sechs Jahr jünger als Benita, und eigentlich galt ein Mädchen in diesem Alter schon als alte Jungfer. Doch besser, sie heiratet den Gutsverwalter von Mondsee und nicht einen irgendwo weit weg, dann bleibt sie wenigstens hier, bei mir, dachte Benita und öffnete die Tür zum Kaminzimmer. Christoph von Rahnfeld lächelte, er schien ein wenig außer Atem, vielleicht auch etwas rot im Gesicht, verdächtig! Sie begrüßte ihn, bat ihn herein und inspizierte die Halle, bevor sie die Tür wieder schloss. Marielle, ganz Diskretion, war verschwunden.

Ludwig hatte bereits die Gläser gefüllt, nur für die beiden Männer, Benita vertrug keinen Alkohol mehr, seit ihr Magen auf jeden Reiz nervös reagierte. Sie setzte sich wieder, fluchtbereit. Immer häufiger stahl sie sich abends davon, wenn die beiden am Kamin saßen und rauchten und tranken und politisierten, rauchte eine Zigarette auf der Bank draußen vor der Tür, wovon Ludwig nichts wissen durfte, ging in den Stall und striegelte Berta, die alte Mähre. Oder sie setzte sich, jetzt im Winter öfter, an Alards Bett und ließ sich von ihm vorlesen. Man hatte ihm in der Schule eine Novelle von Theodor Storm aufgegeben, »Aquis submersus«. Und obwohl sie die Geschichte kannte, vergrößerte Alards junge Stimme den Albtraum. Dabei schien er weit weniger erschüttert zu sein über die Schilderung der Verheerungen des Dreißigjährigen Krieges, das Schicksal der unglücklich Liebenden und des ertrunkenen Kindes als sie. Woher nahm er das?

»Es ist doch nur eine Geschichte«, antwortete er.

Er hatte ja recht: Die Wirklichkeit war schlimm genug.

Die Männer diskutierten heute wie jeden Abend über die jeweils aktuelle Krise in der Hauptstadt, welche Regierung warum zurücktrat und welche Hoffnungen man auf die jeweils neue setzen durfte. Benita hatte den Überblick darüber verloren, wer gerade wieder an einen Putsch dachte oder streiken wollte, und Hoffnungen hatte sie erst recht nicht mehr, schon gar nicht setzte sie auf die Weisheit der Regierenden, die sich mit allen Mitteln gegen den Unmut des gemeinen Volks abzusichern versuchten. Neuerdings mit einem Ermächtigungsgesetz!

Das gemeine Volk ist müde und hungrig, dachte Benita. Und es war es leid, wenn wieder mal irgendwo die roten Horden oder andere Fanatiker den Aufstand probten. Schlimm genug, dass Alard in der Schule mit solchen gewalttätigen Bürschlein zu tun hatte.

Der Verwalter neigte zu der Auffassung, dass man jetzt Männer brauche, die »durchgriffen«. Gewiss, auch Ludwigs Vorliebe für die Sozialdemokraten war schon lange verblasst, aber wo war die Alternative?

Benita erhob sich. Die beiden Männer achteten nicht auf sie, als sie aus dem Zimmer ging. In der Halle hörte sie, dass noch jemand in der Küche zugange war, hoffentlich nicht Alard, der hatte dort um diese Uhrzeit nichts zu suchen. Als sie die Tür zur Küche öffnete, schlugen ihr warme, feuchte Luft und der Geruch nach süßem Teig entgegen. Marielle drehte sich um, mit geröteten Wangen und feuchten Haarsträhnen im Gesicht und einem unwiderstehlichen Lächeln. Benita war mit wenigen Schritten bei ihr und nahm sie in die Arme.

»Mariellchen. Geht es dir gut?«

»Es könnte kaum besser sein«, murmelte die Jüngere.

Benita drückte sie fester an sich. »Ist er denn der Richtige?«

»Beni!« Marielle löste sich unter Protest aus der Umarmung, aber das wirkte eher unglaubwürdig, ihre blitzenden Augen sagten etwas anderes. »Bist du Hellseherin?«

Benita strich ihr die Haarsträhnen aus dem Gesicht. »Ihr scheint mir beide nicht sonderlich geübt zu sein im Verbergen von Gefühlen.«

»Du meinst – er mag mich auch?« Jetzt flüsterte Marielle, verlegen wie ein junges Mädchen.

»Ja. Wenn mich meine Augen nicht trügen, und die sind in besserem Zustand als mein Magen.« Benita fühlte, wie ihre Knie weich wurden, tastete nach einem Küchenstuhl, ließ sich hineinfallen und stöhnte tief auf.

Marielle war sofort neben ihr und griff nach ihrer Hand. »Beni, was ist los?«

»Ich weiß nicht.« Vor Benitas Augen war es grau geworden, sie wusste nicht, ob ihr Körper wirklich wollte, dass sie sich übergab, sie hoffte nur, er würde sich endlich entscheiden. Übelkeit war einer der schrecklichsten Zustände, die sie kannte.

»Schon heute Morgen hast du ausgesehen wie ein Schluck Schwarzbier in der Kurve. Was ist los mit dir?«

Am liebsten hätte sie gelacht, wenn sie das nur gekonnt hätte. Marielle redete selten lange um den heißen Brei herum.

»Es ist ein Elend. Alles. Ich mag nicht mehr.« Das klang furchtbar weinerlich. Reiß dich zusammen, Baronin, dachte sie.

»Du hast den Krieg überstanden, oder? Dann wirst du auch die Nachkriegszeit überleben.« Marielle setzte den Wasserkessel auf den Herd. Wieder stieg Benita der süße Duft aus dem Backofen in die Nase. Das war zu viel. Sie krümmte sich zusammen und übergab sich.

Nach einer Weile beruhigte sich ihr Magen, und sie spürte, dass Marielle ihr mit einem feuchten Tuch die Stirn abtupfte.

»Wann war dein letztes Mal?«, fragte die Freundin nach einer Weile leise.

»Welches letzte Mal?« Doch Benita wusste, was Marielle meinte.

»Bei meiner Mutter ging es immer damit los. Ihr war übel. Morgens, mittags, abends. Da wusste ich schon Bescheid.« Marielle kniete zu Benitas Füßen und wischte die Katastrophe auf, das war ihr beinahe noch peinlicher.

Sie versuchte ein Lächeln. Marielles Eltern hatten sieben Kinder, Marielle war das zweitälteste, eine Tochter, die schon früh ihre Mutter hatte unterstützen müssen. Sie kannte sich aus.

Marielle setzte sich auf. »Freust du dich?«

Nein. Ich weiß nicht. Ja. Ja! Es sah ganz so aus, als ob eingetreten war, worauf sie gehofft und was sie befürchtet hatte, denn die Zeiten waren nicht danach.

»Ach, Mariellchen. Ich habe so lange darauf gewartet.« Das war der einzige Wermutstropfen: Sie war im Grunde zu alt für eine Schwangerschaft. Es konnte Komplikationen geben. Es war ein Risiko.

»Und was sagt der Herr Baron?« Marielle wischte den Boden mit frischem Wasser nach und stellte Eimer und Lappen wieder in die Kammer. »Herrje! Jetzt habe ich über all der Aufregung ganz vergessen ...« Sie stürzte zum Backofen und öffnete die Klappe. »Glück gehabt.« Sie zog das Backblech heraus. Der Mohnstriezel hatte ordentlich Farbe bekommen, aber nichts war verbrannt. Und plötzlich überfiel Benita eine geradezu unanständige Gier auf ein Stück warmen süßen Kuchen.

Es blieb nicht bei einem Stück. Und nicht bei einem Glas Likör. Irgendwann ließ sie sich von Marielle nach oben ins Bett bringen, begleitet von den tiefen Stimmen von Ludwig und Christoph, ein beruhigendes Brummen aus dem Kaminzimmer.

II

Er sollte also ein »Geschwisterchen« bekommen. Sie hatten sich an den Händen gehalten und ganz feierlich geschaut, seine Eltern, als sie ihm das erzählten. Alard war sich nicht sicher, ob er das wirklich wollte, es hatte ihn im Übrigen niemand gefragt. Es war eher beunruhigend, dass seine Mutter unaufhörlich in sich hineinlächelte. Das konnte nicht gesund sein.

Und wie wäre das Leben, wenn das Geschwister endlich da wäre? Er hatte es nach der Schule Eberhard erzählt, der hatte Erfahrung, und wenn man ihm so zuhörte, dann stand Alard eine harte Prüfung bevor. »Meine Mutter ist zu nichts mehr zu gebrauchen, sie kennt nur noch eins: ihr hässliches haarloses Balg. Dabei schreit es, bis es rot im Gesicht ist. Und sobald man oben etwas reingibt, kommt es unten wieder raus. Es ist die Hölle, sag ich dir.«

Höllisch war auch, dass Eberhard nach der Schule immer pünktlich zu Hause sein musste, seit es das Balg gab. Früher waren sie oft zu zweit durch die Stadt zum Bahnhof gelaufen und hatten gemeinsam auf Alards Zug gewartet. Das fiel jetzt flach, Eberhard musste das Kind hüten.

Ein Mädchen. Auch das noch. Mädchen waren zu nichts zu gebrauchen und heulten immer gleich, wenn man sie an den Zöpfen zog.

Was würde ihm blühen? Würde er ebenfalls auf das Kind aufpassen müssen? Er wünschte sich, dass alles so bliebe, wie es war. Wie es gut war.

III

Der Schlossteich eignete sich nicht für größere sportliche Leistungen, aber seit Johnny Weissmüller aus Amerika einen neuen Weltrekord im Freistil aufgestellt hatte, stürzte Alard sich jetzt schon zum dritten Mal nach der Schule ins Wasser. Dabei war es erst Ende März und noch immer richtig kalt. Schon deshalb sah Benita ihm bei seiner Leibesertüchtigung zu, ein großes Badetuch in Bereitschaft. Ludwig hatte ihr einen Liegestuhl an den See gestellt und Marielle hatte sie in dicke Daunendecken gepackt, damit sie nicht erfror. Hoffentlich suchte Alard sich bald ein anderes Steckenpferd, bei dem sie nicht zusehen musste. Vielleicht etwas weniger Sportliches? Dort lag nicht sein Talent, fand sie. Er war doch eher ein Schöngeist, der sich in ein Buch versenken konnte, und das gefiel ihr weit mehr.

Es war ebenso schön wie ungewohnt, dass alle glaubten, sie in ihrem »Zustand« verwöhnen und beschützen zu müssen. Sie war zu Untätigkeit verurteilt und hatte erst allmählich gelernt, das zu genießen. An alldem Theater war Doktor Samuel Peiser schuld, Arzt in Wohlau, der schon Ludwig und seine Eltern betreut hatte. »Sie müssen sich schonen, Frau Baronin« – so lautete sein Urteil, nachdem er sie gründlich untersucht hatte. »In Ihrem Alter …«

In meinem Alter, dachte sie. Vor wenigen Tagen war sie fünfunddreißig geworden, und sie war immer davon ausgegangen, dass das kein Alter wäre. Diese Schwangerschaft aber fühlte sich tatsächlich anders an als damals, als Alard unterwegs war. Sie war müde, kam morgens nicht aus dem Bett und ging abends viel zu früh schlafen. »Du musst dich schonen, Liebes.« Jetzt machte auch Ludwig auf mütterlich, dachte sie, aber im Grunde war sie glücklich, dass er so glücklich war.

»Ich hatte mich nicht getraut, darauf zu hoffen«, hatte er geflüstert, als sie ihm endlich erzählt hatte, dass sie schwanger war. »Ich wollte dir nichts zumuten.« Es war zwischen ihnen wieder beinahe so innig wie zu Beginn ihrer Ehe – und das, obwohl er jetzt für drei schuftete. »Die Währungsreform und ein neues Leben: Das sind wahre Aufputschmittel«, hatte er lachend gesagt, als sie sich über ihn wunderte. »Und ihr seid mein Lebenszweck, ihr drei.«

Es gab einen neuen Ton in ihrem Zusammenleben, eine neue Spannung, etwas Beschwingtes, ein Gefühl wie ein tiefer Atemzug in frischer Luft. Plötzlich wurden Dinge erledigt, die er und Christoph seit Jahren schleifen ließen: Das Scheunendach wurde repariert, die Zäune frisch gestrichen, und Asta bekam eine neue Hundehütte.

Nur bei mir wirkt das Aufputschmittel nicht, dachte Benita und breitete das Handtuch für Alard aus, der nass wie ein Frosch und bibbernd vor Kälte aus dem Wasser gestiegen und auf sie zugelaufen war. Sie rubbelte ihn trocken, während er neben ihr auf der Kante des Liegestuhls saß. »Und jetzt rein mit dir. Zieh was Warmes an«, sagte sie und stupste ihn. Aber er kuschelte sich an sie, so wie früher, dabei war er doch für Zärtlichkeiten nur noch selten zu haben. Im August wurde er dreizehn, das sind die schwierigen Jahre, hieß es immer.

Sie blickte ihm hinterher. Plötzlich tat es ihr weh, dass sie ihn weggeschickt hatte. Sie fragte sich oft, was in ihm vorging. Freute er sich auf den Nachwuchs so wie sie und Ludwig? Auch wenn er dann nicht mehr der Einzige war? Oder war er womöglich eifersüchtig? Er ließ sich nichts anmerken, aber wenn sie versuchte, ihm nahezubringen, was so ein kleines Wunder bedeutete, drehte er sich weg. Sie stand auf, ein wenig wacklig auf den Beinen. Sie sollte sich mehr um ihn kümmern.

In diesem Moment packte sie ein ziehender, reißender Schmerz, der sich hochschraubte, immer höher, bis sie kaum noch Luft bekam. Dann ebbte er ab. Sie stöhnte auf, klammerte sich an die Lehne des Liegestuhls, wagte nicht, sich zu bewegen, doch sie musste nicht lange auf die nächste Welle warten. Sie hörte sich stöhnen, obwohl sie dagegen ankämpfte. Sie kannte den Schmerz. Es waren die Wehen. Zu früh!, schrie es in ihr. Viel zu früh. Sie war höchstens im sechsten Monat, das Kind konnte nicht kommen, es durfte nicht kommen. Doch dann spürte sie die warme Nässe an der Innenseite ihrer Schenkel. Der Schmerz brandete an, zog sich zurück, kam mit Wucht wieder. Ein grauer Schleier schob sich vor ihren Blick, bevor sie zu Boden sank.

»Beni!« Marielle. Endlich, dachte Benita. Hilfe. Marielle versuchte, sie hochzuziehen, aber Benita schrie vor Schmerzen auf. Jetzt schrie auch Marielle. »Christoph!« Kein Christoph. Aber Hanesek kam. Und der Knecht begriff, was zu tun war. Marielle und er schafften es, Benita ins Haus zu bringen, nicht nach oben, ins Bett, sondern auf das Sofa im Kaminzimmer. Benita sträubte sich. »Nicht«, flüsterte sie, »Ludwigs Sofa …« Doch Marielle war schon in die Kammer gelaufen und kam mit einem Stapel Handtücher zurück. Und dann ging alles furchtbar schnell.

Marielle legte ihr das in ein Handtuch gehüllte Bündel in den Arm, ein winziges warmes Wesen, die Ärmchen so dünn wie Benitas Zeigefinger, das keinen Laut von sich gab und keinen Atemzug tat. »Ein Mädchen.«

Ein wunderschönes kleines Mädchen mit einem Mund wie eine Rosenknospe und mit dunklen Wimpern auf den weißen Wangen. Ganz so, wie sie es sich gewünscht hatte. Nur lebend.

IV

»Aber Beni, lass mich das doch machen.« Marielle stand in der Tür des Gewächshauses, die Fäuste in die Seiten gestemmt, wie eine gestrenge Krankenschwester, dachte Benita.

»Behandle mich bitte nicht wie ein rohes Ei, Mariellchen.« Sie richtete sich auf, die Hand ins Kreuz gestützt. Sie war damit beschäftigt, die vorgezogenen Weißkohlpflänzchen zu pikieren, die Saat war gut aufgegangen, bald konnten sie ins Freiland. Sie gab es ungern zu, aber auch kleinere Verrichtungen fielen ihr noch immer schwer. Und doch wollte sie nicht zurück in diesen vermaledeiten Zustand der Antriebslosigkeit. Seit der Fehlgeburt und dem Begräbnis der kleinen Luise war beinahe ein Jahr vergangen, sie hatte viel zu lange damit verbracht zu trauern. Geheilt war sie noch immer nicht, aber jede nützliche Tätigkeit richtete die Seele auf. Sie hatte bereits Ludwig seine allzu große Rücksichtnahme abgewöhnt, bei Marielle gestaltete sich das schwieriger.

»Deinen Ehemann darfst du herumkommandieren, aber nicht mich!«

Marielle errötete. Tatsächlich! Eine erwachsene Frau konnte noch erröten! Benita lachte sie an. »Komm, Frau von

Rahnfeld, hab Erbarmen. Ich brauche Beschäftigung.« Es gab genug zu tun, der Betrieb verlangte nach einer tatkräftigen Hausfrau, sie durfte sich nicht gehen lassen.

Sie musterte Marielle. Die Ehe bekam ihr gut. Dabei hatte man sie wochenlang überreden müssen, nachdem Christoph bei Ludwig um ihre Hand angehalten hatte. Das war ungewöhnlich, gewiss, aber sie konnten ja nicht nach Tychy zu Marielles Eltern fahren, Tychy gehörte jetzt zu Polen, und man wusste nicht, ob sein Brief dort angekommen war, sie hatten jedenfalls nicht geantwortet.

»Ich kann das nicht«, hatte sie Benita und Ludwig noch im Sommer unter Tränen erzählt. »Ich komme aus den allerärmsten Verhältnissen. Ich bin nicht standesgemäß.«

Ludwig hatte ihr den Kopf zurechtgerückt, auf seine direkte Art. »Marielle, der Adel hat ausgedient, hast du das nicht mitbekommen? Wir leben in einer neuen Zeit, es gibt keine adligen Privilegien mehr, und wir können froh sein, dass wir nicht alle einen Kopf kürzer gemacht werden.«

»Ludwig!« Benita fand das ein wenig gefühllos. Natürlich gab es noch Standesunterschiede, obwohl die Adelsprivilegien abgeschafft waren. Ludwig war es egal, wie man ihn nannte, und Benita hatte sich an das »Frau Baronin« nie so recht gewöhnt. Doch wer wusste schon, wie Christophs Eltern reagieren würden? Und im Unterschied zu Russland wurden Familien mit langem Stammbaum zwar noch nicht ermordet. Doch man wusste nicht, ob es beim bloßen Verzicht auf Adelstitel bleiben würde. Parteien wie die der Sozialdemokraten und der Kommunisten machten Stimmung gegen alles, was ein »von« im Namen trug.

»Ich habe nichts. Keine Aussteuer. Keine Bildung.«

»Und schön wie im Märchen bist du auch nicht, schon

gut.« Ludwig wollte Marielle necken, er meinte es nicht böse, doch wieder brach sie in Tränen aus.

Benita nahm sie in den Arm. »Du hast alles, was Christoph braucht, du Dummchen«, hatte sie ihr ins Ohr geflüstert. Es stimmte zwar: Von dem, was Marielle im Laufe der Jahre verdient hatte, konnte man nicht reich werden. Doch Benita hatte ihrer kleinen Schwester in Königsdorff-Jastrzemb alles vermittelt, was sie wusste und was man brauchte, Lesen, Schreiben, Rechnen. Den ganzen großen Rest hatte Marielle sich selbst beigebracht. Das war Bildung, was sonst?

Doch obwohl die beiden sich endlich einig waren, hatten sie den Hochzeitstermin immer wieder hinausgezögert. Benita war zu sehr mit sich selbst beschäftigt gewesen, sie hatte gar nicht begriffen, dass die beiden Rücksicht auf sie nahmen. Für Benita hatte der Tod der kleinen Luise alle Uhren angehalten. In den ersten Wochen war sie wie gelähmt gewesen, sie hatte sich zuvor nicht vorstellen können, wie sehr man um ein Wesen trauern kann, das nie in der Welt gewesen war. Doch es hatte gelebt, sie hatte es gespürt, die kleinen Bewegungen, die Tritte, so viele Lebenszeichen! Hatte sie selbst sich etwas vorzuwerfen? Hatte sie sich nicht genug geschont? Mit Ludwig konnte sie darüber nicht reden, trotz seiner Trauer um die Kleine war er der seltsamen Meinung, dass eine Totgeburt zum Leben gehörte – »so ist die Natur, bei Menschen wie bei Tieren. Uns kommt das grausam vor, doch die Natur hat keine Gefühle«. Die haben nur wir Menschen, und manchmal zu viel davon, hatte sie gedacht. Vor Marielle hatte Benita ihren Zustand zu verbergen versucht, es ging nicht an, der jungen Frau Angst zu machen.

Im Januar hatten die beiden endlich geheiratet, auf dem Gut der Rahnfelds bei Wollstein in Posen. Christophs Eltern lebten zwar noch, doch sein ältester Bruder hatte den Hof übernommen. Benita wünschte dem Paar alles Glück der Welt. Nur vor einem fürchtete sie sich ein wenig: Sie wusste nicht, ob sie das ertragen konnte – Marielles von diesem ganz besonderen Glück beseeltes Gesicht. Ihren langsam runder werdenden Bauch. Wenn sie schwanger wurde.

Sie musterte die kleine Schwester, die längst ihre beste Freundin war. Nein, an deren Figur hatte sich nichts geändert. Marielle war Marielle: kleiner als Benita und nicht rundlicher als sonst. Aber ...

»Was hast du mit deinen Haaren gemacht?«

Marielle strich sich das dunkelbraune Haar aus der Stirn. »Das merkst du jetzt erst?«

Sie hatte eine neue Frisur. Sonst trug sie ihre langen Haare stets geflochten und als Kranz um den Kopf gelegt. Und nun waren sie abgeschnitten. Ein einziges Mal zuvor hatte Marielle sich von ihren kräftigen braunen Zöpfen getrennt, im Krieg, als man Menschenhaar brauchte, als Ersatz für Kamelhaar, aus dem zuvor die Treibriemen und Dichtungen hergestellt worden waren.

Ich bin unaufmerksam geworden, dachte Benita. Ich kreise zu sehr um mich. Ich nehme das Leben um mich herum nicht mehr richtig wahr. Das muss anders werden.

Marielle drehte sich einmal um sich selbst. »Man nennt es Bubikopf. In Berlin ist das jetzt Mode.«

»Wenn es Christoph gefällt ...«, sagte sie zögernd.

»Aber ja! Er hat mich doch auf die Idee gebracht.«

Christoph und seine Ideen. Er ließ keine Messe aus und hing jeden Abend vor seinem Rundfunkgerät, damit ihm ja nichts entging. Und nun setzte er Marielle Flausen in den Kopf.

»Wir sind hier nicht in Berlin, meine Liebe.«

Die Freude auf Marielles Gesicht verflüchtigte sich. Benita ärgerte sich über sich selbst. Wie sauertöpfisch sie klang!

»Verzeih, Mariellchen, aber ich bin für Neues wohl noch nicht richtig in Stimmung. Lass mich weiterarbeiten.«

Benita beugte sich wieder über die Weißkohlpflänzchen. Christoph hatte ein anderes Temperament als Ludwig. Während Ludwig eher abwartete, ließ sich sein Verwalter von jeder Neuerung mitreißen. Benita zog die Vorsicht ihres Mannes vor. Sicher, die Inflation hatte dafür gesorgt, dass sie keine Schulden mehr hatten. Aber sie hatten auch kein Geld mehr für nötige Investitionen, zumal der Staat nicht auf Steuern verzichten wollte. Die Menschen verließen das Land und zogen in die Städte. Im ganzen Reich kam es mittlerweile zu Hofversteigerungen. Auch der Industrie ging es nicht gerade blendend, aber dort ging es wenigstens wieder aufwärts, während wir hier auf dem Land nichts als Stillstand erleben, dachte sie. Wir müssen investieren, das war Christophs tägliche Predigt.

»Mit einem Traktor könnten wir viel mehr in weniger Zeit erreichen.«

»Wir haben Pferde und einen Motorschlepper, und das muss reichen«, war Ludwigs beständiger Einwand.

Ja, es musste reichen. Es musste vieles reichen.

Doch im Laufe des Jahres 1926 wurde es besser, erst langsam, dann schneller. Es sah ganz so aus, als ob das Leben wieder zu seinem gewohnten Rhythmus zurückkehren würde. Ludwig sah in Hindenburg einen Garanten für Stabilität. Hoffentlich hat er recht, dachte Benita. Doch ein gutes Zeichen war auch, dass die letzten französischen und belgischen Truppen die Kölner Zone räumten. Dass der Volksentscheid zur Fürstenenteignung gescheitert und Deutschland in den Völkerbund aufgenommen worden war.

Nun, das Leben musste weitergehen, und das war, wenn es so blieb, wie es jetzt war, noch nicht einmal das Schlechteste.

V

Es sollte eine Überraschung werden, aber Benita hatte mittlerweile ihre Zweifel, ob sie Ludwig damit wirklich eine Freude machten. Zur Not gebe ich Marielle die Schuld, dachte sie, und das stimmte ja sogar, obwohl natürlich Christoph der eigentlich Schuldige war. Er hatte seiner Frau Zeitschriften mitgebracht, aus denen sie ihre verrückten Ideen bezog: »Die Dame«, ein aufwendiges Magazin mit Bildern und Zeichnungen für die Frau von Welt, die sich gewagt kleidete und edel wohnte. Und zwei Hefte mit Schnittmustern für die neueste Mode. Marielle war auf den Einfall gekommen, sich zu Ludwigs Geburtstag nach der neuesten Mode zu kleiden und die allerneueste Musik aus Amerika zu spielen.

In den Wochen davor fühlte sich Benita wie einst bei der Schneiderin ihrer Mutter, wenn sie sich abends hinüber ins Kutscherhaus stahl. Ludwig hatte die beiden Wohnungen zusammenlegen lassen, damit das junge Paar von Rahnfeld mehr Platz hatte. Man musste ja auch mit Nachwuchs rechnen. Doch vor allem hatte Marielle jetzt ein eigenes Zimmer, ihr »Atelier«, wie sie es nannte. Was einst aus der Not geboren war, hatte sich zu einem kleinen Geschäft entwickelt. Im Krieg und in den kargen Nachkriegsjahren hatte Marielle all ihre Kleidung ausgebessert, Alards Hosen geflickt, hier und da einen Saum rausgelassen oder den Bund erweitert, wenn er herausgewachsen war, bis nichts mehr ging und das abgelegte Kleidungsstück zu den Nachbarn wanderte, die noch ärmer dran waren. Mittlerweile flickte und reparierte sie nicht mehr nur, sie nähte auch Kleider und Kostüme für einige Damen aus Wohlau, entweder nach deren Wunsch oder aus der eigenen Fantasie geschöpft.

Sie hatten sich von Christoph nach Wohlau fahren lassen, zu Tscharniels Warenhaus, und hatten Stoff gekauft, roten Satin für Marielle und glänzenden Samt in einem sanften Kupferton für Benita. Benita hatte nie begriffen, wie aus einem Schnittmuster ein Kleid wurde, das auch passte, aber Marielle wusste, was sie tat. Zuerst löste sie das Schnittmuster aus dem Heft und übertrug es auf Seidenpapier. Das befestigte sie mit Nadeln auf dem Stoff, auf den sie mit Kreide die Konturen übertrug, schnitt die einzelnen Stoffteile aus und nähte sie mit der Nähmaschine aneinander. Benita bewunderte all das, sie selbst stellte sich entsetzlich ungeschickt an.

Das fertige Kleid reichte ihr gerade mal über die Knie und hatte eine tief angesetzte Taille, also eigentlich gar keine. Ein formloser Sack, hatte sie bei der ersten Anprobe gedacht, der braucht keine Abnäher, es war egal, welche Figur darunter steckte. Und ihre hatte gelitten seit der Fehlgeburt, sie war dünn geworden, viel zu dünn, fand Berbla, die ständig darum besorgt war, dass die Baronin auch genug aß.

Marielles Kleid war ausgefallener, es hatte Fransen am Saum und Pailletten am Ausschnitt. Mit dem Kleid und dem bestickten Stirnband über dem Bubikopf, mit dunkel umrandeten Augen und roter Farbe auf den Lippen sah das Mädchen aus dem tiefsten Oberschlesien tatsächlich aus wie eine der mondänen Damen aus Berlin.

Benita ließ nicht alles mit sich machen, vor allem wollte sie keine neue Frisur, Marielles Bubikopf sah wenig fraulich aus. Doch für den festlichen Abend durfte Marielle ihr die langen dunkelblonden Haare hochstecken und einen dieser Hüte ins Haar drapieren, die keinen wirklichen Zweck erfüllten, außer dass sie angeblich dekorativ aussahen. Auch zu Lippenstift ließ sie sich nicht überreden, nur ein wenig Kohl um die Augen war erlaubt.

Bevor Berbla das Geburtstagsessen servierte, würden sie beide ins Esszimmer schweben. Alard war eingeweiht, Marielle hatte eine seiner Hosen gekürzt, sie nannte das Ergebnis »Knickerbocker«, und ihm ein Paar von Christophs eleganten Hosenträgern geliehen, das war der neueste Schrei in der Herrenmode. Christoph selbst wollte Cocktails servieren, auch das eine Mode aus Amerika.

Ihr Auftritt verfehlte seine Wirkung nicht. Ludwig betrachtete sie erst ungläubig und begann dann, schallend zu lachen. Benita sah, dass Marielle neben ihr errötete, zischte ihr »Jetzt nicht den Mut verlieren, das hast du dir selbst eingebrockt« zu, fasste ihre Hand noch fester und zog sie zur Festtafel, wo die drei Männer bereits saßen. Dann setzte sie sich neben Ludwig und nahm aus lauter Nervosität einen viel zu großen Schluck aus dem Cocktailglas. »Das ist ein Sidecar«, erläuterte Christoph. »Weinbrand, Orangenlikör und Zitronensaft. Hat ein Amerikaner in Paris erfunden, der fuhr ein Motorrad mit Beiwagen, daher der Name.«

Ludwig hob sein Glas und sah Benita tief in die Augen. »Du bist wundervoll, meine Liebe.« Er küsste sie, bevor er mit ihr anstieß. Benita atmete auf. Es gefiel ihm also, was sie und Marielle veranstaltet hatten. »Nur das Kleid passt nicht zu dir«, murmelte er und stellte sein Glas zurück auf den

Tisch. Ihr stieg die Hitze ins Gesicht. Glücklicherweise begann Berbla in diesem Moment, die Vorspeise zu servieren.

Nach dem Nachtisch, als Christoph Sekt in ihre Gläser gefüllt hatte, stand Ludwig auf.

»Ich freue mich, dass ihr so liebevoll an mich gedacht habt. Ihr habt sogar Berlin nach Mondsee geholt.« Er machte eine Pause. »Verzeiht mir bitte, aber ich hatte gehofft, das würde niemals geschehen. Berlin soll bleiben, wo der Pfeffer wächst. Dieser laute, schrille, tobende, ständig schäumende Moloch, grell erleuchtet und betrunken von Selbstüberschätzung. Höher, weiter, schneller. Menschenmassen im Wahn. Das ist eine Raserei ohnegleichen, die Menschen sind wie eine Herde aufgescheuchter Hühner – immer schön hinein in den Abgrund. Wer, frage ich euch, will in ein Kino gehen, in das tausendsechshundert Menschen passen? Nur der Pöbel findet es unterhaltsam, sich in verrauchten Tanzpalästen die Glieder zu verrenken, Backe an Backe mit anderen schwitzenden Leibern. Und wer, außer den Zeitungsbengeln, hat die Zeit, den ganzen Tag über im Kaffeehaus zu sitzen? Kaum gibt es einmal eine Atempause im Reigen der Katastrophen, übertreibt das Volk es gleich wieder. Das ist ein Tanz auf dem Vulkan.«

Alle schwiegen. Mit diesem Vortrag hatte offenbar niemand gerechnet. »Ich dachte, du bist gern in der Hauptstadt?«, sagte Benita nach einer Weile. Sie konnte sich die Spitze nicht verkneifen. Sie litt unter seiner ständigen Abwesenheit, und sie hatte sich mehr als einmal gefragt, ob da womöglich eine andere war. Das galt ja schon längst nicht mehr als unschicklich.

Er lächelte sie an, ein wenig müde. »Ich habe keine Zeit für Amüsement, Liebes, glaub mir. Doch ich will euch die

Stimmung nicht verderben. Es tut gut, bei euch zu sein.« Er hob sein Glas und prostete ihnen zu.

Jetzt stand Christoph auf. »Lieber Ludwig, du hast recht, wie immer. Berlin ist ein wahrer Hexenkessel. Dieses übersteigerte Lebensgefühl …« Er schüttelte den Kopf, lächelte aber dabei. »Das passt nicht zu uns. Und doch glaube ich, deine liebe Frau könnte ein wenig unschuldiges Vergnügen ganz gut vertragen. Marielle und ich – nun: Wir haben etwas gefunden, das ein schönes Gegengewicht zum arbeitsreichen Alltag bietet.«

Er ging hinüber zum Grammofon, drehte die Kurbel, nahm eine schwarze Scheibe aus ihrem Umschlag, legte sie auf den Teller und setzte behutsam die Nadel in eine der Rillen. Dann ging er zurück zum Tisch, verbeugte sich vor Marielle, nahm ihre Hand und ging mit ihr zur freien Fläche auf dem Parkett. Benita kannte weder die Musik noch den Tanz, den die beiden aufführten, aber es sah längst nicht so schlimm aus wie behauptet wurde – weder furchtbar obszön noch grenzenlos erotisch. Es hatte etwas Akrobatisches, das schon. Und an die Musik musste sich das Ohr erst gewöhnen. Sie blickte hinüber zu Alard. Auch der Junge schien Tanz und Musik völlig normal zu finden, ob die beiden ihn vorher eingeweiht hatten?

Sie spürte Ludwig neben sich, er nahm ihre Hand. »Ein schönes Gegengewicht?«, flüsterte er ihr ins Ohr. »Findest du das auch?«

Sie drehte sich zu ihm um. Da war es endlich wieder, das alte spöttische Funkeln in seinen Augen. »Die beiden reden schon seit Wochen auf mich ein, wollen mich mit zu ihrem Tanzunterricht nehmen, alle vierzehn Tage in Wohlau«, sagte sie.

Er legte seine kühle Hand auf ihren Arm. »Du brauchst Abwechslung, das verstehe ich. Doch von derlei solltest du

Abstand nehmen. Es ist ein Unterschied, ob ein ehemaliges Dienstmädchen oder eine Baronin tanzen geht.«

Marielle ist kein Dienstmädchen mehr. Sie ist eine verheiratete Frau, und der Mann trägt ein »von« im Namen, wollte sie schon sagen, doch Marielle und Christoph waren fertig und setzten sich wieder an den Tisch. »Und?«, fragte Christoph mit blitzenden Augen.

»Ich freue mich für euch, dass ihr eine Abwechslung vom schnöden Arbeitsalltag habt. Ich habe leider keine und muss morgen früh raus.«

Ludwig hob die Tafel auf.

»Liebes, ich gönne dir jede Ablenkung. Aber alle werden das furchtbar ungehörig finden – dass du mit deinem ehemaligen Dienstmädchen tanzen gehst, und auch noch ohne mich, zum Tanzen braucht man einen Partner, und wer soll das sein?«

Benita saß an ihrem Frisiertisch und versuchte, alle Nadeln zu finden, mit denen Marielle ihr das Haar hochgesteckt hatte. Er hatte recht, und das gefiel ihr nicht. Es war so – herablassend. So voller Standesdünkel, den sie sonst nicht von ihm kannte.

»Ich möchte, dass es dir gut geht. Aber ich habe im Moment nicht die Kraft, mir Sorgen um dich zu machen, verstehst du das?«

Sie drehte sich um. »Weil ich mich in einem sündigen Etablissement mit Champagner und fremden Männern vergnügen könnte?«

»Nein.« Er seufzte. »Komm ins Bett. Ich erzähle dir das alles ein anderes Mal.«

VI

Ludwig war aus Berlin zurück, Alard hatte ihn vom Bahnhof abgeholt. Benita hatte dem Gesicht ihres Mannes angesehen, dass etwas geschehen war, aber es hatte den ganzen Tag über keine Gelegenheit gegeben, mit ihm allein zu sein. Erst jetzt, im Schlafzimmer, nach dem Abendessen und nach der Besprechung mit Christoph am Kamin, waren sie füreinander da.

»Komm her.« Er saß im Sessel neben dem Bett und streckte die Arme nach ihr aus. Sie setzte sich zu ihm und schmiegte sich an seine Brust.

»Ich lasse dich zu oft allein, Liebes. Ich weiß. Aber ich werde gebraucht in Berlin. Und nicht nur dort.«

Warum? Und von wem? Aber sie wollte nicht fragen. Er musste es ihr von sich aus erzählen.

»Wir sind in einer schwierigen Lage. Manchmal denke ich – in einer aussichtslosen.«

Sie horchte auf seinen Herzschlag. Und auf seinen Atem. Er war angespannt. »Denkst du, dass es wieder Krieg gibt?«, fragte sie nach einer Weile.

Es zog sie fester an sich. »Ich weiß es nicht. Ich weiß nur, dass wir uns nicht verteidigen können, sollte die Integrität des Reichs infrage gestellt werden.«

Sie richtete sich auf. »Wer sollte das tun?«

»Die Auswahl ist groß. Wir haben Feinde genug.« Er lachte leise. »Und einer ist ganz in der Nähe. Piłsudski war immer ein glühender Verteidiger der Wiederherstellung Polens in den Grenzen vor den Teilungen, also weit über das polnische Siedlungsgebiet hinaus, und jetzt, wo er sich an die Macht geputscht hat … Wir müssen wehrhaft bleiben.«

»Sie haben uns die Waffen aus der Hand geschlagen.«

Er schwieg, wich ihrem Blick aus. »Was ich dir jetzt erzähle«, sagte er schließlich, »musst du für dich behalten.«

Sie nickte. Was denn sonst?

»Wir arbeiten seit Jahren mit der Roten Armee zusammen.«

Sie richtete sich auf. »Mit den Bolschewisten? Mit den Mördern deiner Schwester?«

Er hob abwehrend die Hand. »Das wissen wir nicht.«

»Das wissen wir nicht? Diese Verbrecher haben die Zarenfamilie umgebracht, warum sollten sie vor deiner Schwester haltmachen? Würde sie noch leben …«

»Liebes, darum geht es jetzt nicht. Uns blieb nach dem Diktatfrieden nichts anderes übrig. Die Reichswehr hat jahrelang mit Holzgeschützen und Panzerwagen aus Pappe geübt, das ist nicht nur nutzlos, sondern auch lächerlich. Unsere Artillerie hat über gerade mal hundertsiebzig Schuss Munition verfügt. Wir brauchten Bündnisgenossen. Nur mit Russland haben wir eine Zukunft, und wenn es dir und mir zehnmal gegen den Strich geht.«

Benita schüttelte ungläubig den Kopf. »Das ist ein Bruch des Versailler Vertrags«, flüsterte sie.

»Die Interessen der Nation haben Vorrang vor der Einhaltung von Verträgen, die unter Zwang abgeschlossen wurden. Außerdem sind es die Franzosen, die mit der Besetzung des Ruhrgebiets Vertragsbruch begangen haben. Es ist doch so: Die Russen haben kein Interesse an einem schwachen Deutschland, dann wäre Frankreich ihr Nachbar, und das wäre ungemütlich.«

Benita schüttelte noch immer den Kopf. Das alles war nicht zu fassen.

»Wir unterstützen die Rote Armee technisch, dafür bekommen wir Artilleriemunition. Vor allem lassen wir unsere Piloten und Panzersoldaten in der Sowjetunion ausbilden.«

»Um Himmels willen. Was passiert, wenn das alles bekannt wird?«

»Liebes, ich fürchte, das ist es bereits. Der erste Bericht stand am 3. Dezember im »Manchester Guardian«, drei Tage später legten sie nach, der »Vorwärts« folgte. Sie schreiben über die Herstellung von Giftgas.«

»Giftgas?« Benita war entsetzt.

»Und sie berichten, dass in Stettin Schiffe mit Waffen und Munition aus Russland gelandet sind. Sowjetgranaten für Reichswehrgeschütze, titelt der »Vorwärts«. Den Sozialdemokraten kommt das gerade recht, jetzt können sie den Kommunisten gegenüber behaupten, die Russen hätten sich mit Junkern und Reichswehroffizieren verbrüdert statt mit dem Proletariat.«

Benita griff nach seiner Hand. »Was hat das mit dir zu tun? Was mit uns?«

Ludwig zog sie wieder an sich. »Ich war unter denen, die mit den Russen verhandelt haben. Ich habe meine Kontakte nebenbei benutzt, um Erkundigungen über Luise und Alexei einzuholen. Doch beim Namen Schuwalow bin ich regelmäßig auf Granit gestoßen. Alexei muss während der Revolution aufseiten der Weißen gekämpft haben.«

Also hatte er sich auf dieses gefährliche Spiel seiner Schwester wegen eingelassen? Sie schaute ihn prüfend an. Nein, nicht nur deshalb. Dazu war er zu pflichtbewusst.

»Meine Position ist gerade etwas heikel. Deshalb bitte ich dich umso mehr: Pass auf dich und Alard auf. Geh kein Risiko ein. Selbst etwas so Harmloses wie ein Tanzvergnügen, bei dem du gesehen wirst, könnten meine Gegner gegen mich verwenden.«

»Aber das ist lächerlich!« Sie richtete sich wieder auf. Sie musste ihm ins Gesicht sehen.

Er verzog den Mund. »Ja. Wir leben in Zeiten, in denen selbst das Lächerliche zu den legitimen Waffen gehört. Ich habe mir das Leben anders gewünscht.«

Sie sah ihn an, lange, schweigend. Sein Gesicht, das ihr so vertraut war, hatte sich verändert. Die dunklen Augen schienen noch dunkler, die feinen Falten um den Mund tiefer geworden zu sein.

»Wie können sie von dir all das verlangen? Warum?«

Er schüttelte lächelnd den Kopf. »Was für eine Frage. Die von Sedlitz sind immer gefolgt, wenn das Reich sie rief.«

VII

Die Sache mit der Roten Armee war zu Benitas großer Erleichterung ohne großen Theaterdonner aufgeflogen. Der Reichswehrminister gab alles zu, schob aber die Schuld auf frühere Kabinette, die Sozialdemokraten grummelten noch ein wenig, aber der Name von Sedlitz wurde nicht erwähnt. Seit einem Jahr hatte sie ihren Mann wieder zu Hause, gottlob, es gab genug zu tun.

Sie stand mit Berbla und Marielle in der Küche, es duftete nach Äpfeln und Kräutern. Draußen hörte man die Schweine schreien, die geschlachtet werden sollten und von den Männern aus dem Stall getrieben wurden. Berbla sang dagegen an, während sie die Äpfel verlasen, die unversehrten gingen zurück ins Lager im Keller, die angeschlagenen wurden zu Apfelmus verarbeitet. Marielle untersuchte die Gläser mit den getrockneten Tomaten und Pilzen auf Schimmel. Benita hatte, wie jeden Sommer, Kräuterbündel an die Schnur über der Anrichte gehängt und rebelte die mittlerweile trockenen Blätter von den Stängeln. Und mitten in all der Geschäftigkeit saß Alard am Küchentisch und las. Ein Bild des Friedens. Wenn sie nur ihre Sorgen abschütteln könnte!

Die Kartoffelernte war in diesem Jahr mager ausgefallen. Die Schweinepreise waren auf einem Tiefstand angelangt, Kredite für Investitionen waren wegen der hohen Zinsen viel zu teuer, und ausgerechnet jetzt war es Christoph, der unermüdlich unterwegs war, auch dann, wenn man ihn brauchte. Vor allem dann. Er engagierte sich bei der Deutschen Bauernschaft. Das war sicher wichtig, fand Benita, den Bauern in Deutschland ging es schlecht, und auch Mondsee blieb nicht verschont. Aber aus einem Interessenverband eine Bauernpartei machen, was einige Landwirte anstrebten? Ludwig fand das unsinnig: »Es gibt weit mehr Parteien im Reich als nötig wäre.« Da hatte er recht.

»Haben wir noch Zimt?«, fragte Benita in die Runde. Ohne Zimt schmeckte Apfelmus nicht, fand sie.

»Genug.« Marielle hob das Glas mit den Zimtstangen und schüttelte es.

Benita lächelte ihr zu. Es gab seit einiger Zeit Spannungen zwischen Ludwig und Christoph, die auch Marielle nicht unberührt ließen, und Benita gab sich alle Mühe zu vermitteln.

Jedes Jahr besuchte Christoph die Funkausstellung, dagegen sprach im Grunde nichts. Doch er besuchte auch weit weniger angemessene Veranstaltungen. Als er zum »Reichsfrontsoldatentag« des »Stahlhelms« nach Berlin gefahren war, kam es zu einer ersten heftigen Auseinandersetzung mit Ludwig. Die Stimmung zwischen den beiden Männern blieb angespannt, und das bedrückte alle. Obwohl man doch gerade jetzt mit aller Energie und Freude an die Arbeit gehen musste! Selbst mit Marielle gab es Streit. Sie verteidigte ihren Mann, sicher, das war verständlich, aber es machte sie irritierbar, in jeder Kleinigkeit vermutete sie einen Angriff, auf sich oder Christoph. Dabei schien sie über seine Absenzen ebenfalls nicht glücklich zu sein.

Nun, wenigstens nahm Christoph immer mal Alard mit, wenn er unterwegs zu irgendeiner Messe oder Ausstellung war, und das war genau das, was der Junge brauchte. Endlich sah er etwas von der Welt. Sie lebten auf Mondsee viel zu zurückgezogen, selbst Fahrten nach Wohlau waren selten geworden. Gesellschaftliche Anlässe gab es kaum noch, es wurde mehr gestorben als geheiratet.

»Ah! Gut riecht es hier bei euch!« Christoph stand in der Tür. Offenbar war er fertig mit der Arbeit, man hörte nichts mehr von draußen.

»Raus hier!« Berbla tauchte aus dem Dampf über dem Herd auf und tat, als ob sie Christoph hinausscheuchen wollte. Der lachte, warf ihr eine Kusshand zu und ging.

Benita lächelte in sich hinein. Sie hatte sich vorgenommen, niemals zurückzuschauen und stets voller Optimismus in die Zukunft zu blicken. Ein vernünftiges Vorhaben, gewiss, an dem sie regelmäßig scheiterte.

Neuerdings dachte sie beinahe wehmütig an die Zeit vor dem Krieg zurück, an die Konzerte in Königsdorff-Jastrzemb, an die Feste und Bälle und vor allem an jenen schicksalhaften Ball auf Schloss Pless, bei dem sie Ludwig kennengelernt hatte. Manchmal wünschte sie sich wieder ein bisschen mehr Romantik im Leben. Ludwig wehrte solcherlei Gedanken ab, für ihn waren das Flausen: »Wir sind Bauern, auch wenn wir ein Rittergut bewirtschaften«, sagte er, wenn sie abends über müde Füße klagte. »Ich wünschte, ich hätte dir mehr zu bieten gehabt«, hatte er kürzlich hinzugefügt. Nein, das war ungerecht. Sie waren wie ein gut geschultes Gespann, das einen schweren Wagen zog – und das war gewiss weit mehr, als andere Eheleute zuwege brachten. Man musste dankbar sein.

Daisy von Pless, die einst so strahlende Prinzessin, war jedenfalls nicht zu beneiden. Sie hatte sich Ende 1922 von ihrem ungeliebten Ehemann scheiden lassen. Der reichste Mann Schlesiens hatte sie großzügig abgefunden, doch dann hatte sie das ganze Geld in der Inflation verloren. Arme Daisy. Wer viel hat, verliert viel, dachte Benita und tröstete sich mit dem, was sie hatte. Einen geliebten Mann und einen geliebten Sohn, der im August sechzehn geworden war – »Du wirst ja langsam zum Menschen«, hatte Ludwig gebrummt, als er seinem Sohn gratulierte.

Vor über einem Monat war Alard völlig begeistert von der Funkausstellung in Berlin zurückgekehrt und hatte verkündet, Mondsee brauche jetzt un-be-dingt ein Radio. Zu ihrer Überraschung mahnte Christoph, sonst für jeden modischen Kram aufgeschlossen, diesmal zur Zurückhaltung. »Zu teuer, zu wenig ausgereift«, war sein knapper Schluss, aber vielleicht wollte er sich dadurch nur bei Ludwig beliebt machen, der bei Worten wie »modern« oder »neuartig« meist das Gesicht verzog.

Es war dunkel geworden draußen, so früh schon, dachte Benita, die den Winter mit seinen kurzen Tagen fürchtete. Sie hatte ihre Arbeit beendet und fünf Gläser gefüllt, mit Bohnenkraut, Salbei, Mohn, Lorbeer und Fenchel. Sie scheuchte Alard aus der Küche, damit er sich die Hände wusch und umzog.

»Abendessen in zwanzig Minuten«, rief Berbla ihm hinterher. Benita hängte ihre Schürze an den Haken, ging nach oben, um sich ebenfalls frisch zu machen, und lief wieder hinunter, ins Esszimmer, um zu schauen, ob Hanesek bereits Feuer gemacht hatte.

Ludwig stand am Fenster, mit gesenkten Schultern, wie verloren. Sie ging hinüber und legte die Arme um ihn. Nach einer Weile spürte sie, wie die Spannung in ihm nachließ. Hatten die weißen Haare in seinem dunklen Schopf zugenommen? Ja. Das war nicht mehr zu übersehen.

Er atmete tief ein und wieder aus. »Wenn du nicht wärst«, sagte er leise.

Sie löste sich von ihm, als Alard ins Zimmer stürmte, gefolgt von Christoph, Marielle und Berbla.

Endlich saßen alle am Esstisch.

»Und wie geht's dir in der Schule?«, fragte Ludwig nach einer Weile.

Alard blickte von seinem Wurstbrot auf und lachte verlegen. »Ach, ganz gut.«

»Das ist keine vernünftige Antwort«, meinte Ludwig mit nicht nur gespielter Strenge.

Alard blickte Hilfe suchend hinüber zu Benita.

»Sie lesen ein Buch«, antwortete Benita.

»Alle dasselbe oder jeder eines?«

»Aber Papa!« Alard protestierte. »Jeder eines natürlich. Und dann müssen wir einen Vortrag darüber halten.«

»Gut. Und was liest du?«

»Arnold Zweig«, sagte Alard und blickte wieder auf sein Wurstbrot.

»Der Name sagt mir nichts.«

»Das Buch ist gerade erst erschienen.« Christoph von Rahnfeld sprang Alard bei. »Und schon tausendfach verkauft.«

»Hm. Und worum geht es in dem Buch? Du kannst für deinen Vortrag schon mal an mir üben, Alard.« Ludwig legte Messer und Gabel beiseite und lehnte sich zurück.

Alard schob sich das letzte Stück von seinem Wurstbrot in den Mund und hätte sich beinahe daran verschluckt. Ludwig sah ihm mit wohlwollender Miene dabei zu, aber Benita fürchtete, dass er sich über seinen Sohn heimlich lustig machte. Alard war in letzter Zeit sehr in sich gekehrt, er sucht, dachte sie, aber er hat sich noch nicht gefunden.

»Das Buch spielt im Krieg. Der russische Soldat Grischa flieht 1917 aus deutscher Kriegsgefangenschaft, weil er seine Frau und seine neugeborene Tochter sehen will. Er wird verhaftet und soll hingerichtet werden.«

»Zu Recht«, sagte Ludwig gelassen. Benita spürte, dass er der Geschichte misstraute.

»Nein, es ist ungerecht. Er wollte doch nur ...«

»Gesetz ist Gesetz. Wer nicht nach den Regeln spielt, muss die Konsequenzen tragen.«

»Aber nein, er war doch gar kein russischer Deserteur, das hat er nur gesagt, weil er glaubte ... Also für ihn galt die Regel nicht. Es waren die beiden Offiziere, die sich nicht leiden konnten, die ...«

»Also jetzt versteh ich gar nichts mehr. Ist der jetzt ein Kriegsgefangener oder ein Deserteur?«

»Es ist – ein Buch über den Irrsinn des Krieges. Arnold Zweig war Soldat, und dann ist er Pazifist geworden.«

»Ah ja. Das ist wohl heute modern. Sie alle wollen dafür sorgen, dass wir uns nicht mehr wehren können. Der französische Außenminister schlägt vor – habt ihr das gelesen? Christoph? Benita? –, er schlägt doch tatsächlich vor, auf den Krieg als Mittel der Politik zu verzichten. Wir sollen also beim nächsten Mal gehorsam unsere Niederlage eingestehen, wenn der Franzose das so will, und ihm gleich das Tafelsilber überreichen. Das ist doch völlig verrückt.«

Benita beobachtete ihren Sohn. Er brauchte ein paar Sekunden, bevor er sich traute, seinem Vater ins Gesicht zu sehen. »Wir sind gegen den Militarismus, Papa«, sagte Alard leise. »Also die ganze Klasse. Nie wieder Krieg.«

»Du weißt nicht, was du sagst, mein Junge.« Ludwig, gefährlich ruhig.

»Man muss die Jugend verstehen.« Christoph mischte sich ein. »Schließlich wollen auch wir kein weiteres Mal ein so fürchterliches Blutvergießen erleben.«

»Der Feind fragt nicht, ob wir es lieber friedlich hätten, Christoph, das solltest du wissen. Ein junger Bub darf idealistische Flausen hegen, aber doch nicht du, ein erwachsener Mann!«

Benita wusste, was er dachte. Das Reich durfte nicht wehrlos sein, seine Feinde lauerten nur auf den Moment, in dem sie ihm weitere Stücke aus dem Leib schneiden konnten. Und doch war es beruhigend, dass das Säbelrasseln bei der jungen Generation nicht mehr in Mode war. Nie wieder Krieg. War das nicht ein völlig nachvollziehbarer Wunsch?

»Wie kann man nach all dem, was du erlebt hast, Papa, gegen den Frieden sein?« Alard hatte sich aufgesetzt, das Kreuz durchgedrückt.

Ludwig lachte. »Natürlich bin ich nicht gegen den Frieden.

Doch ob wir im Frieden leben dürfen, entscheiden nicht wir, sondern der Feind. Si vis pacem, para bellum – wenn du Frieden willst, dann sorge dafür, dass du dich wehren kannst.«

»Aber wenn wir 1914 einfach nichts gemacht hätten? Wenn wir den österreichischen Kaiser allein mit dem Säbel hätten rasseln lassen?« Was wäre uns dann erspart geblieben, dachte Benita.

Ludwig wiegte den Kopf. »Vielleicht. Aber Frankreich und Russland wollten den Krieg. Wer hat den Russen die Eisenbahnlinien bis an unsere Grenze finanziert? Die Franzosen. Und wer begann schon am 30. Juli mit der Generalmobilmachung? Die Russen. Wir waren die Letzten, die mobilisierten. Wir hatten jedes Recht dazu.«

»Nur weil wir das Recht dazu hatten, mussten so viele sterben? Das ist unmenschlich!« Alards Stimme zitterte.

»Nein, Alard. Wir hatten das Recht, uns zu wehren – gegen eine Bedrohung unserer Souveränität. Unserer Nation. Wir haben uns gegen unsere Vernichtung, gegen unseren Untergang, gewehrt.«

»Ich bin für Frieden und Völkerfreundschaft. Die Machthaber haben die Völker aufgehetzt und gegeneinander in den Krieg geschickt. Das darf nie wieder geschehen.« Benita fiel auf, wie blass der Junge geworden war. Es fiel ihm schwer, seinem Vater zu widersprechen. Das konnte sie nachvollziehen. Ludwig konnte hart wie Eisen sein. Doch diesmal erstaunte er sie.

»Mein Junge, erinnerst du dich noch, wie du und deine schwarzen Ritter sich gegen deine radikalen Mitschüler gewehrt haben?«, sagte er sanft. »Es nützt nichts, den Frieden zu wollen, wenn die anderen ihn nicht ebenso fest anstreben.«

»Das waren dumme Jungen. Aber wir – haben wir denn noch Feinde?«, fragte Alard mit bebender Stimme.

»Du meinst, weil wir nun endlich dem Völkerbund beitreten durften? Ja, doch, ich will das nicht unterschätzen. Doch wir müssen wachsam bleiben. Wir dürfen niemals wehrlos sein.«

Benita sah Alard seine Zweifel an.

»Glaub mir, mein Sohn.« Ludwig legte dem Jungen die Hand auf die Schulter. »›Es kann der Frömmste nicht in Frieden leben, wenn es dem bösen Nachbarn nicht gefällt.‹ Wilhelm Tell. Ihr solltet in der Schule besser Schiller lesen.«

VIII

Der ganz normale Alltag war zurück. An diesem Maimorgen spürte Benita das erste Mal seit viel zu langer Zeit ein wenig von der alten Lebensfreude. Sie war früh aufgewacht, hatte Ludwig weiterschlafen lassen, hatte sich angezogen und war zum Gewächshaus gegangen, begleitet von einer begeisterten Asta, deren Nase allen Gerüchen des Frühjahrs hinterherjagte. Die Setzlinge standen in soldatischer Ordnung auf den Borden, die frostempfindlichen Gurken- und Blumenkohlpflänzchen strotzten vor Kraft und Ungeduld. Es war so weit, sie konnten ins Freie gesetzt werden. Benita goss, wo es nötig war, und öffnete die Fenster, es würde heiß werden heute Mittag. Und am Abend würden Marielle und sie Rückenschmerzen haben.

Auf dem Weg zurück ins Haus machten Herrin und Hund am Rosenspalier halt. Die ersten Knospen brachen auf und verströmten einen zarten Duft, den Benita mit einem Lächeln auf dem Gesicht tief einatmete. Es wurde wirklich und wahrhaftig Frühling. Sie setzte sich auf die Bank, Asta zu ihren Füßen, zurückgelehnt, die Augen in den Himmel gerichtet, der so strahlend blau, so groß und weit war. Sie glaubte, den Pulsschlag der Natur zu spüren, meinte, die Säfte in den Rosenstämmchen aufsteigen zu hören, im inbrünstigen Wachsen und Blühen. Frieden. Irgendwann war nach all den Dramen und Tragödien das Leben wieder ein ruhiger Fluss geworden. Gewohnheit. Normalität. Alltag. Etwas, auf das man sich verlassen konnte.

Ja, es war vorbei. Ludwig reiste nur noch selten nach Berlin. Die nötigen Arbeiten in den Ställen und Scheunen waren erledigt, ausnahmsweise waren sie in diesem Jahr einmal pünktlich fertig geworden. Das Vieh war gesund, es spürte das Frühjahr ebenso wie sie, alles war voller Euphorie, alle Geschöpfe frohlockten. Sie seufzte tief auf, was Asta dazu veranlasste, ihr hingebungsvoll die herabhängende Hand zu lecken.

»Wir haben das Schlimmste hinter uns«, flüsterte Benita. »Was kann uns noch passieren?«

Nun, der Tag hatte erst begonnen, und er blieb nicht ganz so beschaulich. Am späten Vormittag ließ Berbla ausrichten, dass sie mit Fieber im Bett liege. Marielle konnte nicht einspringen, sie war mit Christoph nach Wohlau gefahren – ohne Absprache und warum auch immer, dachte Benita, zur Tanzstunde ja wohl nicht. Ludwig machte zwar ein betretenes Gesicht, als seine Frau ihn zum Mittagessen in die Küche zitierte und Brot und Wurst auf den Tisch stellte, aber er klagte nicht. Auch nicht, als Hanesek sich von Elsa treten ließ, der Schlesierstute, die der Frühling offenbar ebenso verrückt machte wie alle anderen. Jetzt hatte er ein dickes Knie, und Ludwig und seine Leute mussten ohne ihn die Kartoffeln setzen.

Benitas Laune ließ sich von alledem nicht erschüttern. Gewiss, die alten Zeiten waren vorbei, so wie vor dem Krieg würde es nie wieder sein. Doch es gab so viel, für das man dankbar sein durfte.

Nach einem langen Tag allein bei der Gartenarbeit hatte sie sich gründlich geschrubbt. Als sie hinunterkam, klapperte jemand in der Küche. Marielle, dachte sie, sie ist zurück. Sie öffnete die Küchentür.

»Wenn man euch auch nur ein Mal allein lässt«, rief Marielle mit blitzenden Augen. »Schon geht hier alles drunter und drüber.«

»Du hältst dich wohl für unentbehrlich!« Benita musste lachen.

»Bin ich doch auch. Es gibt Abendbrot. In einer halben Stunde.«

Benita lächelte in sich hinein. So, genau so, sollte das Leben sein. Als sie hinaus in den Park trat, stürmte Asta ihr entgegen. Dem Hund folgte Alard, in kurzen Hosen, erhitzt und mit rotem Gesicht.

Sie ging ihm entgegen. »Und? Hast du deinen Rekord schon eingestellt?«

Er schüttelte den Kopf, dass die Schweißtropfen flogen, und ließ sich auf die Bank am Tisch unter der Buche fallen.

»Für die Olympiade ist es ja leider zu spät.« Sie neckte ihn gern mit seiner erneuten Vorliebe für Sport. Er war nicht der Einzige, alle schienen vom olympischen Fieber angesteckt. An der Olympiade in Amsterdam, die Ende Juli eröffnet wurde, durften die Deutschen endlich wieder teilnehmen.

Womit wir das nur verdient haben, dachte Benita. Waren wir etwa brav genug?

Sport war die neue Leidenschaft. So spannend wie Krieg, aber nicht so blutig, meinte Christoph. So, wie die Jungen früher die Erfolgsmeldungen aus den Heeresberichten herunterbeten konnten, wussten sie heute die neuesten Rekorde auswendig. Unübertroffene Helden: Johnny Weissmüller beim Schwimmen und Paavo Nurmi beim Laufen. Boxen war erfreulicherweise keine olympische Disziplin, sonst würde Alard womöglich Max Schmeling nacheifern. Sie schüttelte sich beim Gedanken an die eingedrückte Nase des aufstrebenden Talents. Sie hielt es mit Außenminister Stresemann, der sich über die neue »Bizepsaristokratie« lustig machte.

Sie gab ihrem Sohn einen Klaps auf die Schulter. »Mach dich vorzeigbar, in einer halben Stunde gibt es Essen.«

Er verneigte sich grinsend. »Jawohl, gnä' Frau«, und flitzte ins Haus.

Doch, das stimmte schon, besser Sport als Krieg, dachte sie, während sie mit dem Hund eine Runde um den Teich drehte und die milde Luft tief einatmete. Auch wenn sie nie verstehen würde, wie jemand sich mit derart großer Leidenschaft ohne irgendeinen praktischen Nutzen verausgaben konnte. Es gab genug Sinnvolleres zu tun, und das Gut konnte einen kräftigen jungen Mann durchaus gebrauchen.

Doch das scheiterte nicht nur an Alard, der andere Neigungen hatte, was nicht zu übersehen war, sondern an Ludwig, der seltsamerweise nichts dagegen hatte, dass sein einziger Erbe lieber las, als sich im Stall, auf dem Acker oder im Wald nützlich zu machen. Doch wann sollte der Junge lernen, was es bedeutete, ein Gut wie Mondsee erfolgreich zu betreiben?

Sie hatten ein-, zweimal darüber geredet, welchen Weg der Junge einschlagen sollte nach dem Abitur. Er wurde nächstes Jahr achtzehn. Was dann?

An Alards Vorstellungen orientierte man sich besser nicht, sie änderten sich mit jeder neuen technischen Sensation. Charles Lindbergh war seit seinem spektakulären Nonstopflug über den Nordatlantik der Held vieler Knaben. Anfang des Jahres war der Kunstflieger Ernst Udet mit seinem Flugzeug auf der Zugspitze gelandet. Und dann glückte auch noch der erste deutsche Atlantikflug! Einerseits verstand Benita die Begeisterung für solche Heldentaten. Und war Fliegen nicht immer noch ungefährlicher als eine Expedition zum Nordpol? Andererseits ... Sie schüttelte den Kopf und brachte Asta zu ihrer Hundehütte. Alard war ein Träumer, kein Abenteurer. Das würde ihn schützen – wenn auch wohl nicht vor einem Irrtum, geboren aus Idealismus.

Sein achtzehnter Geburtstag kam viel zu schnell. Für Benita war er noch immer ihr kleiner Junge. Es fiel ihr schwer, ihn als das zu sehen, was er mittlerweile war: ein junger Mann.

»Siehst du, was ich sehe?« Ludwig blickte zum Rosenrondell hinüber, wo Alard stand und sich mit der Schwester eines seiner Freunde unterhielt, sie hieß Nele, wenn Benita sich recht erinnerte. Stabil gebaut, mit einem freundlichen Lächeln, Sommersprossen und einem blonden Haarkranz.

»Es scheint ihm gut zu gehen.«

Das konnte man auch erwarten. Marielle und Berbla hatten ihr Bestes gegeben. Zwischen den Bäumen hingen Girlanden und Lampions, die Hanesek später entzünden sollte. Überall standen Rosensträuße auf den weiß gedeckten Tischen und Stühlen. Das üppige Büfett war im Haus aufgebaut, wegen der Fliegen, jeder konnte sich dort bedienen und mit gefülltem Teller zu seinem Platz gehen. Christoph hatte sein Grammofon zur Verfügung gestellt, es durfte getanzt werden. Alards Freunde aus der Schule schienen sich ebenfalls gut zu amüsieren, sogar zwei junge Lehrer hatte er eingeladen, das war, fand Benita, eine besonders nette Geste.

»Der Junge wird erwachsen«, sagte Ludwig neben ihr, schon wieder mit diesem leicht ironischen Unterton.

»Weil er eine Krawatte trägt und die Schuhe geputzt sind?«

Ludwig legte seinen Arm um ihre Schulter. »Er ist verliebt. Siehst du das nicht?«

Nein. Ja. Vielleicht. War es dafür nicht viel zu früh?

»Ja, ich weiß, die Mütter sind die Letzten, die bemerken, dass ihr Kind flügge geworden ist.« Er drückte sie an sich.

»Ist er das?« Er hatte doch eben erst von Johnny Weissmüller und Paavo Nurmi geschwärmt und von all den Fliegerassen. Seit wann hielt er nach Mädchen Ausschau?

Christoph hatte das Grammofon angestellt. Ludwig verbeugte sich vor ihr, nahm ihre Hand und tanzte mit ihr – und sie mit ihm. Sie hatten es all die Jahre über, in denen es keinen Grund fürs Tanzen gab, nicht verlernt.

IX

Die Tür zum Kaminzimmer stand offen. Benita hörte Ludwigs Stimme und ging hinein. »Ich dachte, du wärst nach Wohlau gefahren?«

Ludwig war nicht allein. Ein schmaler Mann mit dunklem

Haar und Menjou-Bärtchen saß im Sessel neben ihm und stand hastig auf, als er sie sah. »Gnädige Frau«, murmelte er und beugte sich über ihre Hand. Über seinen Kopf hinweg sah sie Ludwigs Gesicht, und ihr Herz setzte aus, bevor es weiterstolperte. Er sah so gottverlassen und betrübt aus wie nach der Totgeburt der kleinen Luise.

»Das ist Nikolaj Gudowitsch«, sagte er mit rauer Stimme. »Er kommt aus Nowgorod und ist in letzter Minute dem bolschewistischen Terror entkommen.«

Luise. Natürlich. Es ging nicht um die kleine, sondern um die große Luise, von der sie nun schon so lange nichts mehr gehört hatten.

»Er hat uns etwas über Luise und Alexei zu berichten.«

Benita setzte sich, mit verdächtig weichen Knien.

Auch Nikolaj Gudowitsch setzte sich wieder. »Ich habe selbst erst kürzlich von ihrem Schicksal erfahren, wir Exilanten versuchen zwar, einander auf dem Laufenden zu halten, aber ...« Er hob die schmalen Schultern und ließ sie wieder fallen.

Auf dem Tisch stand eine Flasche Cognac, Buchholz Drei Stern aus Grünberg. Als Ludwig Benitas Blick sah, schob er ihr sein Glas hinüber.

»Sie wissen ja, wie die Lage in Russland ist. Erst ein verlorener Krieg, dann ein blutiger Bürgerkrieg, gefolgt vom Terror der Bolschewisten. Das Gut Bailanda ist zunächst verschont geblieben, die Gräfin hat bewundernswert lange ausgeharrt. Im Unterschied zu unseren Standesgenossen verstand sie etwas von harter Arbeit. Andere mussten ihren Schmuck und ihre Pelze auf dem Markt verkaufen, um noch ein paar Wochen zu überleben.« Gudowitsch lächelte mit schmalen Lippen. Benita fiel es schwer, sein Alter zu schätzen. Er mochte um die vierzig Jahre alt sein, aber vielleicht war er auch jünger, sein Gesicht war grau, die Augen tief eingefallen. Er sprach vorzüglich Deutsch, aber das kannte sie aus Königsdorff-Jastrzemb. Fast alle russischen Besucher beherrschten nicht nur die französische, sondern auch die deutsche Sprache.

»Wir haben auf Mondsee nie die Hände in den Schoß gelegt und andere die Arbeit machen lassen«, sagte Ludwig leise. »Luise hat die Schweine gefüttert und die Kühe gemolken und das Holz für den Küchenherd gehackt, jedenfalls, wenn ich nicht in der Nähe war.« Es traf Benita ins Herz, wie er bei dieser Erinnerung lächelte, ein dünnes, wehes Lächeln.

»Ich weiß nicht, ob Sie wissen, dass sie während des Kriegs verwundete Soldaten gepflegt hat?«

»Das passt zu ihr«, murmelte Ludwig.

»Einer von diesen Soldaten ist in der Partei aufgestiegen, er war ihr dankbar und hat seine schützende Hand über sie gehalten, solange es möglich war. Doch mittlerweile hat Stalin die Kollektivierung der Landwirtschaft angeordnet und Zehntausende aufs Land geschickt, um die Bauern wieder unters Joch zu zwingen, diesmal unter das des Staates. Jeder persönliche Besitz ist verboten, alles wird rationiert, jetzt hungern nicht nur die ›ehemaligen Leute‹.«

»Was für eine abgrundtief boshafte Bezeichnung für den Adel!«

Gudowitsch nickte. »Sie haben alles verloren, die Gagarins, die Golizyns oder Scheremetews, die Orlows und Woronzows. Allen anderen, die augenblicklich erschlagen wurden, blieb wenigstens das erspart, der Hunger, das Elend und die Entwürdigung.«

»Wie ist es Ihnen und Ihrer Familie ergangen?«, fragte Benita, die merkte, dass der Mann den Tränen nahe war.

Doch Gudowitsch richtete sich auf, die Frage schien ihm Haltung abzuverlangen.

»Als im Oktober 1918 die Arbeitspflicht für die Bourgeoisie eingeführt wurde, haben meine Eltern Gräber für Typhusopfer ausgehoben, Schnee geschaufelt, die Toiletten in den Regierungsgebäuden gesäubert. Meine Schwester ...« Er stockte. »Sie hat nicht überlebt. ›Vergesellschaftung‹ haben sie es genannt, die Vergewaltigung der adligen Mädchen und Frauen. Das Pack. Meine Eltern und ich sind über den Nordkaukasus entkommen.« Wieder schwieg er. »Ich möchte nicht über uns reden«, sagte er schließlich. »Ich bin wegen der Gräfin Schuwalowa hier. Und ihrer Kinder wegen.«

»Geht es ihnen gut? Leben sie?« Benita wollte das Schlimmste wissen, gleich, sofort, ohne weitere Verzögerung.

»Soweit ich weiß, ja. Im Zuge der Kollektivierung hat man die Gräfin und ihre Kinder vom Gut vertrieben. In Nowgorod hat sie sich nicht lange verstecken können. Als herauskam, dass Graf Alexei während der Revolution zu den Weißen gegangen war, wurde sie abtransportiert. Ins Lager. Als Klassenfeind.«

»Die Kinder.« Benitas Stimme zitterte. »Was ist mit Sofia und Dimitri?«

»Man hat sie in ein Heim gesteckt. Das ist das Übliche. Sie werden gewiss zu guten kleinen Bolschewisten erzogen werden.«

»Danke, Graf Gudowitsch«, sagte Ludwig. Benita hätte am liebsten die Hand nach ihm ausgestreckt, noch nie hatte sie ihn so erschüttert gesehen. »Der letzte Brief meiner Schwester erreichte uns 1917. Seither musste ich das Schlimmste befürchten. Sie haben mir Hoffnung gemacht.«

Gudowitsch wiegte den Kopf. »Ich bin mir nicht sicher,

ob es einen Grund für Hoffnung gibt. Was aus Alexei geworden ist, habe ich nicht herausfinden können.«

Benita hielt Ludwig eng umschlungen, als sie endlich im Bett lagen. »Ich hatte damit gerechnet«, sagte er leise. »Ich habe das alles schon so lange befürchtet.«

»Ja«, flüsterte sie und strich ihm übers Haar. »Ich auch.«

Sie schwiegen. Doch Benita konnte nicht einschlafen – ebenso wenig wie Ludwig.

»Kannst du nicht etwas tun? Du hast mit den russischen Militärs zusammengearbeitet, da muss es doch jemanden geben, der dir einen Gefallen schuldig ist«, flüsterte sie irgendwann.

»Ich habe mich Jahr um Jahr nach ihr und Alexei erkundigt. Bei seinem Namen erstarrte mein Gegenüber stets, jetzt wissen wir, warum.« Er seufzte. »Ich werde meine Fühler ausstrecken, ohne Alexei zu erwähnen. Wir müssen sie und die Kinder da rausholen.«

X

Die Zeitspanne, in der das Leben normal zu verlaufen schien, war viel zu kurz gewesen. Es gab keine Neuigkeiten Luise betreffend. Dafür gab es schlechte Nachrichten aus den USA. »Die Kursverluste amerikanischer Aktien werden dafür sorgen, dass die Amerikaner ihr Geld aus Deutschland abziehen. Das wird uns hart treffen«, prognostizierte Ludwig düster. »Das Reich wird viele Kredite so schnell nicht zurückzahlen können.« Christoph und er diskutierten Abend für Abend über die möglichen Folgen – Massenarbeitslosigkeit. Inflation. Bankensterben. Bis es Benita zu bunt wurde. »Man kann das Unheil auch herbeireden«, beschied sie die Männer eines Abends und stürmte aus dem Zimmer.

Wenigstens Ostern wollte sie in Frieden feiern. Doch der Tag ließ sich nicht gut an. Schon am Sonntagmorgen erwischte sie Marielle, wie sie in der Küche saß und in ihr Taschentuch weinte. Nach dem Essen ließ Christoph die Bombe platzen.

»Ich habe Nachricht von einem Vetter aus Südafrika. Er lebt seit 1926 in Transvaal, seit dort Diamanten auf einer Farm entdeckt worden sind. Er sagt, das Vorkommen dort sei noch längst nicht ausgeschöpft.«

»Nanu? Ich habe gehört, dass sich Tausende von Glücksrittern nach Südafrika aufgemacht haben, um das große Geld zu machen. Die müssen sich um ihre Claims geprügelt haben. Von großen Erfolgen habe ich nichts vernommen«, brummte Ludwig, der eine Flasche Wein entkorkte.

»Nein, so einen Sensationsfund wie den größten jemals gefundenen roten Diamanten wird es sicher so bald nicht wieder geben, aber mit weniger als dreißig Karat kann man auch schon zufrieden sein.« Christoph lächelte, doch Marielle brach in Tränen aus, stand auf und verließ das Esszimmer.

»Ich verstehe«, sagte Ludwig, der seine Zigarre endlich zum Glühen gebracht hatte.

»Ich verstehe nicht«, sagte Benita fest.

»Ich schon«, platzte Alard dazwischen.

»Thomas möchte, dass wir zu ihm nach Lichtenburg kommen.« Christoph blickte in das Weinglas in seiner Hand. »Ich denke, dass das eine gute Idee wäre. Für zwei Jahre, dann sind wir wieder zurück. Und hoffentlich wohlhabend.«

»Reich wäre besser!«, warf Alard ein. Benita sah an seinen funkelnden Augen, dass ihm die Vorstellung gefiel, nach Südafrika auf Diamantensuche zu gehen.

»Hm.«

Benita hatte erwartet, dass Ludwig protestieren würde. Doch er schien einverstanden zu sein. Benita war es nicht. »Vielleicht möchte Marielle nicht mitgehen?«, fragte sie vorsichtig.

»Du weißt doch, wie sie ist, Benita. Sie will euch nicht alleinlassen. Es bricht ihr das Herz. Aber …« Christoph blickte hinüber zu Ludwig. »Sie ist meine Frau.«

Die beiden hatten also bereits darüber geredet. Benita warf Ludwig einen bösen Blick zu, der verlegen die Schultern hob. »Es wird ungemütlich, Liebes. Und in einer solchen Situation will der Reichskanzler auch noch die Steuern erhöhen! Was für ein Wahnsinn!«

»Trifft es uns? Und wie sehr?« Benita dachte an die furchtbaren Wochen der Inflation vor sieben Jahren.

»Sagen wir es so: Es würde uns helfen, wenn Christoph und Marielle für eine gewisse Zeit ihr Glück woanders suchten.«

»Für eine gewisse Zeit? Reichen zwei Jahre?«, fragte Benita spitz.

»Ich hoffe es, Benita. Wir wollen zurückkommen. Marielle will zurückkommen«, sagte Christoph voller Optimismus. »Wir werden zurückkommen.«

Die beiden fuhren einen Monat später. Es tat entsetzlich weh, auch wenn sie und Marielle sich bemühten, nicht zu weinen. »Pass auf dich auf, Schwesterchen«, flüsterte Benita nach der letzten Umarmung.

XI

Benita erwachte von einem Poltern, einem Schrei, einem irren Lachen. Sie setzte sich auf. Es war fünf Uhr früh, es dämmerte bereits. Sie schlüpfte in ihre Pantoffeln und ging zum Fenster. Ludwig und sie schliefen bei offenem Fenster, wann immer es draußen nicht zu kalt war, und jetzt, im Mai, war es bereits frühsommerlich mild. Das Lachen da draußen war in leises Fluchen übergegangen. Eine vertraute Stimme: die von Alard.

Ihr Sohn saß mitten im Blumenkübel, in den sie vor Wochen Fuchsien und Männertreu gepflanzt hatte. Die würden das wohl nicht überleben. Er versuchte, sich hochzustemmen, und landete auf den Knien. Wieder dieses irre Lachen. Was war los mit dem Jungen?

Sie spürte eine Bewegung hinter sich. Auch Ludwig war aufgestanden. Sein leises Lachen ärgerte sie. »Was findest du so komisch?«

»Er ist betrunken. Du weißt doch: Sie haben eine Abiturfeier wiederholen müssen, weil bei den ersten beiden nicht alle dabei sein konnten.«

»Wie oft wir uns das wohl noch anhören müssen? Und wie ist er überhaupt nach Hause gekommen?«

Alard hatte es endlich geschafft, auf die Beine zu kommen, und strebte jetzt, leicht schwankend, auf den Eingang zu.

»Der Vater eines seiner Freunde aus Wohlau wird ihn gefahren haben. Es gibt Eltern, die entschieden großzügiger sind, als ich es wäre«, meinte Ludwig.

Es war nicht das erste Mal, dass Alard betrunken nach Hause gekommen war. Ihr Sohn war erwachsen geworden, mit allen unangenehmen Begleiterscheinungen.

Alard ließ sich erst zum Mittagessen blicken, man sah ihm an, dass er gefeiert hatte. Benita verkniff sich jeden Kommentar, nur Ludwig fragte mit falscher Leutseligkeit, ob Alard sich gut amüsiert hätte.

Der rührte mit dem Löffel in seinem Suppenteller und blickte nicht auf. »Wenn ich das noch wüsste«, sagte er schließlich. »Ich habe zu viel getrunken.«

Immerhin lügt er nicht, dachte Benita. Und warum sollten die Jungen nicht feiern? Offenbar musste jeder Mann mindestens einmal die Erfahrung gemacht haben, dass Alkohol unerfreuliche Nebenwirkungen haben konnte.

»Heute kannst du dich auskurieren«, sagte Ludwig, als er die Tafel aufhob. »Morgen brauche ich dich.«

»Danke«, murmelte Alard.

Benita war froh, dass Alard noch nicht in die weite Welt hinausstrebte. Nicht nur, weil sie ihn noch brauchten, denn ohne Christoph und Marielle gab es noch mehr zu tun als sonst. Ludwig brauchte seinen Sohn bei der Arbeit auf den Feldern, und sie benötigte Unterstützung im Gemüsegarten. Alard half Hanesek beim Ausmisten der Ställe und bei kleineren Reparaturarbeiten und ging Berbla in der Küche zur Hand – was eigentlich keine Männerarbeit war, aber ihm gefiel das.

Ludwig und sie sparten die Frage nach Alards Zukunft aus. Abends nach der Dämmerung waren sie alle zu müde, um noch lange beieinanderzusitzen, und morgens mussten sie gleich nach Sonnenaufgang wieder aus den Betten. Berbla tat ihr Bestes in der Küche, aber Benita vermisste Marielle. Ludwig würde es zwar nie zugeben, doch er vermisste Christoph und seine Frau ebenfalls. Was, wenn jetzt auch noch Alard wegginge?

»Alex hat geschrieben«, sagte Ludwig eines Mittags während einer hastigen Mahlzeit, legte den Brief aus Moray Castle neben seinen Teller und aß ungerührt weiter, während Benita vor Ungeduld fast platzte. Endlich legte er das Besteck beiseite, wischte sich mit der Serviette den Mund ab, nahm den Brief auf und schlitzte den Umschlag mit dem Obstmesser auf. Las. Faltete den Brief wieder zusammen. Legte ihn vor sich auf den Tisch.

»Wir hören ja nicht jeden Tag von Alex«, sagte Benita spitz. »Vielleicht hast du die Güte, uns Anteil nehmen zu lassen?«

Ludwig seufzte und blickte hinüber zu Alard, der überhaupt nicht neugierig zu sein schien.

»Dein Patenonkel, lieber Alard, möchte dir etwas zum bestandenen Abitur schenken«, sagte er endlich.

Jetzt zeigte der Junge ein wenig Interesse. Immerhin.

»Und zwar ein Studium in Cambridge, zusammen mit seinem Sohn Liam.«

Alard schaute ihn ungläubig an.

»Es ist nicht Südafrika, und du wirst dort auch sicher keine Diamanten finden, aber es ist eine der besten Universitäten der Welt. Und du kannst dein Englisch verbessern. Wer weiß, wozu das gut ist.«

Benita bemühte sich zu Alards Gunsten, sich darüber zu freuen. Doch sie fürchtete sich vor einem leeren Haus.

Drittes Buch

Alard

I

Cambridge

Alard genoss die Stille. Der Bibliothekssaal war ein Ort der Andacht. Ein lang gestreckter Saal, lichtdurchflutet dank der vielen hohen Fenster bis unter die Decke. Die Bücherregale aus rötlich gebeizter Eiche, jedes an der Breitseite mit feinen Schnitzereien von Blumen, Früchten und Emblemen versehen, ragten eines hinter dem anderen wie die Zinken eines Kamms in den Raum hinein, sodass in den Räumen dazwischen ein abgeschirmter Alkoven entstand. Dort saß man umgeben vom gesammelten abendländischen Wissen, behütet von den Büsten großer Geister von Sokrates über Bacon und Newton bis Shakespeare. Vielleicht war es deren Geist oder die Aura der vielen ehrwürdigen Folianten, jedenfalls fehlte in dem großen Saal die sonst alles durchdringende klamme Kälte.

Vor allem war man allein. Cambridge war ein heiliger Ort des Wissens, aber ausgerechnet seine Studenten schienen sich dafür wenig zu interessieren. Das war Alards Glück. Denn die Welt da draußen hatte ihm bislang kein sonderlich freundliches Gesicht gezeigt. Ein grauer Dunst hatte sich wie ein Brustwickel über die Stadt gelegt und die vielen Turmspitzen, für die Cambridge berühmt war, eingeschnürt. Die Luft war feucht und schwer, der Nebel nistete überall. Im College, auf dem Zimmer, in der Hall. Die Bibliothek war ein Refugium, Schutz vor allem, wovon er sich bedrängt fühlte. Vor allem von den Menschen.

Seine Kommilitonen hatten offenbar unablässig irgendetwas zu feiern oder irgendeinen anderen Anlass, um bereits morgens Champagner zu trinken. Nachmittags zogen sie um die Häuser, auf dem Weg von einer Kneipe zur nächsten, und davon gab es viele. Er tat alles, um keinem von ihnen zu begegnen: weder den älteren Semestern, deren grobe Scherze er ebenso wenig verstand wie ihr hochnäsiges Getue, noch den wenigen, die glaubten, sich bei ihm für den Krieg entschuldigen zu müssen. »Wir haben euch Unrecht getan«, sagten sie. »Es hätte nie so weit kommen dürfen.« Oder: »Uns verbindet doch so viel, uns Engländer mit euch Deutschen! Mehr als mit den elenden Franzosen!« Alard lächelte zurück und ließ sich auf die Schulter klopfen. Ja, uns verbindet viel, dachte er und sagte nichts. Deshalb wohl hat sich das Königshaus Sachsen-Coburg und Gotha in Windsor umbenannt. Man wollte nichts mehr mit den deutschen Barbaren zu tun haben, und wenn man dafür die eigenen Wurzeln verleugnen musste. Doch immerhin: Die Freundlichen unter seinen Mitstudenten schienen Pazifisten zu sein und meinten es sicher gut.

Das Schlimmste an seinem neuen Leben in Cambridge war, dass er nie wirklich allein sein konnte. Die Jahre in Mondsee hatten Alard nicht auf das Leben in engster Nähe zu anderen Menschen vorbereitet. Er hatte in seinem Zimmer im Treppenhaus 8 zwar keinen Mitbewohner, doch über und unter und neben ihm wohnten drei weitere Erstsemester, deren Geräusche, Gerüche und Gewohnheiten er ertragen musste, mitsamt den unmusikalischen Lauten, in denen sie sich zu verständigen pflegten. Der eine war ein blasser Junge mit Sommersprossen und einer beeindruckenden Zahnlücke, er war der Schüchternste der drei, wahrscheinlich, weil er keine so edle Abstammung vorweisen konnte wie sein lang aufgeschossener Zimmernachbar, dessen näselndes Englisch die besseren Kreise erkennen ließ. Alards nicht einmal besonders ausgeprägten deutschen Akzent nannte der Lange herablassend »quaint« – also seltsam? Oder eher possierlich?

Der Dritte, ein dicklicher Junge mit kurzsichtigen Augen unter dem dunklen Haarschopf, schien immer über irgendetwas zu brüten. Die anderen machten sich lustig über ihn, weil er Albert hieß – wie der deutsche Gemahl der alten Queen Victoria. Sie riefen ihn »Saxe-Coburg«, was so komisch klang, dass selbst Alard beim ersten Mal darüber lachte. Das trug ihm einen vorwurfsvollen Blick aus Alberts braunen Augen ein.

Noch schlimmer als die drei Mitbewohner waren die Mahlzeiten in der Hall, deren Ausstattung entschieden beeindruckender war als das Essen, das dort serviert wurde. Eine Unzahl fremder Gesichter, ein unaufhörliches Kauen und Schmatzen, Husten und Rülpsen und das laute Klappern von Besteck auf den Tellern. Ständig und überall Unruhe, der er nur in der Bibliothek entfliehen konnte.

Dort allerdings wartete das Paradies. Die Bibliothek erinnerte ihn ein wenig an ein Kloster mit Kreuzgang. Bei der Einführung für die Neulinge hatte man ihnen erklärt, dass die von Christopher Wren im 17. Jahrhundert erschaffene Library berühmt sei für ihre Sammlung mittelalterlicher Manuskripte, für das Notizbuch von Isaac Newton und die Shakespeare-Sammlung von Edward Capell. Alard gelang es kaum, sich auf das zu konzentrieren, was er für sein Studium brauchte, so groß war die Verlockung, in den Regalen zu stöbern. Doch die Lektüre von Hugo Grotius »De iure belli ac pacis« sowie »Droit des gens« von Emer de Vattel und die »Acht Bücher von Natur und Völkerrecht« des Samuel von Pufendorf war auch nicht zu verachten, bei diesen Denkern herrschten Recht und Ordnung, gab es klare Verhaltenslehren, die ihm so einfach wie vernünftig erschienen.

Recht und Gesetz, unverrückbar. Haltepunkte in einer chaotischen Welt. Bollwerk gegen Willkür. Das war es, dachte Alard, was die Menschheit brauchte, einen Schutz vor ihrem schwachen Charakter und zugleich Barrikaden gegen die Anmaßung der Mächtigen. Dem Deutschen Reich war nach dem verlorenen Krieg nicht das zuteilgeworden, was man glaubte, nach dem Dreißigjährigen Krieg gelernt zu haben: ein Verständigungsfrieden mit Maß und Respekt. Stattdessen ein rachsüchtiges Diktat und die Willkür der Sieger. Wie sollten daraus Frieden und Versöhnung entstehen? Das beschäftigte ihn, seit Langem.

Die Eltern hatten geglaubt, er würde sich für ein geistigeres Thema entscheiden, für Philosophie oder Literatur. Aber seit den Debatten mit seinem Vater über Krieg und Pazifismus hatte er begonnen, sich für Völkerrecht zu interessieren. Der amerikanische Außenminister Frank Billings Kellogg hatte vorgeschlagen, dass sich alle Staaten der Erde dazu verpflichteten, auf Krieg als Mittel nationaler Politik zu verzichten, ja Krieg an sich zu ächten. Gustav Stresemann hatte dem zugestimmt. Im August 1928 war der Briand-Kellogg-Pakt unterzeichnet worden. Sie hatten das in ihrer Klasse in Wohlau regelrecht gefeiert. Hieß das, kein Land durfte sich mehr verteidigen, wenn es angegriffen wurde, wie Vater meinte? Das würde alle Macht den Regelbrechern überantworten, und das konnte nicht gerecht sein. Das alles waren Fragen, die ihn bewegten.

Und doch hatte er ein schlechtes Gewissen, wenn er über seinen Büchern brütete. Nach der Fahnenflucht von Marielle und Christoph hatte nun auch er seine Eltern im Stich gelassen, dabei brauchte das Gut jeden kräftigen Arm. »Du bist kein Bauer«, meinte seine Mutter, als er ihr seine Sorgen vortrug. »Vater auch nicht« war seine Antwort gewesen. Wie oft hatte er ihn spätabends vor dem Kamin sitzen sehen, ein Buch in der Hand! Alard hatte nicht jeden Titel erkennen können, aber eines wusste er: Es handelte sich nicht um Handbücher für Schweinezucht oder die Melioration des Bodens.

Die Antwort seiner Mutter hatte auf sich warten lassen. Ihren Gesichtsausdruck würde er so bald nicht vergessen: wehmütig. Liebevoll. Und resigniert. »Ja, ich denke auch, dass er andere Neigungen hatte. Er musste nach dem Tod seiner Eltern das Studium abbrechen, doch wer sonst hätte das Gut übernehmen können? Er kannte seine Pflichten.«

»Und ich? Was wird, wenn …«

Sie hatte gelächelt und den Kopf geschüttelt. »Das werden wir sehen, wenn es so weit ist. Bis dahin wünschen Ludwig und ich uns, dass du etwas lernst, etwas, das dir in vielen Lebenslagen nützlich sein kann. Dass dein Patenonkel dir ein Jahr Cambridge schenkt, ist dafür eine gute Gelegenheit, meinst du nicht?«

Gewiss. Es war großartig. Dennoch sehnte er sich jeden Tag nach zu Hause. Wenn wenigstens endlich Liam eintreffen würde. Doch der wurde noch zu Hause auf Moray Castle gebraucht, Patenonkel Alex hatte seinen Sohn für Anfang des Monats angekündigt, doch nun war es bereits Mitte Oktober.

Pünktlich an einem Sonntag ließ sich endlich wieder die Sonne blicken. Seine Mitbewohner heckten irgendeinen albernen

Streich aus, ihr Gekicher trieb Alard aus dem Zimmer und aus dem Haus. Draußen war die graue Wattedecke verschwunden, und Cambridge erstrahlte.

Schlesien war nicht gerade arm an hochherrschaftlichen Gütern und Schlössern. Doch nichts war mit diesem Ballett aus Gotik und Renaissance und Klassizismus vergleichbar. Manches College ging bis aufs 14. Jahrhundert zurück, er hatte sich das nötige Wissen darüber schon vor seinem Studienaufenthalt angelesen. Trinity College etwa war 1546 von Heinrich VIII. gegründet worden. Doch was sagte das schon über das Spektakel der silbergrauen Türme und Zinnen, der Schornsteine und Spitzen unter dem blauen Himmel! Minutenlang stand Alard im Great Court neben dem Brunnen und ließ das Panorama vom Torhaus über die Kirchturmfenster der Wren Library bis zum Uhrturm auf sich wirken.

Zu spät bemerkte er, dass eine Gruppe von Studenten über den Kiesweg herantrabte. Sie lachten und riefen ihm etwas zu, das er nicht verstand. Sicher machten sie sich lustig über ihn, diesen ungelenken Kerl. Diesen – Unpassenden. Der nicht dazugehörte.

Er drehte sich um und lief hinaus aus dem Court, zum Fluss und dem, was man hier »The Backs« nannte, eine Art Park am Ufer des Flusses Cam hinter den Collegegebäuden. An einigen der Bäume strahlten die Blätter noch in allen Herbstfarben, doch schon roch man vermoderndes Laub, überlagert vom Rauch der Holzfeuer, der von den Gärten auf der anderen Seite des Flusses herüberwehte. Hier hörte man nur noch Vogelgezwitscher, Pferdegewieher und Glockengeläut. Und das sanfte Plätschern, mit dem ein Ruderblatt ins Wasser ein- und wieder auftauchte.

Alard ging den Uferweg entlang, vorbei an der Stelle, an der Boote im Schatten der tief hängenden Zweige einer Weide lagen. Doch er blieb nicht lange allein. Ein Mann kam ihm entgegen, kam näher, blieb stehen. Alard sah weiße Haut mit zarten Sommersprossen unter einer dunkelroten Haarmähne und helle braune Augen, in denen es funkelte. Der Anblick erschreckte ihn. So viel Schönheit war einem Mann nicht erlaubt.

Der Mann streckte ihm die Hand entgegen. »Alard von Sedlitz, I presume? Bitte sag Ja, mir ist jeder recht, der kein Engländer ist. Sogar ein Hunne.«

»Liam, Sohn von Alex Broedie? Ein verdammter Schotte?« Alard erwiderte den Händedruck und den Spott.

»Richtig. Meinem schottischen Geizhals von Vater habe ich zu verdanken, dass ich jetzt erst komme. Er brauchte Hilfe. Du weißt ja von seiner Kriegsverletzung.«

Sie gingen am Ufer entlang, vorbei an der Trinity Hall und Clare College bis Queens'. Am Mill Pond steuerte Liam zielgerichtet den Pub an, das Granta, in das sich Alard bislang nicht hineingetraut hatte, jedenfalls nicht allein.

»Lead on, Macduff!«, rief ihnen ein blonder Schlaks in grauen Flanellhosen zu, kaum waren sie eingetreten.

Liam klopfte ihm auf die Schulter und grinste breit. Alle gingen zur Seite, um ihnen den Weg zur Theke frei zu machen. »Was macht der Norden, Jock?«, rief ein anderer, ein kleiner, etwas dicklicher Kerl, dessen dunkles Haar bereits merklich gelichtet war und der Alard mit unverhohlener Neugier musterte.

»Es war wunderbar friedlich ohne euch Gelichter, Limey«, antwortete Liam, beugte sich über die Theke, die schon ziemlich feucht war von den vielen Gläsern, die auf ihr gestanden hatten, und bestellte zwei Pints mit jener pissbraunen Brühe, die hier alle tranken.

Obwohl sie ihn neckten, schienen alle Liam zu respektieren. Und doch war auch er ein Außenseiter. Wie jeder Schotte in England. Und wie ich, dachte Alard.

II

Cambridge war eine der besten Universitäten Englands, hier gab es noch weniger Deutsche als schottische Clansmen. Doch Alard spürte oft genug, dass manche Kommilitonen mit beiden ihre Probleme hatten. Sicher: Er und Liam bildeten ein auffälliges Paar. Alard war der größere und schmalere von beiden, seine Augen waren so dunkel wie sein Haar, »romantisch« hatte Marielle ihn einmal genannt. Liam hingegen wirkte wie ein Schotte aus dem Bilderbuch, breitschultrig, rothaarig, sommersprossig und kampfeslustig. Doch das war gewiss nicht der Grund, warum die Frauen und Männer ihm hinterhersahen. Der Grund war – etwas ganz Bestimmtes, nein, etwas Unbestimmtes, etwas, das Alard nicht verstand, das ihn anzog, das ihn über Gebühr beschäftigte, auch wenn er gerade nicht, wie so oft, Liams Nähe suchte.

Was war los mit ihm? Liam war ihm so nah wie niemand sonst. Frauen? Es gab keine, die ihn interessierte. Er versuchte, an Nele zu denken, an ihre Spaziergänge durch Wohlau, ihre kleine Hand in seiner. Nele, Tochter eines Rechtsanwalts aus Wohlau, wohlanständig mit langen dunkelblonden Zöpfen und einer Brille. Dabei war sie vorlaut und belesen und vor allem das erste Mädchen, das er geküsst hatte. Nein, das stimmte nicht, es war umgekehrt gewesen, sie hatte ihn geküsst. Er hatte sie nach der Schule zu einer Tasse Schokolade im beliebtesten Café von Wohlau eingeladen, und als er sie nach Hause brachte, war es passiert. Kurz vor ihrem Elternhaus hatte sie sich auf die Zehenspitzen gestellt, mit beiden Händen in sein Haar gefasst, seinen Kopf zu sich heruntergezogen und ihren Mund auf seinen gepresst. Die Berührung ihrer kühlen weichen Lippen hatte ihn erregt, gewiss. Aber er hatte nichts von der Verbundenheit gespürt, die seine Eltern lebten.

War er so wie die anderen, in Cambridge, die nichts von der Liebe zu Frauen hielten? Er versuchte, Liam tagsüber aus dem Weg zu gehen, doch das war keine Lösung. Es war unmöglich. Liam war der festen Überzeugung, er müsse den Freund von seinem Heimweh und seiner Melancholie befreien, und tat sein Bestes, um ihn vom Studium abzuhalten. »Du bist schon blass genug, du musst nicht auch noch tagein, tagaus in der Library sitzen.« Alard sträubte sich mit mäßigem Erfolg, tagsüber gelang ihm das, der abendliche Gang zum Pub aber wurde Pflicht. Nur Liams wegen gab Alard sich alle Mühe, dem englischen Bier etwas abzugewinnen.

Meistens gingen sie ins Granta. Das Granta hatte eine Terrasse, von der aus man auf den Mill Pond blickte, eine Art großer Beule in einem Nebenfluss des Cam, vor allem aber gab es hier eine beeindruckende Sammlung von »real ale«, das zimmerwarm getrunken wurde und das so wenig Alkohol enthielt, dass man Unmengen davon trinken konnte. Alle hier tranken ein Pint nach dem nächsten, und erstaunlicherweise wurden einige tatsächlich betrunken von der Brühe, die Alard langweilig fand, egal, aus welchem Fass sie stammte.

Liam hatte ihn an einem Mittwoch früher als sonst abgeholt und war mit ihm in der feuchten milden Herbstluft durch die Backs am Fluss entlang zum Granta gegangen. Wie üblich um diese Zeit versammelten sich hier insbesondere die Studenten von Trinity und Magdalene; die von King's und Christ's bevorzugten The Mill am Laundress Green. Sie mussten sich einen Weg durch den lärmenden Trupp vor der Tür bahnen, doch drinnen war das Gedränge noch größer. Es dauerte, bis sie in der Nähe der Theke angekommen waren, wo sie warten mussten, bis sie dran waren. Wer bereits ein Pint ergattert hatte, drängte nach hinten, während die Durstigen hinter ihnen nach vorn drückten. Alard, der so viel Nähe kaum ertrug, fuhr die Ellenbogen aus. Hinter ihnen kicherte jemand, und dann rief eine helle Stimme »Behold our lady from hell with his pet hun.«

Alard fühlte sich nicht angesprochen, er war ja weder eine Dame aus der Hölle noch ein Schoßtier, aber er spürte, wie Liam neben ihm die Armmuskeln anspannte. In diesem Moment wandte sich der Mann am Ausschank ihnen zu, ein dicklicher, schwitzender Kerl mit einer feuchten Haarsträhne über der geröteten Stirn namens Pete, der für seine Ungeduld bekannt war. Da durfte nicht gezögert werden. Alard orderte zwei Pints Abbot Ale und sah wie jedes Mal fasziniert zu, wie Pete den Schwengel der Bierpumpe hinunterdrückte, ein eleganter Hebel aus hellem poliertem Holz, bei dessen Anblick ihm ein windschnittiger Torpedo einfiel. Oder ein besonders schlanker Zeppelin? Eine sich vorn und hinten verjüngende Zigarre aus gelbgoldenen Tabakblättern? Die trübe Flüssigkeit, die in die Gläser plätscherte, löste weniger angenehme Assoziationen aus, aber er hatte sich daran gewöhnt, dass Ale wie Kälberpisse aussah und nach ungewaschenen Socken roch. Dann hieß es das Bier bezahlen und entgegennehmen, sodass er zunächst nicht mitbekam, was hinter seinem Rücken geschah.

Er drehte sich um, wollte Liam sein Glas geben. Doch Liam hatte keine Hand frei. Er hatte einen bulligen Kerl mit dünnem Haar und breiter Nase beim Krawattenknoten gepackt und drehte den Schlips langsam zu. Niemand der Umstehenden dachte daran einzugreifen, auch Alard nicht, der zusah, wie der Kerl langsam in die Knie ging, zu röcheln begann und rot im Gesicht wurde. Dann ließ Liam ihn los. Wäre der Laden nicht so voll gewesen, wäre der Junge im biergetränkten Sägemehl auf dem Boden gelandet. Doch man hielt ihn aufrecht und reichte ihn nach hinten durch. Keiner sagte ein Wort.

»Nemo me impune lacessit.« Liam nahm Alard sein Pint aus der Hand und schickte sich an, den Platz vor der Theke zu verlassen. »Niemand reizt mich ungestraft.« Die Menschen vor ihm wichen zurück und bildeten eine Gasse, als ob er einer der Royals wäre.

»Was war denn das, um Himmels willen?«, fragte Alard, als sie vor der Tür standen und er Luft holen konnte.

»Du hast doch gehört, was er gesagt hat, oder?«

»Schon, aber was hat dich daran gestört?«

»Na hör mal. ›Behold our lady from hell with his pet hun‹.« Liam grinste. »Das Erste ist ein Kompliment, auch wenn es so nicht gemeint war, das Zweite eher nicht.«

Alard nahm einen tiefen Schluck aus seinem Glas und blinzelte in den Abendhimmel. Ein leichter Nebel war aufgestiegen, doch noch sah man ein paar matt blinkende Sterne und am Horizont eine schmale Mondsichel.

»Hun wie Hunne. Euer Kaiser.«

»Ach. Das schon wieder.« Was Wilhelm II. im Sommer des Jahres 1900 bei der Verabschiedung der Männer von der Chinaexpedition gesagt hatte, wurde jedem Deutschen von den Siegern des Ersten Weltkriegs regelmäßig unter die Nase gerieben: »Pardon wird nicht gegeben! Gefangene werden nicht gemacht!« Wie die Hunnen unter König Etzel sollten seine Männer sich in China aufführen, und die waren vor tausend Jahren nicht gerade zimperlich gewesen. Alard war es leid, dass diese Rede immer wieder als Beweis für den barbarischen Charakter der Deutschen angeführt wurde.

Liam lachte. »Der Knabe hat dich meinen Schoßhunnen genannt.«

Jetzt musste auch Alard grinsen. »Wie nett! Er hält mich also für gezähmt. Und dich nennt er eine »Lady from hell«? Wo ist da das Kompliment?«

Liam lachte nicht mehr ganz so breit. »Der Kosename stammt aus dem Krieg, von den Deutschen. Sie dürften sich nicht nur vor dem Dudelsackgeplärre der schottischen Regimenter gefürchtet haben, sondern auch vor den Schotten selbst, die haben gekämpft wie die Teufel. Mein Vater war bei den Gordon Highlanders, ihn hätte sein Temperament beinahe das Leben gekostet.«

»Dogs of hell verstehe ich ja noch, aber ...«

Liam lachte. »Warte, bist du mich in Festtagskleidung siehst. Dann weißt du, was gemeint ist.«

Endlich fiel der Groschen. »Du meinst, sie sind im Schottenrock aufs Schlachtfeld gezogen?« Alard hätte sich fast an seinem Bier verschluckt.

Liam musterte ihn. »Lach du nur. Die Schotten haben ihre Clansfarbe jahrhundertelang als langes Plaid über der Schulter getragen. Ausgerechnet ein Engländer hat den unteren Teil des Plaids abtrennen lassen und daraus einen Rock gemacht, damit sich seine Arbeitssklaven freier bewegen konnten. Peinlich genug, aber wie auch immer: Ein Kilt ist die einzige Fahne, die man anziehen kann. Also versündige dich nicht an unserem nationalen Erbe.« Er lächelte noch immer, aber man sah ihm an, dass er das bitterernst meinte.

Wie aus dem Nichts streckte sich Alard eine Hand mit einem Pint entgegen. Der Spötter von vorhin, den Liam beinahe erwürgt hätte, stand vor ihnen, zwei Gläser in der Hand, die er ihnen mit niedergeschlagenem Blick reichte.

»Tut mir leid«, sagte der Junge leise.

Liam nahm das Glas entgegen, zögerte einen Moment und hieb dem Kerl seine Pranke auf die Schulter. »Schon vergessen«, tönte er. »Schon vergessen.«

Eben noch war es still um sie herum gewesen. Jetzt lachten und redeten alle aufeinander ein, als ob sie auf diesen Moment gewartet hätten. Einer nach dem anderen kam vorbei und stieß nicht nur mit Liam, sondern auch mit Alard an. Als ob sie ihn in ihre Gemeinschaft aufnehmen wollten. Immer wieder tauchte ein volles Glas auf, sobald er seines geleert hatte, sodass er gar nicht dazu kam, selbst eine Runde an der Theke zu holen. Auf diese Weise trank er weit mehr als gewöhnlich. Das machte die neue Gemeinschaft erträglich, obwohl er sich kaum ein Gesicht merken konnte und die Namen dazu sogleich vergaß. Es machte Spaß und störte ihn nicht weiter, dass sie ihn »Alert« nannten, das war weit besser als »Schoßhunne«.

Einer nach dem anderen verschwand, was ihm nicht weiter auffiel, bis er mit Liam allein vor dem Pub stand. Es war spät geworden, zu spät. Um zehn Uhr wurden die Tore zum College geschlossen, man kam nicht mehr in sein Zimmer, es sei denn, man hatte Lust darauf, den Pförtner aufzuwecken, was Folgen hatte. Außerdem mussten sie nach Einbruch der Dunkelheit draußen ihre Talare tragen, und die hatten sie nicht dabei.

Liam drängte zum Aufbruch. »Nun trink schon aus. Und dann weihe ich dich in die Geheimnisse des Nachtlebens von Trinity ein.«

Auf dem Weg zurück begegnete ihnen keine Menschenseele, sie waren offenbar die einzigen Studenten, die sich nicht an die Regeln gehalten hatten. Alard war zu betrunken, um sich darüber ernsthaft Sorgen zu machen. Würde man ihn wieder nach Hause schicken, wenn man ihn ertappte? Vielleicht war das gar nicht die schlechteste Lösung. Das Einzige, was er vermissen würde, wenn er es recht bedachte, war Liam – und die einsamen Stunden in der Bibliothek. Wie zur Bekräftigung legte der Freund ihm den Arm um die Schultern.

Natürlich war das Tor zum College verriegelt. Alard glotzte Tor und Zaun an und hatte keine Ahnung, wie er hineingelangen sollte. Der Zaun aus soliden Eisenstangen kam ihm ziemlich hoch vor, und das Tor war noch höher. Außerdem war der Zaun von drei Reihen Stacheldrahtwalzen gekrönt. Niemand konnte dieses Hindernis bezwingen. Die Autoritäten hatten kein Mitleid mit studentischen Nachtschwärmern, also würden sie sich irgendwo da draußen verstecken und übernachten müssen, vielleicht in einem Bootshaus. Oder unter einer der Brücken? Ihm schauderte bei dem Gedanken, es war ziemlich kühl geworden.

Liam zögerte nicht. Er schwang sich an einer der großen Eisenstangen hoch, stieg über die oberste Reihe der Stacheldrahtwalzen und setzte den Fuß auf die Reihe darunter.

Alard konnte kaum hinsehen, alles drehte sich vor seinen Augen, er hatte wirklich zu viel getrunken. Er schloss die Augen und öffnete sie wieder. Ja, er hatte richtig gesehen, etwas drehte sich, es waren die Walzen! Was, wenn sie sich in Liams Hosenbeine frästen? Wenn er dort oben festhinge? Hilflos gefangen, bis die Bluthunde des Proctors bei ihrer Patrouille vorbeikämen? Er wagte kaum zu atmen. Doch Liam hielt die Balance, wich dem tückischen Stacheldraht aus, sprang und landete federnd auf der anderen Seite.

»Jetzt du«, flüsterte er.

Niemals, dachte Alard. Ich bin viel zu unsportlich dafür, ich werde im Unterschied zu Liam dort oben hängen bleiben, bis zum Morgengrauen, zum Gespött aller. Noch jahrzehntelang werden sich Studenten unter viel Gekicher an den Deutschen erinnern, der in Cambridge im Stacheldrahtverhau hing wie einst ein Soldat vor Verdun. Ich werde ein jämmerliches Bild abgeben, bis sie mich holen kommen, und ich werde auch noch froh und glücklich sein, wenn sie endlich da sind.

»Jetzt mach schon«, zischte Liam.

Verzweiflung und Alkohol verliehen Alard den nötigen Todesmut und den Schwung. Hinauf und hinüber war plötzlich ganz leicht, nur hinunter ging es schneller als beabsichtigt. Der Stacheldraht blieb Sieger. Er riss ihm die Hose über dem Knie auf, was Alard vor lauter Euphorie angesichts der überwundenen Gefahr erst gar nicht auffiel.

»Gut gemacht«, meinte Liam. »Jetzt müssen wir nur noch hineinkommen.«

Das war's, daran werden wir scheitern, dachte Alard. Im Zimmer neben dem Eingang schlief der Proctor. Vor den Fenstern im Erdgeschoss gab es Gitter aus dickem schwarzem

Eisen, da gab es kein Durchkommen. Doch Liam zögerte nicht einen Augenblick, lief hinüber zur Hausecke, nahm die Wand in den Blick, stieg auf ein Fenstersims, hielt sich mit der einen Hand am darüberliegenden Sims und mit der anderen Hand an einem Abfallrohr fest und schwang sich ein Stockwerk nach dem nächsten hoch, bis er in ihrer Etage angekommen war, wo er an eines der Fenster klopfte.

»Na komm endlich«, wisperte er hinunter, während hinter ihm das Fenster aufging.

Alard war ganz elend vor Anspannung, doch was konnte schon schlimmer sein, als hier unten zu bleiben und zu warten, bis man aufflog? Nun – von der dritten Etage hinunterstürzen, dachte er und kletterte auf das Sims des unteren Fensters.

»Und jetzt greif über dich, groß genug bist du dafür«, flüsterte es von oben. »Halt dich mit der rechten Hand am Abfallrohr fest. So ist es recht.« Liam soufflierte ihm Schritt für Schritt, und Alard stellte erleichtert fest, dass es längst nicht so schwer war, wie er befürchtet hatte.

Er würde sich bald daran gewöhnt haben, an einem der imposanten Gebäude von Cambridge hochzuklettern. Doch das ahnte er in dieser Nacht noch nicht.

III

»Herzlichen Glückwunsch, du hast den schönsten Mann von Cambridge erobert.« Ein schmaler hochgewachsener Junge mit klassischem Profil – gerade Nase, volle Lippen – hatte sich beim Verlassen der Hall neben Alard gedrängt und musterte ihn nun von oben herab. Der Knabe trug Lackschuhe, was eher unüblich war, und einen leuchtend gelben Pullover über den weiten grauen Flanellhosen. Alard kannte ihn von einer der Vorlesungen. Er gehörte, so hieß es, zu den »Apostles«, einem geheimen und sehr elitären Debattierklub handverlesener Studenten von King's oder Trinity.

»Liam ist der Sohn meines Patenonkels«, antwortete Alard und ärgerte sich darüber, dass er glaubte, sich erklären zu müssen.

»Ja, so etwas sagen sie alle. Ihr seid jedenfalls ein hübsches Paar, auch farblich ansprechend.« Der Junge lächelte mit hochgezogener Augenbraue, drehte sich weg und schwebte davon.

Liam lachte, als er ihm die Szene schilderte, abends, als sie sich im Royal Arms in der King Street trafen. Liam hatte den Ort vorgeschlagen, im Granta hätten sie keine ruhige Minute gehabt. »Mach dir nichts draus, sie glauben alle, wir sind wie sie.«

»Wie sie?«

»Viele von ihnen ziehen Männer den Frauen vor. Das ist hier Mode.«

»Mode?« Nun, das würde einiges erklären. Etwa die Neigung von Brian aus dem Zimmer über ihm, sich herauszuputzen in weißen Hemden mit weitem Kragen und Rüschen.

»Lass dich nicht darauf ein.« Liam schob ihn vor zur Theke.

Er hat recht, dachte Alard, wir sind nicht wie sie. Wir gehören nicht dazu. Wir reden nicht so gespreizt, wir bilden uns nichts auf unsere Herkunft ein, wir tragen keine gelben Pullover, und wir interessieren uns weder für Cricket noch für die Fuchsjagd.

Als sie sich am Tisch gegenübersaßen, jeder ein Pint vor sich, sah er Liam mit aufflammender Zuneigung in die Augen, in die warmen karamellbraunen Augen im sommersprossigen Gesicht unter dem roten Haarschopf. Liam war der schönste Mann von Cambridge, das war nichts als die reine Wahrheit. Alard spürte, wie ihm die Hitze ins Gesicht stieg. Er wandte den Blick ab.

»Es gibt den einen oder anderen, der die Hingabe an Männer für eine höhere Form der Liebe hält. Im Übrigen: Was verboten ist, macht erst richtig heiß«, sagte Liam und blickte in sein Pint. »Pass also auf dich auf.«

»Ich bin ja nicht der schönste Mann von Cambridge«, antwortete Alard leise.

Jetzt sah Liam auf. Sein Mund verzog sich zu einem breiten Grinsen. »Sei dir nicht so sicher. Es gibt hier Leute, die dunkelhaarige Melancholiker einem schottischen Rothaar durchaus vorziehen würden.«

Auch das war ein Gedanke, der ihm nicht gefiel.

»Hast du Neuigkeiten von deinen Eltern?«, fragte Liam nach einer Weile und erlöste ihn damit von seiner Verlegenheit.

»Sie machen sich Sorgen, auch wenn sie es nicht zugeben. Den Bauern geht es nicht gut, und die Zahl der Arbeitslosen steigt und steigt. Leute ohne Geld können nichts kaufen, damit schließt sich der Teufelskreis. Unsere drittgrößte Bank ist in Konkurs gegangen, das zieht Kreise. Ich erinnere mich noch, wie die Leute während der Inflation von 1923 mit Schubkarren voller Geld zum Bäcker gegangen sind. Wir hatten gedacht, damit läge das Schlimmste hinter uns, aber es geht offenbar immer noch weiter nach unten.«

Liam nickte. »Die Einzigen, denen das gefällt, sind unsere Marxisten. Die freuen sich über jede Krise. Du solltest sie mal hören.« Er streckte die geballte Faust in die Luft: » ›Die letzte Krise des Kapitalismus hat begonnen! Der Kommunismus wird siegen!‹ «

»Derzeit siegen die anderen«, sagte Alard leise. »Die Hitler-Partei legt überall zu. Aber vielleicht ist das besser als ein Durchmarsch der Bolschewisten.«

»Erzähl das mal unseren edlen Seelen«, sagte eine Stimme hinter ihnen.

»Ah!« Liam drehte sich um. »Da kommt Ilja. Unser russischer Dichter.«

Ilja war ein dünner blasser Mann mit einem dunklen Haarschopf über einem schmalen Gesicht mit dichten Augenbrauen, einem großzügigen Mund und einem tiefen Grübchen im Kinn. »Diese angeblich gebildeten Schwätzer haben keine Ahnung, was in Russland los ist. Sie halten Lenin für einen großen Geist und glauben, dass mit den Bolschewiki die Freiheit der Kunst gesiegt hat. Sie haben keine Ahnung, wie viele Menschenleben die Russische Revolution gekostet hat. Die Bolschewiki haben nicht nur den Adel umgebracht. Sie haben alle getötet, die sie für die Oberschicht hielten. Oder wer ihnen beim Plündern und Morden im Weg war.«

»Tja. Auch unsere künftige geistige Elite scheint nicht zu verstehen, dass sie als Erstes an der Laterne hängen würde. Im Übrigen ist unsere herrschende Klasse nicht viel besser. Sie haben zwar nicht selbst Hand angelegt, uns dafür aber in einen mörderischen Krieg geschickt, der völlig nutzlos war.« Liam stand auf, sammelte die leeren Gläser ein und ging zur Theke.

»Der Marxismus ist Wissenschaft, glauben sie. Marx hat den Gang der Geschichte vorhergesagt, behaupten sie. Die Arbeiterklasse wird siegen, rufen sie«, meinte Ilja düster.

»Die Arbeiter werden ihnen etwas husten.« Vielleicht, dachte Alard. Vielleicht auch nicht. In Oberschlesien waren viele Menschen von der Idee sehr angetan gewesen, die Magnaten zu enteignen.

»Bei den britischen Arbeitern wäre ich mir da nicht sicher.« Liam war mit vollen Gläsern zurück. »Beim Generalstreik von 1926 träumten verdammt viele von der Revolution. Auch in der Labourpartei. Und jetzt, da wieder eine Labourregierung an der Macht ist …«

»Das einzig Gute an der Regierung ist, dass Ramsay MacDonald den geplanten Bau eines Tunnels unter dem Ärmelkanal verhindert hat«, brummte Ilja.

»Damit es Leuten wie dir nicht so leicht wird, auf unsere herrlichen Inseln zu gelangen, lieber Ilja?«

»Im Übrigen hat Labour es nur geschafft, weil die Frauen seit Neuestem wählen dürfen. Das hätte man ihnen nie erlauben dürfen.« Ilja ließ sich auf Liams Stichelei nicht ein.

»Frauen sind auch Menschen«, sagte Liam mit todernstem Gesicht.

Alard dachte an seine Mutter. »Und manche Frauen verstehen vom wirklichen Leben mehr als die Männer.«

»Diejenigen, die ich kenne, nicht.«

Ilja leerte sein Glas in einem Zug, sagte: »Ich schulde dir eine Runde, Liam«, und ging.

»Das war auch einer von denen, die mit Frauen nichts anfangen können«, murmelte Liam. »Wie geht es deiner Mutter?«

Woher wusste er, an wen er gerade gedacht hatte? Alard schluckte und räusperte sich. »Nicht gut«, sagte er. »Mein Vater schreibt zwar, ich solle mir keine Sorgen machen, aber das sagt sich so leicht. Manchmal wirkt sie wohl ganz normal, und am nächsten Tag kann sie kaum aufstehen. Selbst wenn sich ihr Zustand nicht verschlechtert – besser wird es nicht mehr.«

»Wisst ihr denn, woran genau sie leidet?«

Alard hob die Schultern. »Unserem alten Hausarzt war sie ein Rätsel. Schließlich ist mein Vater mit ihr zu einem Spezialisten nach Dresden gefahren. Er wartet noch auf dessen Diagnose.«

»Schrecklich«, sagte Liam leise.

»Ja. Es wäre furchtbar für sie, wenn sie nicht mehr nützlich sein könnte. Ohne eine gut wirtschaftende Hausfrau ist ein Gut wie unseres verloren. Meine Mutter hat sich um alles gekümmert, vier Jahre lang, im Krieg, ganz allein.« Nein, das stimmte nicht ganz: Das Mariellchen war immer da gewesen, auch für mich, dachte er. Aber sie hat uns verlassen.

»Hast du Heimweh?«

Alard wehrte sich gegen die Tränen, die ihm in die Augen steigen wollten, und zuckte die Schultern. »Sicher. Manchmal.«

»Warum fährst du nicht nach Hause? Zur Jahreswende?«

Alard schüttelte den Kopf. »Ich muss das Geld zusammenhalten. Ich weiß nicht, wie lange sich meine Eltern und dein Vater mein Leben hier noch leisten können.«

»Das soll nicht deine Sorge sein«, sagte Liam, streckte die Hand aus und legte sie auf Alards. »Mein Vater …«

Alard entzog Liam seine Hand, beinahe panisch. »Nein. Ich brauche keine Hilfe.«

»Er ist dein Patenonkel. Er hat sich dazu verpflichtet. Das weißt du doch«, sagte Liam sanft. »Und wenn du nicht nach Schlesien fährst, dann komm zu uns. Meine Mutter würde sich freuen.«

Diesmal kamen sie rechtzeitig vor der Sperrstunde im College an. Liam klopfte ihm zum Abschied auf den Rücken. Und dann sagte er: »Ich wünschte, ich hätte eine Schwester, die dir gefallen könnte.«

IV

Alard saß in der Bibliothek über seinen Studien und versuchte, sich zu konzentrieren. Irgendetwas störte ihn, er fühlte sich beobachtet. Als er aufblickte, bemerkte er Ilja, der vor seiner Büchernische stand und ihn musterte, mit zusammengezogenen Augenbrauen.

»Ich dachte, ich wäre allein hier«, brummte der Russe.

»Das dachte ich auch«, sagte Alard. Und ich wäre auch gern allein geblieben.

Doch seine wenig einladende Antwort schien Ilja nicht zu irritieren, zu Alards Erstaunen setzte er sich auf den Stuhl neben ihn und griff nach dem Buch, das Alard studierte. »Na, wenigstens einer, der nicht Karl Marx liest. All diese englischen Affen lesen Karl Marx. Jedenfalls alle, die in die Vorlesungen von Maurice Dobb gehen. Der ist ein ergebener Freund der Sowjetunion.« Ilja gab einen abfälligen Laut von sich.

»Ich interessiere mich nicht für Marx.«

»Ist auch besser so.« Ilja war ins Deutsche übergewechselt. »Ihr Deutschen seid nicht so verrückt wie die Engländer, die plötzlich ihre große Liebe zur Sowjetunion entdeckt haben. Meine Eltern sind mit mir und meiner Schwester 1918 aus Petersburg nach Deutschland geflohen, sonst säße ich heute nicht neben dir. Weil ich nämlich tot wäre. Wir sind nach Berlin gegangen, manchmal träume ich noch davon. Das Leben dort war weit aufregender als hier in diesem Dorf.«

Deshalb also sucht er Kontakt zu einem der wenigen deutschen Studenten in Cambridge. Verstehe, dachte Alard. »Ich komme aus Schlesien, da ging es noch weit dörflicher zu. Wir waren nur ein Mal in Berlin, meiner Mutter gefiel es dort nicht.«

»Und dir?«

Alard lachte. »Ich fürchte, ich war für die Reize einer Großstadt noch nicht alt genug. Aber ich erinnere mich an das Kino und an den Film, den wir gesehen haben. ›Nosferatu‹. Mit ganz viel Blutsaugerei.«

Ilja nickte, als ob er sich mit Blutsaugerei auskannte. »Ja, das Kino. Und die Cafés. Das Theater. Die Buchläden. Alle, die vor den Bolschewiki fliehen mussten, waren damals in Berlin. Zehntausende. Hunderttausende. In unserem russischen Berlin.« Er hob beide Hände, als ob er ein höheres Wesen anrufen wollte. »›Menschen von gestern‹. Verleger und Ärzte, Ingenieure und Anwälte. Das bessere Russland. Eine untergegangene Welt.«

Menschen von gestern. Von ehemaligen Leuten war in den Briefen seiner Tante Luise die Rede gewesen, er hatte sie gelesen, nachdem es endlich Nachricht über ihr Schicksal gegeben hatte.

»Wir halten die Erinnerung aufrecht. Wir Russen im Exil.«

»Ihr kommt aus Petersburg?« Bailanda, das Gut von Luise und ihrem Mann, hatte in der Nähe von Nowgorod gelegen, das lag um mehr als zweihundert Kilometer südlich. Wieso also sollte Ilja die Schuwalows kennen? Alard zögerte, danach zu fragen, er wollte nicht aufdringlich sein. Ilja war zwar einige Jahre älter als er, doch ob er viel mitbekommen hatte vom Russland vor der Revolution? »Die Schwester meines Vaters hat 1906 nach Russland geheiratet. Wir wissen bis heute nicht, ob sie noch lebt.«

Ilja richtete sich auf. »Name?«

»Luise. Ihr Mann heißt Alexei Schuwalow. Gut Bailanda bei Nowgorod.«

»Schuwalow.« Ilja sah ihm forschend ins Gesicht und nickte dann. »Ja, der ist einer von uns. Er hat bei den Weißen gekämpft und ist nach der endgültigen Niederlage 1920 über die Krim geflohen. Von seiner Frau weiß ich nichts. Aber ich werde mich erkundigen.«

Er stand auf, tippte sich mit der gestreckten Hand an die Stirn und ließ Alard wieder allein.

Ob er sein Versprechen hielt? Ob man durch ihn endlich erfahren würde, was aus den Schuwalows geworden war? Und aus den beiden Kindern, Sofia und Dimitri? Was auch immer Ilja herausfinden würde – es gäbe den Eltern endlich Gewissheit.

Warum man in England plötzlich die Sowjetunion liebte, verstand auch Alard nicht. Er hatte jedenfalls noch keinen getroffen, der die dicken theoretischen Abhandlungen von Marx gelesen hatte. Vielleicht war das Pflichtlektüre bei den elitären Apostles, aber er kannte niemanden aus diesen erlauchten Kreisen.

Sie schwärmen vom Sozialismus, dachte Alard, wie wir in Deutschland auch. In seiner Abiturklasse hatten sie gemeinsam mit glühender Begeisterung eine Welt entworfen, in der es keinen Krieg gab und keine Ungerechtigkeit. Alle Menschen werden Brüder. Den Krieg hatten die Imperialisten und Kapitalisten angezettelt, und die waren verzichtbar. Kaum einer hatte begriffen, dass in der Sowjetunion auf blutige Weise Schluss mit den »ehemaligen Leuten« gemacht wurde, selbst wenn sie weder Kapitalisten noch Imperialisten waren.

Und dennoch: Manchmal träumte auch er davon, von einer Welt, in der die Deutschen und die Briten Freunde waren. Und nicht nur die. Von einer friedlichen Welt. So friedlich wie die Wren Library in Cambridge.

Seine Gedanken kreisten um seine Tante und deren Familie. Was würde Ilja herausfinden?

Selbst nach einem abendlichen Bier mit Liam im Grant konnte Alard nicht einschlafen. Beim Glockenschlag zwölf Uhr hielt es ihn nicht mehr im Bett. Es regnete nicht, und es war auch nicht sonderlich kalt, außerdem stand ein heller Mond am Himmel. Er zog einen alten Pullover und seine zerrissene Hose an, auf die musste er keine Rücksicht mehr nehmen. Dann stieg er aus dem Fenster und ließ sich am Abfallrohr hinuntergleiten. Unten angekommen, lief er über den geheiligten Rasen des Great Court, über den sonst niemand schreiten durfte außer den Dons. Diesmal passte er auf seine Hose auf, als er über den Zaun kletterte. Ein Riss genügte.

Der Cam glitzerte im Mondlicht und gluckste leise zur Begrüßung. Es roch nach frischer Erde und der Duftnote irgendeines wilden Tieres. Wahrscheinlich war ein Fuchs hier vorbeigeschnürt. Mit einem Mal vermisste er die vertrauten Gerüche von Mondsee, den Duft aus dem Kuhstall, den Geruch der Kartoffelflocken und den beißenden Dunst der Schweine. Hier waren selbst die Komposthaufen in den Gärten jenseits des Cam gepflegt und geordnet.

Er folgte dem Fußweg bis zur Bank am Flussufer und setzte sich. Nein, er gehörte nicht hierhin. Er gehörte nicht dazu. Sein Vater hatte auf dem Studienjahr in Cambridge bestanden. Alard hatte sich für internationales Recht entschieden. Menschen gaben sich Regeln, damit sie das Leben miteinander aushielten. Selbst für den Kampf und für seine höchste Form, den Krieg, gab es Regeln, dachte er.

Denn worum ging es in einem Krieg? Nicht um das Töten von Menschen, sonst hätte sich die Menschheit längst ausgerottet. Es ging, so lautete jedenfalls die klassische Lehre, um eine Entscheidung über Sieg oder Niederlage. Doch der Große Krieg hatte mit alledem gebrochen. Millionen kamen auf dem Schlachtfeld in Ost und West ums Leben, auf erbärmliche Weise, zerstückelt, verschüttet, ertrunken, ohne Ehre und Heldentum. Vielleicht musste es deshalb einen Schuldigen geben, weil es keinen erkennbaren Grund für ein derartiges Massaker gab?

Alard wusste aus seiner Lektüre, dass man bis zu diesem Krieg nicht von einer »Schuld« am Krieg gesprochen hatte, jeder souveräne Staat besaß das Recht, ihn zu führen – das *ius ad bellum*. Doch 1919 hatten die Kriegsgegner das Deutsche Reich zum Schuldigen erklärt, die Deutschen »Barbaren« genannt, denen gegenüber die Grundsätze mäßiger Kriegsführung nicht gelten sollten. Ein ganzes Land geächtet! Hatte es das unter zivilisierten Nationen jemals gegeben?

Und dann das Wunder: Mittlerweile waren die Deutschen wieder beliebt. Und warum? Weil wir Jungen keinen Krieg mehr wollen, dachte Alard. Schon gar nicht wir Deutschen, erniedrigt durch Versailles und unsicher unter den neuen politischen Verhältnissen. Und obzwar er manche seiner englischen Kommilitonen um ihr ungeschmälertes Selbstbewusstsein beneidete, gab es doch auch bei ihnen viele, die an den imperialen Anmaßungen Großbritanniens zweifelten.

Wir müssen uns zusammenschließen, dachte er. Die Deutschen und die Engländer – nein: die Briten, die Schotten gehörten schließlich dazu –, sie mussten das Kräftezentrum des neuen Europa bilden.

Vielleicht war er doch kein Außenseiter. Vielleicht gehörte er zu dieser neuen Generation, die all das möglich machen würde. Das war ein Gedanke, der sein Herz höherschlagen ließ. Ein Gedanke, der zum Geist des Ortes passte. Wer hatte in Cambridge nicht alles gelebt und studiert? Francis Bacon. Samuel Pepys. Charles Darwin. Isaac Newton. Und Bertrand Russell, der während des Krieges für seinen Pazifismus ins Gefängnis gegangen war.

Mit einem Mal stieg ein fast vergessenes Glücksgefühl in ihm auf, ein Gefühl, das ihm den Atem nahm. Sie würden gemeinsam dafür kämpfen. Er und Liam.

Alard blickte in den Himmel, sah dem Mond zu, der über den Horizont eilte wie einer, der zu spät zur Hochzeit kommt, und suchte unter den Sternenbildern den hellsten Stern.

V

Moray Castle

Weihnachten bei den Broedies war ereignislos und friedlich. In Schottland feierte man Weihnachten nicht, seit 1583, seit die presbyterianische Kirche ihn verboten hatte, »diesen papistischen Brauch«, wie Onkel Alex spottete. Dennoch hatte Liams Mutter ein paar mehr Kerzen angezündet als sonst, während sie vor dem Kamin saßen.

»Meine Mutter ist eine Papistin«, scherzte Liam. Eilidh Broedie lächelte milde. Sie war im Vergleich mit ihren beiden Männern eine Elfe, blond noch dazu.

»Du musst das verstehen, Alard: Einer aus der Familie ihrer Vorfahren war ein katholischer Priester. Sie haben ihn wegen seines Glaubens gefoltert und eingekerkert, bis er starb. Er war eben ein Highlander. Und die hatten mit den englischen Puritanern nichts im Sinn, mit diesen sauren Moralisten. Nur die in den Lowlands haben sich mit den Engländern gemein gemacht.«

»Und das, die Verräter aus den Lowlands, sind deine Vorfahren väterlicherseits, Liam«, sagte Alex Broedie und sah Alard an. »Du siehst, Alard: Mein Sohn kommt nicht nach mir, er ist ein eisenharter Jakobit.«

»Er ist der Einzige von uns mit ein wenig Sinn für unsere Geschichte, Alex«, sagte die sanfte Eilidh. »Du weißt, wer die Jakobiten waren, Alard?«

»Die Anhänger der Stuarts?«

»Richtig. Der letzte Stuart auf dem Thron, Jakob II., war den Engländern zu katholisch, weshalb sie ihn 1688 absetzten.«

»Sie nennen das heute noch die ›Glorious Revolution‹«, warf Liam ein. »Was bitte war an Wilhelm von Oranien glorios, den sie an seine Stelle setzten? Dass er kein Englisch sprach, verkrüppelt war und Männer den Frauen vorzog?«

»Liam!« Eilidh, mit mildem Tadel in der Stimme. »Jedenfalls wollten die Schotten ihre Stuarts wiederhaben, patriotisch, wie sie waren.«

»Ach was. Wir waren stets Dickköpfe auf verlorenem Posten«, brummte Liams Vater. »Zu jedem Streit bereit.«

»Wahrscheinlich hast du recht.« Eilidh lächelte ihn an. »Wie immer. Leg doch bitte noch ein Scheit aufs Feuer.«

Alex erhob sich schwerfällig von einem der drei Sofas, die dem riesigen Kamin gegenüberstanden. Der massige Mann litt sichtlich unter den Folgen seiner Kriegsverletzung. Alard wollte schon aufstehen, um zu helfen, doch Liam beugte sich vor und schüttelte den Kopf. Er verstand. Wenn das Oberhaupt der Familie das Hausfeuer nicht mehr versorgen konnte, war das Ende nah.

»Meine Vorfahren väterlicherseits haben meine Vorfahren mütterlicherseits auf dem Schlachtfeld verbluten lassen«, sagte Liam, als Alex wieder saß. »Die Schlacht von Culloden war das Ende der Highlander. Und in den Lowlands applaudierte man.«

»Die Treue der Highlander zum Haus Stuart in allen Ehren, aber in den Lowlands wusste man, wo der wirtschaftliche Vorteil lag. Mal abgesehen davon, dass in England damals das Haus Hannover regierte, immerhin eine parlamentarische Monarchie, die sich nicht, wie die Stuarts, Gottesgnadentum anmaßte.«

»Sie haben die Unseren abgeschlachtet«, zischte Liam. »Alle, auch die Gefangenen. Sie haben die Katholiken von allen öffentlichen Ämtern ausgeschlossen. Sie haben den Kilt verboten, sie haben unsere Lebensweise zerstört. ›Sie schaffen eine Wüste und nennen es Frieden‹.«

Tacitus, dachte Alard. Was hatte sich seither schon geändert?

»Liam, ich habe dir schon oft gesagt, dass das Herz nicht der Sitz des Verstandes ist. Schottisch fühlen, britisch denken, das ist es, was uns weiterhilft.«

»Was hilft ein Kopf, wenn er dir abgeschlagen wird?«

Alex schüttelte den Kopf. Aber dann lächelte er, liebevoll, wehmütig. »You take the high road«, summte er leise.

»And I take the low road.« Liams Stimme wurde rau. Und dann begann er zu singen. Die Melodie und seine Stimme trafen Alard in der empfindlichsten Stelle seiner Seele. Liams Eltern fielen nach einer Weile ein. Als das Lied endete, hatten alle feuchte Augen.

Alex räusperte sich als Erster. »Das Lied handelt von zwei Jakobiten, die nach der verlorenen Schlacht von den Engländern gefangen genommen wurden, der eine soll hingerichtet werden, der andere freikommen. Der Überlebende würde den Weg über Berg und Tal zurück nach Loch Lomond nehmen, während der Hingerichtete durch die Unterwelt, auf dem Weg der Toten, zu seiner Liebsten zurückkehren würde. Ein Lied, wie es unserer sentimentalen schottischen Seele entspricht.« Alex griff zur Whiskyflasche und füllte ihre Gläser auf. »Wir sehen uns nun schon seit Jahrhunderten als Opfer. Damit muss endlich Schluss sein.«

Eilidh hatte sich leise entfernt und kam jetzt mit einer Schale Shortbread zurück. »Streitet euch nicht«, sagte sie. »Das alles ist lange vorbei.«

»Ganz und gar nicht. Vater, du müsstest am besten wissen, dass die Engländer uns auch im jüngsten Krieg verheizt haben. Du hast es doch am eigenen Leib erlebt.«

Alex Broedie seufzte. »Natürlich hätte sich das Vereinigte Königreich gar nicht erst einmischen sollen. Österreich hatte ja recht: Man konnte es schwerlich hinnehmen, den Thronfolger von Serben ermorden zu lassen. Doch das war ein begrenzter Konflikt auf dem Kontinent, der uns nichts anging. Nur der verlogene Lord Grey wollte unbedingt mit den Russen paktieren. Damit die sich nicht Indien schnappten.«

»Und dafür das Opfer von Tausenden Schotten?«

»When you burn our kilt you roast our pride«, begann Alex mit belegter Stimme. »You can take away the tartan but you cannot quench – the spirit of the gordons. Auch wenn sie unseren Kilt verbrennen: Den Geist der Gordons kann man nicht unterdrücken.« Er hob sein Glas, blickte in die Runde und sagte: »Ich hebe das Glas auf die Gordon Highlanders, auf meine Kameraden, die die Schlacht an der Somme nicht überlebt haben. Und auf die Männer vom Heart of Midlothian. Unser größter Fußballklub, unsere besten Fußballer starben gleich zu Beginn am 1. Juli 1916. Ein Tag, den wir nie vergessen dürfen.«

Auch den zweiten Weihnachtstag schien man in Schottland zu ignorieren. Alle hatten etwas zu tun, nur Liam und Alard nicht. »Soll ich dir mein künftiges Erbteil mal vorführen? Ich präsentiere: Glanz und Elend des Broedie-Clans.«

Im Erdgeschoss gab es die Küche, in der ein halbes Expeditionsheer versorgt werden konnte. In der Halle konnte gewiss eine Hundertschaft tafeln. An den Wänden hingen farbenfrohe Wandteppiche mit Jagdszenen, darunter eines mit einem eingekreisten weißen Einhorn. »Stell dir dazu bitte den Raum voller sauf- und raufl ustiger Schotten vor. Vielleicht hätte ich damals leben sollen.«

Mir würde es schon reichen, in einer Zeit zu leben, in der es keinen Krieg gegeben hat, dachte Alard. Jedenfalls keinen wie den letzten.

»Unsere Vorfahren hat meine Mutter ins Treppenhaus verbannt. Ich weiß nicht, ob sie bedacht hat, dass wir den lieben Ahnen auf diese Weise jeden Tag ins Auge blicken müssen. Das macht nicht immer Spaß.« Liam ging voraus, Alard folgte. »Du weißt, dass der König von Moray einst Macbeth hieß? Er regierte in der Mitte des 11. Jahrhunderts.«

»Ich dachte, Macbeth sei eine Erfindung von Shakespeare?«

»Du bist also doch ein Barbar!« Liam lachte. »Nein, Macbeth gab es wirklich, aber Shakespeare hat nicht die wahre Geschichte erzählt. Der historische Macbeth hat König Duncan in der Schlacht bei Elgin besiegt, wobei der König starb. Das war kein heimtückischer Mord. Danach hat König Macbeth dafür gesorgt, dass die Clans Frieden hielten, und das war gut für unser Land. Shakespeare hat eine Karikatur von ihm gezeichnet.«

»Und die Broedies stammen von Macbeth ab?«

»Schön wär's. Gut möglich, dass unsere Urahnen von einer königlichen piktischen Familie namens Brude abstammen. Die Pikten mochten die Römer nicht. Später wurden sie von den Skoten assimiliert. Wie das halt so geht.«

»Hatten die Pikten rote Haare?«

Alard war vor dem Porträt einer Dame stehen geblieben, deren hochaufgetürmtes Haar über einer ausladenden Halskrause rot zu sein schien.

»Keine Ahnung. Das ist Aignéis Mackenzie, die ist angeheiratet. Der Name Broedie leitet sich übrigens vom gälischen Wort für »Schlammpfuhl« her, was nicht wirklich adelt. Aber immerhin: Einem Sohn von Malcolm Broedie wurde im 13. Jahrhundert der Besitz von Castle Moray und den Ländereien urkundlich garantiert. Damit wenigstens können wir uns brüsten.«

Die Broedies schienen eine stolze Vergangenheit zu haben – und bestätigten jedes Klischee über die kämpferischen Schotten, dachte Alard, als sie vor dem Bild eines breitschultrigen Mannes im dunkelgrünen Tartan standen. »Alexander der Rebell. Starb im Kampf gegen die Engländer in der Schlacht von Pinkie Cleugh 1547.«

So ging das weiter, während sie hoch in den ersten Stock stiegen. Nur einmal noch war eine Frau abgebildet, sie saß auf einem Sessel, zwei gelockte Kinder zu ihren Füßen, dahinter ein kriegerisch dreinblickender Mann mit dem Tartan über der Schulter. Erst im 19. Jahrhundert schien der eine oder andere Broedie im Bett gestorben zu sein.

Im ersten Stock lagen die Schlafzimmer der Eltern und von Liam und Alard. Alle anderen Zimmer entlang des langen Flurs standen leer. Das Schloss war viel zu groß für eine einzige Familie mit ein paar wenigen Dienstboten, die ihre Zimmer unter dem Dach hatten.

»Vor ein paar Jahrhunderten sah das hier anders aus, da war der ganze Clan versammelt, bis er kleiner und kleiner wurde. Die einen starben während des Aufstands der Jakobiten, die anderen wanderten nach Indien aus. Mein Onkel Douglas fiel während der Schlacht an der Somme. Seit dem Krieg haben wir kaum noch Personal. Sic transit gloria.«

Alard fröstelte. Der Winter hockte in den Wänden des Schlosses und stieß frostigen Atem aus.

»Ich muss an die frische Luft, Liam«, sagte er.

Liam lachte. »Das versteh ich. Mich stürzt der alte Kasten regelmäßig in tiefe Depression. Meine Eltern glauben, sie seien es den Ahnen schuldig, das Erbe zu bewahren. Noch ist Geld da, aber wie sollen wir den Unterhalt auf Dauer finanzieren? Von Schafen und Pferden allein können wir nicht existieren. Mal abgesehen davon, dass kaum einer noch reich genug ist, uns die Bude abzukaufen.«

Das würde in Mondsee nicht anders sein, dachte Alard

und fürchtete sich vor den Nachrichten seiner Eltern, die ihn in Cambridge erwarten würden.

»Lass uns ans Wasser gehen.«

Moray Castle lag hoch oben auf den Klippen, dort, wo sich der Moray Firth zur Nordsee hin öffnete. Sie liefen hinunter ins Dorf und an den Häusern der Fischer vorbei zum Strand. Von dort aus blickte man hinüber zum Leuchtturm von Cromarty und dann aufs offene Meer.

»Wenn du mit dem Boot immer weiter hinausfährst, landest du in Norwegen«, sagte Liam. »Bei den Wikingern.«

»Hatten die Wikinger nicht rote Haare?«

»Wie Erik der Rote?« Liam lachte. »Ich bin fest davon überzeugt, dass bereits Adam und Eva rote Haare hatten.«

VI

»Nichts wie weg hier«, flüsterte Onkel Alex, als Eilidh mit der Köchin und dem Mädchen ins Esszimmer trat, kaum war das Frühstück beendet. Liam hatte Alard vorgewarnt. Während man in Schottland das Weihnachtsfest links liegen ließ, wurde Silvester, das man hier Hogmanay nannte, umso ausgelassener gefeiert. Doch vor der Feier legte die Tradition allen strenge Pflichten auf. Die Frauen hatten schon seit Tagen das Haus vom Keller bis zum Dach gereinigt, jetzt mussten die Öfen und Kamine gesäubert werden. Die Männer wurden hinausgeschickt, sie hatten den Hof zu kehren. Draußen standen bereits Kester, der Hausdiener, und Graeme, der Jäger. Alex begrüßte die beiden und reichte die Flasche mit dem Whisky herum. Das Lebenselixier der Schotten nahm man offenbar zu jeder Tageszeit zu sich. Alard nippte nur, der Form halber. Dann machten sie sich gemeinsam an die Arbeit.

»Hast du auch all deine Schulden beglichen?«, flüsterte Liam, der neben Alard kniete und das Moos aus den Fugen des Pflasters kratzte. »Du musst sauber ins neue Jahr gehen.«

»Ich habe keine Schulden«, flüsterte Alard zurück. »Soweit ich weiß.«

»Bist du sicher? Wer hat die letzte Runde im Granta bezahlt?«

Alard versuchte, sich zu erinnern. Das war eine strenge Regel, an die man sich halten musste: Jeder bezahlte eine Runde Ale für alle, keiner durfte sich drücken.

»Keine Ahnung«, antwortete er schließlich.

Liam grinste. »Du selbst, Dummkopf. Entspann dich! Du bist sauber.«

Als ein leichter Regen einsetzte, war es mit der Gemütlichkeit vorbei, alle arbeiteten schneller, bis sie völlig durchnässt waren und Alex endlich zufrieden schien. »Ab ins Haus. Jetzt säubert jeder von uns seine äußere Hülle von all seinen Sünden, verstanden?«

Im Haus duftete es nach verbrannten Wacholderzweigen. Eilidh empfing sie mit einem Packen frischer Handtücher. Für ihren Mann war ein Bad im elterlichen Badezimmer bereitet, Liam und Alard mussten sich einen Zuber in der Waschküche teilen, in den Shona, das Hausmädchen, bereits warmes Wasser gegossen hatte.

»Mach schon, bevor es kalt wird«, sagte Liam, streifte sich Hose und Hemd vom Leib und war bereits im Zuber, während Alard noch zögerte. Sollten sie etwa gemeinsam in die Wanne?

»Nun komm schon!«

Es blieb ihm wohl nichts anderes übrig. Er stieg ins Wasser, versuchte, sich Liam gegenüber zu setzen, ohne ihn zu berühren, doch der zog ihn zu sich und warf ihm lachend und mit beiden Händen Wasser ins Gesicht. Und dann saß er plötzlich zwischen Liams Beinen, zurückgelehnt, den Kopf an Liams Brust, und alles wurde still. So muss es sein, für immer und ewig, dachte er und schloss die Augen.

Nach einer Weile rührte sich Liam, ließ Wasser über Alards Haare laufen und seifte sie ein, mit sanften festen Fingern, ließ sie um seine Schläfen kreisen, massierte mit den Daumen seinen Nacken. Alard erschauerte, tief drinnen, bis er es nicht mehr aushielt und sich aufrichtete, was den Wasserpegel sinken und ihn in der kalten Luft zittern ließ.

»Darf ich dir noch die Seife aus dem Haar spülen«, hörte er Liam hinter sich sagen, Wärme und Spott in der Stimme. Aber Alard konnte keine weitere Berührung mehr ertragen, beugte sich vor, tauchte den Kopf unter, rieb sich hastig den Schaum aus dem Haar und stieg aus der Wanne. Er wagte keinen Blick hinter sich, als er sich in sein Handtuch hüllte, ging mit weichen Knien hinüber zum Stuhl, auf dem seine Kleider lagen, zog sich an und ließ Liam allein.

In der Küche hörte man Alex und Eilidh lachen. Es roch nach Zimt, Zitrone und Rosinen. Was hatte Liam gesagt? »Ich wünschte, ich hätte eine Schwester, die dir gefallen könnte.« Ob das helfen würde?

Er ging hoch auf sein Zimmer. Für heute Abend war *black tie* angesagt. Sein Smoking hing bereits am Schrank, daneben das weiße Hemd mit Vatermörder und plissierter Hemdbrust. Die schwarzen Strümpfe und die Fliege lagen auf der Kommode, auch die silbernen Manschettenknöpfe mit dem

Monogramm seines Großvaters Maximilian von Lanzdorf. Er nahm sie in die Hand, als ob er sie wärmen wollte. Es war sieben Jahre her, er war damals gerade zwölf Jahre alt geworden, als man seine Großeltern fand. Warum wollten sie nicht mehr leben? Noch an Alards Geburtstag hatte der Großvater Seifenblasen in die Luft gepustet, die Asta mit Welpeneifer zu fangen versuchte. Die Großmutter blickte verträumt den schillernden Sphären hinterher, doch Alard hatte das Gefühl gehabt, dass sie nicht mehr viel mitbekam. Zwei Monate später waren die Großeltern tot.

Alard legte die Manschettenknöpfe behutsam beiseite, fast zärtlich. Sie waren hier in der Ferne die Verbindung mit der Heimat, mit der Familie, mit Schlesien. Nicht nur ein schottischer Clan hatte Geschichte. Dann streckte er sich aufs Bett, die Hände hinterm Kopf. Seltsamerweise fühlte er sich auch hier aufgehoben, bei den Broedies, in diesem düsteren grauen windgegerbten Kasten. Nicht nur wegen Liam.

Er verdrängte den Gedanken an den Freund und die Gefühle für ihn, die ihn verwirrten. Er musste sich auf die Rolle konzentrieren, die Alex ihm aufgetragen hatte. Heute, am Abend vor Neujahr, sollte er dafür sorgen, dass das neue Jahr gesegnet war.

»Es ist Hogmanay, wir feiern das neue Jahr nach alter Sitte«, hatte Alex gesagt. »Wir glauben, dass der erste Mensch, der im neuen Jahr über unsere Schwelle tritt, darüber entscheidet, ob das Jahr gut oder schlecht wird. Diese Person soll männlich, groß, dunkelhaarig, gesund und weder ein Arzt, ein Kirchenmann noch ein Bestatter sein. Du kommst genau richtig.«

»Warum muss der Mann dunkle Haare haben? Dass er kein Bestatter sein sollte, versteht sich von selbst.«

Alex lachte. »Unser Ritual dürfte ziemlich alt sein. Manche Leute sagen, dunkle Haare wären das Zeichen gewesen, dass es kein Wikinger war, der da vor der Tür stand, denn der hatte wahrscheinlich andere Absichten, als Neujahrsgrüße auszurichten. Doch wer weiß das schon?«

Eine schöne Geschichte, dachte Alard. Rituale brauchen keine plausible Erklärung. Sie verbinden, sie geben Halt, vor allem in schweren Zeiten. Und die waren längst angebrochen. Die Wirtschaftskrise in den USA hatte Europa erreicht.

Umso größer meine Verantwortung, sagte er sich und glaubte daran mit einem Mal aus tiefstem Herzen. Er würde heute »first footer« sein, der erste Gast, der, nachdem die Uhr zwölf geschlagen hatte, am Neujahrstag über die Schwelle trat. Und er würde nicht mit leeren Händen kommen. Er würde für ein gutes neues Jahr sorgen. Er schloss die Augen, fest, ballte die Hände, wünschte mit aller Macht, wie ein Kind, Glück und Segen herab auf alle, die er liebte.

Das festliche Dinner wurde in der großen Halle eingenommen. Liams Tante Morag und ihre beiden Töchter waren bereits eingetroffen. Alle, die zum Haus Broedie gehörten, auch die Bediensteten, saßen mit am Tisch, das war üblich in einem schottischen Clan, hier gab es den englischen Klassendünkel nicht.

Alard überwand seine Schüchternheit, wobei der Whisky half, und unterhielt sich mit dem jüngeren der beiden Mädchen, Tamlin, die ihn nach seinem Leben in Deutschland ausfragte. In Cambridge hatte sich dafür bislang niemand interessiert. Tamlin erinnerte ihn ein wenig an Nele, sie war genauso unbekümmert und frech. Ob auch sie ihn küssen würde?

»Alard?« Shona stand hinter ihm. Das Hausmädchen. »Es ist Zeit.«

Er hatte nicht bemerkt, dass es bereits kurz vor Mitternacht war. Er bat Tamlin darum, ihn zu entschuldigen, und stand auf.

Draußen vor der Tür empfing ihn ein lauer Wind, der sich vom Meer her anschlich, Alard schmeckte das Salz auf den Lippen. Der Himmel war klar, die Sterne hingen so tief, dass die Fledermäuse es schwer hatten, ihnen auszuweichen. Unten im Dorf blinkte Licht, man hörte Gesang und Gelächter.

Ganz plötzlich überfiel ihn die Sehnsucht nach Mondsee. Ob zu Hause Schnee lag? Ob die Eltern feierten, allein, mit ihren Leuten, mit den Nachbarn? Er schloss die Augen und stellte sich vor, nach Hause zu reisen, auf dem Rücken einer Möwe vielleicht. Zweitausend Kilometer Luftlinie. Von Schottland aus würden sie gen Süden fliegen, den Ärmelkanal überwinden, die Schiffe unter ihnen grüßen. Belgien überqueren und weiter nach Deutschland, über Leipzig und Dresden nach Osten. Und endlich landen, auf dem Kiesweg oder im Park. Warmes Licht hinter den Fenstern würde ihn begrüßen und ...

Die Uhr im Schlossturm schlug viermal und begann dann, mit einem tieferen Ton, zwölf Uhr einzuläuten. Das war das Signal. Alard ging zurück zum Haus, nahm den Beutel von der Bank, den er vor Stunden dort bereitgelegt hatte, klopfte an die Tür, wartete einen Moment und trat ein.

Alle standen schon und lächelten erwartungsvoll, die Frauen in ihren festlichen Kleidern, die Männer im Kilt mit den Farben der Broedies: strahlendes Rot, von schwarzen Streifen durchwebt.

Ohne ein Wort schritt Alard zum Kamin, griff in den Beutel und holte ein Stück Kohle heraus, das er ins Kaminfeuer legte. Eilidh reichte er Shortbread und eine silberne Münze, für Alex goss er aus einer silbernen Flasche Whisky in einen Becher. »Ein gutes neues Jahr«, sagte er mit belegter Stimme.

Die Festgesellschaft antwortete im Chor. Eilidh ging strahlend auf ihn zu, nahm ihn in den Arm und flüsterte: »Jetzt wird es ein besonders gutes Jahr, lieber Alard.« Ihm wurde warm, und daran war nicht der Whisky schuld.

Alex stimmte »Auld lang syne« an, und alle fielen ein. Danach ging es hinaus. Jäger und Hausdiener, Graeme und Kester entzündeten den großen Holzhaufen, den sie im Hof gestapelt hatten, und vom Dorf her kroch ein Lindwurm aus brennenden Fackeln hoch zum Schloss. Alle tanzten und sangen sich ins neue Jahr.

Nur Alard stand abseits und sah zu, wie Liam seine Cousine Raelyn umarmte. Bis Tamlin kam und seine Hand ergriff.

VII

Cambridge

»Es beruhigt Deine Mutter sehr, dass Du in Cambridge gut aufgehoben bist. Mach Dir um uns keine Sorgen. Andere trifft es weit schlimmer.«

Alard legte den Brief beiseite. Die Briefe seines Vaters waren stets optimistisch, Klagen erlaubte sich Ludwig von Sedlitz nicht. Aber Alard war es gewohnt, auf Untertöne zu achten. Wenn anstelle seiner Mutter sein Vater schrieb, auch noch, dass Benita von Sedlitz beruhigt werden musste, dann gab es Grund für Sorgen.

Für irgendjemanden auf der Welt würde das neue Jahr 1932 gewiss ein gutes Jahr werden. Nur nicht für Deutschland. Die weltweite Krise war schlimm genug, doch zu Hause hatte man überdies die Last der Reparationen zu tragen. Die Arbeitslosigkeit nahm zu, ebenso die Beliebtheit der radikalen Parteien. Die Kommunisten und die Nationalsozialisten schlugen sich zwar gegenseitig die Köpfe ein, doch das verringerte die Zahl ihrer Anhänger nicht. Nur die Landbevölkerung war noch immer gut gerüstet gegen Krisen aller Art, redete Alard sich ein, Mondsee würde auch diese Krise überstehen, man hatte schließlich Übung.

Liam schien sich um all das keine Sorgen zu machen, er lebte in einer anderen Welt, im Camelot von König Artus, bei ritterlichen Heldentaten, edlen Damen und Minnesang. Als ob er sich selbst in eine schimmernde Rüstung kleiden wollte, um Drachen zu töten und Prinzessinnen zu erobern. Dabei war die Zeit der Ritterlichkeit längst vorbei. Auf den modernen Schlachtfeldern hatte ein Highlander im Kilt keine Chance. Liam sah nicht danach aus, aber in Wirklichkeit war er ein Träumer.

Alard hingegen träumte schlecht. An ihm nagte der Zweifel. Was, wenn jene recht hatten, die in der derzeitigen weltweiten Krise den Beginn vom Ende des Kapitalismus sahen? Die glaubten, dass danach das kommunistische Paradies ausbrechen würde? Von dieser Sorte gab es in Cambridge viele. Aus reiner Neugier ließ er sich von einer Kommilitonin in einen marxistischen Gesprächskreis mitnehmen. Dort empfingen ihn ernste Gesichter, keine Dandys, im Gegenteil, die Männer kleideten sich eher bescheiden, ebenso die Mädchen.

»Erst muss der Kapitalismus seinen natürlichen Endpunkt erreicht haben, bevor der Kommunismus siegen kann«, sagte ein Junge mit dunkler Brille, als Alard und seine Begleitung sich gesetzt hatten. »Die Russen sind noch nicht so weit.«

Das gefiel ihm, es war einigermaßen beruhigend, nicht unter die Bolschewisten geraten zu sein. Doch was ihn mehr und mehr befremdete, war die seltsame Entrücktheit, mit der man hier über die Lektüre der Schriften von Karl Marx sprach: »Es war, als ob sich das ganze Universum vor meinen Augen zusammenfügte, alles hatte seinen Platz, jede Frage war beantwortet«, sagte einer der schon etwas älteren Teilnehmer des Kreises. Und eine jüngere Studentin erklärte, fast schwärmerisch: »Seit ich Marx für mich entdeckt habe, fühle ich mich nicht mehr so allein. Ich bin Teil von etwas Größerem, Teil eines mächtigen Stroms, der uns gemeinsam trägt, hin zu einem großen Ziel. Wir nehmen Abschied von der alten Welt, von Krieg und Not.« Sie hatte glänzende Augen und sah reizend aus. »Es geschieht jetzt, gerade eben! Und wir sind Teil davon.«

Alard entschuldigte sich mit der frommen Lüge bei seiner Begleitung, er habe noch andere Verpflichtungen, und verließ den Raum, nachdem er lange genug einem Streit über die richtige Auslegung der Wert-und-Preis-Theorie von Marx zugehört hatte, dem er nicht folgen konnte.

An den nächsten Tagen begann er, in der Library die »Feuerbachthesen« von Karl Marx zu lesen. »›Die Philosophen haben die Welt nur verschieden interpretiert, es kommt darauf an, sie zu verändern.‹« Das war ein Satz, der ihm einleuchtete. Das viele Reden half nicht weiter. Liam allerdings war nicht überzeugt, als er ihm abends beim Bier davon erzählte. »Warum liest du dann so etwas, statt etwas zu tun? Was hat die Welt davon?«, murrte Liam. Liam hielt nichts von Theorien. Er zog handfeste Abenteuer vor.

Es begann im Granta mit einer albernen Wette. Noël, ein Student vom King's College, ein großer dünner Kerl, der seine Haare wie ein durchgeistigter Poet trug, stand mit ihnen draußen auf der Terrasse, die Zigarette in der einen und ein Pint in der anderen Hand, und brüstete sich damit, einer höchst geheimen Elite anzugehören. Alard kannte solche Geschichten, im College gab es jede Menge Geheimgesellschaften mit obskuren Sitten und Gebräuchen. Die Intellektuellen der Apostles etwa, die sich jeden Samstagabend trafen, verzehrten während ihrer Diskussionen Kaffee und »Whales«, Sardinen auf Toast. Der Pitt Club wiederum war etwas für die wohlhabende Elite, die Erlesenen konnten sich sogar ein eigenes Klubhaus leisten, und alle Welt fragte sich, was dort getrieben wurde.

Noël behauptete, den »Night Climbers of Cambridge« anzugehören.

»Nie gehört.« Liam, kurz angebunden.

»Das ist auch nichts für jeden.« Noël lächelte überlegen.

»Für dich schon?« Liam musterte den Jungen von oben bis unten, der ungerührt immer weiterlächelte. Alard spürte, wie es in Liam zu arbeiten begann.

»Man muss bereit sein, sich gegen das Gesetz zu stellen«, sagte Noël, als ob das eine Kleinigkeit wäre. »Wir sind Einzelgänger, aber uns verbindet ein gemeinsamer Feind: der Proctor und seine Wadenbeißer.«

»Wer mag die schon? Dazu gehört nicht viel, man muss nur einmal die Sperrstunde missachtet haben.« Liam blinzelte Alard zu.

»Uns genügt es nicht, hier und da mal über den Zaun zu steigen und die Collegewand hochzukrabbeln.«

Jetzt fühlte sich auch Alard herabgesetzt. Ihm hatte das Abenteuer völlig gereicht.

»Du hast unsere ungeteilte Aufmerksamkeit«, sagte Liam mit unüberhörbarer Ironie.

Noël nahm einen tiefen Zug aus seiner Zigarette, warf die Kippe auf den Boden und trat sie mit dem Schuhabsatz aus. Dann blickte er sich um, als ob er fürchtete, dass ihm jemand bei seiner großen Enthüllung zuhörte. Es war so albern, dass Alard und Liam sich ungeniert angrinsten.

»Uns gibt es seit mindestens vierzig Jahren, womöglich länger. Mitglied wird nur, wer auf sämtliche Kirchen und Universitätsgebäude Cambridges geklettert ist, und zwar nachts, ohne Hilfsmittel. Deshalb reden wir nicht groß darüber.«

»Wie aufregend.« Liam tat gelangweilt, so, als ob ihn das nicht im Mindesten beeindruckte, doch Alard kannte ihn besser.

»Stimmt.« Noël nickte und lächelte überlegen. »Spätestens an der King's Chapel scheitern fast alle.«

Liam starrte ihn sekundenlang an. Dann streckte er die Hand aus. »Wir nicht. Darauf wetten wir.«

»Die Wette gilt.« Noël sah aus, als ob er es genau darauf abgesehen hätte.

Liam ist wahnsinnig, dachte Alard. Die Chapel war uneinnehmbar, ein Respekt einflößender Renaissancebau, für den Heinrich der VI. im 15. Jahrhundert ein ganzes Stadtviertel hatte abreißen lassen. Alard hatte in den ersten Wochen seines Aufenthalts lange in der Kirche gestanden, im größten Fächergewölbe der Welt, wie es hieß, und nach oben auf die fächerförmig ausgreifenden filigranen Rippen gestarrt, bis ihm schwindelig geworden war.

»Fangt am besten mit der Library an«, meinte Noël gönnerhaft. »Und immer schön ein Foto von euch machen, wenn ihr oben seid!«

Das nasse Wetter gab ihnen ein paar Tage Aufschub. Aber als der Februar kalt und sonnig begann, drängte Liam darauf, endlich loszulegen. Er hatte einen Plan ausgearbeitet, den Schwierigkeitsgrad der einzelnen Objekte und ihre Reihenfolge bestimmt, einen Fotoapparat ausgeliehen und Alard dazu verdonnert, sich geeignetes Schuhwerk zuzulegen: schwarze Turnschuhe mit Gummisohle.

»Bleib nüchtern«, ordnete Liam an. »Wir gehen um halb eins los, dann liegt der Pförtner im Tiefschlaf. Zieh eine lange Hose an, damit du dir die Knie nicht aufschrammst.«

Es war eine eisige Nacht. Der Himmel hing voller Sterne, und ein magerer Mond spazierte hinter den beiden spitzen Türmen von King's Chapel vorbei.

»Noël hat recht, was die Library betrifft«, flüsterte Liam, als sie den Zaun überwunden hatten. »Unzählige unserer Vorgänger waren schon da oben, angefangen mit Lord Byron, dem Vielgeliebten. Ich kann mir vorstellen, dass selbst Christopher Wren bei seinem Entwurf ans Klettern gedacht hat und nicht an das Aufbewahren von Büchern. All der ornamentale Klimbim an den Wänden ist perfekt dafür.«

»Woher weißt du das alles?«

»Ich habe mir die Sache mal in Ruhe angeschaut.« Liam lächelte triumphierend. »Und dann – Geoffrey Winthrop Young. Sagt dir der Name was? Nein? Hab ich mir gedacht. Einer unserer größten Bergsteiger. Hat ein Bein im Krieg verloren und ist dennoch aufs Matterhorn geklettert. Young hat zwischen 1895 und 1898 in Trinity studiert. Und er hat aufgeschrieben, wie es gemacht wird.«

Es gibt eben für alles ein Buch, dachte Alard. Wie wunderbar.

»Many a time and aft have you climbed up to walls and battlements, to towers and windows, yea, to chimney tops«, flüsterte Liam. »Shakespeare, ›Julius Cäsar‹.«

Alard seufzte. Shakespeare ließ sich offenbar für alles missbrauchen. Ihm war trotz Liams angelesenem Wissen nicht wohl bei der Vorstellung, den ziemlich einschüchternden Bau hochzuklettern. Und was machte man, wenn man oben war?

»Es gibt, allgemein gesagt, zwei Möglichkeiten, an einem Gebäude hochzuklettern. Über das Abfallrohr oder zwischen zwei Hauswänden. Nicht alle Abfallrohre sind geeignet. Das Rohr muss fest verankert sein, zugleich aber ausreichend Abstand zur Wand haben, damit man es umgreifen kann. An einem dünnen Rohr kann man sich besser mit den Händen halten, an einem dicken mit den Knien. Ungünstig sind eckige Rohre. Günstig ist, wenn kein Straßenlicht in der Nähe ist.«

»In der Theorie klingt das gut«, flüsterte Alard. Sie waren im Nevile's Court angelangt, einem quadratischen Platz, an dessen Westseite die Bibliothek stand.

»Die zweite Möglichkeit: Du nimmst den Kamin zwischen zwei Hauswänden. Wie hier.«

Liam schmiegte sich in eine Art Schacht zwischen einer Säule und der Wand des Nebengebäudes und stemmte sich, den Rücken an der einen, die Füße an der anderen Wand, Schritt für Schritt hoch, bis er das Sims über dem Säulengang erreicht hatte. Dann kletterte er auf das Dach des Nebengebäudes, das niedriger war als die Library, und verschwand hinter einem Schornstein.

Alard verließ der Mut. Er war nicht sonderlich sportlich, obwohl er eine Zeit lang versucht hatte, Johnny Weissmüller oder Paavo Nurmi nachzueifern, jung und dumm eben. Und als sie nach ihrer Kneipentour im Granta über den Zaun gestiegen und die Fassade des Colleges hochgeklettert waren, war er ziemlich angetrunken gewesen. Doch jetzt, stocknüchtern, kam ihm das ganze Vorhaben absurd vor. Plötzlich wünschte er sich des Proctors Wadenbeißer herbei, irgendetwas, was sie aufhalten könnte.

Ein leiser Pfiff von oben. Liam wartete. Sein Stolz setzte Alard endlich in Bewegung. Er versuchte, genauso vorzugehen wie Liam, und stemmte sich im Kamin hoch. Kurz bevor er das Sims erreicht hatte, wurde ihm übel. Nichts ging mehr. Sein Körper streikte. Er spürte sein Herz hämmern, ihm wurde erst heiß, dann kalt. Schweißnass und schwindelig hing er zwischen Himmel und Erde. Er schloss die Augen und befahl sich, ruhig zu atmen. Vorwärts oder rückwärts? Das war die Frage, aber jede Bewegung, egal in welche Richtung, kam ihm unmöglich vor.

»Es ist nicht mehr weit«, flüsterte es über ihm. »Ich bin da. Ich halte dich fest.«

Liam klang weder spöttisch noch besorgt, nur liebevoll. Alard atmete tief ein und aus und begann, sich zu beruhigen. »Noch ein Klimmzug«, flüsterte es von oben. Und dann, endlich, löste sich die Starre, er konnte sich wieder bewegen, und nach einigen Schrecksekunden stand er auf dem Sims, über ihm Liams Hände. »Fass an!« Liam zog ihn aufs Dach, als ob er ein Fliegengewicht wäre. »Und jetzt hoch zum

Schornstein«, flüsterte der Freund. »Von da aus sind es nur noch ein paar Meter bis zur Terrasse der Bibliothek.«

Mit einem Mal ging alles wie von selbst. Alard dachte nicht mehr daran, wie hoch sie waren und dass ein Absturz tödlich sein würde. Er fühlte sich beschwingt, erhoben, beflügelt. Das Gefühl hielt an, während er mit Liam über den Dächern von Cambridge saß und in den Himmel blickte.

»I want a hero: an uncommon want«, begann Liam leise. Dann stand er auf und breitete die Arme aus. »When every year and month sends forth a new one, till the age discovers he is not the true one; I'll therefore take our ancient friend Don Juan ...«

»Don Juan, ausgerechnet?«, antwortete Alard nach einer Pause und versuchte, sich nicht anmerken zu lassen, wie sehr ihn Liams Stimme berührte.

»Don Juan von Lord Byron. Der war zwar verrückt, aber ein großer Poet. Und ja, wir brauchen Helden, echte Helden. Auf Don Juan leg ich mich nicht fest.«

Einen Helden? Vielleicht, dachte Alard beim Abstieg. Aber wozu?

Doch plötzlich war ein Ziel da, etwas, das dem Leben Richtung gab, das aufregender schien als jedes Buch in der Library und von allem ablenkte, was die Welt da draußen erschütterte. Das Bewusstsein für die Gefahr, die während des Auf- und Abstiegs drohte, schärfte die Wahrnehmung, alle Sinne waren angespannt, und wenn sich die Anspannung löste, überwältigte einen die schiere Euphorie, das Glück, eine Gefahr überwunden zu haben. Eine Gefahr, die nicht nur in der Sache selbst lag. Die Autoritäten hielten nichts von diesem Sport, und wer dabei vom Proctor und seinen Wadenbeißern ertappt wurde, musste das College verlassen. Aber das machte das Abenteuer umso verlockender.

Noch nie hatte er sich einem Menschen so nah gefühlt wie Liam, wenn sie oben auf den Zinnen und Dachfirsten angekommen waren und in der nächtlichen Stille nur noch ihren Atem hörten. Mal fotografierte er, mal Liam. Doch meistens saßen sie schweigend nebeneinander und blickten in den Nachthimmel.

Nachdem die Wette gewonnen war, verlor Liam die Lust. Doch Alard kam davon nicht mehr los, von den Nächten auf und über den Dächern von Cambridge. Dort oben ließ er seine Gedanken frei, ohne Ziel. Manchmal dachte er an die Heimat. Oft an seine Eltern. Und manchmal an die größeren Fragen, die ihn bewegten: Brauchte die Welt wirklich Helden? Oder genügte es, wenn sich die Menschen an Recht und Gesetz hielten?

Darf man mehr von ihnen erwarten oder gar verlangen? Hat ein jeder einen inneren Kompass? Wissen wir instinktiv, was gut und richtig ist? Und wer wollte das beurteilen?

VIII

Alard lag ausgestreckt auf dem Rücken, den Kopf auf einem großen Kissen, und blinzelte hoch zu den weißen Blütenkerzen der Kastanienbäume, deren Zweige die Sonnenstrahlen fein filetierten. Liam stand über ihm und grinste. »Du liegst da wie eine Prinzessin, es fehlt nur der bunte Sonnenschirm in deiner Hand, den du hin- und herdrehst.«

»Dann weißt du ja, was du zu tun hast«, entgegnete Alard.

»Aye, aye, my lady.« Liam hob die lange Stange, senkte sie ins Flussbett und bewegte den Stechkahn vorwärts. Der Cam hatte kaum Strömung, er floss träge vor sich hin, ihr flacher Kahn stieß auf wenig Widerstand. Sie waren nicht die Einzigen, die an diesem Frühjahrswochenende auf dem Fluss unterwegs waren. Meistens waren es Mädchen, die in den Kissen lagen und ihre jungen Männer die Arbeit machen ließen, einige von ihnen hatten tatsächlich bunte Sonnenschirme in den Händen, und von einem der Boote hörte man Musik. Ein Grammofon? Dann musste der Mann mit der Stange eine besonders ruhige Hand haben.

Das Schönste am Fluss, den man bis zur Silver Street Bridge Cam nannte und der danach Granta hieß, waren seine Ufer. Der Fluss selbst war ein eher trübes Gewässer – und er stank. Besser nicht daran denken, was alles schon in ihm gelandet war. Zuerst wand er sich durch Wiesen und Parks, an den prächtigen Collegebauten vorbei und danach an zahlreichen nicht minder prächtigen Bootshäusern. Dann verließ man die Zivilisation.

Uralte Ulmen beugten sich über das Wasser, sodass Liam sich bücken musste. Unter den tief herabhängenden Ästen einer Trauerweide hielt er den Kahn an. »Wir nähern uns einer heiligen Stätte englischer Exzentrik«, verkündete er. »In Grantchester Meadows wurde bereits Lord Byron nackt gesehen. Er pflegte täglich bei Morgengrauen hier zu schwimmen. Weißt du, dass er einen Bären als Haustier hielt?«

Alard schüttelte den Kopf, aber die Nachricht erstaunte ihn nicht. Unter dem grün-goldenen Baldachin über ihm war er der Welt entrückt. Alles schien möglich.

Liam stemmte den Kahn vom Ufer weg. »Wir wollen weiter. Ein Ausflug zu unseren Heiligtümern ist nichts ohne den weltberühmten Orchard Tea Garden.«

Liam wies mit großer Geste zu einer Wiese am Fluss, auf der nichts Welterschütterndes zu sehen war außer zwei älteren Herren, die auf Liegestühlen unter blühenden Apfelbäumen saßen und Bücher in der Hand hielten. »Ich bitte um Haltung! Hier nahmen Virginia Woolf, John Maynard Keynes und Bertrand Russell ihren Tee ein, seither ist der Ort Mode. Und dann ist da noch Rupert Brooke. Komm.«

Liam hatte den Kahn ans Ufer gesteuert und war herausgesprungen, um das Boot zu vertäuen. Eher unwillig richtete Alard sich im schwankenden Kahn auf und balancierte ans Ufer. Liam war ihm einige Schritte voraus, sein Ziel war offenbar nicht das Gartencafé, was Alard bedauerlich fand. Endlich machte der Freund halt, vor einem eher bescheidenen Haus aus rotem Backstein. »Hier hat er gewohnt. Einer unserer berühmten Poeten.« Liam hob die Stimme. »Say, is there beauty yet to find? And certainty? And quiet kind? Stands the church clock at ten to three? And is there honey still for tea?«

»Hübsch.« Und sehr englisch, dachte Alard.

Liam zuckte die Schultern. »Das ganze ellenlange Gedicht ist Kitsch. Ich ziehe Siegfried Sassoon vor. Oder Wilfred Owen. Oder Robert Graves.« Er musste Alard angesehen haben, dass ihm die Namen nichts sagten. »Unsere Dichtersoldaten. Unsere Kriegshelden. Die sich für uns geopfert haben und so weiter. Habt ihr so etwas nicht?« Er musterte Alard mit hochgezogenen Augenbrauen. »Dabei war gerade Rupert Brooke alles andere als ein Held. Er ist an einem Mückenstich gestorben, auf dem Weg nach Gallipoli, 1915, fernab von den Schlammwüsten Flanderns. Und das Gedicht mit dem Honig und der Kirchturmuhr hat er in Berlin geschrieben.«

»Die Besiegten haben keine Helden«, sagte Alard leise. »Wir sind Barbaren, Hunnen, brutale Schlächter. Und unser oberster Kriegsherr ein Verbrecher.«

»Ach, der Kaiser war auch nicht schlimmer als unsere Kriegsfürsten. Sie haben eine ganze Generation junger Männer verheizt. Niemand, der nicht schon 1915 an einem Mückenstich gestorben ist, sondern an der Front war, sieht sich als Held. Wir sind keine Feinde, Alard. Die deutschen wie die britischen Soldaten waren Opfer der Generäle.«

»Gewiss. Und dennoch sollen nur die Deutschen die Schuldigen an dieser grandiosen Katastrophe sein?«

»Propaganda«, sagte Liam. »Es ist die englische Propaganda, die uns vergiftet hat. Der Feind musste zum absolut Bösen erklärt werden, sonst hätte das Volk nicht mitgemacht. Schließlich hatten wir auf dem Kontinent nichts, aber auch gar nichts zu suchen. Oh, aber wir mussten doch dem armen kleinen Belgien helfen? Ach was. Da kennst du die Engländer schlecht. Selbstlos waren sie noch nie. Und jetzt tun sie auf einmal, als ob wir alle eine große liebende Bruderschaft wären. Der Krieg hat uns zusammengeschweißt! Schon sind die Highlander keine Schurken mehr, sondern tapfere Helden. Und wir alle zusammen sind brave Briten.« Liam spuckte aus. »Die Schotten sind wie die Schafe zur Schlachtbank getrottet. Geholfen hat es ihnen nicht. Wirtschaftlich hat es uns am schlimmsten getroffen.«

»Sie wollten den Kaiser hängen sehen«, sagte Alard. »Die Heimat meiner Mutter haben sie an Polen ausgeliefert. Oberschlesien, eine der reichsten Regionen Deutschlands. Kohle und Stahl. Erst haben sie abstimmen lassen, und dann haben sie so entschieden, wie es den Polen am besten passte. Sie haben das Völkerrecht mit Füßen getreten.«

»Ach, das Völkerrecht. Das nimmt nur ernst, wem es gerade nützt.«

»Nein, Liam. Was wäre die Menschheit ohne Regeln? Ohne sie herrscht Willkür. Jeder muss sich darauf verlassen können, dass sie gelten. Wehe, wenn der Versailler Vertrag zum Vorbild für die Beziehung unserer Völker wird. Im Krieg siegt nicht Gut über Böse, das scheinen die Gegner Deutschlands vergessen zu haben. Zu unser aller Schaden. John Maynard Keynes hat rechtzeitig davor gewarnt, und er tut es auch jetzt wieder.«

»Keynessandra! Er ist schon immer ein wenig flamboyant gewesen, der Herr. Er gehörte zum Bloomsbury-Kreis, zu diesem lachhaften Zirkel exzentrischer Literaten, und hatte ein Verhältnis mit einem Mann, bis er eine russische Balletttänzerin heiratete.« Liam verzog den Mund. »Ein unzuverlässiger Dandy, wenn du mich fragst.«

»Mag sein, ist mir egal. Ich fürchte, dass er recht hat. Die jetzige Krise wird uns endgültig den Boden unter den Füßen wegziehen. Ich weiß nicht, wo das enden soll.«

»Ich wünschte, ihr Deutschen würdet endlich aufhören, euch zu verteidigen. Reißt euch zusammen. Wir haben einen gemeinsamen Feind, dem wir geschlossen entgegentreten müssen.«

»Und der wäre?«

»Liegt das nicht auf der Hand? Der Bolschewismus. Ilja hat recht.«

Liam löste sich von der Gartenmauer, an die er sich gelehnt hatte. »Komm, wir fahren zurück. Im Orchard Tea Garden gibt es nichts Vernünftiges zu trinken, und ich habe jetzt Lust auf ein Pint.«

Unter den Apfelbäumen saßen mittlerweile nicht nur die

beiden älteren Herren, sondern auch die Mädchen mit ihren Galanen, denen sie vorhin auf dem Fluss begegnet waren, mit und ohne Sonnenschirm. Neben ihrem Kahn lagen drei weitere Boote. Alard genierte sich ein wenig dafür, dass er wieder in den Kissen lag, während Liam stakte, aber der lachte nur, als er ihn ablösen wollte.

»Ich bin doch nicht lebensmüde! Das ist nur was für Könner.«

Das Granta war überfüllt, Schulter an Schulter standen sie draußen auf der Terrasse, aber auch drinnen auf dem Weg zur Theke ging es kaum vorwärts. Nach vielen Scherzen und Rempeleien waren sie bei Pete angekommen. Die Theke schwamm vor verschüttetem Bier, und Pete machte ein saures Gesicht, aber endlich hatten sie ihr Pint und sich ins Freie zurückgekämpft.

Liam wirkte merkwürdig in sich gekehrt, er grüßte wenig enthusiastisch zurück, als ihm jemand auf die Schulter klopfte und »Pass auf, dass du keinen Sonnenbrand bekommst, Milchgesicht« sagte. Normalerweise hätte er eine solche Frechheit nicht auf sich sitzen gelassen.

»Wann wirst du zurückkehren nach Deutschland?«, fragte er nach einer Weile.

Sein Ton fuhr Alard in den Magen. Liam würde ihn vermissen, so wie er Liam vermissen würde. »Ende Juni. Vielleicht auch erst im Juli«, antwortete er.

»Ich hätte da eine Idee.« Liam starrte in sein leeres Glas. Alard nahm es ihm aus der Hand. »Ich bin dran«, sagte er. »Vergiss die Idee nicht, bis ich zurück bin.«

Der Weg zur Theke wurde zum Hindernislaufen. Das lag nicht nur am allgemeinen Gedränge, sondern auch an den vielen Kommilitonen, die ihn begrüßten. Daran merkte er, dass er in Cambridge aufgenommen worden war – pünktlich zum Ende seiner Zeit am College.

Als er wieder auf der Terrasse stand, in jeder Hand ein Glas, war Liam verschwunden. Alard musste die ganze Terrasse durchqueren, bis er ihn am Geländer stehen sah. Der Freund starrte auf den trägen Fluss mit den vertäuten Booten und blickte nicht auf. Sie tranken schweigend.

»Mir geht das seit Tagen durch den Kopf«, sagte Liam nach einer Weile. »Jedes Jahr fährt mein Vater zum 1. Juli an die Somme. Das ist ein Ritual, viele der Veteranen und ihrer Angehörigen treffen sich dort. Der britische Angriff im Jahr 1916 hat uns die schlimmsten Verluste in unserer Geschichte eingebracht, zwanzigtausend Tote an einem einzigen Tag, achttausend in der ersten halben Stunde, als unsere Männer ungedeckt in deutsches Maschinengewehrfeuer liefen. Ich werde die Zahlen nie vergessen. Und die Gordon Highlanders ... Mehr als die Hälfte von ihnen ist gefallen, tot, vermisst, verwundet. Mit meinem Vater kann man nicht darüber reden, ohne dass er Tränen in den Augen hat, er hat das Massensterben noch immer nicht verwunden.

Alard schwieg.

»Wir könnten dich mitnehmen. Das ist ja mehr oder weniger auf dem Weg zu dir nach Hause. Und der Besuch auf dem Schlachtfeld ...« Liam blickte auf. »Du zögerst.«

»Ich gehöre da nicht hin«, sagte Alard leise. »Was soll ich dabeistehen, wenn die Sieger sich feiern.«

»Sie feiern nicht, sie trauern. Sie gedenken.«

Wir haben das Trauern verlernt, dachte Alard. Wir wollen vergessen.

IX

Manchmal beginnt die Freundschaft erst, wenn man sich verabschieden muss, dachte Alard, der unter einer Linde stand und den Kommilitonen zusah, die seine Freunde geworden waren. Liam hatte ein Abschiedsfest organisiert, in einer Ecke vom Orchard Tea Garden, und es waren mehr gekommen, als er für möglich gehalten hatte. Die Erklärung dafür war wahrscheinlich, dass niemand für sein Bier bezahlen musste – und auch nicht für den Champagner, den einige mitgebracht hatten.

Das Gemurmel brach ab, als Liam auf einen der Tische sprang und mit dem Schlüsselbund gegen sein Glas schlug.

»Alard hat uns vor Augen geführt, was viele von uns schon lange wissen. Sie sind nicht unsere Feinde, die Deutschen. Keiner dieser Menschen, die so wie wir in Frieden leben wollen, sind am Verbrechen des Großen Krieges schuld. Es sind die Politiker und die Generäle, die unsere Väter und Brüder geopfert haben, aus Bosheit und aus Dummheit, aus Selbstüberschätzung und Arroganz.«

Alard versuchte, sich kleinzumachen. Er hörte sie murmeln, vor und neben ihm, sicher waren nicht alle einverstanden mit dem, was Liam sagte.

»Sie haben genau wie wir nicht für irgendwelche hehren Kriegsziele gekämpft, noch nicht einmal für ihr Vaterland, sondern für ihr Dorf, ihre Kirche, ihren Pub, ihren Fußballklub oder die Fuchsjagd!«

Das kam schon besser an.

»Militarismus ist unser Feind, nicht die Deutschen! Mit uns, mit der neuen Generation, wird es keinen Krieg mehr geben!«, rief Liam, und diesmal gab es Beifall von allen Seiten.

»Na klar«, sagte eine Stimme neben Alard. »Ihr werdet euch nicht wehren, bevor ihr untergeht. Ihr fallt auf jeden rein, der euch was von Frieden erzählt, auch wenn er den Dolch im Gewande trägt, falls du verstehst, was ich meine.«

»Das verstehe ich nicht, Ilja. Frieden ist Frieden, was soll es sonst bedeuten?«

»Si vis pacem, para bellum«, antwortete Ilja und lachte, ein unangenehmes, höhnisches Lachen. »Unter all diesen Blinden ist kein einziger Einäugiger. Ihr könnt euch Frieden wünschen bis zum Nimmerleinstag, das wird eure Feinde nicht erschüttern.«

»Welche da wären?« Alard kannte das Argument von seinem Vater: Es kann kein Mensch im Frieden leben, wenn es dem bösen Nachbarn nicht gefällt. Da war etwas dran, gewiss, aber man konnte das auch als vorgeschobenes Argument zur Rechtfertigung eigener Aggression einsetzen.

»Die Bolschewisten, du Kindskopf. Sie werden keine Ruhe geben, bis sie ihr Reich wieder auf die Größe des alten Russlands gebracht haben. Sie werden das Baltikum, Finnland, Polen und Alaska einkassieren. Und mithilfe ihrer Vorposten Deutschland gefügig machen. Und Frankreich. In Spanien haben sie damit bereits angefangen.«

»Unsinn. Die Spanier haben die Republik gewählt, nicht den Kommunismus.«

»Das werden wir ja sehen.«

»Dein Hass auf die Bolschewiki in allen Ehren, Ilja, aber ...«

»Deine Tante ist zu ihnen übergelaufen.«

Alard erstarrte.

»Sie hat einen Funktionär geheiratet. Noch nicht einmal zwei Jahre hat sie auf ihren Mann gewartet. Jetzt arbeitet sie als Übersetzerin für die Partei in Petersburg. Du kannst stolz auf sie sein.«

Alard ballte die Fäuste und wäre auf Ilja losgegangen, wenn hinter ihm nicht Liam aufgetaucht wäre, was dem Russen die Gelegenheit gab, sich davonzuschleichen.

»Und? Wie war ich?« Liam grinste triumphierend.

»Eitel und selbstverliebt, wie immer«, antwortete Alard und umarmte ihn.

Der erst so lichte Tag hatte sich verdunkelt. Am Abend war er betrunken und musste sich von Liam auf sein Zimmer bringen lassen. Dennoch schlief er schlecht. Wegen Tante Luise. Was sollte er seinen Eltern sagen?

Vielleicht entschied er sich deshalb, mit den Broedies das Schlachtfeld an der Somme zu besuchen. Vielleicht half die Erinnerung an das größere Grauen den Gedanken an die kleinere Schäbigkeit zu verdrängen. Sie wollte überleben, deine Tante Luise, sagte er sich, als er am nächsten Tag mit dickem Schädel den ersten Kaffee trank. Wer weiß, wozu man alles bereit ist, wenn einem die Hinrichtung droht. Es gab keinen Grund für Überheblichkeit.

X

Frankreich und Belgien

Liams Vater kam mit dem Zug aus Aberdeen, er hatte ein ganzes Abteil gemietet. Liam und Alard waren in Cambridge zugestiegen. Nach einer Stunde Fahrt wechselten sie in London den Zug und waren eine gute Stunde später in Dover, wo sie Kester mit dem Auto empfing, er war vorausgefahren und hatte den grünen Vauxhall bereits aufs Schiff verladen lassen. Die »Forde« wurde offenbar erst seit Kurzem als Autofähre eingesetzt, man sah ihr an, dass sie im vorherigen Leben ein Minenräumer gewesen war. Die Überfahrt nach Calais verlief ruhig, es war ein warmer Sommerabend, keine Brise regte sich. In Calais hatte Alards Patenonkel Zimmer im Hôtel Meurice gebucht, »Die wissen dort, was Briten unter Komfort verstehen«.

Nach einem Abendessen, das mit großem Aufwand zelebriert wurde, der in keinem Verhältnis zur Qualität der Speisen stand, wie Alard fand, und nach einer unruhigen Nacht brachen sie früh auf. Mit dem Wagen waren sie in gut vier Stunden in Albert, in der Picardie.

An der Kirche ließ Alex anhalten. »Seht ihr die goldene Madonna mit Kind, oben auf der Basilika? Nach tagelangem Beschuss war sie abgeknickt und hing herunter. Wir haben bittere Witze darüber gemacht – es sah aus, als würde sie sich selbst und den Sohn Gottes angesichts all des Grauens in den Abgrund stürzen.«

Sie fuhren weiter, zum Hotel, wo sie sich nicht lange aufhielten, Liams Vater drängelte.

»Ovillers-la-Boisselle«, erklärte Alex auf der kurzen Fahrt. »Dort ist Harry Wattie umgekommen, der Flügelstürmer der Heart of Mithlothians. In der Nähe liegt der Lochnagar-Krater.«

Kester parkte das Auto am Straßenrand. Sie stiegen aus. Alex ging voran, ein kurzes Stück die Straße entlang, zu einem von Blumen und Gras überwachsenen grauen Schutthaufen, hinter dem sich ein riesiger Krater auftat.

»So begann der 1. Juli 1916: mit einer gigantischen Explosion. Angeblich hat man den Knall noch in London gehört. Unsere Royal Engineers haben einen Tunnel unter eine deutsche Stellung gegraben, mit Sprengstoff gefüllt und dann gesprengt. Um genau 7 Uhr 28 Ortszeit ging die Ladung hoch. Doch das nützte gar nichts. Wenn sie nicht von der gigantischen Explosion verschüttet wurden, starben unsere vorwärtsstürmenden Soldaten im Feuer der deutschen Maschinengewehre. Tausende in ein paar Minuten.«

Auf dem Boden des Kraters erblickte Alard kleine rote Punkte, und als er den Blick hob, sah er rote Blüten, die in der warmen Luft kreiselten und langsam hinunterflatterten. Auf der gegenüberliegenden Seite des Kraters standen Menschen, sie warfen die roten Blüten mit weit ausholenden Gesten hinunter in das Loch.

»Poppies«, sagte Alex. »Mohnblumen. Natürlich keine echten, die hier sind aus Papier. Das ist unser Symbol für das Gedenken an die Opfer des Krieges. Mohnblumen sind rot wie das Blut der Gefallenen. Der Klatschmohn blühte im Juli 1916 überall – auch auf den frisch aufgeschütteten Gräbern.«

»In flanders fields the poppies blow / between the crosses, row on row«, deklamierte Liam. »Das Gedicht eines Kanadiers, John McCrae, geschrieben im Frühling 1915 bei Ypern. Er war Arzt, vielleicht gibt es deshalb im Gedicht eine Anspielung auf das, was man aus Mohnkapseln gewinnen kann. Opium. Daraus wird Morphium. Das lässt tödlich Verwundete schlafen. Für immer.«

Alard fiel das Atmen schwer. Das alles tat unendlich weh. Nicht nur der Krieg und der Tod. Auch das Erinnern. Wir trauern doch auch, dachte er. In jedem Ort in Deutschland gab es ein Denkmal, das an die Toten erinnerte. Aber hier wären wir nicht gern gesehen. Wir, die Verlierer.

»Lass dich nicht von unserer Sentimentalität irritieren, Alard«, murmelte sein Patenonkel neben ihm, der seine Gedanken zu erahnen schien. »Wir neigen dazu, das alles zu verklären. Unsere Politiker schwärmen von den Helden des Krieges, eine ganze Generation junger Männer, die sie in den Tod geschickt haben. Doch wir waren keine Helden, wir waren Kanonenfutter.«

Alard spürte eine Bewegung neben sich. Liam suchte nach seiner Hand.

Alex räusperte sich. »Weißt du, was das Schrecklichste war? Der Appell, bei Sonnenaufgang und bei Sonnenuntergang. Wir mussten Aufstellung nehmen und über die Brüstung unserer Schützengräben in Richtung Feind starren. Jeden Morgen habe ich darauf gewartet, dass sich am Horizont etwas bewegt, eine graue Linie, die im Zwielicht langsam näher kommt. Das geht unter die Haut. Das und der Lärm der Artillerie. Die Einschläge, die den Boden unter uns beben ließen. Und dann der Geruch, nach Leichen und Chlorkalk.«

Alard hielt die Luft an. Hing er nicht noch immer über der Landschaft, dieser Geruch? Nach Eisen und Sprengstoff, nach Blut und Verwesung?

»Die Nässe. Die Kälte. Die Ratten«, murmelte Alex neben ihm. Er setzte sich in Bewegung, noch mühsamer als sonst. »Wir wussten, dass es dem Feind nicht besser ging. Wir hassten ihn nicht. Wir hassten den Krieg und alle, die ihn uns eingebrockt haben.«

Niemand sagte etwas, als sie weiterfuhren. Alard fühlte sich fehl am Platz. Was auch immer Alex und Liam anführten, was auch immer der Verstand ihm sagte: Sie waren schuldig gesprochen worden von ihren Gegnern.

»Stopp. Hier«, sagte Alex nach einigen Kilometern. »Hier liegen deutsche Soldaten. Möchtest du …?«

Geht das jetzt so weiter? Bis wir jedes Grab gefunden und jeden Toten betrauert haben? Alard fühlte sich immer schwerer und kleiner werden. Er schüttelte den Kopf. Kester fuhr weiter. Niemand sagte etwas.

Nach einer Weile räusperte sich Liam. »Das Einzige, wofür ich Rupert Brooke schätze, sind die Anfangszeilen aus seinem Gedicht ›The Soldier‹.«

»›If I should die, think only this of me; that there's some corner of a foreign field that is forever England‹«, sagte Alex. »Die Gräber unserer Gefallenen an der Westfront gehören für immer denen, die darin liegen.«

»Wir machen einen Umweg«, erklärte Alex am nächsten Morgen, nachdem ihr Gepäck im Auto verstaut war. »Es wird nicht lange dauern.«

In zwei Stunden waren sie an der belgischen Grenze. Wieder hatte Alard das Gefühl, fehl am Platz zu sein, als sich der Grenzbeamte bückte und ihn durchs Wagenfenster hindurch musterte. »Was führt Sie in unser Land?«, fragte der Mann höflich auf Deutsch.

Alard wusste nicht, was er antworten sollte. Alex griff ein. »Nous voulons aller à Ypres«, sagte er. »Au mémorial.«

Der Beamte nickte mit ernster Miene, gab ihnen die Ausweise zurück, verbeugte sich und ließ sie ziehen.

»Ypern war bei Kriegsende zu beinahe hundert Prozent zerstört. Und das sollte auch so bleiben, fand Winston Churchill, der den Trümmerhaufen 1919 von den Belgiern kaufen wollte. Ein schöneres Monument als die Ruinen im Nachmittagslicht konnte er sich nicht vorstellen. Für das Volk der Briten gebe es nirgends auf der Welt einen heiligeren Ort, Ypern müsse eine Pilgerstätte werden. Er übertrieb, wie immer. Die Belgier haben sich natürlich gewehrt. Und doch denke ich manchmal, dass er die richtige Idee hatte.«

Alard erwartete ein Bild des Schreckens. Doch nichts dergleichen. Dreizehn Jahre nach Ende des Krieges schien Ypern ein ganz normales mittelalterliches Städtchen zu sein. Nur das Hotel überraschte ihn. Von außen sah es aus wie all die anderen im neogotischen Stil wiederaufgebauten Häuser aus gelbem Backstein. Doch das Bad war im Gegensatz zu dem, was er aus England gewohnt war, geradezu luxuriös, mit glänzendem Porzellan und fließend warmem Wasser. Mittelalter gab es nur außen.

Am Nachmittag schlenderten sie über den großen Platz vor den wiederauferstandenen Tuchhallen, ein imposanter lang gezogener Bau, und aßen zu Abend in einem kleinen Restaurant an einer Gracht. Um sieben Uhr wurde Alex unruhig.

»Es beginnt doch erst um acht, Vater«, meinte Liam.

Sie durchquerten die Stadt zum Großen Markt mit den Tuchhallen, bis sie zum Deich gelangten, den ein imposanter Torbogen durchbrach. Von da aus gelangte man in ein hohes Tonnengewölbe, wo es angenehm kühl war. An den Wänden Buchstaben. Alard trat näher. Namen über Namen. Wann geboren, wann gestorben.

»In fünf großen Schlachten sind Tausende britische Soldaten umgekommen, deren Überreste nie gefunden wurden. Ihre Namen sollen nicht vergessen sein«, erklärte Alex. »Auch nicht der von James Hastie, Gordon Highlander und rechter Außenverteidiger bei St. Bernard's.«

Als draußen ein lang gezogenes Trompetensignal erklang, drängte Alex hinaus. Liam zog ein Gesicht, eine Mischung aus Nachsicht und Überdruss, aber er und Alard folgten. Draußen hatten sich bereits viele Menschen versammelt. Einige, wie auch Alex, hatten die Hand zum militärischen Gruß an die Stirn gelegt. Drei Trompeter standen vor ihnen. Was sie bliesen, klang erst nach einem auffordernden militärischen Signal und dann nach Wehmut und Abschied.

»Last Post«, flüsterte Alex neben ihm. »Mit diesem Signal ehren wir unsere Toten. Seit drei Jahren wird damit jeden Abend um Punkt zwanzig Uhr an die Gefallenen des Krieges erinnert.«

Alard wusste nichts zu sagen. Nie wieder Krieg, dachte er. Nie wieder.

XI

Mondsee

Am Bahnhof erwartete ihn halb Mondsee, jedenfalls kam es Alard so vor. Er blieb in der Tür seines Abteils stehen und suchte nach dem einen, nach ihrem Gesicht, ein wenig furchtsam. Wie würde sie aussehen? Blass? Abgemagert? Würde sie erst gar nicht gekommen sein, weil es ihr zu schlecht ging? Endlich erblickte er sie. Seine Mutter überragte noch immer alle, sie hatte sich Rosen ins Haar gesteckt und strahlte. Wie ein kleines Kind lief er auf sie zu, umfasste sie, hob sie hoch und drehte sich mit ihr im Kreis.

»Du bist zurück«, sagte sie. »Endlich.«

Jetzt sah er, dass sich die Linien um ihren Mund vertieft hatten, dass ihre Augen zu groß wirkten in einem zu schmal gewordenen Gesicht. Doch noch immer sah sie aus wie eine Frau, die ihre Tage nicht im Bett, sondern im Garten verbrachte.

»Wie geht es dir?« Er küsste sie auf die Wange und ließ sie langsam wieder hinunter. Hinter ihr stand sein Vater, der ihm zulächelte und »Willkommen, mein Sohn« murmelte.

»Jeden Tag besser. Schau mal, wer dahinten steht und schon seit Tagen von nichts anderem spricht als von dir.«

»Mariellchen!« Mit ein paar Schritten war er bei der Frau, die er wie eine zweite Mutter liebte, und nahm sie in den Arm. »Dass du wieder da bist! Das ist die schönste Überraschung!« Marielle lachte und weinte zugleich.

Dann erst begrüßte er all die anderen, Christoph und Berbla und Hanesek, der das Gepäck bereits auf den geschmückten Wagen geladen hatte. Selbst den Pferden hatte er Rosen in die Mähne geflochten. Alard fühlte sich wie der verlorene Sohn angesichts dieses königlichen Empfangs.

Benita lehnte sich an ihn auf dem Weg zum Haus, aber er hatte nicht den Eindruck, dass sie einer Krücke bedurfte. Nein, sie war nicht krank. Vielleicht ein wenig müde, was kein Wunder war, aber krank? Nein. Das war die beste Botschaft des Tages. Die andere: dass die Eltern nicht mehr allein waren. Dass Marielle und Christoph von ihrem Abenteuer in Transvaal zurück waren.

Die folgenden Tage vergingen viel zu schnell. Erst erzählte er – von Liam, von den gemeinsamen Ausflügen. Von Alex und Eilidh, Liams Eltern, und von Hogmanay in Moray Castle. Von Cambridge, der großartigen Wren-Bibliothek und den Vorlesungen. Und sogar von den nächtlichen Ausflügen auf die Dächer des Colleges.

Dann erzählten Marielle und Christoph. Christoph schwärmte von Südafrika, seiner Landschaft und seinen Bewohnern. »Ohne die Buren wäre das Land nicht derart großartig, die Nigger sind ein dummes und faules Pack. Die Buren sind von den Engländern übel behandelt worden.«

Alard wagte nicht zu fragen, ob nicht die Buren ihrerseits die schwarzen Einwohner übel behandelt hätten, davon hörte man jedenfalls.

»Und die Tierwelt! Antilopen und Büffel, man musste gar nicht zielen, um Jagdglück zu haben.« Das war ein Thema ganz nach dem Geschmack von Alards Vater, schon entspann sich das übliche Fachgespräch unter Jägern, das Alard herzlich langweilte. Statt zuzuhören, beobachtete er Marielle, die nicht so begeistert wirkte wie ihr Mann. Sie ist alt geworden, dachte er verwundert. Da waren graue Strähnen in ihrem Haar, und abgenommen hatte sie auch. Vor allem lachte sie kaum noch. Am liebsten wäre er aufgestanden, um sie in den Arm zu nehmen.

»Es war ein Abenteuer, das stimmt«, hörte er sie leise zu Benita sagen. »Aber wir sind mit leeren Händen zurückgekehrt. Das Diamantenfeld war längst erschöpft. Der Vetter soff, wohnte in einer Bretterbude und hatte keinen Platz für uns. In der ersten Zeit mussten wir auf der Veranda übernachten.« Sie schüttelte sich. »Ich konnte kaum schlafen wegen der Mücken und all dem anderen Getier. Wir sind dann nach Johannesburg gegangen, aber ...« Sie hob die Schultern, eine Geste der Hilflosigkeit. Alard spürte einen mächtigen Drang, dem Großmaul Christoph Bescheid zu geben. Wie hatte er seine Frau nur zu einem solch nutzlosen Abenteuer überreden können?

Seine Mutter legte den Arm um sie. »Gut, dass ihr zurück

seid, obwohl es hier auch nicht gerade Gold ist. Doch wenigstens können wir für uns und die Nachbarn sorgen. Wir haben so viele Arbeitslose im ganzen Land – in Wohlau betteln sie auf der Straße! Wenigstens müssen wir endlich keine Reparationen mehr zahlen.«

Endlich hatten die Siegermächte in Lausanne beschlossen, Deutschland seine Zahlungen zu erlassen. Ob das noch half? fragte sich Alard. Egal. Es musste einfach helfen.

»Hier musst du nicht auf der Veranda schlafen, Mariellchen, oder nach Diamanten buddeln«, meinte seine Mutter und lächelte spitzbübisch. »Also buddeln musst du schon, aber ich bezweifle, dass du im Garten welche findest.«

Marielles Gesicht veränderte sich. Und plötzlich war es wieder da, das Lächeln, das er so liebte. Alard stand auf, so stürmisch, dass der Stuhl umkippte, lief hinüber zu ihr und legte ihr von hinten die Arme um den Hals. »Wir haben dich so vermisst«, sagte er.

»Auch in England?«, fragte sie mit blitzenden Augen. »Hattest du nicht genug Ablenkung? Gab es da nur junge Männer?«

Ja, hätte er fast geantwortet. Männer, die Männer lieben. Also nichts für mich. Doch er vermisste Liam, jeden Tag.

Am 31. Juli fuhren alle gemeinsam nach Wohlau, die Frauen in Feiertagsgarderobe, die Männer in ihren Anzügen, die normalerweise im Schrank hingen, oft monatelang, und nach Mottenkugeln rochen. Alard war ein wenig aufgeregt, er durfte das erste Mal wählen und hatte lange überlegt, welche Partei die richtige für ihn war. Er hatte versucht, mit seinem Vater darüber zu reden, aber Ludwig meinte nur, ihm sei egal, wo sein Sohn sein Kreuz machte, nur eines würde er ihm persönlich übel nehmen: wenn er die Kommunisten wählte.

Daran war natürlich nicht zu denken. Doch schon meldete sich sein schlechtes Gewissen. Er hatte den Eltern nicht erzählt, was Ilja in Cambridge behauptet hatte: dass Luise zu den Bolschewisten übergelaufen sei. Dabei würde er seine Tante jederzeit verteidigen. Was musste ein Mensch nicht alles auf sich nehmen, damit er und die Seinen überlebten? Er war sich sicher, dass sie das alles, wenn es denn überhaupt stimmte, nur für ihre Kinder getan hatte. Ihr Mann hatte mit den Weißen die Schlacht gegen die Rote Armee verloren und fliehen müssen. Sie hatte niemanden mehr, der sie schützen konnte.

Das Wahllokal hatte man im Kaisergarten eingerichtet. Vor dem Eingang standen Männer, die sich Wahlplakate umgehängt hatten, links warb einer mit Schirmmütze für die Sozialdemokraten, rechts einer mit hochschäftigen Schnürstiefeln über der Hose für die Nationalsozialisten. Drei andere trugen eine Bahre, auf der ein älterer Herr lag. Auch Kranke nahmen die Wahlen so ernst, dass sie jede Anstrengung auf sich nahmen.

Alard hatte beschlossen, die SPD zu wählen. Aber ob es das Richtige war? Und was bedeutete schon eine, seine Stimme?

Auf der Straße standen Wohlaus Bürger in Grüppchen beieinander und redeten aufeinander ein. Ludwig grüßte nach rechts und nach links, ging aber jedem Gespräch aus dem Weg und lotste sie hinein in den Saal.

Der bedeutende Akt war überraschend schnell vorbei, enttäuschend eigentlich, wenn doch so viel auf dem Spiel stand! Ein wenig ernüchtert folgte Alard seiner Familie in den Biergarten. Dort saßen bereits Marielle und Christoph, die eine in sich gekehrt, der andere strahlend. »Jetzt wollen wir doch mal sehen! Das Volk lässt sich nicht mehr alles bieten von den Novemberverbrechern! Arbeit und Brot!«

Wer war das Volk, und was wollte es? War es wirklich das Volk, das sich Saalschlachten lieferte, und nicht bloß die Fanatiker von KPD und NSDAP? Im ganzen Land hatte es gewalttätige Auseinandersetzungen gegeben, selbst in Wohlau. Alard erinnerte sich an seine Schulzeit, damals waren die Roten die brutalsten Schläger gewesen. Nichts Neues also unter der Sonne. Ob sie in diesem Land jemals wieder friedlich zusammenleben würden?

»Ich wäre froh, wenn das Volk sich zurückhielte«, antworte sein Vater trocken. »Gewalt ist keine Lösung. Die Reichsregierung benutzt die Unruhen nur für ihre eigenen Zwecke, man nehme nur den Staatsstreich in Preußen!«

»Ich habe kein Problem damit, wenn den Sozialdemokraten die Macht entrissen wird«, meinte Christoph.

»Auch nicht damit, dass die Bevölkerung noch nicht einmal dagegen protestieren darf?« Ludwigs Stimme hatte diesen gewissen Ton angenommen, den Alard zu fürchten gelernt hatte.

»Diese Regierung muss weg, wir haben genug Pleiten erlebt in den vergangenen Jahren, darin sind wir uns doch bestimmt alle einig. Wir brauchen einen tatkräftigen Mann an der Spitze«, tönte Christoph. »Wir werden eine Überraschung erleben nach dieser Wahl. Ich freue mich darauf.«

Tage später wusste Alard, von welcher Überraschung Christoph gesprochen hatte. Die Hitler-Partei ging als Sieger aus den Wahlen hervor. 37,3 Prozent! Es nahm Alard die Luft. Das war nun der tatkräftige Mann, den Christoph sich erhoffte? Alards SPD hatte sich mit 21,6 Prozent halbwegs wacker geschlagen, obwohl die Partei von den Kommunisten im Wahlkampf hart angegangen worden war. Gemeinsam hätten die beiden Parteien vielleicht noch eine Chance gehabt. Doch konnte man das wollen? Die Koalition mit einer Partei, hinter der das kommunistische Russland stand? Was war jetzt das Richtige? Was?

Er sehnte sich nach Cambridge zurück, nach einsamen Stunden in der Bibliothek und Bootsausflügen mit Liam. Er hatte ihm gleich nach der Wahl geschrieben: »Ich habe kein gutes Gefühl, mein Freund. Die Nationalsozialisten sind mir mindestens so unangenehm wie die Kommunisten, aber wenigstens steht hinter ihnen keine fremde Macht.«

Liams Antwort kam nur wenige Tage später. »Ihr braucht einen Helden, du zartbesaitete Seele. Einen, der euch aus dem Jammertal herausholt. Der euren Feinden die Faust entgegenreckt. Ich wünschte, wir hätten hier einen wie Hitler. Ob man auf Oswald Mosley setzen kann? Er ist charismatisch, ein großartiger Redner, und er hasst die Kommunisten so wie du und ich. Wer weiß, jetzt, da er eine neue Partei gegründet hat, kommt vielleicht endlich Bewegung in dieses träge Land mit seinen korrupten Führern.«

Ja, es musste sich etwas ändern. Liam hatte recht. Was half es schon, die SPD zu wählen, die in keiner Koalitionsregierung eine sonderlich gute Figur gemacht hatte? Mittlerweile wurde längst ohne sie und nur noch mit Notverordnungen regiert.

Es wäre vielleicht doch besser gewesen, der Kaiser hätte nicht abdanken müssen.

XII

Breslau

Breslau war großartig, gewiss. Die Universität war kaum weniger prächtig und die Oder entschieden breiter als der Cam. Und doch: Breslau war eben nicht Cambridge. Und vor allem fehlte Liam.

Alard fühlte sich wieder so fremd wie in den ersten Wochen in England. Immerhin gab es auch hier eine beeindruckende Bibliothek, und das Bier in den zahlreichen Studentenkneipen schmeckte weit besser als das müde Ale, das man in den Pubs ausschenkte. Und dann war da noch Henri.

Sie hatten sich in einer Vorlesung von Professor Axel von Freytag-Loringhoven kennengelernt. Der Staatsrechtler war bekannt für seine These, die Verfassung der Weimarer Republik sei illegal, da sie auf einer Revolution beruhe. Prinz Max von Baden, Friedrich Ebert und Philipp Scheidemann seien Hochverräter. Derlei trug der Professor mit vor Zorn zitternder Stimme in beinahe jeder Vorlesung vor. Alard versuchte, darüber nachzudenken. Die Sache mit der Revolution war ja vielleicht nicht ganz falsch. Doch was hätte Friedrich Ebert tun sollen? Das Land den Kommunisten überlassen? Der Kaiser hatte sein Volk im Stich gelassen, hatte die Macht abgegeben, sich ins niederländische Exil zurückgezogen, daran war der sozialdemokratische Reichspräsident nun wirklich nicht schuld gewesen. Vielleicht hätte die Demokratie eine Chance gehabt, wenn es noch eine nationale Identifikationsfigur gegeben hätte, einen, der fürs Ganze stand, jenseits aller parteipolitischen Zankereien, dachte er manchmal. Doch wer sollte das sein?

Neben ihm brummte es. Er blickte zur Seite. Sein Nebenmann sang, leise. »Wir wollen unsern alten Kaiser Wilhelm wiederhaben.« Für einen Moment war Alard fassungslos. Der Kollege konnte offenbar Gedanken lesen. Dann musste er grinsen. Der andere grinste zurück. Am Ende der Vorlesung verließen sie gemeinsam den Hörsaal und die Universität.

Sie waren ein seltsames Paar, Henri Seliger und er. Henri war erheblich kleiner als Alard, den er liebevoll »langer Laban« getauft hatte. In der Kneipe wagte es der eine oder andere Kommilitone, über sie zu spotten, was Henri meist mit einem saftigen Vers konterte, der auf das erotische Vermögen des Gegenübers anspielte. Er hatte für jede Gelegenheit einen Wirtinnenvers auf Lager oder ein Gedicht von Wilhelm Busch, Christian Morgenstern oder Eugen Roth. Und wenn er den anderen gänzlich mundtot machen wollte, rezitierte er Goethes »Faust«.

Über Politik redeten sie nicht, aber Henri hatte das eine oder andere Mal zu erkennen gegeben, dass er sich mit Kommunisten geprügelt hatte. Dagegen sprach ja eigentlich nichts – außer dass an solchen Straßenschlachten vor allem die Schläger von der SA beteiligt waren. Undenkbar eigentlich, dass sich jemand wie Henri für den »Führer« begeisterte, wie Adolf Hitler sich von seinen Anhängern nennen ließ. Unter den Studenten gab es viele, die aus ihrer Gefolgschaft keinen Hehl machten. Doch Henri war niemand, den man mit markigem Gruß und geordnetem Aufmarsch begeistern konnte.

Es dauerte eine Weile, bis Alard merkte, was für ein empfindliches Gemüt sich hinter der Fassade des Witzboldes versteckte. Im Grunde verachtete Henri das Politische als »reine Oberfläche«, als Schauspiel ohne den Glanz einer gelungenen Inszenierung. Das musste er von seinem Vater haben, der in Stendal ein Theater leitete. Henri tat nur so, als ob er ein Scherzbold und Zyniker wäre. Er teilte mit dem nur vordergründig witzigen Christian Morgenstern die abgeklärte Verzweiflung an der Welt. Nein, ein Zyniker war Henri nicht. Ein Clown auch nicht – höchstens ein trauriger.

Henris Wahlspruch stammte aus einem der Palmström-Gedichte Morgensterns. Palmström wird von einem Auto überfahren. Wie nur war das möglich, spricht er, »sich erhebend und entschlossen weiterlebend«. Eine Prüfung der Gesetzesbücher ergab zweifelsfrei: Wagen durften dort nicht fahren! Nur ein Traum war also das Erlebnis: »Weil, so schließt er messerscharf, nicht sein kann, was nicht sein darf!« Alard kannte das Gedicht mittlerweile auswendig, so oft hatte Henri es bereits vorgetragen, bei jeder sich bietenden Gelegenheit, manchmal sprachen sie es im Chor.

»Wenn das dein Verhältnis zu Recht und Gesetz sein soll, verstehe ich nicht, warum du Jura studierst«, bemerkte er einmal.

Henri blickte ihn aus großen braunen Augen an. »Selbst dir gesetzestreuem Menschen dürfte aufgefallen sein, dass die Wirklichkeit nun mal nicht ins Bürgerliche Gesetzbuch passt!«

Er hatte recht. Alard musste lachen. »Mag sein, aber im wirklichen Leben brauchen Menschen etwas, woran sie sich halten können. Und was wäre das, wenn sie schon an Gott und die Kirche nicht mehr glauben?«

»Das ist die Frage, lieber Freund«, hatte Henri geantwortet und ihm die Hand auf die Schulter gelegt. »Die Frage aller Fragen.«

Im November fuhr Alard zum Besuch nach Mondsee, es musste schon wieder gewählt werden, der Reichstag war erneut aufgelöst worden. Er blieb nicht lange.

»Du bist schon zurück?«, fragte Henri, als Alard ihn beim Feierabendbier im Weißen Haus aufgetrieben hatte.

Alard zuckte mit den Schultern. »Wir sind ja noch mitten im Semester.«

»Warum fährt du deswegen überhaupt nach Hause? Warum machst du den Zirkus mit?« Henri war bereits beim dritten Bier und glänzender Laune. Alard nicht.

»Wir brauchen eine stabile Regierung mit breiter Unterstützung im Parlament.«

»Wozu soll die alte Schwatzbude gut sein? Und woher soll plötzlich eine stabile Regierung kommen? Die hatten wir seit 1919 nicht.«

Das ist ebendie Demokratie, wollte Alard sagen, aber das war ein Argument, das auch ihn nicht mehr so richtig überzeugte.

»Hast du gehört, was unser hochwohlgeborener Reichskanzler Franz von Papen vorschlägt? Er hätte gern eine unparteiische nationale Staatsführung.« Henris Stimme ließ keinen Zweifel daran zu, dass er derlei nicht für vielversprechend hielt.

Alard erst recht nicht. »Klar. Er will, dass künftig nur noch der Reichspräsident vom Volk gewählt wird. Das wäre dann der Abschied von der Demokratie.«

»Na und? Ich würde nichts vermissen.«

Manchmal verzweifelte Alard an der Angewohnheit des

Freundes, nichts wirklich ernst zu nehmen. »Wodurch wäre eine solche Staatsführung legitimiert – wenn nicht durch Wahlen? Und wie demokratisch sind Wahlen, in denen es nichts zu entscheiden gibt, weil wir keine Parteien mehr haben, sondern nur noch ein Volk? In einer Notlage wie in einem Krieg mag das angehen, aber nicht in einer Demokratie.«

»Tja, das kaiserliche Gottesgnadentum war schon eine praktische Idee, mein Lieber!« Henri hob sein Glas und stieß mit Alard an. »Wähl du nur, immer und immer wieder. Es wird nichts nützen.«

Es nützte tatsächlich nichts. Die Hitler-Partei hatte zwar Stimmen verloren, und wenn man die Stimmen von SPD und KPD zusammenzählte, hatten beide Parteien die Mehrheit. Doch das würde zu keiner Regierung führen. Die KPD hatte die Sozialdemokraten zu Sozialfaschisten und zum Hauptfeind erklärt, und die kommunistische Alterspräsidentin Clara Zetkin hatte im Reichstag vom künftigen Sowjetdeutschland geschwärmt. Das war bei Gott keine Alternative. Es war aussichtslos.

Jeden Tag begleitete Alard das Gefühl, dass der Boden unter seinen Füßen nicht mehr sicher war. Es lag etwas in der Luft, nichts Gutes. Mit Henri war darüber nicht zu reden, »Bleib mir vom Leibe mit Politik«, raunzte er, als Alard abends beim Bier über seine Sorgen reden wollte.

Henri hatte andere Sorgen. Er hatte Heimweh. Nach dem dritten Bier schwärmte er von seiner Heimatstadt. Von Stendal. Von seiner Familie, seiner Schwester. »Wir sind die bunten Hunde der Stadt«, behauptete er nicht ohne Stolz. Das erklärte einiges – seinen Sinn für das Verspielte, Groteske. Der Vater Theaterdirektor, die Mutter Gesangslehrerin, beide unkonventionelle Menschen. Musisch. Geistig. »Und wonach haben sie mich benannt? Nach Henri Dunant, dem Gründer des Roten Kreuzes.«

Solche Abende endeten spät, vor allem Henri war danach nicht mehr nüchtern, und Alard musste ihn zu seiner Studentenbude bringen. Es wurde ein trüber Winter, selbst Weihnachten in Mondsee setzte dem Leben keine Lichter mehr auf.

Am 30. Januar 1933 ernannte der Reichspräsident Adolf Hitler zum Reichskanzler. Ein paar Tage später hingen in Breslau überall Aufrufe zur Mobilmachung der SA und Werbeplakate der »Standarte 11«. SA und SS marschierten mit dem »Stahlhelm« durch die Stadt, begleitet von Parteigenossen, die mit dem Klingelbeutel für ihre verwundeten Helden sammelten.

Alard ging den Aufmärschen und Fackelzügen, so gut es ging, aus dem Weg. Henri und er vermieden es, über Politik zu reden – bis die Nachricht vom Brandanschlag auf den Reichstag kam.

Abends beim Bier gab es kein anderes Thema, selbst Henri nahm die Angelegenheit ernst. Alard fühlte sich in seinen schlimmsten Befürchtungen bestätigt. »Das ist ein Anschlag auf die Demokratie. Auf das Parlament. Auf die Volksvertretung.«

»Du glaubst, die Hitlerjungen hätten den Kasten angezündet?« Henri schüttelte den Kopf. »Sie haben doch den Täter längst gefasst.«

»Wie kann ein einzelner Mann den Reichstag an mehreren Ecken angezündet haben?«

»Er hat gestanden.«

»Ein erpresstes Geständnis. Das passt Hitler doch nur zu

gut in den Kram. Warum wohl wurde schon am nächsten Tag eine Notverordnung erlassen? Warum wird behauptet, die Kommunisten hätten den Brand gelegt? Warum werden Tausende Gegner der Regierung verhaftet?«

»Warum? Weil sie es können. Und weil am 5. März gewählt wird.«

»Und das findest du normal?« Manchmal machte Henris Gelassenheit Alard wahnsinnig.

»Nicht normal. Nur plausibel.«

In den nächsten Tagen verschanzte sich Alard hinter seinen Büchern in der Bibliothek. Seine Kommilitonen schienen allesamt der Meinung zu sein, die Kommunisten hätten den Reichstag angezündet, und frohlockten über die vielen Verhaftungen. Er mochte die Kommunisten nicht, aber das war kaum noch zu ertragen. Mit einem Gefühl der Erleichterung fuhr er nach Mondsee, er wollte wählen, wenigstens, solange das noch erlaubt war.

Das Ergebnis war niederschmetternd. Hitlers Partei verfehlte zwar die absolute Mehrheit. Doch die Abgeordneten der SPD und der KPD waren entweder in »Schutzhaft« oder geflohen. Sein Vater kommentierte die Lage nicht, aber man sah ihm an, wie besorgt er war. »Pass auf dich auf«, meinte er nur, als er Alard am Bahnhof verabschiedete.

Selbst Henri war nun nicht mehr ganz so gelassen. Während einer Vorlesung, bei der sie wieder nebeneinandersaßen, flüsterte er: »Erst habe ich die Hitlerei ja gut gefunden, endlich mal jemand, der sie alle aufmischt. Jetzt, wo er das Sagen hat, mag ich den Hampelmann nicht mehr. Man macht sich mit der Macht nicht gemein.«

»Was schlägst du vor?«

Henri hob die Schultern. »Was schon? Nichts.«

»Nichts? Wir müssen Widerstand leisten.«

Henri sah ihn nicht an. »Müssen wir?«, antwortete er mit müder Stimme. »Warum? Der einzig sinnvolle Widerstand ist der Rückzug ins Privatleben. Such dir eine Freundin.«

Das war ein Stich ins Herz. Zwischen Weihnachten und Neujahr hatte Alard sich mit Nele getroffen, das Mädchen, das ihn zum ersten Mal geküsst hatte und das er seit beinahe zwei Jahren nicht mehr gesehen hatte. Sie hatten sich geschrieben, doch irgendwann war der Kontakt abgebrochen. Warum, wusste er nicht mehr. Hatte sie auf einen Brief nicht geantwortet? Hatte etwa er einmal vergessen, ihr zu schreiben?

Sie hatten sich im Café Schwarte in Wohlau zum Nachmittagskaffee verabredet. Er war ein wenig zu früh und saß bereits an einem Tisch am Fenster, als er sie zur Tür hereinkommen sah. Sie wirkte verändert, trug ihre Haare anders: kurz geschnitten, ein Pagenkopf. Auch die Brille war modischer geworden. Überhaupt wirkte sie fraulicher, weicher. Er war aufgestanden, hatte ihr den Stuhl zurechtgerückt und dabei gemerkt, wie verlegen sie beide waren.

Das Mädchen brachte ihnen heiße Schokolade. Nele rührte in ihrer Tasse und blickte nicht auf. Wo waren ihre Unbekümmertheit, ihre Frechheit geblieben? Er hatte auf ihre gesenkten Augenlider geschaut und gesehen, wie sich ihre Wangen röteten. Etwas hatte sich verändert, etwas stand zwischen ihnen, und er ahnte, was es war.

»Du kannst mir alles sagen, ich bin ein Freund«, sagte er schließlich und griff nach ihrer Hand. »Dein alter Freund. Stets dein Freund.«

Sie blickte noch immer nicht auf.

»Bist du glücklich?«, fragte er.

Sie sagte nichts. Dann nickte sie.

»Ist er der Richtige?«

Endlich sah sie auf. »Ich hätte es dir schreiben sollen. Wir heiraten an Pfingsten.«

Alard gab sein Bestes, lächelte, wünschte Glück. Doch darüber hinaus hatten sie sich nicht mehr viel zu sagen.

Henri hatte er davon nichts erzählt, warum auch? Henri gehörte ebenfalls nicht zu den Frauenhelden. Einmal erzählte er etwas von einer Freundin seiner Schwester, von der er schwärmte, obwohl sie noch viel zu jung sei. Hier in Breslau sah man ihn nur mit Männern – in den Vorlesungen, beim Billard und abends in der Kneipe.

Tage später kam ein Brief von Liam an, der ihn ratlos machte. Mit einem Mal war ihm Henris unpolitische Abwehr beinahe lieber als Liams Überschwang. »Du kannst Dich glücklich schätzen«, schrieb der Freund, »dass Du diesen Triumph aus nächster Nähe miterleben darfst! Das ist ein großer Augenblick in der deutschen Geschichte, Alard, glaub mir! Dass Dein Land jetzt heraustreten kann aus dem Schatten des Krieges und der Schande von Versailles! So einen habt ihr gebraucht. Ihr habt doch alles Recht der Welt, patriotische Deutsche zu sein! Viele hier auf der Insel sehen das ähnlich.«

Aus dem Schatten heraustreten? Ein schöner Gedanke, dachte Alard. Doch Hitler war nicht der Held, für den Liam ihn offenbar hielt.

XIII

Alard beobachtete das Geschehen mit fassungslosem Entsetzen. Er war auf dem Weg zur Universität, als er sah, dass ein Trupp von SA-Leuten unter Gebrüll eine Gruppe von Männern aus dem Gebäude des Landgerichts jagte. »Juden raus!«, skandierten sie. Alard erkannte unter den die Treppe herunterstolpernden, protestierenden, verängstigten, zornigen Männern zwei Anwälte und einen Richter. Er hatte gar nicht gewusst, dass sie Juden waren, es war ja auch nicht von Interesse, was spielte das schon für eine Rolle in einem Rechtsstaat? Einer der Männer strauchelte, fiel, einer der johlenden Burschen musste ihm ein Bein gestellt haben.

Alard setzte sich in Bewegung, instinktiv, man durfte so etwas nicht dulden. Als er näher kam, erkannte er Max Lewy, dem es gelungen war aufzustehen, weil der Mob damit beschäftigt war, einen älteren Herrn zu quälen, dem sie die Brille weggenommen hatten. Alard hatte Lewy einmal in einem Prozess erlebt, in dem es um Schadenersatz für einen erlittenen Arbeitsunfall gegangen war. Der Anwalt hatte brillant vorgetragen und die Sache dennoch verloren. Lewy klopfte seine Hosen aus, blickte hoch, sah Alard, schüttelte den Kopf und formte die Lippen zu einem »Verschwinde!«. Alard zögerte. Doch Lewy hatte recht, er würde sich nur Prügel einhandeln, wenn er sich einmischte.

Endlich fuhr ein Auto der Schutzpolizei vor. Die Schupos stiegen aus, viel zu gemächlich, fand Alard, einer ging auf einen der Braunhemden zu, der so aussah, als ob er das Kommando hätte. Die Unterhaltung dauerte nicht lange. »Abmarsch!«, rief der SA-Mann, und tatsächlich – sein Trupp formierte sich und marschierte davon. Noch bei einer so unwürdigen Aktion glaubten sie, Disziplin zeigen zu müssen.

»Hast du Alfons Fitzek erkannt?«, fragte jemand hinter ihm. Henri. »Unseren lieber Freund, der dem Loringhoven immer so hündisch ergeben die Aktentasche trägt und sich jetzt ein Hakenkreuz um den Arm gewickelt hat? Auf einmal geben sie sich zu erkennen, die Ratten. Jetzt, wo ihr Menschenhass amtlich ist.«

»Wenigstens scheinen sie noch auf die Polizei zu hören.« Die misshandelten Männer waren in das Gebäude zurückgekehrt.

Henri wiegte den Kopf. »Die Frage ist ja immer, wie lange jemand dem Druck widersteht.«

»Und warum überhaupt ›Juden raus‹?«

»Erklär du es mir. Ich verstehe es auch nicht. Mir haben sie nichts getan.«

An der Universität war die Stimmung prächtig. Ein Burschenschaftler tönte, man habe die Juden bereits 1925 »herausgesäubert«. »Bei uns ist alles picobello!« Im Seminar von Franz Rosenthal waren die Reihen gelichtet. Hier triumphierte niemand, die Stimmung war eher gedrückt. »Ist er Jude?«, flüsterte Alard.

»Der Name lässt darauf schließen, oder?«, flüsterte Henri zurück, der wie immer neben ihm saß. »Mal schauen, wie lange er durchhält. Professor Ernst Cohn hat es schon im vergangenen Jahr nicht mehr ausgehalten, nachdem sie monatelang seine Vorlesungen gestürmt haben. Er hat Zivilrecht gelehrt, der Mann war grundsolide.«

»Ich muss schauen, dass ich das Studium so schnell wie möglich hinter mich bringe, das macht alles keinen Spaß mehr.« Vorlesungen galt es zu meiden, soweit das möglich war. Die Bibliothek würde seine einzige Zuflucht werden.

Henri legte ihm den Arm um die Schultern. »Wir werden unseren Spaß eben woanders suchen. Treffpunkt heute Nachmittag um vier Uhr bei mir. Überraschung!« Alard schaute ihn unschlüssig an. »Du wirst schon sehen. Und zieh was Anständiges an.«

Henri riss die Tür zu seiner Bude auf. Er hatte sich herausgeputzt, mit Anzug, Krawatte und Einstecktuch, und breitete die Arme aus. »Hier kommt er, der dunkle Prinz!« Wie albern. Alard wäre am liebsten gleich wieder gegangen. Doch die beiden Mädchen, die hinter Henri warteten, lächelten ihm freundlich zu.

»Das ist Hanna!«

Hanna streckte ihm die Hand entgegen. Sie passte in ein Bilderbuch, das von Zwergen und Elfen handelte, so klein und zierlich war sie, im Gesicht zarte Sommersprossen und eine Stupsnase. Ihre zu Zöpfen geflochtenen blonden Haare hatte sie wie ein Krönchen um den Kopf gelegt.

»Und das ist Julika!« Julika trug die hellbraunen Zöpfe offen, sie war keine Elfe, sondern eine erwachsene junge Frau, mit einem Gesicht, dessen Ernst er seltsam anziehend fand.

»Wir gehen zum Tanzen ins Ring-Café.«

Alard hatte lange nicht mehr getanzt, nicht mehr, seit Marielle und Christoph ihm in Mondsee die neuesten Tänze beigebracht hatten. Doch er hatte nichts verlernt, und mit Julika war jede Bewegung harmonisch, sie flossen ineinander und wieder auseinander, beim Foxtrott, beim Tango. In einem unbedachten Moment, als sie den Kopf zurückgeworfen hatte, berührte er ihren weißen Hals mit seinen Lippen.

Der erste April war ein unfreundlicher Tag, mal regnete es, mal schien die Sonne, Aprilwetter eben. Alard hatte sich in die Bibliothek verzogen, dort war es ruhig, Studenten studierten bekanntlich selten. Beinahe hätte er über seiner Lektüre vergessen, dass er mit Henri und den Mädchen verabredet war. Hastig räumte er seine Bücher zusammen und lief hinaus. Die drei warteten bereits vor der Bibliothek auf ihn. »Wir gehen auf ein Bier in den Schweidnitzer Keller«, ordnete Henri an, »und danach ins Kino.«

Die Kneipe lag im Keller des Rathauses, ein gotisch geprägter Bau, der es mit den Kathedralen der Gelehrsamkeit in Cambridge durchaus aufnehmen konnte. Der Keller bestand aus acht Gasträumen, es war eine Art Kleinstadt im Untergrund, dort gab es das beste Bier, manche sagten sogar: das beste Bier Schlesiens. Das Schweidnitzer war bei allen Studenten beliebt.

Auf dem Weg zum Ring setzte der Regen aus. Die Menschen auf der Schmiedebrücke hatten die Schirme zugeklappt und hasteten an ihnen vorbei, es lag irgendetwas in der Luft, wie eine elektrische Ladung. Am Schaufenster von Rosens Spezialhaus für Damenkonfektion klebte ein Plakat: »Deutsche! Wehrt euch! Kauft nicht bei Juden!« An der nächsten Straßenecke standen SA-Leute in voller Montur vor einem Laden, vor ihnen eine ältere Frau, die sie lauthals beschimpfte. »›Kauft nicht bei Juden‹? Wie bitte? Ich entscheide selbst, wo ich kaufe, nicht ihr Rotzlöffel!«

Trotz der glänzenden Stiefel über den Hosen und der Hakenkreuzbinde am Arm wirkten die beiden jungen Kerle verlegen. Das Mütterchen ließ sich von ihnen nicht einschüchtern und wollte schon den Laden betreten, als einer der beiden Männer vortrat und ihr den Weg versperrte.

Henri lächelte freundlich und machte ein paar Schritte auf

ihn zu. »Schämst du dich nicht, du Hanswurst? Sie könnte deine Mutter sein!« Immer noch lächelnd schob er den Jungen beiseite, öffnete die Ladentür, machte einen Diener und sagte: »Treten Sie ein, gnädige Frau!« Die stemmte die Arme in die Taille und fing an zu lachen. Es dauerte nicht lange, bis Hanna lachte. Und dann lachten auch Henri, Julika und Alard. Nur die beiden SA-Wichte nicht, die, puterrot im Gesicht, nicht wussten, wo sie hinschauen sollten, während die vier Freunde weiterzogen.

So war Henri, der nie mit Heil Hitler grüßte, der auf der Straße den Hut lüftete, statt den rechten Arm zu recken, wie es bei vielen Studenten mittlerweile üblich geworden war. Alard liebte ihn dafür. Henri glaubte nicht, dass sich die neue Regierung länger halten würde als die vielen in den Jahren zuvor. Alard hoffte, dass der Freund recht behielt.

Er nahm Julikas Arm. Es gab Momente im Leben, in denen man das Hässliche der neuen Lage vergessen konnte. Doch er spürte, dass Julika sich immer mehr verschloss. Sie arbeitete im Fotoladen von Jakob Matthias, der jüdisch war. Bislang hatte noch niemand das Schaufenster des Ladens beschmiert oder beklebt. Ob das so bleiben würde?

Schon auf der Straße vor dem Eingang zum Schweidnitzer Keller, hinter dem eine breite Treppe nach unten führte, hörten sie Gegröle. Der Gastraum namens Bucht, der unter dem Fürstensaal im Erdgeschoss lag, war bei den Burschenschaften beliebt, die dort ihren Stammtisch abhielten. Im Bauernkeller war man halbwegs verschont von ihnen, es sei denn, es war Dienstag, dann tagte dort die Sängerschaft Fridericiana, doch das waren überwiegend friedliche Menschen.

Das Publikum im Schweidnitzer Keller war nicht nach Alards Geschmack. Henri konnte das Stimmengewirr und das Gegröle völlig ausschalten, Alard fiel das weniger leicht, und er fürchtete, Julika kam nur mit, weil sie die Stimmung nicht verderben wollte.

Heute war sie besonders still. Henri und Hanna neckten einander, sie schienen von ihrer Umgebung nicht viel wahrzunehmen. Alard tastete unter dem Tisch nach Julikas Hand und streichelte ihre schlanken kühlen Finger. Es war, als ob ihre Nerven kleine Stromstöße aussandten, als ob ihr ganzer Körper unter Spannung stünde.

»Heute ist mein letzter Abend in Breslau«, sagte sie plötzlich laut, sodass selbst Hanna und Henri aufblickten.

»Juli! Was sagst du da? Davon hast du mir noch gar nichts erzählt!« Hanna sah sie beinahe vorwurfsvoll an.

»Mein Vater tritt eine Stelle in Bern an. Hier ist er nicht mehr erwünscht.«

»Ist er Kommunist?«

»Nein, er ist Historiker für mittelalterliche Geschichte.«

»Was kann denn daran staatsgefährdend sein?«

Alard wünschte sich für einen Moment, so naiv sein zu dürfen wie Hanna. Seit dem 7. April konnten Beamte abberufen werden, die jüdisch waren oder aus anderen Gründen nicht genehm. »Hat man ihn entlassen?«

»Zu unserem Glück war er Frontkämpfer. Deshalb hat man ihn nur in den Ruhestand versetzt.«

»Also ist er Jude?« Hanna, mit gerunzelter Stirn.

»Er ist Lutheraner. Aber das interessiert diese Leute nicht. Sie haben etwas gegen die jüdische Rasse, was immer das sein soll.«

Alard legte seinen Arm um ihre Schultern. Sie zitterte vor Anspannung, er spürte den Tränenstrom, der in ihr hochzusteigen begann und den sie zu unterdrücken versuchte.

»Mein Vater ist nichts ohne seinen Beruf. Und Deutschland ist seine geliebte Heimat. Seine Heimat hat ihn verraten.«

»Seine Heimat hat ihn nicht verraten, Julika.« Henri versuchte es ausnahmsweise einmal nicht mit einem Scherz. »Die Deutschen haben ihn nicht verraten. Verraten haben ihn diese – Idioten an der Macht. Idioten, sage ich!« Henri war laut geworden.

»Leise«, flüsterte Hanna. »Du weißt nicht, wer uns zuhört.«

»Das ist mir völlig egal.« Henri war ausnahmsweise von Hanna abgerückt.

»Wann?«, fragte Alard leise und zog Julika näher an sich heran. »Wann wirst du fahren?«

»Morgen«, flüsterte sie. »Unser Zug geht um kurz nach elf.«

XIV

Von Julika kam ein einziger Brief, in dem sie sachlich meldete, gut angekommen zu sein. Auf seine Briefe antwortete sie nicht. Beinahe konnte Alard sie verstehen. Henri mochte das anders sehen, aber es war eben doch Deutschland, die Heimat, die sie und ihre Familie verstoßen und verraten hatte.

Auch Liam rührte sich nicht, dem er alles geschildert hatte: wie der Mob die jüdischen Richter und Anwälte aus dem Landgericht getrieben hatte und wie plötzlich an der einen oder anderen Ladentür Plakate klebten – »Wehrt euch, Deutsche! Kauft nicht bei Juden!«. Und dass nicht alle nicht jüdischen Deutschen mit dieser Raserei einverstanden waren.

Endlich kam eine Antwort von Liam.

»Cambridge, 20. April 1933. Lieber Alard, ich verstehe Deinen Zorn. Das alles ist unwürdig, und ich bin froh zu hören, dass das deutsche Volk bei solchen Aktionen nicht mitmacht. Aber ich verstehe auch den Zorn Eurer Regierung. Du schreibst über Ereignisse, die bei Euch am 1. April stattgefunden haben. Hast Du denn gar nicht mitbekommen, was vorher passiert ist? Weltweit? In Amerika haben sie zum Boykott deutscher Geschäfte aufgerufen, Tausende Menschen haben gegen die Deutschen demonstriert. In ganz London hingen Plakate, man solle keine deutschen Waren kaufen. Und wer hat dazu aufgerufen? Die Juden. ›Judea erklärt Deutschland den Krieg‹, schrieb die »Daily Mail«. Einem Land, das vor allem vom Export lebt! Hitler ist gerade mal ein paar Wochen im Amt, und schon rufen sie zum Boykott auf – Eure Feinde!«

Alard legte den Brief enttäuscht beiseite. Liam übertrieb maßlos. Es war schließlich allgemein bekannt, wie sehr Hitler die Juden hasste. Konnte man es den Juden verübeln, wenn sie weltweit dagegen demonstrierten?

Und doch – es wurmte ihn, dass nun überall zum Boykott deutscher Waren aufgerufen wurde. Alles hing davon ab, dass Deutschland endlich auch ökonomisch wieder auf die Beine kam. Der Boykott schadet nicht Hitler, sondern uns, dachte Alard. Uns, die wir hofften, endlich wieder mit erhobenem Kopf durchs Leben gehen zu dürfen. Es war alles so verdammt ungerecht.

Er nahm den Brief wieder auf. »Vergiss nicht: Es gibt hier viele Menschen, die den Deutschen nur das Beste wünschen und die glauben, dass Hitler der richtige Mann in dieser Zeit ist. Aber was rede ich da – ich wollte Dir ja vor allem von den wirklich wichtigen Dingen berichten: Unser Achter hat zum zehnten Mal in Folge das Ruderrennen auf der Themse gewonnen. Tja. Oxford sollte sich in die Ecke stellen und sich schämen.«

Alard antwortete knapp. Dass man auf ein Unrecht nicht mit einem anderen antworten dürfe. Dass Hitler und seine Partei vor allem dem eigenen Land schadeten.

Denn genau das schmerzte am meisten: Alard liebte dieses geprügelte Deutschland, die Menschen, die endlich wieder ein gutes Leben führen wollten, ohne Krieg und Missgunst. Warum, dachte er, warum nur hassen sie uns alle so?

Henri war kein Trost in diesen Tagen. Man sah ihn nie mehr ohne Hanna, die beiden turtelten geradezu aufdringlich miteinander, und über Politik war mit ihnen erst recht nicht zu reden. »Nicht in Gegenwart von Hanna«, hatte Henri ihm einmal zugeflüstert, »sie kann dann nachts nicht schlafen.« Ich auch nicht, dachte Alard, wenn ich an mein Vaterland denke.

Er verkroch sich in seine Arbeit, wollte den Abschluss so schnell wie möglich hinter sich bringen. Seit dem »Gesetz zur Wiederherstellung des Berufsbeamtentums« waren die Rechtswissenschaften um zehn Dozenten ärmer, ersetzt wurden sie durch stramme Parteigänger der Nazis. Auch bei den Studenten dominierten die Hitler-Anhänger, es herrschte ein militärischer Befehlston, untermalt von zackigem Hackenzusammenschlagen und »Heil Hitler!«-Rufen. Einige besonders Eifrige gründeten einen Kampfausschuss gegen den »undeutschen Geist«. Gemeint waren der jüdische Geist, der »jüdische Intellektualismus« und die damit verbundenen »liberalen Verfallserscheinungen«, die aus deutschem Schriftgut ausgemerzt werden sollten.

Für den 10. Mai waren landesweit Bücherverbrennungen geplant. Die Studentenschaft Breslau hatte sich eine große Aktion gewünscht und tags zuvor Bücher auf den Schlossplatz gekarrt, aus öffentlichen und privaten Büchereien, und zu einem gigantischen Scheiterhaufen aufgeschichtet. Henri fand das alles lächerlich und verstand nicht, warum Alard sich als Beobachter dazugesellen wollte.

Alard ging zur Kundgebung in die Aula und folgte dem Fackelzug zum Schlossplatz. Dort hielt ein Student eine Rede, und danach segnete ausgerechnet der Theologieprofessor Karl Bornhausen die Aktion ab. Angeblich hatten Breslauer Firmen Petroleum und Benzin gestiftet, damit das Papier besser brannte. »Flammen zündet, Herzen brennt.« Ja, es brannte bestens, und dass er Tränen in den Augen hatte, schob Alard auf die chemischen Dämpfe, die das prasselnde Feuer begleiteten.

Er war mit Liebe zu Büchern aufgewachsen, und er hatte sich nie gefragt, ob in den Werken seiner Lieblingsautoren irgendein zersetzender Geist zugange war. Er fieberte dem Semesterende entgegen, er wollte nach Hause, zu den einzigen Menschen, die ihm noch blieben.

Sei nicht melodramatisch, sagte er sich. Aber warum eigentlich nicht? Es war trostlos. Alles.

XV

Mondsee

Endlich war das Semester zu Ende. Doch auch in Mondsee schien es niemanden zu geben, mit dem er offen reden konnte. Insbesondere seine Mutter irritierte ihn, sie hatte sich plötzlich den Menschen angeschlossen, die mit leuchtenden Augen vom »Führer« schwärmten.

»Der Mann heißt Adolf Hitler, nicht Führer, Mutter.« Sie saß mit einem Buch auf dem Schoß im Liegestuhl unter der Buche und hatte das verhasste Wort im Gespräch mit ihm schon dreimal benutzt.

»Meinetwegen. Dann hat eben Hitler die Kommunisten verboten. Eine Wohltat. Endlich herrscht wieder Ruhe auf den Straßen.«

»Du hast sie also gesehen, wie sie mit wehenden roten Fahnen und unter Schalmeienklängen um Mondsee gezogen sind?«

»Du musst gar nicht so spöttisch tun, du weißt schon, was ich meine. Sie haben den Reichstag angezündet. Und dann diese dauernden Prügeleien.«

»Wer den Reichstag angezündet hat, wissen wir nicht mit Sicherheit. Und die SA hat fleißig mitgeprügelt, Mutter.«

Sie zuckte mit den Schultern.

»Außerdem hat er nicht nur die KPD verboten, dein Führer hat gleich das ganze Parlament abgeschafft, stört dich das nicht?«

Sie klappte das Buch zu. »Ich vermisse die Schwatzbude in Berlin nicht im Geringsten. Und auch nicht das dauernde Parteiengezänk. Im Übrigen haben sie doch alle zuletzt nur noch mit Notverordnungen regiert, war das vielleicht besser?«

Nicht besser. Aber gewiss nicht so schlimm wie die Willkür, die mittlerweile herrschte.

»Wir heben gerade erst wieder den Kopf aus dem Morast«, meinte seine Mutter. »Die Arbeitslosigkeit ist zurückgegangen. Die Viehpreise haben wieder angezogen. Du solltest der neuen Regierung eine Chance geben. Und lass Christoph in Ruhe. Er hat uns sehr geholfen.«

Das klang beinahe wie ein Vorwurf. Als ob ihr Sohn ihr hätte helfen können, wobei auch immer, während er in Breslau studierte! Und nun war ausgerechnet Christoph der neue Liebling?

Christoph. Der gestiefelte Kater. Er trug noch immer Senfbraun und die Stiefel über der Hose. Er war irgendetwas bei der Partei in Wohlau geworden, Ortsgruppenleiter oder so ähnlich. Alard wusste es nicht genau, und es interessierte ihn auch nicht. Er hatte ihm an einem Abend, an dem seine Eltern früh ins Bett gegangen waren, von den vielen hässlichen Szenen in Breslau berichtet. Christoph hatte genickt und gelächelt und den Kopf geschüttelt und Anteil nehmend getan.

»Das hat sich wohl der Volkszorn entladen, das ist nicht schön, aber irgendwie verständlich, findest du nicht?«

Die Jungen vor den Geschäften mit den »Kauft nicht bei Juden!«-Schildern trugen Uniform, hatte Alard eingewandt. Braune Hemden, Stiefel über der Hose.

»Die SA. Wieder mal.« Wieder hatte Christoph tadelnd den Kopf geschüttelt. »Dabei hat die Partei solche Aktionen strengstens untersagt. So etwas nützt nur unseren Gegnern.«

»Ist das dein einziges Argument? Dass es eure saubere Weste besudelt?«

»Es ist unvernünftig. Viele Deutsche verstehen das nicht.«

»Muss man das denn verstehen?«

Christoph wich aus. »Wir werden hart durchgreifen, mach dir keine Sorgen. Wir werden dem einen Riegel vorschieben.«

»Warum nicht gleich so?« Weil deine Partei das eigentlich gut und richtig findet?

»Hast ja recht.« Christoph lächelte und nickte. Lächelte und nickte.

Alard begriff. Es hatte keinen Sinn. Christoph hatte in der NSDAP seine Heimat gefunden. Mit ihm war nicht zu argumentieren. Er würde nur alles beschönigen.

Tage später begleitete er seinen Vater bei der üblichen Runde durch das Gut, von den Ställen zu den Wiesen und Äckern. Es war seit Wochen kühl und regnerisch gewesen, und es wurde nicht besser. Ludwig von Sedlitz machte sich Sorgen um die Ernte, das spürte man, aber vor allem wollte er wissen, wie es seinem Sohn ergangen war.

»Und niemand hat protestiert?«, fragte sein Vater, nachdem ihm Alard erzählt hatte, wie die Rechtswissenschaften an der Universität vom »jüdischen Geist« gesäubert worden waren.

»Nein.«

Sein Vater beugte sich hinunter zu Asta, als ob er sich vergewissern wollte, dass es noch Trost gab auf der Welt, und wenn es nur ein warmes Hundefell war. Als er sich aufrichtete, sah Alard, wie müde der Blick seines Vaters geworden war.

»Wir haben versagt«, sagte er nach einer Weile. »Die Bürgerlichen. Die Konservativen. Der Adel war sich immer zu fein, um sich für die Republik einzusetzen. Wenn man schon die Monarchie nicht zurückhaben konnte, tat man lieber gar nichts. Und als Hindenburg dem Österreicher die Macht auf dem Tablett serviert hat, sagten sie, der würde sich nicht lange halten. Das wäre bald vorbei. Danach gäbe es wieder einen Kaiser. Als ob wir noch einen geeigneten Kandidaten dafür hätten.«

Alard zögerte. Dann sagte er es doch. »Liam schrieb mir, noch vor dem Judenboykott bei uns hätte es in Amerika oder England Demonstrationen gegeben, bei denen zum Boykott deutscher Waren aufgerufen wurde.«

»Ich weiß.« Sein Vater nahm einen Apfel aus dem Eimer mit dem Fallobst, der vor der Pferdewiese stand, und lockte Ulan an, einen der beiden Slaskis, ein kräftiger Wallach mit dichter grauer Mähne, den Alard kannte, seit er ein Fohlen war. »Diese Aktionen im Ausland haben uns enorm geschadet. Nicht der Regierung, falls das die Absicht war, sondern unserem Land. Wir sind auf den Export unserer Waren angewiesen, und so ein Boykott kostet uns Millionensummen. Das bringt alle Deutschen auf, auch diejenigen, die von Hitler nichts halten. Wem fällt da nicht die Hungerblockade durch die Briten im Krieg ein, die sie noch nach der Niederlage fortgesetzt haben? Äußerer Druck schweißt ein Volk erst recht zusammen. Das sollten sie wissen.«

»Die Hitler-Leute hassen die Juden. Warum eigentlich?«

»Glaub nicht, dass Juden in anderen Ländern beliebter sind. Vor allem nicht bei unseren polnischen Nachbarn.«

Das stimmte, dachte Alard. Doch seit wann verhielten sich Deutsche so übel wie die Polen?

Sie gingen weiter, auf Feldwegen, die wie ein weiches Polster unter ihren Schritten nachgaben, der Boden war vollgesogen mit Wasser.

»Mutter«, sagte Alard nach einer Weile. »Sie findet die neue Regierung gut.«

»Sie findet alles gut, was gegen den Bolschewismus ist. Mir hätte im Übrigen ebenfalls vor der Alternative gegraut.«

Alard musste wieder an das denken, was der vermaledeite Ilja behauptet hatte: dass seine Tante Louise die Seite gewechselt und zu den Bolschewisten gegangen war. War das jetzt der richtige Zeitpunkt, um mit Vater darüber zu sprechen? Nein. Nicht jetzt. Nicht in einem der seltenen Momente, in denen sie ungestört miteinander reden konnten.

»Ich war einige Male in den Vorlesungen von Professor Freytag-Loringhoven. Der ist noch immer kaisertreu.«

Sein Vater tätschelte Ulans Hals, während Alard dem Tier einen weiteren Apfel vor das weiche Maul hielt. Ludwig von Sedlitz seufzte. »Ja wenn der alte Dickkopf Wilhelm nicht beleidigt desertiert wäre, hätte alles anders kommen können. Andererseits wollten die Siegermächte ihm den Prozess machen. Das hätten wir nicht zulassen dürfen. Doch wer weiß, wie ein Widerstand dagegen ausgegangen wäre.«

»Ich erinnere mich an den hellen Fleck rechts vom Kamin«, sagte Alard leise. »Dort, wo vorher das Bild des Kaisers hing. Ich war völlig entsetzt damals, in meiner kindlichen Liebe zum Kaiser. Wie konntet ihr ihn einfach so entfernen?«

Sein Vater lachte leise. »Wir hatten noch viel Böseres vor.«

»Ja, da war was, es kamen plötzlich fremde Männer zu Besuch, und ihr habt bei geschlossenen Türen verhandelt, ich habe nur damals nicht verstanden, worum es ging. Obwohl jedes Geheimnis mich ungeheuer neugierig gemacht hat!«

»Hochverrat«, antwortete sein Vater gemütlich, während er weiterging. »Wir wollten einen Oststaat gründen. Für den

Fall, dass die Reichsregierung den Polen ihre Wünsche nach Annexion von Posen, Westpreußen und Oberschlesien erfüllen sollte. Es ist schon bemerkenswert, wie aggressiv die Polen damals vorgegangen sind – und das, obwohl der Kaiser ihr Königreich wiederhergestellt hat. Dankbarkeit kennen die nicht.«

»Die Abstimmung in Oberschlesien ...«, sagte Alard leise.

»Genau. Die Mehrheit der Wähler hatte sich fürs Reich entschieden, und dennoch hat man Polen Ostoberschlesien zugeschustert – und damit einen großen Teil unseres Wohlstands verschenkt. Genau das, was wir befürchtet hatten. Auf Verrat darf man mit Verrat antworten, dachten wir.«

Wieder zögerte Alard. Endlich sagte er: »Ist das nicht auch heute wieder aktuell? Hitler hat das Parlament und die Gewaltenteilung abgeschafft. Was wäre die richtige Antwort darauf?«

Ludwig antwortete nicht, begutachtete stattdessen den Weidezaun, der, soweit Alard das sah, völlig intakt war. Dann richtete sein Vater sich wieder auf.

»Deutschland wurde schon einige Jahre lang an der Verfassung vorbeiregiert. Vielleicht sind Notzeiten keine guten Zeiten für die Demokratie. Und ja: Vielleicht wäre eine konstitutionelle Monarchie besser als die Herrschaft eines Mannes wie Hitler. Doch wir haben schon längst nicht mehr die Wahl.«

Alard hörte aus den Worten seines Vaters ein »Ende der Diskussion« heraus. Ludwig von Sedlitz war resigniert. Doch Alard verweigerte sich einem Einverständnis mit der Lage. Weil nicht sein kann, was nicht sein darf? Er glaubte, Henris spöttische Stimme zu hören. Schon gut, alter Freund, dachte er.

Sie hatten Pferdekoppel und Wiesen hinter sich gelassen und waren beim Rübenacker angelangt. Ludwig drehte kurz vor dem Acker ab und nahm den Feldweg hoch zum Wäldchen.

Alard brach das Schweigen nach einiger Zeit. »Mutter meinte, unser strammer Parteigenosse Christoph hätte euch geholfen? Wobei?«

»Es ging um Berbla.«

»Unsere Berbla?« Alard hatte die Köchin immer gemocht, wer konnte etwas gegen sie haben?

»Jemand hat sie denunziert. Christoph hat die Sache im Keim erstickt.«

Mehr sagte er nicht, und Alard hörte ihm an, dass er darüber nicht sprechen wollte. Er konnte sich nicht vorstellen, wer Berbla schaden wollte und warum. Was geschah in diesem Land?

In seine Besorgnis mischte sich ein ganz anderes Gefühl. Er spürte mit einem Mal, wie sehr er Deutschland liebte. Mein Deutschland, dachte er. Unser Deutschland.

Zurück in Breslau, versuchte Alard, sein Studium an den neuen Professoren vorbeizuorganisieren. Henri spottete über seinen Fleiß. Das war Alard egal. Er wollte es hinter sich bringen. Schon der Antidemokrat Loringhoven war schwer zu ertragen gewesen, noch schlimmer war nur der Strafrechtler Arthur Wegner, der über Nacht zu einem glühenden Nazi geworden war.

Henri war eines Tages verschwunden, mitten im Semester. Als er nach einer Woche zurückkam, wirkte er völlig verändert. Zu Hannas großem Kummer wollte er von ihr nichts mehr wissen.

»Was ist los mit dir? Und wo warst du überhaupt?«, fragte Alard ihn abends beim Bier.

Henri lächelte verträumt. »Zu Hause. In Stendal.«
»Und weiter?«
Henri lächelte verklärt.
»Jetzt sag schon. Hast du deine Jugendliebe getroffen?«
Henri nickte, mit glänzenden Augen.
»Ist sie plötzlich nicht mehr zu jung?«
Das wirkte wie eine kalte Dusche.
»Doch«, antwortete Henri leise. »Leider.«

Alard hatte keine Zeit mehr, an Politik zu denken, mit Henri war darüber ja sowieso nicht zu reden, aber es gab auch nichts, worüber man hätte reden müssen. Es war ruhig im Land. Es ging aufwärts, behaupteten alle. Die Arbeitslosenzahl sank. Außenpolitisch war man nun mit Polen verbündet, und selbst der Vatikan gehörte zu den Freunden Deutschlands. Die Juden ließ man mehr oder weniger in Ruhe, und die Führung der SA war im Juni 1934 ausgeschaltet worden – auf wohl ziemlich blutige Weise, aber Alard verspürte kein Mitleid.

Vielleicht war doch nicht alles verloren.

XVI

Alard bestand sein erstes juristisches Staatsexamen im Frühjahr 1935, zu seiner großen Erleichterung. Er wollte weg, weg von der Universität, raus aus Breslau. Das Einzige, was ihm fehlen würde, war Henri, der sich noch immer unerschütterlich weigerte, den hymnischen Führerkult mitzumachen. »Aus rein ästhetischen Gründen«, betonte er.

Ihr Abschied war auch nach vielen Gläsern Bier im Schweidnitzer Hof männlich und kurz. Henri begleitete Alard zu seiner Studentenbude, klopfte ihm auf den Rücken und sagte im Weggehen: »Ich bin nächstes Jahr so weit. Dann besuche ich dich auf deinem Rittergut.«

Diesmal empfingen Alard nicht ganz so viele Menschen, als er am Bahnhof Mondsee eintraf. Hanesek war mit dem Leiterwagen gekommen, in Begleitung von Asta, die zwar mittlerweile eine graue Schnauze hatte, sich aber dennoch aufführte wie ein Welpe und Alard freudig winselnd umkreiste. Er kniete sich auf den Boden, nahm sie in den Arm, presste sein Gesicht in ihr warmes Fell und spürte peinlich berührt, dass ihm die Tränen gekommen waren.

Zu seinen Ehren hatte Berbla ein Festessen gekocht, einen Lammbraten, wie für den heimgekehrten verlorenen Sohn.

Sein Vater eröffnete die Tafel mit einem Toast »auf meinen erfolgreichen Filius«, was Alard ein wenig peinlich war.

»Ich habe eine gute Nachricht. Alex wird uns in diesem Sommer besuchen, zu einer Reise durch Deutschland.« Er machte eine Kunstpause. »Seine Frau wird leider nicht mitkommen, irgend jemand muss ja auf das alte Gemäuer oben in Schottland aufpassen.«

»Mach es nicht so spannend, Ludwig«, fuhr Alards Mutter dazwischen.

»Dafür kommt Liam mit.«

Alard versuchte, sich nicht anmerken zu lassen, wie sehr ihn das freute. Liam hatte nichts davon in seinem letzten Brief geschrieben. Das sollte wohl eine Überraschung sein. Egal. Es war die erste gute Nachricht seit Langem.

Es tat allen gut, die Anwesenheit der beiden Schotten, die einen Tag später als angekündigt eingetroffen waren, in einem De Luxe Saloon mit offenem Schiebedach, gebräunt und bester Laune. Alard beobachtete mit einer Mischung aus Vergnügen und Irritation, wie kokett seine Mutter auf Alex' Komplimente reagierte. Jedenfalls hob das Geplänkel der beiden die Stimmung, selbst sein Vater brachte es plötzlich fertig, auch mal anders als besorgt zu gucken. Berbla und Marielle wiederum überschlugen sich, um Liam zu Gefallen zu sein, der das schamlos genoss.

»Zu Hause wirst du nicht so verwöhnt, wetten?«, bemerkte Alard, als Marielle ihnen gekühlte Limonade nach draußen brachte. Benita war mit Alex unterwegs, Ludwig und Christoph hatten zu tun, nur die beiden Freunde ruhten im Park auf den Liegestühlen, blinzelten in die von den Zweigen der Buche gefilterte Sonne und schwiegen einvernehmlich.

»Wann fahren wir los?«, fragte Alard irgendwann. Alex und Ludwig waren Studienfreunde, sie hatten sich in Heidelberg kennengelernt, vor über dreißig Jahren, und die beiden alten Herren wollten gemeinsam die Stätten ihrer jugendlichen Sünden heimsuchen. Rührend irgendwie, hatte Alard gedacht, der seinem Vater so sentimentale Regungen gar nicht zugetraut hatte. Die beiden warfen sich wie Kinder die Namen der Orte und Menschen zu, an die sie sich mit mehr oder weniger großer Freude erinnerten. »Ihr müsst ja nicht mit uns mitlaufen, ihr könnt euch gern woanders vergnügen, wenn wir in Erinnerungen schwelgen«, hatte Alex großzügig vorgeschlagen, als er merkte, dass Alard und Liam sich anblickten, voller Spott und Zuneigung zugleich.

An einem Donnerstag ging es los, um sechs Uhr früh, die Sonne war soeben aufgegangen. Berbla hatte ihnen ein üppiges Frühstück serviert und einen Picknickkoffer gepackt. Alex und Ludwig saßen vorn im Wagen, Liam und Alard hinten. Alard kam es vor, als ob er seine Heimat zum ersten Mal wahrnahm, so, als sähe er sie mit den Augen von Alex und Liam. Die Wiesen und Felder waren abgeerntet, die Wälder standen noch in vollem Grün, die Menschen am Straßenrand blickten ihnen hinterher, nicht wenige winkten.

Ihr erster Halt war Grünberg. Alex bestand darauf, ein Kistchen Wein mitzunehmen, der Wein aus Grünberg hatte einen guten Ruf, obwohl die Engländer dank Queen Victoria mit dem vertrauter zu sein schienen, was sie »Hock« nannten, also mit Riesling vom Rhein. Nach einem ausgiebigen Picknick, bei dem sie zu viert eine Flasche leerten, ging es weiter bis Görlitz. Die Neiße überquerten sie über eine imposante Bogenbrücke aus Stahl, bevor Alex das Auto nahe dem Rathaus am Untermarkt abstellte. Nach einem Gang durch die Stadt kehrten sie im Frenzelhof ein, einem historischen Hallenhaus, und beschlossen nach einem Abendimbiss, die Nacht dort zu verbringen.

Nachdem Alard und Liam ihre Zimmer bezogen hatten, ließen sie die beiden alten Herren allein, die würden entweder über die politische Lage streiten oder sich in weinseligen Erinnerungen an ihre Jugend ergehen, das kannten sie schon. Alard machte die Präsenz von Braunhemden in der Stadt nervös, sie belagerten die Kneipen und Cafés, aber Liam sah das gelassen – typisch. Was ihm fehlte, waren junge Frauen, mit denen man flirten konnte. Als sie viel zu früh zum Hotel zurückkehrten, saßen ihre Väter in der Hotelbar und waren nicht mehr sonderlich nüchtern.

Am nächsten Tag beschloss Alex, »keine Gefangenen zu machen« und ohne große Unterbrechung durchzufahren. »Dresden! Wir können Dresden nicht auslassen!« Ludwig protestierte.

»Wenn wir in Heidelberg irgendwann ankommen wollen, müssen Opfer gebracht werden«, antwortete Alex lakonisch, klappte das Verdeck herunter und gab Gas. Sie schafften es mit Tanken und Radwechsel bis zum Abend nach Bayreuth.

Obwohl alle müde waren, bestand Alex darauf, noch hinauf zum Grünen Hügel zu pilgern, zum Festspielhaus, das nach den Entwürfen von Richard Wagner erbaut worden war. »Einer eurer Größten«, erklärte er feierlich, als sie vor dem Bau standen, der Alard wenig imposant erschien. »Ihr könnt stolz sein auf das, was so viele Deutsche geleistet haben. Macht euch nicht kleiner, als ihr seid.«

Das sollte Alard sicher trösten. Er lächelte seinen Patenonkel an. Aber ihm war nicht danach zumute.

XVII

Heidelberg

Endlich fuhren sie in Heidelberg ein. Liam und Alard, die auf dem Rücksitz saßen, machten sich lustig über die Schwärmerei der beiden Alten:

»Die Schlossruine!«

Liam nickte Alard zu. »Ruinen? Wunderbar! Keine Unterhaltskosten mehr!«

»Das Große Fass!«

»Einer der beleibtesten und beliebtesten Einwohner Heidelbergs!« Alard.

»Die Scheffelterrasse!«

»Auf der niemand sein Licht unter den Scheffel stellen darf!«

Diesmal drehte Alards Vater sich um und drohte ihnen mit dem Zeigefinger. »Vorlaute Knaben werden über die Alte Brücke in den Neckar geworfen!«

Jetzt lachte auch Alex, der am Steuer saß. »Ihr werdet schon sehen.«

Sie hatten in Nürnberg zu Mittag gegessen, deshalb dämmerte es bereits, als sie am Fluss entlang in die Stadt einfuhren. Die Schlossruine am Hang über dem Fluss war illuminiert. Selbst der sonst so nüchterne Alard fand den Anblick bezaubernd.

»Erst haben die Franzosen das Schloss gesprengt, siebzig Jahre später hat ein Blitz den Rest erledigt«, sagte Ludwig. »Was ihr hier seht, verdankt die Stadt ausgerechnet einem Franzosen, Louis Comte de Graimberg, der die Ruine konserviert hat. Alle Vorstöße, das Schloss zu restaurieren, wurden abgewehrt. Das ist auch besser so.«

»Und spart viel Geld«, flüsterte Liam. Doch Alard spürte, dass auch er beeindruckt war.

Alex parkte vor einem Haus mit einer Sandsteinfassade aus Erkern und Säulen, geschmückt mit Ornamenten und Figuren.

»Das ist das Hotel Zum goldenen Ritter. Renaissance, perfekt erhalten. Das erste Haus am Platz, direkt gegenüber dem Rathaus. Ich habe uns Zimmer reservieren lassen. Zimmer 304 für den Nachwuchs mit Blick über die ganze Stadt. Das hätten wir uns als Studenten nie leisten können.«

»Aber Alex. Das Sepp'l ist gerade um die Ecke, das wäre nicht ganz so teuer gekommen.«

Alard bemerkte erstaunt, dass sein Vater nervös war. Geld. Ja, das war mehr und mehr ein Thema geworden zu Hause.

Alex legte ihm die Hand auf die Schulter. »Lass uns den Ort feiern, an dem wir uns kennengelernt haben. Wer weiß, wann wir wieder Gelegenheit dazu haben.«

Sie bezogen ihre Zimmer und nahmen ihr Abendessen im Speisesaal ein.

»Das Haus ist das einzige Gebäude, das die Feuersbrünste im Dreißigjährigen Krieg überstanden hat«, dozierte Alex. »Weil es aus Stein war. Und als die Franzosen die Stadt Ende des 17. Jahrhunderts in Schutt und Asche legten, ragte der Goldene Ritter als einziges Haus fast unbeschädigt aus den Trümmern.«

»Wir nehmen das als gutes Omen«, sagte Ludwig und hob sein Glas. Sie prosteten einander zu. Nur Alard fröstelte beim Gedanken an die Vergangenheit. Was, wenn so die Zukunft aussähe? Und würde der Goldene Ritter auch einen weiteren Krieg überstehen?

Am nächsten Morgen saßen ihre Väter bereits beim Frühstück, als Alard und Liam im Speisesaal eintrafen.

»Ich schlage vor, dass ihr euch ohne uns amüsiert«, meinte Ludwig mit Blick auf Alex. »Wir alten Herren werden eine kleine Reise in die Vergangenheit unternehmen, das wird euch nicht sonderlich interessieren.«

Liam stimmte gut gelaunt zu. »Wir gehen als Erstes hoch zum Schloss.«

»Ach ja?«, Alard fühlte sich übergangen.

Alex zwinkerte ihm zu. »Das musst du verstehen. Schotten haben ein überaus enges Verhältnis zu Ruinen.«

Sie zogen los, an der lang gestreckten Heilig-Geist-Kirche vorbei zum Marktplatz. Liam sah überall schöne Frauen und pittoreske Szenen, während Alard die geschlossenen Geschäfte auffielen und die jungen Männer, die nicht wie lustige Studenten aussahen, sondern wie kampfbereite Schläger.

Liams gute Laune aber war durch nichts zu erschüttern. Alard beschloss, dem Freund seine finsteren Gedanken zu ersparen, und folgte ihm, am Kornmarkt vorbei und den Burgweg hoch. Sie waren nicht die Einzigen, die zur Schlossruine pilgerten, eine Gruppe von Mädchen und Jungen kam ihnen entgegen, die ein Lied sangen, in dem es um Heidelberg und den Neckar und eine laue Sommernacht ging. Langsam hob sich Alards Laune. Wenigstens sang man hier nicht »Die Fahne hoch«.

Nach einem Abstecher an den Neckar und über die alte Brücke auf die andere Seite der Stadt kehrten sie, wie verabredet, beim Sepp'l ein. An einem Tisch im Hof fanden sie die beiden alten Herren in gedrückter Stimmung.

»Man soll nicht zurückschauen«, sagte Ludwig, der den Arm um Alex gelegt hatte. »Nichts bleibt, wie es war.«

»Was ist passiert?«

»Sie haben unser Corps verboten. Saxo-Borussia. Weil einige Mitglieder im Mai während der Radioübertragung von Hitlers ›Friedensrede‹ gegrölt haben sollen.«

»Sie haben Hitler-Witze erzählt.« Alex fand das offenbar eher amüsant. »Und Spottlieder auf die Nazis gesungen. Und ein paar Tage später haben sie beim Spargelessen darüber spekuliert, ob Hitler mit seinem großen Mundwerk die Spargel nicht auch quer essen könne.«

Liam lachte. »Großartig.«

»Genau«, sagte Alex. »Ludwig, sei stolz auf unsere Jugend! Es gibt noch junge Leute, die einen freien Geist haben!«

Alard sah seinem Vater an, dass er sich darüber nicht freuen konnte. »Die Nazis werden sich rächen, Alex. Sie werden ein Corps nach dem anderen verbieten.«

»Ach was. Studenten sind nun mal so, wir waren damals auch nicht gerade obrigkeitshörig. Hast du vergessen, wie wir deinen Kaiser geschmäht haben? Und wie ich mich über Eduard VII. echauffiert habe, unseren von Sachsen-Coburg und Gotha? Lass uns darauf trinken.«

Keiner der vier war nüchtern, als sie spätabends ins Hotel zurückkehrten. Liam amüsierte sich über ihre Väter, aber Alard war gerührt, als Alex und Ludwig Arm in Arm »Was ist des Deutschen Vaterland« schmetterten.

XVIII

Berlin

»Geh nach Hause!«

Ilse stand in der Tür, die Herrscherin über das Schreibbüro. Sie hatte Alard von Anfang an unter ihre Fittiche genommen, mit einer Mütterlichkeit, die er ein wenig beengend fand.

»Mach dir keine Sorgen, Ilse, ich bin gleich fort.« Er lächelte und winkte, bis sie die Tür wieder geschlossen hatte.

Das war gelogen. Er galt im Amt als bisameifriger Aktenschieber, weil er oft schon um sieben Uhr früh kam und seinen Hamsterstall erst spätabends verließ. Doch er saß nur deshalb bis tief in den Abend hinein in seiner Stube in einer vom Auswärtigen Amt belegten Villa, weil sein Zimmer in der Pension Traube noch weit ungemütlicher war.

Alard liebte seine Arbeit nicht. Sein Vater hatte gemeint, der diplomatische Dienst sei angesichts seines Studiums das Richtige für ihn, und er hatte all seine Beziehungen spielen lassen, um ihn im Auswärtigen Amt unterzubringen. Dort nahm man schließlich nicht jeden! Adel musste sein, Protektion erst recht.

Alles in ihm hatte sich dagegen gesträubt. Dem Regime dienen? Niemals. Doch es war tatsächlich so, wie sein Vater vermutet hatte: Die Altadligen im AA verachteten die Plebejer in der NSDAP und taten alles, um den Übermut des Führers zu bremsen. Die adlige Arroganz hatte ihr Gutes: Bislang war man im AA vor den hundertfünfzigprozentigen Parteigenossen weitgehend sicher gewesen. Wie lange wohl noch? Mittlerweile waren etliche Kollegen nicht nur in die NSDAP, sondern auch in die SS eingetreten.

Alard zündete sich eine Zigarette an und legte die Beine auf den Tisch. Vielleicht sollte er noch auf ein Glas beim Felsenbrunnen vorbeischauen? Lieber nicht. Zwar waren betrunkene alte Berliner ein schönes Gegenprogramm zu den schneidigen adligen Herren vom AA, aber ihm fehlte die Lust auf andere Menschen.

Berlin war sowieso nicht seine Sache, man plusterte sich hier gern als »Weltstadt« auf, doch die Provinz lugte der Stadt im märkischen Sand aus allen Löchern und Ritzen. Er sehnte sich nicht nur nach Mondsee – immerhin war die Zugverbindung gut, er konnte oft genug nach Hause fahren –, er sehnte sich vor allem nach London, wohin ihn die erste Etappe in seiner Berufskarriere geführt hatte. An die deutsche Botschaft in Carlton Terrace und zu Herbert von Dirksen, der im Februar 1938 Joachim von Ribbentrop als Botschafter abgelöst hatte. Nun versuchte Ribbentrop als neuer Außenminister, das Auswärtige Amt auf Linie zu bringen, aber man leistete ihm lächelnd und formvollendet Widerstand. Die alten Haudegen ließen sich in ihr Geschäft nicht reinreden.

London und Dirksen. Und Hilda von Dirksen, dessen Gattin. Was für ein Segen die beiden waren, auch für die deutsch-britischen Beziehungen. Zuerst hatte man Ribbentrop in London geschätzt, immerhin sprach er fließend Englisch und kannte sich, als ehemaliger Spirituosenhändler, mit geistigen Getränken aus. Auch hatte man ihm zugutegehalten, dass die deutsche Presse sich überaus zurückhaltend verhielt, als König Eduard VIII. wegen seiner Liebe zu einer geschiedenen Amerikanerin auf den Thron verzichtete. Doch seine pompöse Art gefiel den unterkühlten Engländern nicht, er hatte Carlton House mit aufdringlicher Pracht ausgestattet und im Eingangsraum eine kolossale Hitler-Büste aufstellen lassen. Und vor allem hatte er bei seinem Antrittsbesuch den König mit »Heil Hitler« begrüßt und den deutschen Frauen den Hofknicks verboten. Damit verdiente er sich den Namen »Ambassador Brickendrop«.

Alard konnte bei Ribbentrops Anblick an nichts anderes mehr denken. »To drop a brick« hieß: sich danebenbenehmen. Typisch britisch.

Dirksen war ein gänzlich anderer Mensch als sein Vorgänger, zurückhaltend, feinsinnig, offen, uneitel. Und er war bekannt dafür, dass er eine deutsch-britische Annäherung wünschte, das war ganz in Alards Sinn.

Die Zeit in London war viel zu kurz gewesen. Er hatte sich jeden Abend herumgetrieben, von einem Pub zum nächsten, wie zu seiner Studentenzeit. Der Einzige, der ihm zu seinem Glück gefehlt hatte, war Liam. Der Freund aber war aus unklaren Motiven nach Spanien gegangen. Was wollte ein Schöngeist wie Liam in diesem blutigen Bürgerkrieg?

Vielleicht bin ich feige, dachte Alard. Selbst Loulou hat sich nach Spanien getraut, eine Frau, gar noch als Krankenschwester.

Loulou. Der wirkliche Grund, warum er außer seinem Berliner Büro und seinem Pensionszimmer von der Welt nichts mehr sehen wollte.

Loulou, die eigentlich Louise Clementia von Sydow hieß. Ihre Affäre hatte bei einem Empfang in der italienischen Botschaft begonnen, er hatte am Rand der Tanzfläche gestanden und sich gelangweilt, als sie ihm entgegenflatterte. Er war ihr bereits nach zehn Minuten erlegen. Das war eine Premiere.

Im Inneren dieses zarten Persönchens mit den riesigen blauen Augen und den blonden Locken steckte eine Stahlfeder. Sie zog ihn an sich, sie stieß ihn von sich. Sie gab sich ihm hin, sie schickte ihn fort. Er kannte keinen anderen Gedanken mehr als den an sie – an ihre Kehle, die sie ihm hinhielt, als ob sie von ihm gebissen werden wollte. An ihre schlanken Beine, mit denen sie ihn in die Zange nahm. An ihre Brüste, blau geäderte kleine Erhebungen, gekrönt von einer rosa Spitze in einem sandfarbenen Mond.

Mit ihr reiste er in den Wahnsinn, das erste Mal in seinem Leben. Auf wenige Tage und Nächte inbrünstiger Leidenschaft folgten viele Stunden unerfüllter Sehnsucht. Er verzehrte sich nach ihrer Zartheit, er bewunderte sie für ihre Stärke. Sie war mit der Legion Condor nach Spanien gegangen – was für ein unfassbarer Mut! Als er ihr das einmal sagte, hatte sie erst gar nichts geantwortet und dann gelacht. »Was heißt hier Mut? Es war ein Abenteuer. Das steht nicht nur euch Männern zu.«

Und dann verliebte sie sich in einen italienischen Luftfahrtattaché. Er hatte geglaubt, die Trennung von ihr mit zwei schlaflosen Nächten abdienen zu können, aber er litt. Vor allem darunter, dass sie natürlich gute Freunde geblieben waren. Ganz, wie es sich gehörte. Denn man konnte sich in den besseren Kreisen von Berlin nicht aus dem Weg gehen. Noch schlimmer war, dass er auch noch freundlich zu ihrem Luigi sein musste, der ihn bei jeder Begegnung umarmte und mit Schmelz in der Stimme »Il mio buon amico« nannte.

Seufzend räumte er seinen Schreibtisch auf und machte sich auf den Weg zu seiner Pension. Sobald er die Haustür geöffnet hatte, überfiel ihn der Geruch nach Ofenasche und nassen Wänden. Er hätte sich längst eine andere Bleibe suchen sollen, aber wozu? Er wohnte nicht in Berlin, um sich wohlzufühlen.

Es ging acht Stufen hoch zum Erdgeschoss. Die Briefe für ihn lagen wie immer im Flur, auf einem kleinen Tisch mit Spindelbeinchen, gekrönt von einem gehäkelten Spitzendeckchen. Er nahm sie auf, ohne hinzusehen, und ging nach oben in den ersten Stock, in sein Zimmerchen mit der durchgelegenen Couch und mit einem Fenster, das zum Hinterhof führte.

Zwei Briefe kamen aus Mondsee. Einer aus Schottland. Den öffnete er als ersten. Er stammte von Eilidh Broedie, von Liams Mutter. Alards Herz klopfte schneller, er fürchtete schlechte Nachrichten.

»Ich mache mir Sorgen um Liam«, schrieb Eilidh. »Er

ist noch immer in Spanien, und was man so liest über das Gemetzel, macht mir Angst. Ich habe ihn gebeten, so schnell wie möglich zurückzukommen, aber wer hört schon auf seine Mutter? Vielleicht hört er auf Dich.«

Der Dickkopf hört auf niemanden, dachte Alard. Erst recht nicht auf einen bleichen Aktenschieber wie mich. Doch er schrieb noch am Abend an Eilidh – und an Liams Adresse in Spanien, die sie ihm aufgeschrieben hatte.

Liams Antwort kam nach einer Woche und war kurz. »Bleib, wo Du bist. Die Sache hier ist bald vorbei. Mach Dir um mich keine Sorgen, ich stehe unter dem Schutz des Generalísimo.«

Liam war also tatsächlich auf der Seite Francos gelandet, der vor zwei Jahren den Militärputsch gegen die gewählte linke Volksfrontregierung angeführt hatte. Warum? Das passte irgendwie nicht zu dem Romantiker, den er gekannt hatte und den er noch immer vermisste.

Trotz Liams Absage hatte Alard für sich beschlossen, dass eine Reise nach Spanien genau das war, was ihn von Loulou ablenken würde. Doch die Krise um das Sudetengebiet hatte dafür gesorgt, dass vorerst niemand Urlaub nehmen konnte.

Als man ihn endlich fahren ließ, war »die Sache« noch keineswegs vorbei.

Er nahm den Zug nach Paris, von dort aus ging es weiter nach Lyon, Perpignan, Barcelona und endlich nach Madrid. Eine Reise von beinahe zwei Tagen. Bis Lyon war die Reise einigermaßen komfortabel, die Abteile waren bequem, und der Service stimmte. Das änderte sich erst, als er hinter der Grenze in einen spanischen Zug umsteigen musste. Es war eng und roch nach Schweiß und verstopften Toiletten, Kinder schrien, die Mitreisenden redeten viel zu laut, und er sehnte sich nach Ruhe und frischer Luft.

Endlich kam er in Madrid an. Er war mit Liam im Hotel Atlántico verabredet. An der Rezeption erwartete ihn ein breitschultriger Mann in Kakihosen und Schnürstiefeln, der Kopf kahl geschoren, eine Zigarette zwischen den vernarbten Fingern – Liam, kaum wiederzuerkennen. Der nach Staub und Benzin roch und nach etwas, das Alard erst später benennen konnte: nach der alles durchdringenden Mischung aus verbrannter Erde, Fäkalien und Verwesung.

Viertes Buch

Liam

I

Madrid

Liam hatte keine Lust zu warten. Doch da er eine Stunde zu früh im Hotel Atlántico in Madrid eingetroffen war, musste er sich wohl oder übel an der Bar gedulden, bis sein alter Freund Alard eintraf.

Er hatte ihm mehr als einmal von der Reise nach Spanien abgeraten. Was auch immer Mutter schreibt, dachte Liam: Ich muss nicht gerettet werden. Es gab nur eine, die herausgebracht werden musste aus diesem Hexenkessel. Helene. Wie immer die Sache ausging – und es sah ganz nach einem Sieg Francos aus: Das große Aufräumen würde in ein großes Morden münden. Alard mit seinem Diplomatenpass war die beste Lösung.

Liam lehnte sich an die Theke und schob Lino, dem Barkeeper, seine Zigarettenschachtel hin. »Und? Wie fühlst du dich heutzutage?«

Lino blickte verlegen auf das Weinglas, das er mit Inbrunst polierte. »Vielleicht wird das Leben bald wieder normal?«, meinte er, tastend.

Normal? Was konnte schon normal sein nach einem drei Jahre währenden Massaker?, dachte Liam. Tausende getötete Menschen, Hunderte zerstörte Dörfer und Städte. Vielleicht war das der Grund, warum er noch nicht nach Schottland zurückkehren wollte. Aus Abenteuerlust war er gekommen. Und jetzt mochte er das geschundene Spanien nicht alleinlassen.

»Und niemand muss mehr um sein Leben fürchten, oder?«

Liam musterte den jungen Mann. Lino war klein und schmal und hatte sein dunkles Haar mit Pomade nach hinten frisiert. Er diente jedem Herrn, und das war auch gut so. Der Mann an der Bar des Atlántico dürfte in den vergangenen Jahren Anarchisten, Sozialisten und Kommunisten verköstigt, Intellektuellen und Schriftstellern aus aller Welt eingeschenkt und junge Burschen getröstet haben, die voller hehrer Vorsätze mit den internationalen Brigaden nach Spanien gekommen waren, um sich verheizen zu lassen. Anpassungsfähigkeit war hilfreich, wenn man überleben wollte, dachte Liam. Nur Dummköpfe blieben bei einer einmal gefassten Meinung.

»Denk an Badajoz«, sagte er leise.

Linos Gesicht verzerrte sich zu dem eines verängstigten Kindes. Badajoz, ein Städtchen in der Estremadura an der Grenze zu Portugal, war ein Albtraum aller Spanier, nicht nur der Republikaner. Nachdem Francos Rebellen im August 1936 die Stadt eingenommen hatten, kam es zu tagelangen Massakern, Vergewaltigungen und Massenhinrichtungen in der Stierkampfarena. Die Regulares, Francos Söldner aus Spanisch-Marokko, schreckten selbst vor der Kastration ihrer Opfer nicht zurück – bis er es ihnen ausdrücklich untersagte.

»Und wo du einmal dabei bist: Denk auch an die Gefangenen von Paracuellos del Jarama.« Hier hatten die Republikaner einen Monat lang Tausende ihrer gefangenen Gegner ermordet, darunter viele katholische Geistliche.

Liam blickte in das bleiche Gesicht des Jungen vor ihm und wunderte sich über seine Grausamkeit. Warum quälte er

Lino, dem man die Todesangst so deutlich ansah? Er schob ihm sein leeres Glas hin. »Gieß dir auch noch einen ein.«

Lino tat, was sein Gast wünschte, obwohl Liam nicht glaubte, dass der Junge Whisky mochte. Doch Alkohol dämpfte die Angst. Liam wusste, dass er abschreckend genug aussah mit seinem kahl geschorenen Kopf und den vernarbten Händen. Und er wusste, was Francos Truppen anzurichten vermochten – vor allem die Marokkaner, die keinen Sinn für die Feinheiten zivilisierter Kriegsführung hatten.

»Bist du katholisch?«, fragte er unvermittelt. Lino wand sich. Auch diese Frage war unfair, natürlich. Liam war vorhin an der Basílica de Nuestra Señora de Atocha vorbeigegangen, die wie so viele spanische Kirchen eine Ruine war. Die Wut auf die katholische Kirche, die man mit dem alten Regime, mit den Grundbesitzern und Ausbeutern identifizierte, hatte zu Exzessen geführt. Priester, Mönche und Nonnen waren ermordet, Kirchen zerstört worden.

»Ja. Nein«, stotterte Lino.

»Du warst also vorher katholisch und während der Republik vorsichtshalber nicht? Was ist, wenn Franco siegt? Bist du dann wieder Papist?«

Lino schwieg. »Gott ist tot«, murmelte er schließlich.

Ja, dachte Liam. Mausetot.

Die Roten ermorden Priester und Nonnen in Spanien, hatte seine Mutter geflüstert, als die Unruhen begannen, unter Tränen. Und hinzugefügt: Dein Vater versteht nicht, wie sehr mich das trifft.

Das war die tiefe Kluft in der Familie, die sie normalerweise durch Nichtbeachtung überbrücken konnten. Liams Vater war Presbyterianer, aber nicht sonderlich religiös. Seine Mutter war ihrer katholischen Vorfahren wegen im Herzen wohl immer katholisch geblieben. Und er selbst? Weder – noch, dachte er. Er war ja nicht seiner Mutter wegen nach Spanien gegangen, auch wenn sie das geglaubt und befürchtet hatte. Gewiss, auch er hatte angenommen, es gäbe eine richtige Seite, eine gute Seite, eine nicht ganz so üble Seite. Doch das war schnell vorbeigegangen. Idealist bleibt nur, wer die Realität nicht wahrnimmt.

Es gab niemanden in diesem grausamen Spiel, hatte er gelernt, der kein Blut an den Händen hatte, links, rechts, egal. Und andere Mächte heizten das Feuer noch an. Die kommunistische Sowjetunion, das nationalsozialistische Deutschland und das faschistische Italien. Wer zwischen diese Fronten geriet, war verloren. Das galt für die Anarchisten ebenso wie für die jungen Idealisten aus aller Welt, die zu den Internationalen Brigaden nach Spanien geströmt waren.

Und für Menschen wie Helene, die sich zusammen mit einem ebenso naiven Kollegen als Kriegsfotografin nach Spanien aufgemacht hatte. Ihr Kollege war von einem kommunistischen Funktionär erschossen worden. Warum? Meistens gab es dafür keinen Grund und erst recht keine Begründung – und oft noch nicht einmal einen Anlass.

Helene wiederum wäre beinahe ein Opfer von Francos Kolonialtruppen geworden. Vier Marokkaner hatten sie in einem Kellerloch gefunden und an den Haaren gepackt, die Treppe hochgeschleift und durch die Blutlachen auf der Straße gezogen. Er war mit der Pistole dazwischengegangen und hatte sie danach in Francos altem Hauptquartier in Cáceres in Sicherheit gebracht. Doch sicher war sie auch dort nicht. Sie musste raus aus Spanien.

Liam schob sein leeres Glas zu Lino hinüber, der ihm nachschenkte. Er fühlte sich seit Monaten von allem verlassen, was ihm hätte Halt geben können. Das ist die innere Freiheit eines Menschen, der keine Illusionen mehr hat, dachte er. Doch Sarkasmus war ein schwacher Trost.

Lino blickte auf. »Dein Freund ist gekommen«, flüsterte er.

Überrascht von den warmen Gefühlen, die in ihm hochstiegen, drehte Liam sich um. Da stand er. Alard. Der Aktenschieber aus dem Auswärtigen Amt des Deutschen Reichs. Noch immer hochaufgeschossen, noch immer mit den rührend traurigen Augen unter dem dunklen Haarschopf.

»Was willst du hier?«, knurrte Liam, bevor er den alten Freund in den Arm nahm.

»Dich zum Friseur bringen«, murmelte der und erwiderte die Umarmung. Als ob auf Liams Kopf noch Haare zu finden wären, die sich für eine Frisur eigneten. »Ist das die neue Mode hier?«

Liam lachte. »Nein, das waren die Läuse.«

Er klopfte auf die Theke und hinterließ Lino ein großzügiges Trinkgeld. »Du wirst es überleben, Amigo«, sagte er zum Abschied und ging mit Alard hinaus zu seinem Renault.

»Wohin geht's?«, fragte Alard.

»Wart's ab«, knurrte Liam.

Sie fuhren durch Staub und Hitze gen Süden, auf zerbombten Straßen, an Schuttbergen vorbei, die einst Städte und Dörfer gewesen waren. Vorbei an durchlöcherten Stadtmauern, auf deren Resten graue Krähen hockten. Vorbei am weiß gebrannten Skelett einer Kirche.

»Meinetwegen hättest du nicht kommen müssen«, brummte Liam nach einer Weile.

»Ich weiß. Du hast es mir mehr als einmal zu verstehen gegeben. Woher jetzt der Sinneswandel?«

»Ich brauche deine Hilfe. Du wirst sehen.«

Sie umkreisten einander wie wachsame Hunde. Ich weiß nicht, ob du noch der bist, den ich kannte, dachte Liam. Es bleibt nicht aus, dass man sich an seine Umgebung anpasst. Mehr als drei Jahre im Dienst des nationalsozialistischen Deutschen Reichs, und sei es auch nur im Auswärtigen Amt, färben ab. Das Gleiche gilt für mich.

Du weißt nicht, wer ich heute bin, alter Freund.

»Seit wann bist du katholisch?«, fragte Alard nach einer Weile.

»Bin ich nicht.«

»Ich dachte, dein Mitleid mit den getöteten Priestern und Nonnen hätten dich in diese wüste Gegend hier verschlagen?«

Liam zögerte. Er konnte Alard nicht sagen, was ihn hier hielt. Nicht, solange er nicht wusste, wo der Freund stand. Ob er vertrauenswürdig war.

»Ich wollte wissen, worum es wirklich geht«, antwortete er ausweichend. »Das große Blutvergießen ist schon lange kein Bürgerkrieg mehr.«

»Es ist mittlerweile ein Kräftemessen zwischen der Sowjetunion und dem Deutschen Reich. Die beide hier nichts zu suchen haben.«

»Vor allem die Sowjetunion nicht«, brummte Liam, der das Auto an einem Krater mitten auf der Straße vorbeilenkte. »Die Kommunisten hatten die Volksfrontregierung in Windeseile fest im Griff. Weißt du, dass diese gottverdammten naiven Idioten das ganze spanische Gold nach Russland haben verschiffen lassen? Ich schätze, dessen Wert lag weit höher als die Waffen und Ausrüstungen, die Stalin ihnen großzügig überlassen hat.«

»Also besser Franco?«

Liam hupte einen abgemagerten Hund aus dem Weg. »Der Generalísimo ist ein ebenbürtiger Schlächter. Seine Regulares sind blutrünstige Mörder. Doch er weiß, dass in einem Bürgerkrieg nur eine Seite siegen kann. Und auch wenn der Blitz mich treffen mag: lieber Franco als Stalin.«

»Das kleinere Übel«, sagte Alard leise. »Und doch ... wie kann man auf Francos Seite sein?«

»Muss man doch nicht.« Liam steuerte am Gerippe eines toten Esels vorbei. »Ich bin auf keiner Seite. Ich halte die Augen auf, das ist alles.«

Sie schwiegen. »Und auf welcher Seite bist du?«, fragte Liam endlich. »Was hast du so getrieben all die Jahre über?« Sie hatten sich seit der gemeinsamen Reise nach Heidelberg mit ihren Vätern nicht mehr gesehen.

»Nichts Besonderes.« Alard hatte den Arm ins offene Fenster gelegt und blickte in die trostlose Landschaft da draußen.

»Akten schieben?«

»Akten schieben, genau.«

Redseligkeit konnte man dem alten Freund nicht nachsagen. »Hast du dich mit den Nazis abgefunden?«, fragte Liam nach einer Weile.

»Du vielleicht?«, antwortete Alard. »Meinst du noch immer, Hitler wäre Deutschlands Hoffnung?«

»Nein«, knurrte Liam. Alard hatte ja recht – in den ersten Jahren der neuen deutschen Regierung hatte er große Hoffnung in den Mann gesetzt, der sich »Führer« nennen ließ. Deutschland brauchte einen, der Ordnung in das Chaos brachte, hatte er gedacht. Der das Land stabilisierte. Viele in Großbritannien hatten das ebenso gesehen. Zunächst schien die Rechnung aufzugehen: Die Menschen hatten Arbeit, es ging aufwärts. Dass Hitler die Juden nicht mochte – geschenkt. Viele Briten mochten die Juden ebenso wenig.

»Der Unterschied zwischen dir und mir: Du dienst ihm, nicht ich.«

»Man lässt sein Land nicht im Stich, nur weil es eine dubiose Regierung hat«, antwortete Alard.

»Sehr edel. Und wie macht man das?« Liam spürte, dass sein Ton Alard nicht behagte. »Entschuldige, ich wollte dich nicht verhören.«

Der Freund neben ihm seufzte. »So wie du. Ich halte die Augen auf. Sie alle proben hier für den nächsten Krieg.«

»Ich weiß. Und wir nähern uns ihm in Riesenschritten«, sagte Liam.

Alard räusperte sich. »Ich habe den vergangenen Sommer und Herbst in London verbracht, in der deutschen Botschaft in Carlton Terrace. Schade, dass du nicht da warst.«

»Bei Dropabrick?« Liam grinste.

»Nein, bei Ribbentrops Nachfolger, Herbert von Dirksen, der ist bekannt dafür, dass er ein enges Bündnis zwischen Deutschland und dem Vereinigten Königreich wünscht.«

»Angeblich wünscht Hitler sich das auch. Aber er stellt sich verdammt ungeschickt dabei an. Wenn es zum Äußersten kommt ...«

Alard schwieg. Was soll er auch sagen?, dachte Liam.

»Welche Rolle spielt der Herzog von Windsor?«, fragte Alard nach einer Weile.

»David? Der wegen einer zweimal geschiedenen Amerikanerin die Krone abgegeben hat? Nimmt den jemand ernst?«

»Er hat Hitler auf dem Obersalzberg besucht. Sieht aus, als ob sie die besten Freunde wären.«

Liam lachte. »Vielleicht hofft der Idiot, Hitler würde ihn nach seinem Sieg über das Königreich als Monarchen von Deutschlands Gnaden einsetzen? Ich sage dir: Die Royals und die Regierung haben eine enorme Wut auf den kleinen Angeber.«

Alard lachte nicht. »Wer ist unser gemeinsamer Gegner? Das ist die Frage der Zeit. Und ich sage: Die größte Gefahr geht vom Bolschewismus aus, noch immer. Dagegen sollten wir kämpfen, mit vereinten Kräften, das Deutsche Reich und das Vereinigte Königreich.«

Liam tat einen tiefen Seufzer. »Niemand hält Hitler mehr für einen verlässlichen Partner. Dass er die Ungerechtigkeiten von Versailles revidieren will, versteht man ja. Viele bei uns haben es als unangemessene Rache der Franzosen verstanden, Deutschland die Schuld am Krieg zuzuweisen. Und dann das Ausmaß der Gebietsverluste! Aber die Zerschlagung der Tschechei geht zu weit.«

»Dass die Polen sich ebenfalls bedient und das Teschener Land annektiert haben, stört euch offenbar weniger. Oder?«

»Ja, das wird gern übersehen. Ich halte das für falsch.« Liam ging vom Gas und versuchte, den vielen Kratern auszuweichen. Eine Straße war kaum noch zu erkennen. »Wir haben den Tschechen nicht geholfen und jetzt die Polen ermuntert, indem wir ihnen etwas versprochen haben, das wir nicht halten können.«

»Wir?«

Liam bremste für einen Bauern mit seinem Lastesel, der mitten im Weg vor sich hin bummelte, was ihm eine Antwort ersparte.

Aber Alard ließ nicht locker. »Seit wann sitzt du mit den Engländern in einem Boot?«

Liam überholte den Alten laut hupend. Endlich antwortete er. »Ich denke, wir sitzen beide an der richtigen Stelle, mein Freund.«

»Im Auswärtigen Amt gibt es den einen oder anderen, der Hitler gerne los wäre«, sagte Alard nach einer Weile. »Und bei der Wehrmacht hält man seinen Kurs für gefährlich.«

»Schon möglich«, antwortete Liam. »Und was wollen sie unternehmen?«

»Ich lasse es dich wissen, wenn die Zeit gekommen ist.«

Durfte er dem alten Freund vertrauen? Ja, dachte Liam. »Ich bin nicht hier, weil ich Franco mag«, sagte er und wartete darauf, dass Alard die einzig mögliche Frage stellte – warum dann? Doch Alard sagte nichts. Ganz der Diplomat.

Er manövrierte das Auto an einem Bombentrichter in der Straßenmitte vorbei, man sah tief unten eine Art öligen Schlamm, aus dem Kleiderfetzen ragten. Der Gestank nahm ihm fast den Atem.

»Wusstest du, dass sich Kim Philby bei Franco herumtreibt? Der Generalísimo hat ihm sogar das Rote Kreuz des Militärverdienstordens verliehen, weil es Philby bei Teruel beinahe erwischt hätte.«

»Philby?«

»Ich vergaß, du hast ihn ja nicht mehr erlebt. Er war Schatzmeister der Cambridge University Socialist Society, überzeugt davon, dass die Hoffnung der Menschheit in Moskau liegt. Der Irrglaube, dem viel zu viele unserer Studierten anhängen.«

»Bei mir an der Universität waren viel zu viele von Hitler begeistert.«

Liam lachte leise. »Cambridge war schwer auszuhalten, als du nicht mehr da warst.«

»In Breslau war es auch schwer auszuhalten ohne dich.«

Liam blickte den Freund von der Seite an. Doch, es war noch da, dieses Band zwischen ihnen beiden, diese verlässliche Zuneigung. Er fuhr das Auto an den Straßenrand und stellte den Motor ab. In all den Monaten in diesem gottverlassenen Land hatte er seine Gefühle eingefroren, aber jetzt stiegen sie hoch, sorgten dafür, dass ihm die Augen feucht wurden.

»Der Staub«, murmelte er und versuchte, sich mit dem Ärmel seines Hemdes die Tränen aus den Augen zu wischen.

Alard hielt ihm ein Taschentuch hin.

Liam legte den Kopf zurück und schloss die Augen, wartete, bis er wieder ruhig atmen konnte und sich die Wärme verflüchtigt hatte, die ihn weich zu machen drohte. Endlich richtete er sich wieder auf, startete den Motor und fuhr weiter.

»Philby berichtet aus Spanien für die »Times«, in seinen Beiträgen sympathisiert er überwiegend mit den Rebellen unter Franco. Ich frage mich, warum so einer ausgerechnet jetzt die Seiten gewechselt haben soll. Alle Welt glaubt doch, man müsse in Spanien die linken Träume von der kommunistischen Welterlösung verteidigen. Und alle, alle waren sie da, die intellektuelle Prominenz. Ernest Hemingway. George Orwell. André Malraux.«

»Die haben noch immer nicht gemerkt, wem sie dienen.«

»Genau. Sie verehren den Verbrecher Stalin, der in seiner Wut auf Trotzki alle umlegen lässt, die er für Trotzkisten hält. Am übelsten wurde den Anarchisten mitgespielt, die wurden gejagt wie die Hasen. Wenn ich sie schon vorher nicht mochte, die Linken: Mittlerweile verachte ich sie.«

»Also du glaubst nicht, dass Kim Philby die Seiten gewechselt hat?«

»Nein. Ich denke, er legt sich eine neue Legende zu. Ich denke, er steht auf der Gehaltsliste der Sowjetunion.«

»Und das ist der Grund, warum du hier bist? Wegen eines Journalisten?«

Liam blickte zur Seite und grinste. »Ich weiß halt gern, was läuft.«

Alard grinste zurück.

»Ein Russe ist zu Franco übergelaufen. Ein Weißgardist, der in der XI. Internationalen Brigade gekämpft hat. Alexei Schuwalow war nicht der Einzige, der wohl gehofft hatte, sich auf diese Weise zu rehabilitieren und in die Sowjetunion zurückkehren zu können. Er hat Frau und zwei Kinder zurückgelassen.«

»Schuwalow?« Alard klang angespannt.

»Genau. Ein Graf.«

»Halt an!«

Liam nahm den Fuß vom Gas und steuerte den Straßenrand an. Es dauerte, bis der Freund sich wieder gefangen hatte.

»Der Mann meiner Tante Luise heißt Alexei Schuwalow«, sagte Alard endlich. »Sie dürfte ihn seit dem Sieg der Bolschewiki nicht mehr gesehen haben. Vielleicht sagst du ihm, dass er besser nicht zurückgeht. Sie hat sich dem Regime angeschlossen, soweit ich weiß.«

»Auch das noch! Das würde ihn tief treffen. Andererseits glaube ich, dass er den Gedanken an eine Rückkehr längst aufgegeben hat.« Liam ließ den Motor wieder an. »Jedenfalls hat Schuwalow uns berichtet, dass es einen jungen englischen Journalisten gibt, der auf Francos Seite für die Kommunisten spioniert.«

»Und du glaubst, das ist Philby?«

»Möglich. Wahrscheinlich.« Liam gab Gas. Der Motor heulte auf, aber die Räder fanden keinen Halt. »Diese ganze Gegend hier ist eine Höllenmixtur aus Mars und Mond«, brummte Liam. »Kannst du schieben?«

Alard stieg aus. Er war für die Aufgabe nicht richtig angezogen, und schon beim ersten Versuch rutschte er aus und landete im Staub. Beim dritten Mal griffen die Reifen endlich, und er musste dem Wagen hinterherlaufen, bevor er wieder einsteigen konnte.

»Wie schnell ein Roter aus dir geworden ist!« Liam grinste. Alard blickte an sich herab. Sein Anzug sah aus, als ob er sich im roten Staub gewälzt hätte. »Vielleicht hättest du etwas Passenderes anziehen sollen?«

»Erzähl Alexei nicht, was ich dir gesagt habe«, bat Alard, als er nicht mehr außer Atem war.

Der Staub, den das Auto aufwirbelte, setzte sich auf die Windschutzscheibe und überzog die Insassen. Es war heiß, und es wurde immer heißer.

»Es riecht«, sagte Alard irgendwann, dem der Schweiß auf der Stirn stand. »Es stinkt.«

»Nach Scheiße und Tod. Gewöhn dich dran«, antwortete Liam. »Du wirst nichts anderes riechen, bis wir in Cáceres sind. Und dort riecht es erst recht nicht nach Rosen.«

In Talavera de la Reina hielten sie an, um Wasser zu holen. »Francos Truppen haben die Stadt im September 1936 eingenommen«, sagte Liam. »Wir haben hier nichts zu befürchten.«

Vor einer verlassenen Villa saßen zwei von Francos Leuten und warfen Steine auf irgendetwas, er konnte nicht erkennen, was es war. Bevor er Alard daran hindern konnte, lief der

Freund über den Platz, dorthin, wo die Steine landeten, hinein in ein Haus, dessen Eingangstür zerschossen in den Angeln hing. Die beiden Kerle lachten, als Alard wieder herauskam und etwas hinter sich herzog, etwas Großes, Dunkles. Ein Kalb? Oder ein ausgemergelter Hund? Prompt machten die Soldaten Anstalten, jetzt eben auf beide mit Steinen zu zielen. Er vermochte die Soldaten in der letzten Sekunde davon zu überzeugen, dass der Verrückte nur ein sentimentaler Tierfreund und nicht gefährlich war.

Ungern gestand Liam sich ein, dass Alard ihn rührte. Er hatte etwas, das in diesem Land selten geworden war – ein gutes Herz.

»Der Hund stinkt«, sagte er, als die beiden am Wagen angekommen waren.

»Na und? Hier stinkt es überall, sagtest du doch«, brummte Alard, während er sich mühte, das Tier auf dem Rücksitz unterzubringen. »Sie heißt Adelante, und sie kommt mit.«

Liam drehte sich um. Die Augen des Tieres waren von einem Schleier überzogen, der Köter war nicht nur halb verhungert, sondern fast verdurstet. Er reichte Alard seine Feldflasche. »Das hier ist kein Leichenwagen. Sie braucht Wasser.«

Alard goss Wasser in die Flaschenkappe und hielt sie dem Hund vors Maul. Das Vieh drehte den Kopf zur Seite. Sein Retter tunkte den Finger ins Wasser und hielt ihn vor die Hundeschnauze. Jetzt endlich kam eine Zunge zum Vorschein und leckte den nassen Finger ab. Mit Engelsgeduld wiederholte Alard den Vorgang, bis endlich Leben in den Hund kam und er das Wasser aus Alards hohler Hand leckte.

»Sie braucht was zu fressen«, sagte Liam. »Aber nicht zu viel auf einmal.«

»Dann fahr los!« Alard kraulte seinem neuen Gefährten die verschorften Ohren, bevor er sich wieder auf den Beifahrersitz setzte.

Der Hund gab keinen Laut von sich, als Liam den Motor anließ und sie weiterfuhren, mit geöffneten Fenstern, was vielleicht gegen den Hundegeruch half, aber nicht gegen das, was von draußen hereinwehte.

In Camp von Cáceres war es ruhig, der Ort war bereits seit zwei Jahren nicht mehr Francos Hauptquartier. Liam wartete nicht, bis Alard seine Adelante aus dem Wagen gezogen hatte, sondern ging gleich zur Kantine des Camps. Mit einer Schüssel und drei Eiern kam er zurück. »Damit können wir anfangen. Ein wenig durchgedrehtes Fleisch habe ich in Auftrag gegeben.«

Selbst er war gerührt, als er sah, wie das Vieh die rohen Eier in sich hineinschlabberte.

»Und jetzt komm, du Retter der lebenden Kadaver. Ich zeige dir den Grund, weswegen du hier bist.«

»Auf, Adelante!«, murmelte Alard. Und tatsächlich: Der Hund folgte, noch ein wenig unsicher auf den langen dünnen Beinen. Was habe ich mir da nur eingebrockt?, dachte Liam. Hoffentlich lässt Alard das Vieh nicht bei mir zurück, wenn er sieht, was ich von ihm erwarte.

Im Pferdestall stand kein einziger Gaul mehr, auch wenn es immer noch nach Pferd roch. Liam ging voraus, zur Box in der hintersten Ecke des Stalls, und schloss die Kette auf, mit der die Box gesichert war. Dann öffnete er die Tür. »Tritt ein. Das ist Helene aus Deutschland. Fotografin. Und vor allem leichtsinnig.«

»Danke für das Kompliment«, antwortete Helene und schüttelte das Stroh aus den roten Haaren. »Würdest du uns vielleicht einander vorstellen? Manieren verschönern selbst einen Pferdestall.«

Liam lachte, setzte sich zu ihr ins Stroh und winkte Alard heran. »Das ist mein alter Freund Alard von Sedlitz. Er hat einen Diplomatenpass. Alard: Das ist Helene Pinkus. Sie wäre beinahe Opfer von Francos Regulares geworden.«

»Wenn du nicht gewesen wärst. Mein Held«, antwortete Helene spöttisch. Aber ihre Stimme zitterte.

»Du merkst: Sie ist nicht nur äußerlich wie meine Schwester. Auch, was ihr Sinn für Humor betrifft.«

Doch sie war gewiss tapferer als er. Sie hatte nicht geschrien, als die Männer sie an den Haaren über die Straße geschleift hatten. Liam bewunderte sie dafür. Sie musste Todesangst ausgestanden haben.

»Ihren Begleiter hat ein deutscher Kommunist erschossen.«

»Wir waren beide jung und dumm, Paul und ich«, sagte Helene.

»Da waren Sie nicht die Einzigen.« Alard hatte sich endlich gesetzt. »Die Jugend der ganzen Welt glaubte, in Spanien für eine gute große Sache zu kämpfen.«

Endlich blickte Helene auf. Helene mit ihren roten Haaren, mit ihren braunen Augen mit dem goldenen Schimmer. Sie war auch im Stroh und mit zerrissenem Hemd schön. Liam sah Alard von der Seite an. Dem war das auch aufgefallen. Ebenso dem Hund, der sich dicht neben Helene gelegt hatte.

»Ich hole uns etwas zu essen und zu trinken«, sagte er und stand auf. »Haltet bitte die Stellung.«

Er kam zurück mit einem Teller Tortillas, einem Topf mit Suppe und einer großen Korbflasche Rotwein. Helene aß mit großem Appetit, nur Alard stocherte in seinem Blechnapf.

»Rein damit«, sagte Liam nach einer Weile. »Du kriegst so bald nichts Warmes mehr zu essen.«

Und dann erzählte er den beiden von seinem Plan, während sie die Korbflasche leerten, bis keiner mehr nüchtern war. Alard versprach Helene, dass er sie retten würde, vor allem und jedem, Helene beklagte den Verlust ihrer Kamera, und Liam sah den beiden mit wachsender Rührung zu. Zwischen den beiden schien es gefunkt zu haben.

Doch dann begann das Theater, das Liam schon kannte. Der erste betrunkene Soldat tauchte gegen Mitternacht im Pferdestall auf und wollte hineingelassen werden, danach kamen drei weitere und traten gegen die Box, bis Liam die Pistole zog und sie unter Androhung schwerer Strafen vertrieb. Nein, Helene war hier nicht sicher. Vor allem nicht, wenn er nicht mehr da war, um sie zu beschützen. Man konnte sie nicht auf alle Ewigkeit in einem verlassenen Pferdestall einsperren.

Am nächsten Tag fuhren sie los, mit Hund. Sie brauchten zwei Tage bis zur Grenze nach Frankreich.

Warum er selbst in Spanien blieb, verriet er ihnen nicht, als er sie oben in den Pyrenäen verabschiedete. Er blickte ihnen hinterher, während sie über die grüne Grenze gingen. Adelante war noch schwach, aber der Hund folgte Alard wie ein dunkler Schatten. Alard genoss diplomatischen Schutz, ihm würde nichts passieren. Das würde auch Helene schützen. Nur nach Berlin durfte sie nicht zurückkehren, höchstens kurz, zum Besuch bei ihren Eltern, das hatten die beiden Liam versprechen müssen.

Der Grund war offensichtlich: Hitlers Rassenwahn. Helenes Vater war bereits im vergangenen Jahrhundert, im Alter von zehn Jahren, mit seinen Eltern aus Galizien nach Berlin gezogen. Sein Vater war ein glühender deutscher Patriot gewesen, hatte sie erzählt. Ein im Ersten Weltkrieg mit dem Eisernen Kreuz erster Klasse dekorierter Jude. Und dennoch und deshalb war Helene neuerdings ein »Mischling ersten Grades«. Sie musste vorsichtig sein.

»Ich werde auf Helene aufpassen wie auf meinen Augapfel, mach dir keine Sorgen«, hatte Alard geflüstert, ein wenig theatralisch, als er ihn zum Abschied umarmte.

Sie ist bei dir in den besten Händen, dachte Liam. Ganz, als ob sie meine Schwester wäre.

II

London

»Unser Kriegsheld!« Eine behaarte Pranke landete von hinten auf Liams Schulter und drückte zu. »Er ist endlich zurück von der Front!«

Liam wich zurück. Er kannte den bulligen Typ nicht, der ihn auf dem Weg zu seinem Büro abgefangen hatte und ihm fröhlich zuzwinkerte.

»Wir echten Roten scheuen keinen Kampf, vor allem, wenn es gegen die eingebildeten Roten geht, stimmt doch, oder?«

Liam versuchte ein schmales Lächeln. Außer der Haarfarbe verband ihn nichts mit dem Mann. Höchstens die Zugehörigkeit zu diesem seltsamen Klub, dem auch er beigetreten war, ohne die Konsequenzen wirklich begriffen zu haben. Dem britischen Secret Intelligence Service.

Vaters alter Freund Malcolm Hayes war daran schuld. Der hatte ihn überredet, einem Hinweis nachzugehen, wonach ein junger Journalist bei Franco spionierte – für die Sowjetunion. Dass der Auftrag vom SIS stammte, hatte ihn damals nicht interessiert.

Liam fühlte sich nicht nur beim SIS, sondern auch in London fehl am Platz. Aus dem heißen Spanien zurückzukehren ins mäßige Klima des Vereinigten Königreichs war erträglich gewesen, ja sogar erfrischend. Doch er hatte noch stärker als früher das Gefühl, nicht dazuzugehören: zu diesen Gestalten im feinen Zwirn, mit Schirm und Bowlerhut, die geschäftig durch London eilten und ganz offensichtlich keine Vorstellung davon hatten, in welchem Elend man zweitausend Kilometer entfernt die vergangenen Jahre verbracht hatte. Er passte nicht ins Bild. Sein Gesicht war sonnenverbrannt, und seine Haare waren noch immer viel zu kurz. Und er hatte sich einen anderen Gang angewöhnt: den Gang eines Soldaten, der auf einen Hinterhalt gefasst war.

Am liebsten wäre er zu Hause in Moray Castle geblieben. Obwohl er sich beim ersten Besuch bei seinen Eltern über die Freude seiner Mutter geschämt hatte, die ihn in Lebensgefahr geglaubt hatte und noch immer nicht wusste – oder nicht wissen wollte –, warum er, gerade erst zurück, so bald wieder nach London reisen musste. Um ehrlich zu sein: So richtig wusste er es auch nicht. Aus vaterländischer Pflicht? Lachhaft.

Weil er Raelyn aus dem Weg gehen wollte?

Weil du ein Feigling bist, dachte er. Er hatte sich noch nicht einmal richtig von ihr verabschiedet, bevor er nach Spanien gegangen war, gerade mal einen Brief hatte er sich abgerungen. Raelyn, mit der er ein paar verzauberte Wochen am Meer verbracht hatte. Ob sie ihm jemals verzeihen würde? Er machte sich wenig Hoffnung.

London war die gerechte Strafe.

Als Malcolm Hayes ihn überredet hatte, nach Spanien zu gehen, hatte ihn das Abenteuer gelockt. Und ja: vielleicht sogar ein wenig die Tränen seiner Mutter. Doch was sollte er jetzt hier, in einem Londoner Büro, unter all den alten Schwätzern vom SIS? Er hatte seinen Bericht erstattet. Das hätte reichen müssen. Zumal sich niemand so recht zu interessieren schien für seine Vermutungen in Bezug auf den englischen Journalisten, der sich bei Franco eingeschmeichelt hatte und insgeheim für die Russen arbeitete. Und wenn er gar den Namen Kim Philby erwähnte, stieß er auf freundliche Abwehr. Niemand zog auch nur einen leisen Verdacht in Erwägung.

Und nun erwartete man von ihm, dass er jeden Morgen zum Queen Anne's Gate in den Broadway Buildings am Broadway Nr. 54 marschierte, außen ein imposantes Gebäude und offiziell Adresse der Minimax Fire Extinguisher Company, innen ein Irrgarten, zerschnitten von Bretterwänden und Milchglasscheiben. Zuerst hatte ihn der eine oder andere noch mit Verschwörermiene gegrüßt und etwas von der großen Sache genäselt, der sie sich alle verschrieben hätten. Mittlerweile saß er stundenlang allein in seinem eigenen kleinen Verschlag, ein Stuhl, ein Tisch, ein Telefon.

Doch das war ihm schon nach Tagen fast lieber als das morgendliche Ritual. Um Punkt neun Uhr versammelten sich alle in einer Art größerem Wohnzimmer, um die Lage zu besprechen. Der Sinn dieses Treffens mit Leuten, die alle aus demselben Milieu und den altbekannten Eliteschulen stammten und sich höchstens in ihrem Lebensalter unterschieden, erschloss sich ihm nicht. Oder doch: Es ging ums Reden. Reden, reden, reden. Um den edlen Kampf um die einzig wahre und richtige Meinung.

Die alte Garde, wie etwa William Miller, groß und schlank und stets makellos gekleidet, bestand aus glühenden Antibolschewisten, man hatte sich jahrelang intensiv mit der Sowjetunion befasst und wollte von diesem Feind nicht ablassen. Hitler hatte bei ihnen nicht wenige Anhänger, das galt im Übrigen auch für die königliche Familie.

Doch mittlerweile stritt man sich, was die Prioritäten betraf, so auch an diesem Morgen, an einem sonnigen Donnerstag Ende August, an dem er lieber zu Hause am Moray Firth gesessen und Richtung Norwegen geschaut hätte. Nun, Streit war wenigstens unterhaltsam.

Denn die Jüngeren hielten Hitler für die größere Gefahr. »Darf ich daran erinnern, dass der erste Glaubensartikel britischer Außenpolitik heißt: Die Machtbalance auf dem Kontinent muss gewahrt bleiben?« Oliver Davies, ein stets gut gelaunt wirkender Vertreter der jüngeren Generation mit hoher Stirn und Apfelbäckchen, hatte wenig Respekt vor den Älteren und führte gern das große Wort. »Kein einziges Land darf zu mächtig sein und die anderen dominieren. Das Deutsche Reich unter Hitler ist auf dem Weg dazu.«

Die einen murmelten Zustimmung, die anderen schüttelten den Kopf.

»Wenn Hitler nach der Besetzung des Sudetenlandes nicht auch noch den Rest der Tschechei besetzt hätte ...«

»Eben. Und jetzt geht es Polen an den Kragen.«

»Hitlers Angebot an die Polen scheint mir fair zu sein«,

wagte Liam sich vor. »Der polnische Korridor schneidet Danzig und Ostpreußen vom Reich ab. Ein Korridor durch den polnischen Korridor ist durchaus zumutbar.« Für ihn war das eine der Idiotien der Versailler Friedensverträge, dieser »Korridor«, ein Landstreifen zwischen Pommern im Westen sowie dem Unterlauf der Weichsel im Osten, den man den Polen zusprach, damit sie einen Zugang zum Meer hatten.

Den meisten im Raum sah man an, dass sie ganz wie die Sieger im Ersten Weltkrieg noch nicht einmal ahnten, wie die Landkarte dort genau aussah.

»Die Polen sind aggressive Nationalisten mit Großmachtallüren«, brummte Miller. »Und wir unterstützen sie auch noch darin. Wie kann man ihnen nur einen Beistandspakt anbieten? Das sind Versprechen, die wir gar nicht einlösen können.«

»Hitler wird sich mit keinem einzigen Zugeständnis zufriedengeben. Haben wir nichts aus dem Münchner Abkommen gelernt? Wir müssen die deutschen Eroberungsgelüste im Keim ersticken.« Davies' Stimme war schärfer geworden.

»Chamberlain hat getan, was möglich war. Wir haben weder einen Grund dafür, noch besitzen wir die Mittel, um dem Deutschen Reich entgegenzutreten. Kein Mensch in unserem Land möchte einen neuen Krieg. Und vor allem können wir ihn gar nicht führen.« Miller hingegen klang müde.

Liam gab ihm recht – und hatte dennoch seine Zweifel. Davies hatte recht mit Blick auf die außenpolitische Doktrin des Vereinigten Königreichs. Man duldete auf dem Kontinent keine mögliche Konkurrenz.

Als sie sich am Montag darauf wieder versammelten, waren Hitlers Truppen in Polen einmarschiert. Man musste Davies zugutehalten, dass er seinen Triumph nicht auskostete.

Zwei Tage später erklärten Großbritannien und Frankreich dem Deutschen Reich den Krieg.

Die Stimmung in London war so gemischt wie beim SIS. Viele schimpften auf die Polen und darauf, dass die britische Regierung ihnen einen Freibrief erteilt hätte, der sie glauben ließ, sich auf Hitlers Verhandlungsangebote nicht einlassen zu müssen. Die Friedensfraktion war nicht ohne Einfluss. Im Königshaus war man aufseiten des noch immer vorsichtig taktierenden Chamberlain und nicht erfreut über das Säbelrasseln Churchills, den Chamberlain am Tag der Kriegserklärung ans Deutsche Reich als Marineminister ins Kabinett geholt hatte.

Zwei Wochen später fuhr Liam zum Wochenende nach Moray Castle. Seine Eltern und er saßen am Sonntagnachmittag im Garten am Kaffeetisch, als Shona aus dem Haus stürzte. »Die Russen sind in Polen einmarschiert«, rief sie atemlos. »Ich habe es eben im Radio gehört.«

Hitler und Stalin teilten sich also die Beute. Polen war wieder einmal Geschichte, dachte Liam.

»Was bedeutet das?« Seine Mutter war blass geworden. »Heißt das Krieg?«

»Nein.« Liams Vater bemühte sich spürbar um eine ruhige Stimme. »Wir können ja unmöglich nicht nur Hitler, sondern auch Stalin entgegentreten, um Polen zu retten. Wir haben nicht die Männer, wir haben keine Landarmee, wir haben nicht die Ausrüstung, wir können gar keinen Krieg führen!«

»Aber wir haben es den Polen versprochen.«

»Ich nicht«, grummelte Alex.

Liam sagte nichts. Doch er fuhr noch am Abend zurück nach London. Er musste wissen, ob der Plan noch galt.

III

Den Haag

»Darf ich?« William Miller hatte in der Tür gestanden, an einem Donnerstag vor einer Woche.

»Bitte sehr!« Liam war beinahe erschrocken aufgesprungen. Bislang hatte ihn noch niemand in seinem Kabuff besucht. Miller hatte sich auf den Stuhl vor seinem Schreibtisch gesetzt und ihn lange prüfend angeschaut.

Endlich war er auf dem Stuhl ein wenig nach vorne gerutscht, hatte die Hände auf dem Schoß zusammengelegt, sich geräuspert und gesagt: »Ihre Arbeit in Spanien hat uns allen gefallen, Liam. Sind Sie bereit für eine weitere Mission? Auch wenn sie nur über den Ärmelkanal führt?«

Liam hatte genickt, ohne auch nur eine Ahnung zu haben, worum es gehen könnte.

»Die Sache ist die. Unsere Leute haben schon seit einiger Zeit Kontakte ins Deutsche Reich, zur Opposition in der Wehrmacht und im Auswärtigen Amt. Man verhandelt miteinander über einen Verständigungsfrieden. Die Verhandlungen laufen über die Botschaft in Den Haag, über das Passport Control Office.«

Das PCO war nichts anderes als die Vertretung des SIS an der jeweiligen Botschaft, das war bekannt.

»Ich möchte, dass Sie in die Niederlande fahren, als zweiter Mann der Verhandlungskommission. Die Gegenseite wird zwei Offiziere entsenden, darunter ein General.«

Liam hatte nichts gesagt, sondern Miller beobachtet, der nicht ganz überzeugt von der Angelegenheit zu sein schien, denn er seufzte, als er sich aufrichtete. »Wir müssen Chamberlain den Gefallen tun. Er hat seine Gründe. Doch wir sollten unserer Sache sicher sein.«

Das also war der Plan. Liam war dankbar gewesen für die Chance, London zu verlassen. Zumal sich Millers Informationen deckten mit dem, was Alard ihm geschrieben hatte – in einem Brief, den er zu Hause in Moray Castle vorgefunden hatte.

»Mon Ami«, schrieb Alard, »ich habe Helene in Sicherheit gebracht, in ein hübsches Städtchen namens Stendal. Die Eltern eines Studienfreundes leben dort, und er hat mir ein Fotostudio genannt, das einen guten Ruf genießt. Dort ist Helene mit Begeisterung aufgenommen worden, sie fotografiert alles, was sich anbietet, vor allem Hochzeitspaare.«

Erst zum Schluss hatte Alard erwähnt, dass es neue Nachrichten gäbe: »Aus jener Richtung, über die ich Dir erzählt habe. Es gibt Kontakte und ernsthafte Bemühungen. Das könnte eine Chance sein.«

Also war etwas dran an der Sache. Liam fuhr nach Den Haag.

Der Mann, der mit der Verhandlung beauftragt war, Captain Best, war ihm auf den ersten Blick unsympathisch. Er war einer dieser typischen Engländer: ein großer, dürrer Herr in feinstem Tweed, der ein Monokel trug und Gamaschen über den Schuhen. Doch Best, der vorzüglich Deutsch sprach, entpuppte sich als unterhaltsamer und musisch begabter Mann. Liam genoss die Abende in der Lange Voorhuut 90, nicht zuletzt wegen Bests niederländischer Frau May, einer Malerin und charmanten Gastgeberin. Die Männer teilten die Vorliebe für alte Sprachen, Best rezitierte die Homerischen »Hymnen« und Liam Ovids »Ars Amatoria«, mit Augenzwinkern in Richtung May.

»Um ehrlich zu sein: Ich traue der Sache nicht«, meinte Best eines Abends nach dem Essen. »Was sind das für Soldaten, die mitten im Krieg bereit sind, ihrer Führung in den Rücken zu fallen?«

»Vielleicht, weil sie glauben, dass der Krieg nicht zu gewinnen ist? Dass es zu einer Katastrophe führen würde, wenn man ihn nicht noch abwenden könnte?«

Zu Liams Überraschung lachte Best. »Als ob die Deutschen darüber zu entscheiden hätten, ob es Krieg gibt oder nicht. Auch nicht eine drittklassige Macht wie Polen im Übrigen.«

»Nein?« Das dürfen wohl nur die Briten? Liam staunte immer wieder über diese Arroganz, die manchen Engländern offenbar angeboren war.

»Nein. Chamberlain hat uns in München lediglich Zeit für entsprechende Vorbereitungen verschaffen wollen. Einen Krieg gegen das Deutsche Reich hält auch er für überfällig. Nicht nur Winston, der Kläffer.«

Liam holte tief Atem. »Warum dann noch Verhandlungen mit der deutschen Opposition?«

Best schwieg, während das Mädchen den Nachtisch servierte.

»Es schadet nicht«, sagte er endlich. »Man kann nie zu viel wissen. Jeder Widerstand gegen Hitler nützt unserer Sache.«

Zwei Tage später traf Liam das erste Mal auf einen der deutschen Emissäre. Hauptmann Schimmel von der Transportabteilung des OKW wirkte recht jung, mit vollem dunklem Haar, das Gesicht ein wenig entstellt von Schmissen, er war also Mitglied einer schlagenden Verbindung gewesen. Ganz wie Best trug er ein Monokel. Es lag sicher nicht allein daran, dass die beiden sich auf Anhieb verstanden.

Während Best seinen Buick über Nebenstraßen durch die Landschaft steuerte, neben ihm Schimmel, beobachtete Liam vom Rücksitz aus, wie sich die beiden Kontrahenten einander annäherten. Sie unterhielten sich über Musik und Malerei – das war die lingua franca, über nationale Grenzen und politische Differenzen hinweg.

Zur Sache kamen die beiden erst nach vielen Kilometern. Schimmel wollte die Identität des Generals nicht preisgeben, der Kopf einer Gruppe von Offizieren sei, die Hitler entmachten und eine von der Armee kontrollierte Regierung einsetzen wollten, die als Erstes einen Friedensvertrag mit England anstrebe. Die Wehrmacht habe zwar einen Eid auf Hitler geleistet, sie aber seien bereit, an der Bildung einer neuen Regierung unter Göring mitzuwirken. Best machte zustimmende Geräusche, aber versprechen könne er nichts.

Natürlich nicht, dachte Liam. Immer ausweichen, nie konkret werden, das war ein bekanntes Manöver. Was spielte sich hier ab? Eine Inszenierung? Und wer führte Regie?

Er beschloss, die Zeit in Den Haag bis zum nächsten Treffen zu genießen, das für den 30. Oktober angesetzt war. Bests Frau May führte ihn durch Galerien und Museen, sie vertrugen sich prächtig, auch danach, bei Pilsjes und Oude Genever an der Bar einer der vielen Kneipen. Liam begann, sich das erste Mal seit Langem wieder wohl in seiner Haut zu fühlen.

Der 30. Oktober nahte. Best wollte diesmal ganz sicher gehen und hatte die niederländische Polizei gebeten, die beiden Deutschen gründlich zu filzen, sobald sie am verabredeten Ort eingetroffen waren. Liam bewunderte Bests schauspielerisches Talent: Als er seine Verhandlungspartner endlich vor der Polizeistation abholte, beteuerte er völlig glaubwürdig, ihm sei ein furchtbarer Fehler unterlaufen, man habe am falschen Ort auf die beiden gewartet.

Liam beobachtet Schimmel genau, aber nichts in seinem Gesicht deutete auf Misstrauen hin. Best und er begrüßten sich freundschaftlich, bevor der Deutsche seine Begleitung vorstellte, einen eleganten hochgewachsenen Österreicher namens General Carini. Nach einer kurzen, aber einvernehmlichen Verhandlung in Den Haag fuhr man gemeinsam in Bests Wohnung. Best hielt gut gelaunt eine Rede, die der Österreicher charmant erwiderte. Das Abendessen ließ Schimmel in Lobeshymnen ausbrechen – »Die Austern!« –, die sich Best und seine Frau gern gefallen ließen.

Am folgenden Tag versah Major Stevens, der Leiter der Passport Control, die beiden Deutschen mit einem Mark-XV-Sender und einem Codewort und fuhr sie an die Grenze zurück.

Beim nächsten Treffen sollte nun endlich auch der Kopf der deutschen Verschwörung zugegen sein, vereinbart war ein Treffen in einem Café bei Venlo, direkt an der Grenze. Im letzten Moment hatte Miller in London beschlossen, dass Liam sich als Beobachter im Hintergrund halten sollte, stattdessen sollte Major Stevens bei den Gesprächen anwesend sein. Stevens galt als Sprachgenie, er sprach nicht nur hervorragend Deutsch, Französisch und Russisch, sondern auch Arabisch und Malaiisch, und man sah ihm an, dass seine Mutter Griechin war. Liam fand, dass Stevens ein wenig unbedarft war für eine Aufgabe, die mehr als Sprachkenntnisse erforderte. Doch da Best einverstanden war, war es auch ihm recht. Er fuhr voraus, um sich einen günstigen Beobachterposten zu suchen.

Das Café Backus war ein solider Backsteinbau mit einer

Veranda, die im ersten Stock um das gesamte Haus führte, und mit rot-weiß gestreiften Markisen über den Fenstern im Erdgeschoss. Hinter dem Café gab es einen großen Parkplatz, vorne eine vernachlässigte Hecke, nicht weit entfernt das holländische Zollamt, der Schlagbaum über dem Grenzübergang und die Eisenbahnstrecke.

Liam saß bereits bei seinem dritten Kaffee, als mit großer Verspätung der Buick mit Best und Stevens anrollte und auf dem Parkplatz hinter dem Café hielt. Von seinem Beobachtungsposten aus konnte er sehen, wie im selben Moment ein anderes Auto von deutscher Seite aus die Schranke des Grenzübergangs durchbrach und ebenfalls auf den Parkplatz fuhr. Als er Schüsse hörte, stürzte er aus dem Café.

Er sah noch, wie Best und Stevens aus dem Buick gezerrt und in ein anderes Auto geschleppt wurden, das schleudernd den Parkplatz verließ und über die Grenze nach Deutschland fuhr.

Sie waren in eine Falle gegangen.

In London traf Liam seine Kollegen vom SIS in düsterster Stimmung an. Kein freundlicher Empfang. Kein »Glückwunsch, dass sie dich nicht auch noch erwischt haben«.

»Es war eine Schnapsidee«, knurrte Stuart Fraser, ein knochiger Schotte, der normalerweise um keinen Scherz verlegen war, und drückte sich mit grimmigem Gesicht an Liam vorbei in den Konferenzraum. Liam vermied es, »Es war nicht meine Idee« zu sagen. Er hatte die Sache befürwortet, nicht zuletzt dank Alards Nachricht. Und jetzt schienen sie ihm die Schuld in die Schuhe schieben zu wollen.

»Ruhe bitte.« Miller mobilisierte die Reste seiner angeschlagenen Autorität. Er hatte die Aktion angeordnet. »Es ist nicht an der Zeit, nach einem Schuldigen zu suchen. Wir müssen uns um Schadensbegrenzung bemühen.«

»Da gibt es nichts mehr zu begrenzen! Wenn wenigstens Liam mitgegangen wäre anstelle dieses Vollidioten Stevens!«

»Danke für deinen frommen Wunsch, lieber Oliver«, murmelte Liam. Dabei hatte der alte Scharfmacher recht: Stevens war nicht der Richtige gewesen für eine so heikle Aktion.

»Sie müssen geredet haben wie die Waschweiber. Haben sie schon die ganze Zeit mit der Gegenseite unter einer Decke gesteckt?«, giftete Oliver Davies.

»Ich glaube nicht, dass die beiden zu Landesverrat in der Lage sind. Stevens ist naiv. Aber Best?« Liam hatte das Gefühl, die beiden verteidigen zu müssen, auch wenn es sicher geschickter wäre, sich herauszuhalten.

»Unser europäisches Agentennetz ist zerstört. Wir sind blind! Dafür wissen die Deutschen jetzt, wo wir in London residieren.« Davies spuckte vor Zorn.

»Oliver.« Miller versuchte zu beruhigen. »Wir haben mit Best einen fähigen Mann verloren. Wir sollten hoffen und beten, dass die beiden ihre Entführung überleben.« Einige der Männer murmelten ihre Zustimmung, auch Liam.

Was wohl mit Best geschah? Er wurde verhört, sicher. Auch gefoltert? Wie May sich wohl fühlte, ohne ihren Mann? Liam hatte Best schätzen gelernt. Und es hatte ganz so ausgesehen, als ob auch Schimmel ihn geschätzt hätte. Und dennoch hatte man den Mann entführt.

Davies aber war wie ein Terrier, der von seinem Opfer nicht ablassen wollte. »Hoffen und beten ist schön und gut, solange wir darüber nicht vergessen, welch verheerende außenpolitische Folgen die Episode hat. Jetzt weiß alle Welt, dass Chamberlain selbst nach unserer Kriegserklärung noch immer an Frieden mit diesen Verbrechern glaubte.«

»Chamberlain ist bereit zurückzutreten. Wir haben ihn gebeten zu bleiben«, sagte Miller leise.

Ja, die Folgen sind gravierend, dachte Liam, der dem Streit nicht mehr zuhören mochte. Ab jetzt wird in Großbritannien niemand mehr irgendeinem Deutschen trauen, der behauptet, zu Hitlers Opposition zu gehören. Doch gab es sie überhaupt, diese sagenhafte Opposition, die es noch nicht einmal schaffte, sich ihres angeblich so verhassten Führers zu entledigen? Das Sprengstoffattentat auf Hitler im Münchner Bürgerbräukeller am Vorabend der Entführung in Venlo hatte nicht ihn, sondern Unbeteiligte getötet. Wieso war niemand in der Lage, den Führer mit einem gezielten Schuss aus dem Weg zu räumen? Alles Feiglinge?

Waren sie naiv gewesen, Alard und er, mit ihrer Friedensmission? Oder hatte der Freund ihn auf eine falsche Fährte geführt? Der Gedanke quälte Liam.

Misstrauen durchtränkte mittlerweile alles, auch die intimsten Beziehungen und Freundschaften. Und Neville Chamberlain, einst gefeiert als einer, der Frieden stiftete, war zur Unperson geworden. Im Mai 1940 machte er den Weg frei für Winston Churchill.

IV

»Winston traut uns nicht mehr«, sagte William Miller, der lange schweigend in sein Pint gestarrt hatte.

Miller, Stuart Fraser, Peter Morris und Liam hatten sich

angewöhnt, nach Feierabend noch auf ein Bier zusammenzukommen. Das kleine Häufchen, das nicht in Treue fest zu Winston Churchill hielt, traf sich meist im Restaurant des St. Ermin's Hotel, ein paar Häuser von der SIS-Zentrale entfernt. Im St. Ermin's nutzte der SIS mittlerweile die fünfte und sechste Etage.

»Wundert dich das?« Stuart Fraser lächelte mild. »Der Dienst ist eine Ansammlung von Unfähigen und Ahnungslosen. Unwichtige Informationen werden für wichtig gehalten, Wichtiges nicht weitergegeben. Es ist ein Elend.«

»Wir haben unsere Verdienste«, antwortete Miller steif und versuchte, sich aufzusetzen. Sie saßen in einem Alkoven, in Sesseln, die so weich gepolstert waren, dass man in ihnen versank. Ein Problem für Miller, nicht für Fraser, der war ein Sitzriese.

»Ja, früher.« Fraser lachte. »Nun hat sich Churchill eine eigene Truppe zusammengesucht. Der Auftrag lautet: ›Europa in Brand stecken‹. Nicht mehr und nicht weniger.«

Miller schüttelte das Haupt mit dem akkurat getrimmten eisengrauen Haar. »Das ist nicht mehr die Sprache der Diplomatie!«

»Natürlich nicht. Churchill will nicht diplomatisch sein. Er kennt nur einen Feind: Deutschland.« Stuart Fraser leerte sein Glas und setzte es hart auf dem Tisch ab. »›Diese monströse Tyrannei, wie sie nie übertroffen worden ist im finsteren Katalog der Verbrechen der Menschheit‹, und so weiter und so fort. Winston würde sich selbst mit dem Teufel verbünden für seinen ›Sieg um jeden Preis‹.«

»Mit Stalin, um genau zu sein.«

»Ist für mich identisch«, murmelte Fraser.

»Churchills Special Operations Executive rekrutiert vor

allem Ausländer und sogar Frauen«, sagte Liam. »Das wird unserem Chef nicht gefallen.«

»Natürlich nicht. Für Stewart Menzies kommen nur britische Staatsbürger aus den besten Familien infrage. Das heißt: Wir schmoren im eigenen Saft. Bei Absolventen von Cambridge und Oxford haben wir keine Chance, die sind meistens links und Freunde der Sowjetunion«, meinte Fraser.

Sie waren beinahe allein in dem großen Saal, zwischen angestaubten Kübelpalmen und mit Kissen beladenen Sofas, nur in einem gegenüberliegenden Alkoven saß ein Herr, der die Zeitung studierte. Der Krieg hatte dem gesellschaftlichen Leben in London einen spürbaren Dämpfer versetzt.

»Churchill ist besessen von der Vernichtung Deutschlands, der schreckt auch vor schmutziger Kriegsführung nicht zurück.« Für einen Gentleman wie Miller kam so etwas nicht infrage.

Peter Morris, klein, jung, rothaarig, einer, der sonst nicht viel zu sagen hatte, kam von der Bar zurück mit Getränken für alle, egal, ob jeder schon ausgetrunken hatte, er war dran gewesen mit der Runde.

»Winston hat völlig recht. Nach dieser irrwitzigen Aktion in den Niederlanden bleibt ihm gar nichts anderes übrig.« Fraser insistierte.

Miller hob beide Hände. »Bitte, Stuart. Es geschah alles auf den ausdrücklichen Wunsch von Chamberlain.«

»Das ist es ja. Mitten im Krieg mit dem Gegner zu verhandeln kann nur einem wie ihm eingefallen sein. Die Welt lacht über uns.«

»Ich sagte doch: Wir müssen Zeit schinden. Und wir müssen wissen, wie groß der Widerstand in der Wehrmacht wirklich ist. Ein Land, dessen Führung zerrissen ist, wäre ein schwacher Gegner.«

»Es sieht nicht danach aus, als ob das Deutsche Reich sonderlich schwach ist«, sagte Liam. »Wir haben uns in jede Richtung verschätzt.«

»›Hört ihr es nicht? Den Marschtritt der Armeen, kiesknirschend auf dem Exerzierplatz und durch regennasse Felder stapfend?‹«, deklamierte Stuart Fraser mit hocherhobenem Glas. Fraser, Schotte wie Liam, konnte Churchill perfekt imitieren, was die Churchill-Anhänger erboste und alle anderen erfreute.

»Wir hätten wissen müssen, wie gering die Kampfkraft und das Durchhaltevermögen der französischen Armee ist«, sagte Miller leise. »Und wie schwach entwickelt der Widerstandswillen der Franzosen.«

Die britische Expeditionsarmee allein hatte Hitlers Wehrmacht nicht daran hindern können, in dieser Geschwindigkeit Frankreich, Belgien, die Niederlande und Luxemburg zu überrollen. Ende Mai wäre der Krieg fast vorbei gewesen.

»Ich frage mich noch immer, warum die Deutschen den Sack in Dünkirchen nicht zugeschnürt haben. Dann wäre jetzt Schluss.« Liam nahm einen tiefen Zug aus seinem Pint und vermied es, in die Gesichter seiner Kollegen zu blicken. Dünkirchen war eine schwärende Wunde.

Ende Mai hatte die Wehrmacht die französische Armee und das britische Expeditionskorps eingekreist. Doch Hitler hielt seine vorrückenden Streitkräfte kurz vor Dünkirchen an. In letzter Minute konnten dreihundertdreißigtausend britische Soldaten evakuiert werden, mit jedem seetüchtigen Vehikel, das die Engländer besaßen, von der Jacht bis zum Fischerboot.

Miller bemühte sich, eine seiner übel riechenden Zigarren anzuzünden, ein Ritual, das Liam unangenehm fand. Erst musste das eine Ende angelutscht werden, dann kam ein Messer zum Einsatz, und schließlich musste sekundenlang gepafft werden, bis das Rauchwerk brannte. Pfeife verstand er, Zigarette sowieso. Aber Zigarre? Im Übrigen sah man auch Churchill selten ohne, was ihn erst recht nicht dafür einnahm.

»Erwähne das böse D-Wort nicht«, seufzte Peter Morris.

» ›Blut, Mühsal, Tränen und Schweiß‹ «, rezitierte Fraser dumpf. »Wir haben zwar einen Großteil unserer Männer zurück, aber dafür liegt noch unsere ganze Ausrüstung drüben am Strand. Wir sind fertig.«

»Ach was.« Liam versuchte, die Stimmung aufzuhellen. » ›Wir werden uns niemals ergeben.‹ « Rhetorisch war Churchill schwer zu übertreffen, als Schriftsteller hatte er ja auch lange genug geübt. »Aber was das Bündnis mit dem Teufel betrifft, ist Hitler ihm zuvorgekommen.« Er leerte sein Glas und bedauerte, dass man viel zu viel von dem Stoff in sich hineinschütten musste, um betrunken zu werden und das Elend der Welt zu vergessen. »Sich ausgerechnet mit Stalin zu verbünden zeugt von großer Risikofreude.«

»Deutschland braucht Rohstoffe. Und Stalins Griff nach Rumänien droht, das Reich vom Öl abzuschneiden. Wir wissen doch längst, dass die Deutschen schon in den Zwanzigerjahren mit der Roten Armee zusammengearbeitet haben«, sagte Miller.

»Und trotzdem bettelt Hitler noch immer um Frieden mit Großbritannien, versteht das einer?« Auch Fraser hatte sein Glas geleert. In seiner Schreibtischschublade lag eine Flasche Whisky, Liam hatte einmal gesehen, wie er tagsüber einen kräftigen Schluck daraus nahm. Stuart war kein glücklicher Mensch, trotz seiner Neigung zu mehr oder weniger gelungenen Scherzen.

»Hat jemand Hitlers Reichstagsrede gelesen?«, fragte er in die Runde.

Fraser schüttelte den Kopf. »Ich bin über die ersten zwei Seiten nicht hinausgekommen.«

»Dann lies die letzten beiden Seiten«, sagte Liam. »Ich weiß nicht, wie oft der Mann schon betont hat, dass er Frieden mit Großbritannien wünscht. Diesmal wieder. Und ich fürchte, er hat recht mit seiner Vermutung, dass ein Krieg ein großes Reich zerstören würde – und zwar nicht Deutschland.«

Miller war für die nächste Runde verantwortlich gewesen und kam mit gefüllten Gläsern an ihren Tisch zurück. »Der Adel mag Churchill nicht«, sagte er müde. »Erst recht nicht die City und die Industriellen.«

»Mag sein. Aber wer nimmt es mit ihm auf? Du glaubst doch wohl nicht an Lloyd George?«

Liam lachte. »Die Amerikaner warten nur darauf, uns als Weltmacht abzulösen.«

»So ist es«, antwortete Miller, leise. »Die Deutschen haben bei der Eroberung von Warschau Dokumente entdeckt, die nicht sehr schmeichelhaft für Roosevelt sind. Offenbar drängte er die polnische Regierung, sich auf keines der vielen Angebote Hitlers einzulassen.«

»Wer nimmt schon Hitlers sogenannte Angebote ernst?«, spottete Fraser.

»Man müsse die britische Kompromissbereitschaft schwächen. Chamberlain scheint auf amerikanischen Druck hin den Polen einen Blankoscheck ausgestellt zu haben.«

»Sie meinen das sogenannte Weißbuch mit den Berichten

der polnischen Botschafter? Das sind Fälschungen der Deutschen.«

»Ich habe da meine Zweifel«, antwortete Miller. Liam fiel auf, wie tief sich die Falten rechts und links von Millers Mund eingegraben hatten. Er teilte mit ihm die Furcht, dass nach einem grausamen Blutbad das Vereinigte Königreich der Verlierer sein würde.

»Was ist denn nun schlimmer? Die deutsche Landung auf unseren stolzen Inseln oder Stalins Reich bis an die Kanalküste?« Fraser stand auf und machte eine zackige Bewegung mit dem Arm, eine übertriebene Kopie des Hitlergrußes. »Man stelle sich vor, wir müssten gemäß nationalsozialistischen Sitten und Gebräuchen leben und einmal die Woche den ewig langen Reden des Führers lauschen.«

»Unangenehm. Aber was wäre mit unseren Juden?«, fragte Liam.

Fraser lachte. »Das ist meine geringste Sorge. Wer mag die schon? Niemand.«

Liam hatte sich nie darüber Gedanken gemacht, ob man Juden mögen sollte oder nicht. Aber er erinnerte sich an Alards Schilderung all der Schikanen, denen sie im Reich ausgesetzt waren, an die Gewalttätigkeiten im November vor zwei Jahren, als Synagogen und Bethäuser in Brand gesteckt, Wohnungen und Friedhöfe zerstört, Juden erschlagen und in Lager gesteckt worden waren. Ihn hatte das ebenso erschüttert wie den Freund.

»Nun, vielleicht ist Hitler das kleinere Übel«, zwitscherte Peter Morris. »So wie Franco in Spanien. Was hast du dort eigentlich getrieben, Liam?«

»Dies und jenes. Und Kim Philby auf die Finger geschaut.«

»Oh. Philby ist auch beim SOE, bei Churchills Terrortruppe. Alle lieben Kim.«

»Ja. Das ist sein Markenzeichen. Nur bei mir verfängt das nicht. Er war in Cambridge einer der treuesten Anhänger der Sowjetunion. So einer wechselt nicht einfach die Seiten.«

»Das solltest du lieber nicht laut sagen, mein Freund.« Miller legte ihm die Hand auf die Schulter. »Wir beide sollten uns zurückhalten. Solange Churchill am Steuer sitzt.«

»Sicher. Aber er unterschätzt Stalin. Und das ist nicht nur kurzsichtig, das ist gefährlich. Wenn einer die Weltmacht will, dann Uncle Joe.« Alle nickten. Wenigstens darüber waren sie sich einig. Mittlerweile gehörten sie damit zu einer Minderheit.

»Time gentlemen please!« Der Ruf des Barkeepers beendete die Runde.

Als Liam in seiner Pension eintraf, hatte die Vermieterin ihm einen Brief seiner Mutter auf den Tisch gelegt. »Mein lieber Junge«, schrieb sie. »Alards Mutter ist am 5. Mai von uns gegangen. Dein Vater hat stets in höchsten Tönen von Benita gesprochen, sie war eine kluge und starke Frau. Unsere Gedanken sind bei Ludwig. Und bei Alard. Wenn das ganze Elend doch endlich vorbei wäre und wir einander besuchen und in die Arme nehmen könnten ...«

V

Moray Castle

Nach Moray Castle zu fahren war wie das Eintauchen in eine andere Welt, in eine Welt vor dem Krieg. Liams Familie beging die Jahreswende so wie immer – nur dass es diesmal keinen Alard gab, der zu Hogmanay um Punkt Mitternacht klopfte und als erster Gast des Jahres den alten Ritus vollzog.

Seine Mutter hatte jedes Gespräch über den Krieg untersagt, was Liam mehr als recht war. Er ließ sie zwar im Glauben, dass er auch ihretwegen nach Spanien gegangen war, doch sein Vater wusste natürlich, wer ihn damals angeheuert hatte – sein alter Freund Malcolm Hayes vom SIS, dem er von den Tränen seiner Frau erzählt hatte. Als Geheimdienstler hatte Hayes eine gute Coverstory sofort erkannt. Und ich?, dachte Liam. Ich hatte Lust auf ein Abenteuer. Ich Dummkopf.

Das Abendessen fiel nicht ganz so üppig aus wie in früheren Zeiten, bei Tisch fehlten Graeme und Kester, der Jäger und der Hausdiener, und seine Mutter musste Shona ersetzen, die früher das Servieren übernommen hatte.

»Du musst sie verstehen«, sagte Liams Vater, als Eilidh wieder hinaus zur Küche gegangen war. »Sie macht sich Sorgen um Gordon Foster, Sohn alter Freunde von ihr. Er blieb in Frankreich zurück, wir wissen nicht, ob er noch lebt oder in deutscher Gefangenschaft ist. Er war bei der 51st Highland Division. Unsere Schotten gehören zu denen, die es nicht geschafft haben, aus Dünkirchen rauszukommen. Zusammen mit vielleicht hunderttausend anderen. Über diese armen

Schweine wird nicht gesprochen, um Churchills Ruhm nicht zu schmälern.«

Liam nickte. In Dünkirchen waren nicht nur Tausende Geschütze und Fahrzeuge und Tonnen von Munition und Benzin zurückgelassen worden, sondern viel zu viele junge Männer, über die man schwieg. »Es ist ein Wunder, dass Churchill diese Katastrophe politisch überlebt hat.«

»Ja. Mit Logik ist das nicht zu erklären.«

Sie vermieden das Thema, später, vorm Kaminfeuer, bei Whisky und Zigarren. Alles andere war traurig genug. »Benita von Sedlitz war Ludwigs große Liebe. Ich darf nicht daran denken, wie es ihm ohne sie ergeht«, sagte Alexander. Eilidh nahm seine Hand und streichelte sie. Ich hoffe, die beiden haben sich noch lange, dachte Liam, der sich fragte, warum Alards Mutter sich das Leben genommen hatte. Ohne an den Schmerz zu denken, den sie Mann und Sohn damit zufügte? Liam hatte Alards melancholisches Gesicht vor Augen, das jetzt gewiss noch trauriger war.

»Wieso sind Morag und die Mädchen nicht gekommen?« Er versuchte, das Thema zu wechseln. Tante Morag war eine Freundin seiner Mutter, die er »Tante« genannt hatte, seit er klein war. Sie war, seit er denken konnte, an Hogmanay zu Besuch in Moray Castle gewesen, und immer waren Tamlin und Raelyn dabei. Das hätte ihm das Wiedersehen mit Raelyn erleichtert, vielleicht hätte sie ihm nach einer Aussprache sogar verziehen. Vielleicht hätten sie beide wieder anknüpfen können an die paar verzauberten Wochen in Lossiemouth, im Sommer 1936, vor seinem überstürzten Aufbruch nach Spanien. Er dachte in der letzten Zeit verdächtig oft an sie, an die kleine, zarte, spöttische Raelyn mit den großen dunkelblauen Augen.

Eilidh stand auf, Liam sah Tränen in ihren Augen und wollte schon aufspringen, um sie in den Arm zu nehmen.

Sein Vater legte die Hand auf seinen Arm. »Lass sie nur. Du weißt doch, wie sehr sie an Morag und den Kindern hängt. Und dass Gordon Foster vermisst wird, beschäftigt sie sehr. Raelyn und er haben ein Kind, ein kleines Mädchen. Das Kind braucht einen Vater.«

Liam schüttelte benommen den Kopf. »Das wusste ich nicht. Raelyn hat geheiratet?«

»Ja. Ein wenig zu spät, das Kind war bereits unterwegs.«

Sie blieben schweigend vor dem Feuer sitzen, rauchten, tranken, jeder mit seinen Gedanken beschäftigt. Als Eilidh nach einer Weile nicht wiedergekommen war, gingen die Männer ins Bett.

Am Neujahrstag schickte Liams Mutter Sohn und Ehemann aus dem Haus, »Ihr stört nur«, sagte sie mit einem müden Lächeln.

Sie gingen die Straße hinunter zum Dorf, wo sie von allen freundlich begrüßt wurden. Ob man auch hier gefallene oder gefangene Männer, Väter, Söhne beklagte? »Wir können froh sein, dass die Deutschen ihr Bombardement zumeist auf London beschränken«, sagte sein Vater leise. »Hier sind wir bislang verschont geblieben.«

»Möge es so bleiben.«

Sein Vater schüttelte den Kopf. »Churchill will den Krieg. Er muss ja seinen Kopf nicht hinhalten. Und seit er seinen Hunger nach Ruhm im vergangenen Krieg nicht stillen konnte – meine Güte! Denkt jemand noch an Antwerpen?«

Liam war damals zu jung gewesen, aber er wusste, worum es ging.

»Über eintausendfünfhundert Marinesoldaten hat er in deutsche Gefangenschaft geschickt. Unerfahrene Männer, die er nie hätte einsetzen dürfen. Und dann Gallipolli. März 1915. Toller Plan, durch die Dardanellen auf Konstantinopel vorzustoßen! Dazu hätte es mehr gebraucht als eine Bande uninformierter Amateure! Fünfundvierzigtausend Tote. Und dieser Mann will die Nation schon wieder in einen Krieg führen, der nicht zu gewinnen ist?«

»›Unser Ziel ist die Vernichtung Deutschlands.‹ Hat er gesagt.«

Sein Vater lachte verächtlich. »Hätte Hitler seine Generäle weiter auf Dünkirchen marschieren lassen, wäre der Krieg jetzt vorbei. Churchill hat unsere schottischen Truppen im Stich gelassen und sich gründlich blamiert. Aber er spuckt noch immer große Töne.«

Sie gingen am Wasser entlang, im sanften Murmeln der Wellen, über denen die Möwen kreisten, dem Wind entgegen, und schwiegen.

»Hast du von Alard gehört?«, fragte Alexander nach einer Weile. »Hat er berichtet, wie es seinem Vater geht?«

»In letzter Zeit nicht.« Liam wich der Frage aus. Natürlich kommunizierten sie, so schwierig das war. Alard glaubte felsenfest an seine deutschen Friedensfreunde im Auswärtigen Amt und in der Wehrmacht. Liam glaubte an gar nichts mehr.

»Hast du mitbekommen, dass die Polen langsam rebellieren? Je offensichtlicher es wird, dass Churchill der Sowjetunion Avancen macht, desto stärker wird der Zweifel an unserer Bereitschaft, sie zu schützen.«

»Wen wundert das? Ist ja gleich zu Anfang schiefgegangen«, brummte Liam. »Und wenn das stimmt, was die

Deutschen in den polnischen Akten gefunden haben: Dann hat sich Chamberlain von Roosevelt zu seiner Garantieerklärung erpressen lassen.«

Sein Vater sagte nichts. »Ich weiß, es stand in allen Zeitungen. Was nicht heißt, dass es auch stimmt«, meinte er schließlich. »Egal. Ich habe kein gutes Gefühl. Wir stehen an einem tiefen schwarzen Abgrund. Mir gefällt keine der denkbaren Szenarien.«

Liam zögerte. »Mir auch nicht«, sagte er schließlich.

Doch er dachte in diesem Moment nicht an die großen Ereignisse. Er dachte an Raelyn. Er hatte einen Fehler begangen. Einen unentschuldbar großen Fehler. Wie hatte er nur glauben können, nichts hätte sich verändert während seiner Abwesenheit? Jetzt war es zu spät.

»Lass uns nicht weiter über die Weltlage reden«, sagte sein Vater, als sie zurückgingen zum Haus. »Eilidh erträgt das nicht.«

Sie ließen Gummistiefel und Ölzeug in der Waschküche, bevor sie in die Wärme des Hauses eintauchten. Eilidh kam aus der Küche, die Hände in der Schürze. Es roch nach Lammbraten, und im Kamin brannte das Feuer. Es gefiel Liam nicht, dass seine Mutter keine Hilfe mehr zu haben schien. Doch vielleicht lenkte es sie ab? Er jedenfalls war für jede Ablenkung dankbar, für alles, was ihn daran hinderte, an das Schicksal zu denken – an das große und das kleine, private. Wenigstens für ein paar Stunden konnte man sich vielleicht einbilden, in tiefstem Frieden zu leben.

»Gut, dass deine Haare wieder gewachsen sind, endlich siehst du nicht mehr wie ein verlauster Vagabund aus«, sagte seine Mutter und strich ihm über den Kopf. Er griff nach ihrer Hand und küsste sie.

Nach dem Essen hielten sie sich an den Händen und sangen »Auld Lang Syne«, ganz, wie es sich gehörte. Danach saßen sie vor dem Kamin, schwiegen, tranken zu viel Whisky, jedenfalls Liam. Er dachte an Raelyn und fasste einen Entschluss.

VI

Am nächsten Morgen fuhr Liam durch dichten Nebel nach Braemore. Dort wohnte Tante Morag, und dort würde er auch Raelyn antreffen. Eilidh sagte, sie wäre zu ihrer Mutter gezogen, seit ihr Mann vermisst wurde. Als er vor der blau gestrichenen Tür des schmalen Steinhauses stand, fragte er sich, ob es richtig war, sie ohne Ankündigung zu überfallen. Die Entscheidung wurde ihm von Raelyn abgenommen, die ihn gesehen haben musste und nun in der Tür stand. Noch immer klein und zart, die blauen Augen noch größer in ihrem blassen Gesicht.

»Liam! Was für eine Überraschung!« Sie lächelte, ein wenig müde.

Er folgte ihr ins Haus. Es roch nach Essen und frisch gewaschener Wäsche, und aus einem der Zimmer hörte man ein kleines Mädchen, das vor sich hin sang. Er folgte Raelyn in die Küche, setzte sich an den Küchentisch und wartete, bis sie mit der Kleinen auf dem Arm zurückkam.

»Sie heißt Niamh.« Die Kleine hatte die dunklen Haare ihrer Mutter. Sie lächelte. Liam streckte die Arme nach dem Mädchen aus, ohne darüber nachzudenken, es war das Selbstverständlichste der Welt, was auch Niamh fand, sie ließ sich von ihm auf den Schoß nehmen und schaukeln, gluckste fröhlich und griff ihm mit ihren Händchen an die Nase und ins rote Haar.

»Bei dir ist sie überhaupt nicht schüchtern«, meinte Raelyn, die den Teekessel aufgesetzt hatte und ihm den Rücken zukehrte. »Dabei hat sie seit Monaten keinen Mann mehr gesehen.«

Ebenso wenig wie du, dachte Liam. Doch er wagte nicht, das Thema von sich aus anzusprechen.

»Gordon wird hoffentlich bald nach Hause kommen.« Sie wandte ihm noch immer den Rücken zu, sodass er ihr Gesicht nicht sehen konnte. »Ich wollte dich zur Hochzeit einladen, aber du warst in Spanien verschollen.«

Er antwortete nicht. »Ich wäre gern gekommen« wäre eine Lüge gewesen. »Hast du Nachricht von deinem Mann?«, fragte er schließlich.

»Keine Nachricht ist eine gute Nachricht, sagt man doch immer.« Der Wasserkessel pfiff, sie goss das heiße Wasser in die beiden Becher mit den Teebeuteln und stellte sie neben Milch und Zucker auf den Tisch.

»Es tut mir leid, dass er es nicht nach Dünkirchen geschafft hat.«

»Das hat schon seine Ordnung«, sagte sie und setzte sich. »Sie mussten ja die Stellung halten.«

Welche Stellung?, fragte sich Liam. Es war doch schon alles verloren gewesen.

»Wir können Frankreich nicht alleinlassen, hat er gesagt, bevor er sich zur 51st Highland Division gemeldet hat.«

Dafür hat Frankreich uns alleingelassen. Ach, Raelyn.

Niamh begann, unruhig zu werden auf seinem Schoß, wahrscheinlich spürte die Kleine seinen wachsenden Unmut. Er ließ sie auf den Schoß ihrer Mutter klettern.

»Es geht um die Zukunft der Menschheit. Sieg um jeden Preis gegen die Tyrannei. Wir werden uns niemals ergeben.« Raelyn klang, als ob sie aus der Zeitung vorlas. Liam blickte auf ihren gesenkten Kopf mit dem glänzenden dunklen Haar und auf ihre fast durchscheinenden, zart geäderten Augenlider und lauschte ihrer Stimme hinterher. Er begriff.

Nichts konnte den Verlust ihres Mannes rechtfertigen, des Vaters ihres Kindes. Nur eines, die ganz große, die durch nichts zu übertreffende Aufgabe: die Rettung der Menschheit vor der Tyrannei. Originalton Winston Churchill.

Das war Winstons Größe – und seine Perfidie, dachte Liam. Niemand konnte sich einer so großen Aufgabe entziehen wie der, die er allen Niederlagen zum Trotz immer wieder beschwor. Wenn es um die ganze Menschheit ging, war ein einzelnes Schicksal unerheblich. Dabei erklärte der Premier den einen Tyrannen zum Monster und hätte zugleich nichts dagegen, das andere Monster zum Bettgefährten zu nehmen. Er unterschätzt Stalin, dachte Liam, wieder und wieder, einen brutalen Strategen, dem es mehr als gelegen käme, wenn die kapitalistischen Staaten sich gegenseitig vernichteten.

»Ich habe gehört, dass nicht alle aus der 51st Highland Division von den Deutschen gefangen genommen wurden«, sagte er nach einer Weile. »Einigen ist offenbar die Flucht gelungen.«

»Er ist mit keinem Schiff zurückgekehrt, weder aus Cherbourg noch aus Le Havre oder aus Brest«, antwortete Raelyn so leise, dass man sie kaum verstand.

»Vielleicht …« Vielleicht. Ein nutzloses Wort.

»Hoffentlich friert er nicht. Er wird hungern. Was machen die Deutschen mit ihm?« Jetzt weinte sie, und die Kleine weinte mit.

In seiner Hilflosigkeit stand Liam auf, kniete sich neben Raelyns Stuhl und umarmte beide, leise »Dance tae yer daddy« summend, doch als er »ye'll get a fishie, when the boat comes hame« sang, begann Raelyn, laut zu schluchzen. Es brauchte viele tröstende Worte, bis Mutter und Kind sich beruhigt hatten.

Irgendwann kam Tante Morag nach Hause, brummte »Schön, dass du dich mal sehen lässt«, nahm die Kleine und sorgte dafür, dass Raelyn sich aufs Sofa legte. Liam saß neben ihr und hielt ihr die Hand, bis es zu spät war, um zurück nach Moray Castle zu fahren.

Es dauerte eine Weile, bis Raelyn zu reden begann. Und es dauerte viel zu lange, bis er begriff, woran ihn Niamhs Augen erinnerten.

»Wann ist ihr Geburtstag?«, fragte er mit belegter Stimme.

»Sie ist am 13. Mai 1937 auf die Welt gekommen. Um sechs Uhr früh«, flüsterte Raelyn.

Er musste nicht lange rechnen. »Lossiemouth«, murmelte er.

In seiner Erinnerung hatte in diesen zwei Wochen, die sie gemeinsam in dem kleinen Ort an der schottischen Ostküste verbrachten, stets die Sonne geschienen. Sie waren stundenlang am Strand entlanggewandert, hatten sich in den Dünen geliebt, waren danach ins Wasser gesprungen, wenn Flut war, und bei Ebbe waren sie auf nackten Füßen durchs Watt gelaufen. Es gab frischen Fisch in einem Pub an der Marina, und dort hatten sie jeden Abend gesessen und aufeinander eingeredet, bis die Wirtin ungeduldig wurde.

Wie kann ich das alles jemals wiedergutmachen?, dachte Liam.

Raelyn hatte das Gesicht abgewandt. »Gordon war immer ein guter Freund. Ich wusste nicht, dass er mich liebt. Bis er – meinen Zustand bemerkte. Verstehst du? Ich verdanke ihm so viel.«

Liam wusste nicht, was er sagen sollte. Gordon verdiente allen Respekt. Er hatte Raelyn beschützt, er hatte für sie gesorgt, er hatte all das getan, was von Liam versäumt worden war. Der sich gerade mal zu ein paar nichtssagenden Zeilen auf einer Postkarte aufraffen konnte, bevor er sich auf ein Abenteuer mit ungewissem Ausgang eingelassen hatte.

Was bist du für ein Lump?, dachte Liam. Schäm dich.

»Ich werde nach ihm suchen lassen, Raelyn. Ich verspreche es dir.«

Am nächsten Tag weinten sie alle vier, als er sich verabschiedete. Morag aus Rührung. Raelyn aus Trauer. Niamh, weil alle weinten. Liam, weil es ihm schwerfiel, sie wieder alleinzulassen: sein Kind und die Frau, die es nicht verdient hatte, zweimal verlassen zu werden. Er machte sich keine Hoffnung, Gordon Foster lebend aufzufinden. Doch wenn man ihn schon nicht zu Hause begraben konnte, so brauchte seine Familie doch wenigstens Gewissheit.

In Moray Castle herrschte helle Aufregung. Graeme war zurückgekehrt. Der Jäger war in Dünkirchen durch Bombensplitter verwundet worden und halb tot liegen geblieben, bis er endlich von zwei Sanitätern an den langen Schlangen der auf die Ausschiffung wartenden Soldaten vorbei aufs Schiff gebracht worden war. Nach Monaten im Lazarett war er entlassen worden.

Er begrüßte Liam mit einem gequälten Grinsen. »Es ist noch alles dran, keine Sorge.«

»Er muss zunehmen. Er ist nur noch ein Skelett«, meinte Eilidh.

»Wir kriegen dich schon wieder hin, mein Junge«, dröhnte Alexander.

Liam musste mit seinen Neuigkeiten warten, bis sie abends beim Whiskey vorm Kaminfeuer saßen. Seine Mutter schien wie immer zu wissen, dass er etwas auf dem Herzen hatte, und blickte ihn aufmunternd an. Doch er wusste nicht, wo er anfangen sollte.

Ihr seid Großeltern, seit beinahe vier Jahren? Ich habe Raelyn sitzen gelassen? Gordon ist ein Ehrenmann?

»Ich werde nach Gordon suchen lassen. Raelyn braucht Gewissheit.«

»Sehr gut.« Sein Vater nickte. »Wir waren ja bei der Hochzeit. Beide wirkten sehr glücklich.«

Liam ertappte sich bei einer halben Sekunde Eifersucht.

»Und die Kleine? Zu ihrem ersten Geburtstag haben wir uns alle bei Morag versammelt, aber dann ist Raelyn zu Gordon nach Glasgow gezogen ...«

Liam lächelte seine Mutter an. Für sie wie für jeden echten Highlander war Glasgow Ausland.

»Niamh hat die Haare ihrer Mutter. Und die Augen ihres Vaters«, sagte er mit belegter Stimme.

»Ich kann mich an Gordons Augenfarbe nicht erinnern, ehrlich gesagt.«

»Sie hat hellbraune Augen. Wie meine.«

Im Unterschied zu seinem Vater wusste seine Mutter sofort, was er damit sagen wollte.

»Mein Junge«, sagte sie und schüttelte den Kopf. »Und du bist nach Spanien gegangen, ohne eine Ahnung zu haben ...«

»Ich kann nicht rückgängig machen, dass ich sie alleingelassen habe, Mutter«, sagte Liam leise. »Ich kann nur alles tun, was in meiner Macht steht, um ihr beizustehen. Um beiden beizustehen.«

VII

Edinburgh

Es war, wie Liam befürchtet hatte: Gordon war bei einem Luftangriff der Deutschen auf Saint-Valery ums Leben gekommen, wo er und seine Kameraden auf ein Schiff warteten – so jedenfalls einer seiner Kameraden, der es nach Veules-les-Roses und auf ein Boot geschafft hatte. Warum diese Nachricht nicht umgehend seiner Witwe zugestellt worden war? Liam war zornig geworden, aber er erntete nur ein Schulterzucken.

Wieder stand er vor der Haustür in Braemore, wieder öffnete Raelyn die Tür, bevor er klopfen konnte, hinter ihr Niamh, die ihm fröhlich entgegensprang. Er nahm sie hoch, drückte ihr einen Kuss auf die Wange und setzte sie ab, bevor er es wagte, Raelyn in die Augen zu sehen. Sie sah ihm an, dass er keine guten Nachrichten hatte.

»Komm rein«, flüsterte sie. »Nicht vor dem Kind.«

Sie hörte ihm gefasst zu. »Sie haben ihn nicht gefangen genommen«, sagte sie endlich. »Er musste nicht hungern oder frieren. Das ist ein Trost.«

»Sein Regiment hatte kaum eine Chance. In Veules-les-Roses haben viele ihr Leben gelassen, als sie versuchten, sich von der Steilküste abzuseilen. Für Boote aus England war es viel zu weit bis nach Saint-Valery, während es von Dünkirchen und Calais aus geradezu ein Katzensprung nach Dover ist. Aber vielleicht – vielleicht hat sich Gordons Kamerad ja geirrt.«

Sie hatte Tränen in den Augen, aber sie schüttelte den Kopf. »Ich spüre schon lange, dass er nicht mehr lebt. Seine Familie hat die Hoffnung nie aufgegeben. Ich muss es ihnen sagen.«

»Du willst nach Glasgow? Mit Niamh?«

Sie nickte.

»Ich fahre dich.«

Sie sah ihm lange in die Augen. »Danke«, sagte sie endlich.

Er ließ sie bei Gordons Eltern, während er nach Edinburgh fuhr. Gordons Tod erfüllte keinen Zweck, natürlich nicht. Und nein, die Evakuierung des Britischen Expeditionskorps war nicht die Heldengeschichte, die alle beklatschten. Aber vielleicht brauchen wir Heldengeschichten in dieser aussichtslosen Lage, dachte Liam, und für die meisten Soldaten ist ja alles gut ausgegangen.

Nur Großbritannien insgesamt hatte verloren, auch wenn Churchill so tat, als ob der Krieg noch zu gewinnen wäre – allein, ohne Frankreich, dessen Armee nicht gehalten hatte, was ihre Führer mit großer Pose behaupteten: unbesiegbar zu sein. Viele ließen sich von Churchills Pathos mitreißen. War es das, was die geschlagene Nation brauchte, fragte er sich immer wieder. Grundlose Siegesgewissheit?

Er sah kein Entkommen aus diesem Dilemma. Großbritannien musste sich entweder mit Deutschland verständigen, oder es brauchte mächtige Bündnispartner. Die USA. Und die UdSSR.

Die Amerikaner halten uns hin, dachte Liam. Doch wenn wir mit Stalin ins Bett steigen, verraten wir die Polen, derentwegen wir angeblich in den Krieg gezogen sind. Er wusste, dass es deswegen in der polnischen Exilarmee rumorte. Sie fürchteten Stalin mehr als Hitler.

Die polnische Exilarmee hatte ihr Hauptquartier in Schottland aufgeschlagen, in der Nähe von Glasgow. Einer ihrer Offiziere hatte sich über mehrere Ecken um einen Kontakt zum SIS bemüht, und es lag nahe, dass Liam sich der Sache annahm. Der verabredete Treffpunkt in Edinburgh war das Ensign Ewart, ein Traditionspub am Lawnmarket. Irgendwie passt das, dachte Liam. Der Fähnrich Charles Ewart hatte bei der Schlacht von Waterloo 1815 die Standarte des französischen 45. Regiments erobert – das sich die Unbesiegbaren genannt hatte. Die Polen kämpften ebenfalls gegen Mächte, die sich für unbesiegbar hielten: gegen das Deutsche Reich und die Sowjetunion.

Stanislaw Antonowicz saß bereits rechts vom Eingang in einer Nische am Fenster und wirkte nervös. Das passte nicht zu seinem Ruf. Er hatte im September 1939 Warschau gegen die Wehrmacht verteidigt, war dann im Untergrund aktiv gewesen, bis er Stalins Schergen in die Hände gefallen war. Es war dem Ministerpräsidenten der polnischen Exilregierung General Sikorski zu verdanken, der unermüdlich mit Stalin verhandelt hatte, dass Antonowicz mit etwa dreißigtausend polnischen Soldaten Ende vergangenen Jahres aus der russischen Gefangenschaft entlassen wurde, Soldaten, die nun das zweite Korps der polnischen Exilarmee bildeten. Wer Stalins Gulag kennengelernt hatte, war ganz gewiss nicht für ein Bündnis mit der Sowjetunion zu begeistern, dachte Liam.

»Wenn Sie sich hier nicht wohlfühlen …«, sagte Liam

leise zu Antonowicz, der beide Hände um die Kaffeetasse gelegt hatte. Der Pole blickte sich um und schüttelte dann den Kopf.

Es regnete. Dennoch schlug Liam einen Rundgang durch die Stadt vor. »Zwei Männer unter einem Schirm – da fällt nicht auf, dass sie konspirativ die Köpfe zusammenstecken«, meine er aufmunternd. Er erntete ein mattes Lächeln.

Sie gingen Richtung Castle Hill, unter dem Schutz von Liams großem schwarzem Schirm, der aufgespannt blieb, als der Regen nachließ. Es war kaum jemand außer ihnen unterwegs.

Edinburgh erweckte in Liam sentimentale Gefühle. Die alte Burg über der Stadt beherbergte die schottischen Kronjuwelen und einst auch den Krönungsstein, seit den Pikten das wichtigste Symbol der Schotten – bis ihn die Engländer nach Westminster verschleppt hatten. Das alles erinnerte ihn wieder an das, was er wirklich war: kein ergebener Diener der Engländer, sondern ein Schotte mit patriotischen Gefühlen. Und er glaubte zu wissen, was gut war für Schottland. Und damit, fügte er in Gedanken hastig hinzu, auch fürs große Ganze.

Antonowicz schien sich langsam zu entspannen. »Was mir Sorgen macht«, sagte er endlich.

Liam wartete.

»Ich habe gehört, dass man sich auf höchster Ebene mit der Idee trägt, sich Stalin zu nähern.«

»Nun, Stalin ist mit Hitler verbündet. Und Churchill hasst den Bolschewismus«, antwortete Liam vorsichtig.

»Gewiss. Natürlich. Doch das muss nicht so bleiben.«

Dem konnte man nur zustimmen. Stalin war bei seiner Lieblingsbeschäftigung, alle gegeneinander auszuspielen.

»Großbritannien liegt am Boden, da helfen auch Churchills große Reden nichts. Solange die USA nicht eingreifen, braucht er einen Kampfgenossen gegen Hitler.«

»Ja.« Der Mann hatte recht. Liam sah das ebenso.

»Polens Interessen scheinen keine Rolle mehr zu spielen. Wir haben Gründe, Stalin mindestens ebenso zu misstrauen, wie wir Hitler misstrauen. Vielleicht misstrauen wir ihm sogar weit mehr. Viele unserer Offiziere und Soldaten sind nicht mit uns zurückgekehrt. Wir haben von massenhaften Verhaftungen gehört, nachdem die Rote Armee in Polen eingefallen ist. Nicht nur Militärs, auch Lehrer, Professoren, Kirchenleute wurden abgeführt. Unsere Führungselite.«

Ja, das passte. Der von Stalin annektierte Teil Polens musste gesäubert werden, damit er auf Dauer unterjocht bleiben konnte. Stalin war ein Meister darin, Widerstand in jeder Form zu ersticken. Gern auch durch Genickschuss.

»Hitler hat die Wiedererrichtung eines souveränen Polens versprochen. Wie ernst auch immer es ihm damit ist: Von Stalin haben wir nichts dergleichen zu erwarten.«

»Hitler ist nicht zu trauen«, sagte Liam. Das war die offizielle Linie.

»Aber käme es nicht auf einen Versuch an? Bevor wir in den Abgrund stürzen? Und – können wir England trauen? Frankreich? Den USA? Ich habe das Gefühl, dass wir zwischen zwei Mühlsteinen stecken, die auf uns zurollen, um uns zu zermalmen.«

Das war eine zutreffende Beschreibung der Lage, fand Liam. Polen war nur eine armselige Schachfigur. Das Bauernopfer. Es waren weit größere Mächte im Spiel.

Liam zögerte. Dann fragte er dennoch. »Halten Sie die polnischen Dokumente wirklich für authentisch? Das Weißbuch wurde schließlich von den Deutschen veröffentlicht.

Kann das sein, dass Polen von den USA dazu angehalten wurde, sich auf keine deutschen Forderungen und auf kein deutsches Angebot einzulassen?«

Antonowicz schwieg. Dann seufzte er. »Ja. Die Dokumente sind authentisch, ich weiß das aus erster Hand.«

»Aus erster Hand?«

»Unser Botschafter in Paris hat es mir bestätigt. Roosevelt hat seinen Botschafter instruiert, Druck auf Polen auszuüben und alle Verhandlungen mit den Deutschen abzulehnen. Er hat im Gegenzug Amerikas Beistand zugesagt.«

»Das heißt dann wohl, dass Roosevelt Krieg wollte?«

»Vielleicht. Polen jedenfalls fühlte sich stark mit den Amerikanern im Rücken. Wir wurden übermütig. Und nun ...«

Liam spürte, wie der Mann neben ihm zitterte. »Nun könnte es zu spät sein«, sagte er sanft.

Antonowicz schüttelte den Kopf. »Wir wissen, dass es in Ihrem Land viele gibt, die Churchills Kurs auf den Krieg nicht mittragen. Der Duke of Kent ist ein großer Freund unseres Landes, er hat uns oft besucht, er spricht unsere Sprache.«

Prinz George, der Duke of Kent, war der vierte Sohn von Georg V. Seine Frau, Queen Mary, konnte Churchill nicht ausstehen. Das war bekannt.

»Wir können ihn uns gut als künftigen polnischen König vorstellen.«

Das erstaunte Liam. So weit waren die Polen schon gediehen mit ihren Zukunftsplänen?

»Was sagt Sikorski dazu?«

Wieder seufzte der Mann. »Der General verhandelt mit Stalin, um unsere Männer freizubekommen. Das ist ehrenhaft und hat mir wahrscheinlich das Leben gerettet. Doch er sieht das größere Bild nicht.«

»Das größere Bild?«

»Ja. Wir werden zerrieben zwischen der Sowjetunion und dem Deutschen Reich. Deshalb brauchen wir Frieden zwischen Großbritannien und Deutschland. Einem Feldzug der Wehrmacht gegen die Sowjetunion wiederum würde sich die polnische Armee vermutlich anschließen.«

»Ich fürchte, Churchill wird sich davon nicht überzeugen lassen«, sagte er schließlich.

Die Atmosphäre im Haus der Fosters in Glasgow war angespannt. Das Zimmer, in das man Liam nach einem gewissen Zögern hineinbat, war überhitzt, die Luft geschwängert vom Rauch der Zigarre, auf der Gordons Vater herumkaute. Raelyn saß auf einem Sessel am Fenster, neben sich Niamh. Sie wirkte eingeschüchtert, und die Kleine sah aus, als hätte sie geweint.

»Ich habe Gordon davon abgeraten, sich zum Dienst zu melden. Wir Schotten sind nicht dazu da, den Engländern den Arsch zu retten«, brummte der alte Foster.

Gordons Mutter tupfte sich die Augen mit einem Taschentuch. »Er kommt zurück. Wir wissen doch gar nicht, ob er wirklich tot ist.«

»Mutter«, sagte Raelyn, sie wollte etwas sagen, vielleicht etwas Tröstliches, vielleicht etwas Hoffnungsvolles, aber ihre Schwiegermutter fuhr dazwischen. »Er hätte bei Frau und Kind bleiben sollen. Warum hast du ihn nicht zurückgehalten?«

Raelyn fuhr zusammen, als ob man sie geohrfeigt hätte.

»Auf mich hat er auch nicht gehört«, murmelte der Alte. »Lass gut sein, Davina, nicht nur wir haben ihn verloren.«

»Mein tiefstes Mitgefühl. Ihr Verlust schmerzt uns alle sehr. Meine Eltern hatten Ihren Sohn lieb gewonnen«, sagte Liam.

»Er hat seine Pflicht getan«, antwortete Davina. »Für das Vaterland. Wir müssen stolz auf ihn sein.«

Ein schwacher Trost. Doch was blieb trauernden Eltern auch sonst übrig?, dachte Liam. »Ich bringe Raelyn und Niamh nach Hause«, sagte er. »Die Kleine ist schon ganz müde.«

»Aber sie kann doch hierbleiben? Es ist unser Enkelkind, unser einziges!«

»Meine Mutter braucht mich«, sagte Raelyn leise.

Das Gesicht ihrer Schwiegermutter hatte sich verdüstert.

»Geht nur, ihr beiden«, sagte der alte Foster. »Und besucht uns bald wieder.«

Raelyn saß mit der schlafenden Niamh auf dem Rücksitz, während Liam durch die Dunkelheit chauffierte. Hinter Carrbridge setzte Raelyn sich auf. »Das ist die falsche Richtung«, sagte sie. »Du hättest schon vor einigen Kilometern rechts abbiegen müssen.«

»Ich nehme euch mit nach Moray Castle. Das ist euer Zuhause.«

»Meine Mutter …«

»Tante Morag weiß Bescheid. Sie kommt so bald wie möglich.«

Es war spät, als sie eintrafen, aber Eilidh war noch wach, und das Feuer im Kamin brannte. Sie nahm Mutter und Kind in die Arme.

»Kannst du ihm vergeben?«, fragte sie leise.

Doch Liam hatte gute Ohren. Hoffentlich kann sie, dachte er.

VIII

London

Alards Botschaften klangen immer deprimierter. Dabei war seine jüngste Mitteilung durchaus bemerkenswert. Wieder schien Hitler eine Friedensofferte machen zu wollen. »Eine seiner Provokationen«, hieß das bei den Anhängern Churchills. »Es ist die Rede von einem Friedensemissär, einem auf höchster Ebene«, schrieb der Freund.

Beim SIS erntete Liam mit der bloßen Andeutung einer solchen Möglichkeit Lächeln und Kopfschütteln. Er wusste, dass »C« Stewart Menzies eigentlich seiner Meinung war. Doch die Churchill-Fraktion machte Druck auf den SIS, Churchill favorisierte seine eigene Schöpfung, SOE, die Leute für die schmutzige Kriegsführung. Menzies war zudem überwiegend mit der Dechiffrierabteilung in Bletchley Park beschäftigt, die mithilfe polnischer Spezialisten den Code für die deutsche Chiffriermaschine namens Enigma geknackt hatte, weshalb man nun sämtliche Funksprüche der Deutschen auslesen konnte. Das beflügelte die Hoffnung, gegen die Deutschen bestehen zu können.

Menzies hatte Liam eines Tages gebeten, ihn in Bletchley Park zu besuchen, und so war er an einem milden Frühlingstag Anfang Mai losgefahren. Bletchley Park lag in Buckinghamshire, um die siebzig Kilometer nordwestlich von London. Es war abgeschieden genug und zugleich, dank Eisenbahnanschluss, exzellent verbunden mit London und vor allem mit Cambridge und Oxford, wo die Talente heranwuchsen, die sich hier versammelten. Mathematiker und »Kryptoanalytiker«, Schachspieler und Sprachwissenschaftler, Leute mit Tunnelblick und mit einer Ernsthaftigkeit, die so gar nicht passte zum Herrenhaus, das aufgetakelt war wie eine Marzipantorte, fünf Stücke, verziert mit Sahne und Himbeergelee.

Zu seiner Verblüffung wurde er von einer Schar gackernder Mädchen begrüßt, die mit Butterbroten und Thermosflaschen auf dem Rasen saßen und ihm neckisch zuwinkten. »Was für eine Augenweide!«, rief eine drahtige Blonde mit Brille. »Das ist doch mal was anderes als unsere bleichen Geistesgrößen!« Liam verbeugte sich höflich, winkte ihnen zu und ging zum Haupteingang. Drinnen wurde er von einem Soldaten begrüßt und in ein helles Erkerzimmer geführt, in dem außer einem Schreibtisch zwei nicht sehr bequeme Stühle standen. Für Luxus waren die Aussicht auf den sonnenbeschienenen Park und die kunstvolle Stuckdecke zuständig.

In der Mitte des Raums empfingen ihn zwei Männer.

»Liam!« Menzies reichte ihm die Hand. »Das ist Alastair Denniston, dem wir unser Projekt zu verdanken haben.«

Denniston, ein schlanker Mann mit soldatischer Haltung und kühlen schmalen Augen, neigte den Kopf. »Zu viel der Ehre. Wir haben alles unseren Freunden zu verdanken. Einem französischen Agenten, der im Dezember 1932 Unterlagen für eine neue Chiffriermaschine namens Enigma fotografierte. Und einem Mathematiker in Warschau, der die deutschen Chiffriercodes entschlüsselte. Wir stehen auf den Schultern von Riesen.«

Liam war beeindruckt. Das alles war ihm neu.

»Heute können wir deutsche Funksprüche schneller entschlüsseln als diejenigen, die sie erreichen sollen.«

»Man sollte ihnen empfehlen, in Bletchley Park anzurufen, wenn sie wissen wollen, wie ihre Befehle lauten«, scherzte Menzies.

Liam lächelte und nickte und wusste noch immer nicht, warum er eigentlich hier war.

»Darf ich unseren Freund auf einen kleinen Rundgang einladen, Alastair?«, fragte Menzies. Denniston machte eine einladende Geste.

Draußen sah man keines der Mädchen mehr, die Frühstückspause war vorbei.

»Dein letzter Bericht hat einigen nicht gefallen, Liam, wie du dir denken kannst. Wir glauben nicht an die Friedensangebote des Herrn Hitler. Auch wenn ich wünschte, wir würden wenigstens zum Schein darauf eingehen, damit wir wissen, woran wir sind. Aber der Premierminister ist strikt dagegen.« Menzies schaute in die Ferne.

»Das kann ich mir denken, Sir«, antwortete Liam.

»Ich möchte, dass du dich aus der Schusslinie bringst, das bin ich deinem Vater schuldig.«

Wieder nickte Liam.

»Halte dich eine Weile von London fern. Ich möchte, dass du deine Kontakte zu unseren Polen in Schottland ausbaust. Sie fühlen sich nicht genug gewürdigt. Dem Premierminister scheint das egal zu sein. Mir nicht. Wir haben Polen Schutz versprochen, obwohl wir das Versprechen nicht halten konnten – und damit womöglich weit größeren Schaden angerichtet. Umso mehr haben wir etwas an seinen Soldaten gutzumachen.«

Liam nickte. Er sah das ebenso.

Und dann begriff er. Dieser Auftrag hieß, London und die ständigen Bombenangriffe hinter sich lassen und der Heimat näher sein zu können. Der Heimat, den Eltern, Raelyn und Niamh. Meiner Familie, dachte er.

Doch seine Hoffnung auf ein friedliches Familienleben wurde enttäuscht. Am 18. Mai meldeten fette Schlagzeilen auf der Titelseite des Daily Record, dass Rudolf Heß eine Woche zuvor in Schottland mit dem Fallschirm aus seinem abstürzenden Flugzeug gesprungen sei und nun seinen verletzten Knöchel in Glasgow auskuriere.

Alards Information war also womöglich korrekt gewesen: Das könnte der von ihm angekündigte Friedensemissär sein. Doch dass es der Stellvertreter des Führers war, der bei Nacht in Feindesland gestrandet war, übertraf alles, was Liam sich vorzustellen vermochte.

Noch bevor er die Nachricht verarbeitet hatte, erreichte ihn ein Anruf von Antonowicz.

»Ich habe Informationen, die Sie hören müssen«, sagte Antonowicz mit einer vor Aufregung belegten Stimme. »Kommen Sie nach Glasgow.«

Es war jetzt neun Uhr. Selbst wenn er sich beeilte, brauchte er für die Fahrt einen halben Tag. Liam zögerte.

»Noch heute, bitte.«

»Gut.« Er würde Raelyn und Niamh zu den Fosters bringen, das war, falls es Schwierigkeiten gab, ein haltbares Alibi.

Raelyn wunderte sich, dass er es so eilig hatte, ihre Schwiegereltern wiederzusehen, denen sie noch immer nicht gestanden hatten, dass Niamh nicht ihr Enkelkind war. Sie schenkte ihm einen langen Blick, sagte nichts und packte ein paar Sachen für die Kleine.

Nachmittags erreichten sie Glasgow. Liam hatte sich mit Antonowicz an der Brücke über den Clyde am Glasgow Green verabredet. Es war ein milder Tag, sie gingen unter dem frischen Grün der Bäume am Fluss entlang.

»Es geht sicher um Rudolf Heß«, sagte er nach einer Weile.

Antonowicz hatte die Hände in den Taschen seines Mantels versenkt. »Ja«, sagte er. »Er ist in der Nacht bei Dungavel heruntergekommen. Sie haben ihn nach Giffnock gebracht, in eine Pfadfinderhütte der Home Guard. Dort ist er befragt worden. Als Dolmetscher haben sie Roman Battaglia vom polnischen Konsulat in Glasgow angefordert. Erst danach haben sie Heß ins Krankenhaus gebracht, er hat sich beim Absprung den Knöchel verletzt.«

»Battaglia?« Warum sollte ein Pole der Erste gewesen sein, der den Stellvertreter des Führers befragte? Das wunderte Liam.

»Battaglia sagt, Rudolf Heß sei als Friedensemissär gekommen. Als Stellvertreter des Führers sei er ermächtigt, entsprechende Verhandlungen zu führen. Er verlangt freies Geleit und zum König gebracht zu werden, er sei nicht bereit, mit Churchill zu verhandeln.«

Interessant. Rudolf Heß setzte also auf das Prärogativ des Königs, das Parlament aufzulösen und eine andere Regierung einzusetzen. Eine Regierung ohne Churchill?

»Er hat einen Separatfrieden mit der polnischen Exilregierung angeboten. Das Deutsche Reich wolle die Wiederherstellung eines souveränen polnischen Staates.«

Das war genau das, was die Kritiker General Sikorskis wollten: keine Verhandlungen mit Stalin, sondern Frieden mit Hitler.

»Hitler hat sich von Rudolf Heß distanziert«, sagte Liam. »Er sei nicht ganz bei Sinnen.«

Antonowicz seufzte. »Gewiss. Das ist die einfachste Erklärung. Nur ein Verrückter fliegt ins Land des Gegners und erwartet das Unmögliche. Der Haken dabei ist nur: Wenn Rudolf Heß verrückt ist, müsste er gemäß der Genfer Konvention repatriiert werden. Wenn er aber mit einem Friedensangebot kommt, darf man ihn nicht einsperren. Es heißt, er habe einen Aktenkoffer bei sich gehabt. Wir werden wohl nie erfahren, was er enthielt.«

Wenn man partout keinen Frieden will, dachte Liam, dann muss man den Verrückten wegsperren und dafür sorgen, dass niemand erfährt, was er wirklich bei uns wollte. War das die Strategie?

»Es ist Churchill. Churchill will keinen Frieden«, sagte Antonowicz, der immer bedrückter wirkte. »Und die polnischen Belange interessieren ihn schon gar nicht.«

»Churchill braucht Stalin«, sagte Liam nach einer Weile. »Und wenn Stalin, misstrauisch, wie er ist, auf die Idee kommen sollte, dass wir heimlich Frieden mit dem Deutschen Reich schließen wollen ...«

Antonowicz breitete die Arme aus, eine hilflose Geste. »Und deshalb darf niemand etwas über die Absichten von Heß erfahren. Churchill wartet darauf, dass Hitler die Sowjetunion angreift. Dann hat das Reich den Zweifrontenkrieg, den Hitler nicht gewinnen kann. Polen wird zwischen den beiden Monstern zermalmt werden.«

Und das Vereinigte Königreich wird sein Imperium verlieren, dachte Liam. Das wiederum käme den USA entgegen. Wenn es stimmte, dass Rudolf Heß mit einer Friedensmission nach Schottland geflogen war, dann war mit seinem Verschwinden die letzte Chance auf Frieden vorbei.

Sie verabschiedeten sich voneinander in gedrückter Stimmung.

IX

Müde nach der wöchentlichen Konferenz in London, kehrte Liam in sein klammes Zimmer in der Pension zurück. Dort wartete ein Brief auf ihn.

»Der Wahnsinn lässt sich kaum noch steigern«, schrieb Alard in dem Kassiber, das über mehrere Ecken in London gelandet war. »Unsere Soldaten erfrieren und verhungern in der Sowjetunion, während sie zu Hause nichts Besseres zu tun haben, als die Juden nach Polen in Konzentrationslager zu deportieren. Hitler dreht durch. Vielleicht war Rudolf Heß lange ein ausgleichender Faktor? Damit ist es vorbei. Der Führer radikalisiert sich in rasendem Tempo.«

Liam legte den Brief beiseite. Seit dem Oktober wurden deutsche Juden nicht mehr nur drangsaliert, sondern in Massen deportiert, zumeist in Konzentrationslager in Polen. Hitler machte also wahr, was er lange angekündigt hatte. Doch wen interessierte das schon? Auch in Großbritannien mochte man die Juden nicht. Ihm stieg die Galle hoch, wenn er daran dachte, wie die Welt mit den Juden umging, die rechtzeitig fliehen konnten. Nirgendwo fanden sie einen sicheren Hafen, auch nicht in Großbritannien. Churchill war sogar dagegen, dass sie nach Palästina gingen, aus Angst vor arabischem Unmut.

Warum, dachte Liam, wozu führen wir Krieg, wenn wir solche Opfer hinzunehmen bereit sind? Werden wir einander noch in die Augen sehen können, wenn das Gemetzel endlich vorbei ist?

Er nahm Alards Schreiben wieder auf. »Helene ist verhaftet worden, unter einem Vorwand. Es hilft nur noch eins: der Tod des Tyrannen.«

Helene. Liam sah sie vor sich, er sah sie alle drei vor sich, wie sie in Cáceres im Stroh saßen und den Weltfrieden retten wollten. Wir Kinder. Als ob man mit guten Absichten eine Monsterwelle aufhalten könnte, die über uns allen zusammenschlägt.

Hatte Alard sie nicht in Stendal in einem Fotogeschäft untergebracht? Wieso hatte man sie verhaftet, was warf man ihr vor? Trug sie den Judenstern? War sie in ein Lager deportiert worden?

Und wer sollte den Tyrannenmord begehen? Alard? Wollte er ein Märtyrer werden? Alard von Sedlitz, ein Aktenschubser?

Lächerlich. Außerdem war es dafür längst zu spät.

Liam legte sich angezogen aufs Bett, sein Kopf schmerzte, und sein Magen rebellierte. Es war vorbei. Alles war vorbei. Deutschland würde untergehen, und das britische Imperium würde ebenfalls im Mahlstrom versinken, wenn die USA und die Sowjetunion sich die Welt aufteilten. Wie lange würde das Schlachten dauern? Ein Jahr noch, zwei Jahre? Länger?

Nach einer Weile stand er auf, setzte sich an den Tisch und schrieb an Alard. »Es ist vorbei. Nichts ist mehr zu retten. Versuche, Helene zu helfen. Und kümmere Dich um Deinen Vater. Niemand weiß, wie lange wir unsere Eltern noch haben.«

Liam dachte an seine Eltern, an Alexander und Eilidh, wie viel gemeinsame Zeit würde ihnen noch bleiben? Würde es ein Leben, ein wenig Glück geben mit Raelyn und Niamh? Nicht, wenn er in London bliebe.

Mitten in der Nacht fuhr er zurück nach Moray Castle. Es gab auch für ihn nichts mehr zu tun. Die Vernunft und die

Vernünftigen im SIS hatten verloren. Noch hatte er Alards Stimme im Ohr: »Man lässt sein Land nicht im Stich, nur weil es eine dubiose Regierung hat.« Das mochte so sein. Doch Liam war kein Engländer. Und Westminster war weit entfernt von Schottland.

Fünftes Buch

Alard

I

Berlin

»Wir denken an Dich und an Deinen Vater, lieber Alard. Benitas Tod ist ein schwerer Schlag. Hätten wir Euch doch noch besuchen können! Durch Alex wissen wir, wie sehr sie sich geliebt haben, Deine Eltern. Doch dass sie so krank war …«

Alard legte den Brief von Eilidh und Alex Broedie beiseite, der auf Umwegen und daher erst Monate nach Benitas Tod im Mai 1940 bei ihm eingetroffen war. Dass sie so krank war … Auch ihm war das nicht klar gewesen. Sie war dünn geworden, gewiss. Doch wenn er zu Besuch kam, wirkte sie beinahe so wie früher. Nicht mehr so gut auf den Beinen vielleicht, aber aufrecht, mit einem Lächeln auf dem Gesicht, das nur manchmal erstarb, wenn sie glaubte, unbeobachtet zu sein.

Er sah den Weiher hinter dem Wäldchen vor sich, ein seichter Teich, in dem er mit den Nachbarskindern um die Wette geschwommen war, damals, als er noch glaubte, er könnte ein Weltklasseschwimmer werden. In dieses trostlose Gewässer hatte sie sich hineinsinken lassen, immer tiefer, bis das Wasser über ihr zusammenschlug.

Was musste sie gelitten haben, um so aus der Welt zu gehen! Doch vielleicht waren es auch die Schatten gewesen, die sie erreicht und hinuntergezogen hatten. Die Schatten, die auch er spürte, immer mehr. Manchmal dachte er daran, ihr zu folgen.

Er gab sich einen Ruck. Er musste sich um seinen Vater kümmern, je öfter, desto besser. Sofern das Amt es ihm erlaubte. Und er musste Liams Frage nach Helene beantworten. Was sollte er ihm schreiben?

»Lieber Freund, ich vermeide den Gedanken an sie. Ich Idiot habe versucht, sie zu küssen. Deshalb gehe ich ihr aus dem Weg, Stendal ist ja nicht gerade um die Ecke.« Oder so: »Ich habe mich in sie verliebt. Aber sie liebt Dich. Was ich verstehen kann. Ich liebe Dich ja auch.« Nein. »Es geht ihr gut. Sie geht ganz in ihrer Arbeit auf.« So, etwa.

Er vermisste Liam beinahe so heftig, wie er sich nach Helene sehnte. Ihm war nur Adelante geblieben, der große schwarze Hund, den er in Spanien gerettet hatte. Er ließ seine Hand hinunterfallen auf den seidigen Kopf des Tieres, das neben seinem Bett lag. Der Hund seufzte zufrieden auf.

Die letzte Nachricht von Liam war schon eine Weile her. Wenn ihm Heinz aus der Schweiz geschrieben hatte mit der Schilderung eines Ausflugs in die Berge, versuchte Alard, so schnell wie möglich zum Montbijoupark zu gelangen, während der Mittagspause, manchmal auch später. Dass Adelante Bewegung brauchte, war ein Vorwand, den jeder verstand. Liams Botschaften klebten stets unter einer Bank neben einer Rotbuche. Die bislang letzte schilderte das Desaster im niederländischen Venlo im November 1939, als die Deutschen zwei britische Emissäre entführten, die glaubten, im Dienste des Friedens mit deutschen Wehrmachtsoffizieren zu verhandeln. Große Teile des britischen Spionagenetzes in Europa waren danach aufgeflogen.

Niemand glaubte den deutschen Gegnern von Hitler mehr, dabei rumorte es nicht nur im AA, sondern auch in der Wehrmacht. Er hatte Liam geschrieben, was er in Erfahrung gebracht hatte, aber er glaubte selbst nicht mehr an effektiven Widerstand. Die Herren konnten sich ganz offenbar auf keine vernünftige Strategie einigen. Sie diskutierten lieber.

Was waren wir für Kinder, dachte Alard, wir drei. Wie hatten wir uns nur einbilden können, Friedensstifter zu sein! Er löschte die Nachttischlampe, suchte die bequemste Position auf der durchgelegenen Matratze und versuchte zu schlafen – mit dem Gedanken an Liam und an Helene. Wen liebst du eigentlich mehr, dachte er noch, bevor er wegdämmerte.

II

Hilda von Dirksen, die Frau von Ex-Botschafter Herbert von Dirksen, die er aus seiner Zeit bei der Londoner Botschaft kannte, hatte ihn vor einigen Monaten zu einem Gesprächskreis eingeladen, in dem die wachere Hälfte des Auswärtigen Amtes versammelt war und wo man halbwegs offen reden konnte. Das sorgte dafür, dass er nicht völlig vereinsamte.

Diesmal traf er ein wenig später ein als die anderen, die bereits in Dirksens Salon standen und mit erhitzten Köpfen aufeinander einredeten. Es dauerte eine Weile, bis er verstanden hatte, worum es ging. Ein hochrangiger Emissär, hieß es, würde nach Großbritannien reisen und über einen Separatfrieden zwischen dem Deutschen Reich und dem Vereinigten Königreich verhandeln. Nun rätselten alle, wer damit beauftragt war.

»Ernst Bohle, schätze ich«, flüsterte Dirksen ihm zu.

Der Leiter der Auslandsorganisation der NSDAP? Möglich, dachte Alard. Der Mann war in Großbritannien aufgewachsen, er sprach fließend Englisch.

»Wie soll das gehen?«, tönte v. Willensen, ein großer, breitschultriger Mann mit den Allüren eines preußischen Junkers. »Reist er zu Fuß an? Kommt er per Schiff? Glaubt er, die Briten würden ihm feierlich Geleit geben?«

»Wie wär's mit dem Flugzeug?« Alle Blicke richteten sich auf den jungen Mann, der so wagemutig fragte.

V. Willensen feuerte sofort zurück. »Ich glaube kaum, dass das Benzin für die ganze Strecke reicht. Und wenn doch, schießen sie den Vogel ab, sobald ihr Radar ihn erfasst hat.«

»Es sei denn, er hätte sich vorher angemeldet.« Alard hatte sich eigentlich zurückhalten wollen, aber der Gedanke war naheliegend. Er musste Liam so schnell wie möglich von der Sache berichten.

»Das ist durchaus möglich«, sagte Dirksen. »Wir wissen, dass Churchill nicht bei allen beliebt ist. Insbesondere bei den Royals mögen viele seine kriegerischen Töne nicht. Möglich ist allerdings auch, dass es sich um eine Falle handelt.«

Rache für Venlo, dachte Alard. Nicht ausgeschlossen.

»Ich halte das alles für ein Latrinengerücht«, tönte v. Willensen. »Der Führer hat so oft um Frieden nachgesucht, und niemand von dieser hochnäsigen Bande ist darauf eingegangen. Noch nicht einmal nach seiner großzügigen Geste in Dünkirchen.«

»Das war wahrscheinlich sein größter Fehler«, murmelte Dirksen neben Alard. »Hätte er Guderian und von Rundstedt weiter vorstoßen lassen, wäre der Krieg schon vor einem Jahr zu Ende gewesen.«

Alard blieb noch eine halbe Stunde, um nicht unhöflich zu erscheinen, und gab Sorgen um seinen Hund vor, als er sich von den Dirksens verabschiedete. Er musste Liam so schnell wie möglich die Nachricht zukommen lassen, dass ein Separatfrieden womöglich doch noch nicht ganz ausgeschlossen war.

Eine Illusion, wie er am 12. Mai erkennen musste.

Tatsächlich war jemand nach Großbritannien geflogen und in Schottland gelandet. Nicht Ernst Wilhelm Bohle. Sondern Rudolf Heß, der Stellvertreter des Führers. Mit Wissen oder Billigung des Führers? Man wusste es nicht. Hitler erklärte seinen Vertrauten, der ihn seit 1920 begleitete, für unzurechnungsfähig. Und Churchill lachte sich wahrscheinlich ins Fäustchen. Rudolf Heß aber verschwand in der Versenkung. Auch Liam Broedie, der dank Alards Information die Ankunft eines Emissärs vorhergesagt hatte, konnte nicht in Erfahrung bringen, was Rudolf Heß bezweckte und was er womöglich im Gepäck gehabt hatte.

Hoffentlich habe ich dir nicht geschadet, mein Freund, dachte Alard.

III

Monate später rief sein Abteilungsleiter Dr. Friedrich Marks Alard in sein Zimmer. Der sonst so gemütliche Marks sparte sich lange Vorreden. »Sie kennen Helene Pinkus.«

Woher wusste er das? Alard nickte. Was blieb ihm anderes übrig.

»Sie ist im vergangenen November in Stendal in Gewahrsam genommen worden. Sie sollen sie dort einmal besucht haben, an ihrer Arbeitsstelle, bei Photo-Werner. Ist das richtig?«

Nach einem kurzen Moment des Schocks straffte Alard den Rücken und blickte Marks an. »Gewiss. Ich hielt es für meine Pflicht, mich um sie zu kümmern, sie ist in Spanien nur um Haaresbreite der Rotfront und dem Tod entgangen.« Was um Himmels willen hatte man Helene angetan?

»Ein edles Motiv, gewiss«, murmelte Marks und ging zum Fenster, die Hände in den Hosentaschen, die Schultern hochgezogen. »Man könnte bezweifeln, dass Fräulein Pinkus so viel Fürsorge wert ist. Sie scheint pervers zu sein. Sie fühlt sich offenbar dem eigenen Geschlecht zugetan.«

»Wie bitte?« Was für eine Absurdität!

»Man kann das natürlich begrüßen. Solche Frauen muss man nicht erst auf andere Weise an der Weitergabe ihres schlechten Erbguts hindern.«

Alard spürte, wie die Wut in ihm hochstieg. Seine Hände verkrampften sich zu Fäusten. »Wer hat dieses infame Gerücht in die Welt gesetzt?«

»Fräulein Pinkus hat alles freimütig gestanden«, sagte Friedrich Marks.

Sie haben sie gefoltert. Sie gequält, dachte Alard. Diese Verbrecher.

»Gut, dass sie keine Jüdin ist. Sie sollten Ihrem Schöpfer danken, lieber Alard. Rassenschande wird auch im Auswärtigen Amt nicht gern gesehen.«

War das eine Warnung?

»Und seien Sie froh, dass Fräulein Pinkus in Ravensbrück den schwarzen Winkel trägt und nicht den gelben Stern. Und alles ist besser als der Strang, finden Sie nicht? Auf Landesverrat steht Tod durch Erhängen.«

Landesverrat? Wie kam der Mann darauf? Was wusste er? Was hatte Helene getan?

»Seien Sie dankbar, dass das Schicksal Ihnen gnädig ist«, sagte Marks leise, beinahe mitleidig.

Als ob das noch wichtig wäre. Sein einziger Gedanke galt Helene. Man hatte sie also nach Ravensbrück ins zentrale Lager für Frauen gebracht. Der schwarze Winkel hieß, dass man sie als Asoziale einstufte. Hatte man sie geschoren, ihr die Haare abgeschnitten? Litt sie Hunger, musste sie frieren?

»Bitte widerstehen Sie der Versuchung, Fräulein Pinkus' Entlassung bewirken zu wollen. Nehmen Sie sich ein paar Tage frei. Besuchen Sie Ihren Vater. Gewinnen Sie Abstand.«

Damit war Alard entlassen.

Noch am Abend schrieb er an Liam. Ich habe versagt, dachte er. Ich sollte sie beschützen, aber ich habe sie alleingelassen. Aus dem dümmsten aller dummen Motive.

Liam antwortete schon Tage später. Es war wie ein Abschiedsbrief. Die Verbindung zu dem einzigen Menschen, mit dem er sich in Einklang fühlte, war abgerissen.

IV

Alard saß im Zug nach Mondsee, Adelante zu seinen Füßen. Der Hund schmiegte sich an seine Knie, er spürte, dass etwas nicht stimmte.

Alard streichelte die weichen Ohren des Tieres und kämpfte mit den Tränen. Es war, als ob ihm alles genommen werden sollte. Seine Mutter. Helene. Liam. Und nun Adelante.

In Berlin durften keine Hunde mehr gehalten werden. Die hungernde Bevölkerung sollte die knapper werdenden Rationen nicht auch noch mit Haustieren teilen. Das war durchaus nachvollziehbar, auch ihm war es in den vergangenen Monaten schwergefallen, sein Riesentier durchzufüttern. In Mondsee war sie besser aufgehoben.

Sein Vater stand wie verloren auf dem Bahnsteig, als der Zug einfuhr. Er kam Alard kleiner vor, zusammengesunken, gedrückt. Kein Wunder, dachte er beim Aussteigen, während Adelante bereits schweifwedelnd auf Ludwig von Sedlitz zulief.

Die beiden Männer umarmten sich, ganz gegen sonstige Gewohnheiten. »Schön, dass du da bist«, sagte sein Vater. »Auch wenn der Anlass traurig ist. Aber so wirst du uns vielleicht öfter besuchen kommen.«

»Ich würde ganz nach Hause kommen, Vater, das weißt du«, sagte Alard. »Du kannst Hilfe gebrauchen.«

»Seit wann verstehst du etwas von Landwirtschaft?« Sein Vater schüttelte den Kopf. »Wir können das im Übrigen nicht riskieren. Wenn du nicht mehr im Auswärtigen Amt arbeitest, schicken sie dich nach Russland.«

Er hatte recht. Dennoch spürte Alard sein schlechtes Gewissen. Mondsee war heruntergekommen. Gebäude und Stallungen waren in schlechtem Zustand, der Obstgarten war verwildert, und seit Mutter nicht mehr war, wurde kein Gemüse angebaut, dabei war Selbstversorgung jetzt nötiger denn je.

»Und wenn mich eine der Bomben trifft, mit denen die Royal Air Force die Hauptstadt beglückt?«

Sein Vater stellte eine Karaffe mit Wasser auf den Gartentisch, einen Laib Brot, Wurst und geräucherten Schinken. Adelante bettelte nie, aber sie verschmähte das Stück Wurst nicht, das Ludwig ihr hinhielt.

»Mittlerweile ist die Front überall. Nur nicht hier.«

»Möge es so bleiben«, sagte sein Vater leise.

Sechstes Buch

Danach

I

Moray Castle

»Liam! Kommst du bitte?«

Seine Mutter klang, als ob es dringend wäre. Liam kroch unter dem Traktor hervor und wischte sich die ölverschmierten Hände an einem schon längst nicht mehr sauberen Tuch ab. »Bin auf dem Weg.«

Sie erwartete ihn an der Haustür. »Du hast Besuch. Er sitzt im Garten.«

Besuch in Moray Castle? Am Ende der Welt? Das war ungewöhnlich. Noch überraschender war der Besucher selbst.

William Miller war wie immer makellos gekleidet, aber blass im Gesicht und noch ein wenig schlanker, als Liam ihn in Erinnerung hatte. Aber waren sie nicht alle schlank geworden in den letzten Jahren? Ein Euphemismus für: ausgehungert. Noch immer waren Lebensmittel rationiert. Glücklich, wer Nutzvieh und einen eigenen Garten hatte und das Meer in der Nähe wusste, wo es ein paar Fischer gab, die mit frischem Fisch und Schmuggelgut handelten. In Moray Castle hatten sie aus all diesen Gründen einigermaßen Glück gehabt. Dem alten Kollegen vom SIS aber war es offenbar nicht besser ergangen als dem größten Teil der Bevölkerung.

Miller saß am Gartentisch, vor sich eine Tasse Tee. Liam lächelte seine Mutter dankbar an und ging auf Miller zu, der hastig aufstand.

»William«, sagte Liam.

Miller lächelte mit schmalen Lippen. »Liam.«

Im Dienst hatten sie sich nie mit Vornamen angesprochen, aber Liam war nicht mehr im Dienst. Oder? Der Gedanke machte ihn unruhig. Warum war Miller hier?

Sie setzten sich. Es war ein heißer Augustnachmittag, doch die Brise, die vom Meer her über die Anhöhe strich, auf der Moray Castle stand, machte die Hitze erträglich.

Raelyn kam mit Niamh über die Wiese geschlendert, die beiden hatten hinten bei den Beeten Gemüse geerntet, aus dem Korb, den sie trugen, ragten Lauchstangen und Möhrengrün. Sie winkten, als sie am Gartentisch vorbei ins Haus gingen.

»Ich weiß nicht, warum Sie gekommen sind, William. Aber das hier ist jetzt mein Leben, verstehen Sie?«, sagte Liam leise.

Miller sah den beiden hinterher und seufzte. »Ich verstehe, glauben Sie mir, Liam. Aber …«

Aber. Liam wollte kein Aber hören. Miller schien seine Abwehr zu spüren und schwieg.

Es war Liam, der das Schweigen endlich brach. »Ich gebe auf. Was führt Sie zu mir? Schottland liegt ja nicht gerade in der Nähe von London.« Sondern erfreulicherweise in beinahe sechshundert Meilen Entfernung.

Miller griff nach der Teetasse, hob sie kurz an den Mund, setzte sie wieder ab.

»Zigarette?« Liam hielt ihm sein Etui hin. Miller hatte stets Zigarre geraucht, doch jetzt griff er beinahe gierig nach der angebotenen Player's. Er ließ sich Feuer geben und nahm ein paar tiefe Züge.

»Wir haben falschgelegen, Liam«, sagte er endlich. »Churchill hatte recht. Das wahre Monster war Hitler.«

Ja. Liam hatte die Bilder gesehen. Bilder von ausgemergelten Menschen und Leichenbergen. Bilder aus den Konzentrationslagern, den Vernichtungslagern. Es war unvorstellbar. Wie konnte ein Kulturvolk wie die Deutschen das zulassen? Oder gar dabei mitmachen?

Und doch – wie konnten wir die Polen und die Tschechen und ein gutes Drittel der Deutschen Stalin überlassen? Und hat die Bombardierung der deutschen Zivilbevölkerung auch nur einen zur Vernichtung vorgesehenen Lagerinsassen gerettet?

Doch darüber redete niemand mehr. Die Briten nagten am Hungertuch und waren von den Amerikanern abhängig, aber wenigstens durften sie sich als Sieger fühlen.

»Ich verstehe, dass Sie damals den Dienst verlassen haben. Sie waren ja bekannt als deutschfreundlich. Sie hätten sich nicht mehr lange bei uns wohlgefühlt.«

War das Sarkasmus? Oder Verständnis? »Stimmt. Außerdem wurde ich nicht mehr gebraucht.«

Sie rauchten schweigend. Endlich drückte Miller seine Zigarette aus. »Dafür werden Sie jetzt gebraucht. Sie haben Freunde in Deutschland. Wir möchten, dass Sie hinfahren.«

»Seit wann interessiert sich der Dienst für private Freundschaften?«

Miller lächelte. »Natürlich möchten wir, dass Sie nebenbei einen kleinen Auftrag erfüllen. Er könnte Ihnen sogar gefallen.« Er räusperte sich. »Anfang 1944 ist in Istanbul ein Überläufer in unsere Botschaft gekommen, ein junger Mann, gerade mal fünfundzwanzig Jahre alt, von der deutschen Abwehr. Ein Jurist namens Erich Vermehren mit seiner Frau Elisabeth, geborene Gräfin Plettenberg. Beide katholisch.«

Liam musste sich nicht darum bemühen, uninteressiert

dreinzuschauen. Er wollte nicht, was man von ihm wollte. Was immer es war.

»Vermehren hat uns eine Liste mit vertrauenswürdigen Personen aus dem antikommunistischen und hitlerfernen Milieu gegeben, überwiegend Katholiken, mit Namen, Beruf und Adresse. Solche Leute braucht das Deutschland jetzt, wenn es darum geht, verlässliche Institutionen aufzubauen. Das Land braucht gestandene Demokraten.«

»Hm«, machte Liam, aus reiner Höflichkeit.

»In der sowjetisch besetzten Zone haben die Kommunisten die Macht übernommen. In unserem Einflussbereich muss das anders sein. Keine Nazis und keine Kommunisten.«

»Richtig.« Was sonst?

»Ich mache mir keine großen Hoffnungen, aber es wäre mir lieb, wenn jemand diese Liste überprüfen könnte, der Land und Leute ein wenig kennt. Und bei dieser Gelegenheit könnten Sie nach Ihren alten Freunden suchen. Ich glaube, Ihrem Vater wäre daran gelegen.«

Liam blickte auf. Sein Vater war aus dem Haus gekommen, wie lange hörte er wohl schon zu? Jedenfalls setzte er sich jetzt zu ihnen. »Du würdest mir einen großen Gefallen tun, wenn du nebenbei nach Alard und Ludwig suchen würdest. Du weißt, wie sehr sie mir am Herzen liegen«, sagte Alex.

Das ist Erpressung, dachte Liam. Er ertrug die Trauer in den Augen seines Vaters nicht. Dabei lagen ihm die beiden ebenso sehr am Herzen.

Das war der Köder, der ihn locken sollte, Eltern, Frau und Kind zu verlassen. Ausgerechnet jetzt! Ein Jahr nach dem Ende des Krieges lag das Vereinigte Königreich am Boden, der Staat war bankrott, das Land bei den Amerikanern hoffnungslos verschuldet, das Empire so gut wie verloren. Churchill war im vergangenen Jahr nicht wiedergewählt worden, nun war Labour an der Regierung, was es auch nicht besser machte. Die britischen Sieger hatten in dem gigantischen Schlachten ebenso verloren wie die Besiegten. Nur Stalin hatte sich auf dem Kontinent fett gefressen. Und, dachte Liam, die USA an unserem verwundeten Leib.

»Wir möchten, dass Sie die Personen auf Vermehrens Liste aufsuchen. Was Sie sonst noch in Deutschland erledigen, ist Ihre Sache. Verstehen Sie?«

Nur zu gut, dachte Liam.

Miller blieb zum Abendessen. Sein Chauffeur aß mit Shona und der Köchin in der Küche, das war zwar ungewöhnlich, normalerweise aßen alle gemeinsam am großen Tisch in der Halle, aber Miller wünschte Diskretion.

Das war sicher besser so. Denn obwohl es Eilidh gar nicht recht war, drehte sich die Diskussion beim Whisky nach dem Essen um nichts anderes als um das, woran man gescheitert war, was falsch entschieden worden war, was man hätte verhindern müssen, mit aller Kraft. Auch Miller nahm das Wort »Sieg« nicht in den Mund.

Wie konnte man auch eine Niederlage zum Sieg verklären? Wir alle haben uns furchtbar geirrt. Millionen Tote lasten auf unserer Seele, dachte Liam. »Wer hat sich auf ganzer Linie durchgesetzt? Stalin, dessen Machtbereich nun bis nach Deutschland hineinreicht. Die Deutschen werden auf immer die Schurken in diesem Spiel bleiben, Stalins Verbrechen dagegen sind jetzt schon vergessen: die große Säuberung, die Morde an den Polen, das rücksichtslose Vorwärtspeitschen seiner belogenen und betrogenen Soldaten.«

»Und niemand will sich mehr daran erinnern, dass nicht Hitler allein Polen auf dem Gewissen hatte – sondern Hitler im Bündnis mit Stalin. Hitler der einzige Bösewicht, Stalins Sowjetunion das arme Opfer? Was für eine Farce. Und nun sagen sie, wir hätten einen guten Krieg geführt«, ergänzte sein Vater bitter.

»Ist nicht der Glaube an den ›guten Krieg‹ das Einzige, was uns besiegten Siegern geblieben ist?«, antwortete Miller leise.

Das brachte beide Broedies zum Verstummen.

»Ich fahre«, sagte Liam in die Runde. Vielleicht konnte er damit etwas wiedergutmachen.

Ob Raelyn ihn verstehen würde? Sie weinte nicht, als er ihr am Abend von seinem Entschluss erzählte. Sie sah ihm lange in die Augen und sagte dann: »Du kommst zurück. Versprich es mir.«

II

Deutschland

Der Himmel über Hamburg versteckte sich unter einer Staubwolke. Die Luft roch, nicht nach Wasser und Meer, sondern nach Kalk und Schimmel und etwas anderem, ein Geruch, den er aus Spanien nur zu gut kannte. Liam fühlte sich wie in den Kulissen einer uralten Tragödie. Der Feuersturm hatte die Stadt ausgebrannt, aus Schutt und Asche ragte ein Wald von grauweißen Häuserfassaden. Der Anblick nahm ihm die Luft. Er bildete sich ein, dass der Juli deshalb so drückend heiß war, weil die Ruinen noch immer glühten.

Man musste es sehen, riechen, anfassen. Es übertraf alles,

was er darüber gehört hatte. Die »Operation Gomorrha« hatte mit sieben Angriffen, zweitausendsechshundert Flugzeugen und etwa achttausendfünfhundert Tonnen Spreng- und Brandbomben den Anfang gemacht. Nach schließlich zweihundertdreizehn Luftangriffen war Hamburg zu mehr als der Hälfte zerstört. Die Bombergeschwader unter dem Kommando von Arthur Harris hatten »Blockbuster« eingesetzt, die zuerst die Hausdächer abdeckten und sodann das Innere entflammten. Enge mittelalterliche Viertel waren dagegen wehrlos.

Vor allem Frauen und Kinder starben. Millers Dossier hatte Berichte von Hamburger Rettungsärzten enthalten, in denen von Hunderten von Leichen die Rede war, die nackt auf der Straße gelegen hatten, von einer Hitzewelle in Orkanstärke lebend gekocht.

Der Gang durch die Trümmerlandschaft drückte ihm die Brust zusammen. Dabei sah man überall Menschen, die anpackten und aufräumten, die Straßen vom Schutt befreiten, Steine und Ziegel abklopften und stapelten. Viele Frauen, lachende Kinder und Jugendliche, wenige Männer.

In einer Straße mit Gründerzeithäusern sah er auf dem Balkon eines ausgebrannten Hauses eine alte Frau sitzen, sie schien seelenruhig zu stricken, obwohl das Dach des Hauses fehlte und die Mauern schwarz waren vom Ruß. Unter dem Eingangsportal eines gewiss einst prächtigen Hauses, dessen Trümmer sich hinter ihm auftürmten, verkaufte ein Mann Haushaltswaren, Besen und Töpfe.

Was hatte Miller noch gesagt? »Du bist zu Mitleid fähig, Liam. Die meisten von uns sind dazu nicht mehr in der Lage.«

Eine maßlose Trauer hielt ihn im Griff. Mitleid war ein Fluch, dachte er. Wie viele Männer würden nie zurückkehren? Millionen Soldaten. Dazu Millionen Zivilisten, die unter dem Bombenhagel der letzten Jahre und Monate umgekommen waren. Millionen Opfer des Hitler-Regimes. Millionen ermordeter Juden. Wie konnte sich dieses Land davon jemals wieder erholen? Durfte man das ganze Volk für die Verbrechen seiner Führer bestrafen?

Und doch – wie viele in diesem einst so kultivierten Land hatten all diese Barbareien mitgemacht? Konnte man noch hoffen auf ein neues Deutschland, das wie das alte wäre, ein Kulturvolk, gebildet und sensibel? Wer war noch da, der den Phoenix aus der Asche steigen lassen könnte?

Die Altstadt von Altona war in der »Operation Gomorrha« großflächig zerstört worden, doch die Straßen waren bereits wieder freigeräumt. Dennoch hatte er beschlossen, durch die Hitze zu Fuß nach Altona zu laufen, sein Fahrer würde ihn dort abholen. Es ist Sommer, dachte er, um sich zu beruhigen. Niemand musste mehr frieren. Die Frauen, die in den Ruinen nach Holz suchten, brauchten Feuerholz, zum Kochen. Wenn es denn etwas zum Kochen gab.

Im Park an der Struenseestraße standen keine Bäume mehr, man sah nur noch Stümpfe, dazwischen Gemüsebeete, auf denen Kartoffeln und Rüben wuchsen. Wo waren die Vögel? Als er an einer ausgebrannten Kirche vorbeigekommen war, hatte er sie noch gehört, sie schwirrten unter dem offenen Dach, vielleicht hatten sie auf den Pfeilern und in den Nischen gebrütet. Das Leben ging weiter.

Auf den Trümmerfeldern strotzte Unkraut inmitten blühender Stauden und Sträucher. Und aus einem bleichen Schutthaufen spross grünes Kartoffelkraut. Liam blieb stehen. Er sah Raelyn, Niamh und seine Mutter vor sich, wie sie in der Küche sitzen und Kartoffeln schälen. Das innere

Bild schnürte ihm die Kehle zu. Er dachte an die Küche von Mondsee, an Berbla und Marielle, an die Büschel mit Kräutern, die zum Trocknen über dem Herd hingen, an Wärme für Körper und Seele. Ob sie noch lebten?

Und was war mit all denen, die hier gewohnt hatten, wo jetzt nur noch Trümmer sind? Er stellte sich den Moment vor, in dem die Wände und Decken über der Wohnung zusammengestürzt waren, und hoffte, dass die Bewohner sich rechtzeitig in einen Schutzraum geflüchtet und überlebt hatten.

Doch wo hausten all die Überlebenden? Vor halb verschütteten Kellerlöchern hing Wäsche zum Trocknen im Gestrüpp. Ein Mädchen schnitt mit nackten Händen und einem Küchenmesser Brennnesseln. Der Spinat für alle, die sonst nichts hatten. Zwei Häuser weiter kochte eine Familie irgendetwas Undefinierbares über einem Behelfsofen aus Zinkblech, von einem Dach oder einem Abfallrohr.

Wenigstens froren sie nicht mehr. Sie hungerten nur noch. Erwartete wirklich jemand, dass sie sich in dieser Lage Gedanken machten über ihre zumindest moralische Verantwortung für die große Katastrophe?

»Nicht sentimental werden«, empfahl der »Leitfaden für britische Soldaten in Deutschland«. Kein Mitleid. Jedenfalls nicht zu viel davon. Und doch ... Liam ging weiter. Er litt.

An manchen Hausskeletten erinnerte noch etwas daran, dass hier einst Wohnungen waren, man sah bunte Tapeten, Wasserrohre, die sich von oben nach unten schlängelten, Heizkörper. Hier klebte noch ein Klo an der Wand, dort hing eine Badewanne über dem Abgrund. Und überall roch es nach Fäkalien und erloschenen Bränden.

Nur den Kindern hatte all das die Laune nicht verdorben,

sie erinnerten sich womöglich gar nicht mehr an ein Leben vor den Bombennächten. Eine Horde kleiner Jungen umringte ihn, als er in die Behnstraße eingebogen war. Einer von ihnen hielt ihm eine Blechdose hin, in der sie Zigarettenkippen gesammelt hatten. Liam reichte dem kleinsten der Buben ein Päckchen Player's, der ihn daraufhin mit aufgerissenen Augen anstaunte. Und schon rückten die anderen Jungen näher an den Glückspilz heran, um auch etwas abzubekommen von diesem unfassbaren Reichtum. Zigaretten waren die einzige Währung, die zählte.

Die Königstraße gab es noch, sogar das Haus, in dem der Erste auf der Liste wohnte, Siegfried Rauch, ein Lehrer. Das klassizistische Haus war zwar rußgeschwärzt, viele Fensterscheiben waren zerbrochen, aber es wurde offenbar bewohnt. Auch der Name auf dem Klingelschild stimmte. Er klingelte. Nach einer Weile öffnete eine Frau die Haustür, sicher nicht älter als fünfzig, verhärmt, abgemagert, verschreckt.

Liam bemühte sein bestes Deutsch. »Verzeihen Sie die Störung, gnädige Frau. Ich suche Siegfried Rauch.«

Sie starrte ihn an.

»Siegfried Rauch. Kennen Sie ihn?«

Ihre Augen wurden dunkel, und dann kamen die Tränen. »Mein Mann ist kurz vor Weihnachten 1944 aus dem Haus gegangen und nicht wiedergekommen.« Sie sprach so leise, dass er sie kaum verstehen konnte.

Liam wartete, bis sie sich etwas beruhigt hatte. »Hat ihn die Gestapo abgeholt?«, fragte er.

Sie schüttelte den Kopf.

»Hat er versucht, aus Deutschland zu fliehen?«

»Aber er hat doch alles zurückgelassen! Den Pass, das Geld. Das tut man doch nicht, wenn man … Und er hätte niemals den Hund alleingelassen! Der kam eine Stunde später nach Hause, völlig verängstigt.«

Den Hund hätte er niemals alleingelassen? Seine Frau aber schon?

Sie wischte sich mit dem Ärmel ihrer Bluse über die Augen. »Er lebt nicht mehr«, sagte sie tonlos. »Ich bin mir sicher. Ich spüre das.«

Liam fühlte sich hilflos. Womöglich war der Mann das Opfer der letzten Zuckungen des Naziregimes geworden, Fanatiker hatten noch im letzten Moment alle füsiliert, die nicht an den Endsieg glauben wollten. Ihm fiel nichts ein, womit er die Frau hätte trösten können. »Ihr Mann war ein Aufrechter«, sagte er schließlich.

»Wir haben alles überlebt. All die Schikanen. Wie man ihn aus dem Schuldienst entfernt hat, weil er als unzuverlässig galt. Und dann … so kurz vor dem Ende …« Sie schüttelte den Kopf, ging zurück in den Hausflur und zog die Tür hinter sich zu.

Liams Fahrer, ein Soldat aus Wales, wartete bereits ein paar Häuser weiter. Für Transport hatte Miller gesorgt, ohne Auto war man hier verloren. Sie verließen Hamburg auf Umwegen, die alte Straßenkarte stimmte nicht mehr.

Das Auto war in nicht viel besserem Zustand als die Straßen. Kurz hinter Buxtehude fing der Wagen an zu schlingern. Der Fahrer hielt an. Sie stiegen beide aus. Der rechte Vorderreifen war platt. Der Fahrer murmelte etwas Unverständliches, montierte den Reservereifen ab, der wunderbarerweise Luft hatte, und machte sich an den Reifenwechsel. Liam stand daneben, mit Blick auf die flache Landschaft, durchkreuzt von Hecken, Wiesen und verwilderten Feldern, auf denen Disteln wuchsen. Weidevieh war nicht zu sehen. Und doch verbannte der Anblick für kurze Zeit die Bilder der Zerstörung. Außerhalb der Städte gab es noch immer grüne Wiesen und Blumen vor den Bauernhäusern.

Dann ging es weiter, ohne Pannen, obwohl der Motor ab und zu spotzte und spuckte. Nach drei Stunden kamen sie in Bremen an. Die Stadt schien beinahe ebenso zerstört zu sein wie Hamburg. Die Adresse, nach der sie zu suchen hatten, die Langstraße, lag in der Neustadt. An der Ecke zur Richthofenstraße stieg Liam aus. Es hatte den ganzen Straßenzug getroffen. In den Trümmern wuchsen Gras und Disteln, schossen Stämmchen von Wacholder und Schneeball in die Höhe. Die Natur lebte, nur menschliches Leben gab es hier nicht, keine Nachbarn, die man nach dem Buchhalter Franz Sorg hätte fragen können.

Als er sich umdrehte, um zum Wagen zurückzugehen, stand jemand hinter ihm, ein Mann unbestimmten Alters, blass, aber sauber gekleidet.

»Suchen Sie etwas? Kann ich Ihnen helfen?« Der Mann sprach leise, fast flüsternd.

»Hier gibt es wohl nichts mehr zu finden«, antwortete Liam.

Das ausdruckslose Gesicht des Mannes veränderte sich. »Sie sind Engländer?«

»Nein, Schotte«, antwortete Liam schnell und hatte ein schlechtes Gewissen dabei. Wollte er sich etwa distanzieren von denen, die in den Flugzeugen gesessen und ihre Bombenlast über der Stadt abgelassen hatten? Wenn er ehrlich war: ja.

Der andere nickte und wollte schon gehen. Doch Liam hatte plötzlich das Bedürfnis, wenigstens mit einer Menschenseele in diesem zerstörten Land zu reden.

»Darf ich Sie etwas fragen?«

Der Mann drehte sich wieder um. »Herrmann Lange«, sagte er und streckte die Hand aus, »Liam Broedie«, antwortete Liam und drückte die Hand, die sich seltsam anfühlte: wie hartes, narbenloses Leder.

»Waren Sie hier während der Angriffe?«

»Sicher. Bei der Feuerwehr. Wir hatten beinahe zweihundert Luftangriffe seit Mai 1940, erst auf unsere Häfen, Werften und Raffinerien, seit 1942 auch auf die Innenstadt. Im Oktober 1944 ging die westliche Vorstadt verloren, im Oktober 1944 die Altstadt.« Der Mann hob die Hände, die Handflächen nach oben.

Jetzt verstand Liam, warum sich die Hand des Mannes so eigenartig anfühlte. Herrmann Lange musste schwere Verbrennungen erlitten haben.

»Sprechen Sie lieber in die andere Richtung.« Lange deutete auf sein linkes Ohr. »Knalltrauma. Es gibt einen ziemlichen Rums, wenn die Dinger runterkommen.«

In Langes Gesicht bewegte sich nichts, er sprach leise, ohne ein Zeichen der Erregung oder der Wut.

Ein Rums. Was für ein harmloses Wort. Der Rums kam nach dem pfeifenden Geräusch, mit dem eine Bombe niederging. Der Boden bebte. Fensterscheiben klirrten. Eine Art Sturm rauschte durch die Straßen. Und wenn es wieder still war, hörte man ein unheimliches Knistern. Liam hatte den Blitz in London erlebt, er war mehr als einmal bei Alarm in seiner Pension geblieben, statt zum nächsten Schutzraum zu laufen. Er wusste, was Feuerwehrmänner leisten mussten und was sie zu ertragen hatten.

»Es tut mir leid«, sagte er und hielt dem Mann die Hand hin.

Diesmal war Langes Händedruck kräftiger. »Mir tut es auch leid. Alles. Weiß der Himmel.«

Noch war genug Zeit, um weiter nach Osnabrück zu fahren. Sie saßen schweigend nebeneinander im Jeep, Liam und sein Fahrer Rhys, der Motor röhrte, wenn er nicht gerade wieder stotterte, und der Fahrtwind machte jede Verständigung zunichte. Doch das war nicht der einzige Grund für ihr Schweigen. Als Liam der Trümmerwüste den Rücken gekehrt und zurück zum Wagen gekommen war, hatte Rhys an der Karosserie gelehnt, eine Zigarette geraucht und breit gegrinst. »Mir gefällt das«, hatte er gesagt. »Deutschland in Ruinen. Kann mich gar nicht sattsehen.«

Liam hatte ihn schweigend angestarrt und war eingestiegen. Danach herrschte dicke Luft im Auto, was Liam nicht weiter störte. Er war mit seinen Gedanken beschäftigt.

Osnabrück war nicht viel besser durch den Krieg gekommen als Hamburg und Bremen. Das Schloss in der Mitte der Stadt war ausgebrannt, auf dem Platz davor standen Baracken und Nissenhütten der British Forces. Man wies Liam und seinem Fahrer Übernachtungsplätze in einem requirierten Bürgerhaus zu. Liam machte sich allein auf die Suche nach einem weiteren Kandidaten auf der Liste.

Von der historischen Altstadt Osnabrücks war nicht mehr viel übrig. Dabei hatte sie eine beeindruckende Geschichte, dachte Liam. Hier waren die Abgesandten der protestantischen Seite abgestiegen, die nach dreißig Jahren Krieg den Westfälischen Frieden verhandelten. Auf der Rathaustreppe in Osnabrück wurde im Jahre 1648 der Friedensschluss verkündet, der zum Glück Europas jahrzehntelang hielt. Doch das Rathaus war ausgebrannt, es stand nur noch seine leere Hülle.

Liam rechnete nicht mehr damit, den dritten Mann auf seiner Liste finden zu können. Doch tatsächlich stand das Haus in der Dillinger Straße noch, zwischen Ladengeschäften, deren Schaufenster zugenagelt waren. Es schien in der Straße kein einziges Haus mehr zu geben, das noch intakte Fensterscheiben hatte.

In der Wohnung von Martin Färber waren ehemalige Zwangsarbeiter untergebracht, deren Deutsch er kaum verstand und die verständlicherweise nichts über Färber oder seine Familie wussten. Die Nachbarn nebenan mochten nicht mit Liam sprechen, auch verständlich, man hörte seinem Deutsch ja an, dass er einer von den Feinden war.

Auch beim Bürgermeisteramt, das provisorisch neben dem Dom residierte, war nichts über das Schicksal des Gesuchten bekannt, außer, dass er unter der Adresse Dillinger Straße gemeldet war. Das bestärkte ihn in seinen Befürchtungen. Den Deutschen sagte man nach, dass sie selbst über ihre Verbrechen Buch führten. Wenn all die Menschen auf Vermehrens Liste von der Gestapo eliminiert worden wären, müsste darüber eigentlich irgendetwas zu finden sein. Und das wiederum nährte einen alten Verdacht in Liam.

Miller hatte ihm erzählt, dass Vermehren und seine Frau zunächst in London untergekommen waren, in Drayton Gardens nahe der Old Brompton Road, in der Wohnung, ausgerechnet, der Mutter von Kim Philby. Er hatte seinen Verdacht, was Philbys Loyalitäten betraf, nie vergessen. Was, wenn er recht hatte? Wenn Philby die Liste nach Moskau weitergeleitet hatte? In Moskau war man gewiss wenig daran interessiert, dass im nicht von Stalin kontrollierten Deutschland Antikommunisten an die Macht kamen. Was, wenn man in guter alter stalinistischer Manier die untadeligen Deutschen auf Vermehrens Liste ausgeschaltet hatte?

Zurück in seinem Osnabrücker Quartier erfuhr er, dass ihm ein anderes Auto mit einem anderen Fahrer zugeteilt worden war. Er fragte nicht, warum. Er vermisste Rhys nicht.

Im Casino wurde ein Abendessen serviert, wie es sich kaum ein Deutscher vorzustellen vermochte, der von tausend Kalorien am Tag leben sollte. Von einem Löffelchen Fett, ein paar Pfund Brot und ein, zwei dünnen Scheiben Fleisch in der Woche. Fast schämte er sich für den Appetit, mit dem er aß und trank: Lammschulter mit Yorkshire Pudding und Erbsen, dazu vorzüglichen Weißwein vom Rhein.

In einem Gefühlszustand zwischen leichtsinnig machender Trunkenheit und dem Wunsch, sich von seinem Schamgefühl abzulenken, schloss er sich nach dem Essen einem Offizier an, der wusste, wo man sich abends noch amüsieren konnte. Die Kneipe lag im Keller des Rathauses und war rappelvoll. Jeder britische Soldat schien ein deutsches Mädchen im Arm zu haben, es wurde gesungen und getrunken. Auch Liam konnte sich vor Bewunderinnen kaum retten, obwohl er keine Uniform trug – aber sie schienen rote Haare zu mögen.

Es fiel ihm nicht schwer, seinen Vorsatz umzusetzen, sich jetzt erst recht gründlich zu betrinken, denn alle Soldaten um ihn herum brannten darauf, ihm einen auszugeben – mit dem Überschwang der Eroberer, die sich großzügig zeigen durften. Es geschah ja nicht auf eigene Kosten.

Am nächsten Tag wusste er nicht mehr so ganz genau, wie er es geschafft hatte, rechtzeitig vor der Sperrstunde wieder in seinem Quartier zu sein.

III

Liam fuhr eine Adresse nach der nächsten an, in Köln und im ganzen Rheinland, aber stets waren die Männer und Frauen verschwunden, vermisst, verschollen. Mit jedem Fehlschlag wurde seine Sehnsucht größer – nach Raelyn und Niamh, nach seinen Eltern, nach Moray Castle, nach dem Meer, nach Schottland, nach allem, was unzerstört war. Jetzt, gerade jetzt, wäre er gern wieder zu Hause. Er sah Raelyn und Niamh in Sommerkleidern vor sich, Hand in Hand lachend über die Wiese laufen.

Hier hatten viele alles verloren. Dort, in der Heimat, lebte noch alles, was er liebte. Er schrieb lange Briefe, an Raelyn, an die Eltern, wenn er nachts nicht schlafen konnte. Doch tags gab es noch immer zu tun, sein Auftrag war nicht erledigt.

Die letzte Adresse auf Vermehrens Liste befand sich in Stendal, in der sowjetisch besetzten Zone. Eigentlich passte das nicht ganz zu Millers Auftrag, Liam sollte ja diejenigen finden, die in der britischen Zone die Demokratie aufbauen sollten. Aber woher sollte Vermehren auch gewusst haben, wie die Welt nach Kriegsende aufgeteilt sein würde?

Es war unwahrscheinlich, ausgerechnet den Letzten auf der Liste noch lebend anzutreffen. Liam untersagte sich jede Hoffnung. Doch er erinnerte sich daran, dass Alard Helene Pinkus in Stendal untergebracht hatte, damals, nachdem er sie aus Spanien rausgeholt hatte. Weit genug weg von Berlin, in Sicherheit. Bei einem Fotografen.

Als er in Stendal vor dem Haus stand und im Aufgang zum Laden »Photokunst-Studio Otto Werner« las, spürte er sein

Herz schneller klopfen. Wenn er Glück hatte, war er hier genau richtig.

Das Haus stand noch, aber es hatte einen Treffer abbekommen, die Fenster im Erdgeschoss und im ersten Stock waren mit Brettern vernagelt. Die Ladentür war nicht verschlossen, und als er sie aufstieß, erklang eine Glocke.

»Ich komme«, rief eine Frauenstimme. Es war so dunkel im Raum, dass er erst nichts erkennen konnte, bis sich eine Gestalt aus der Dunkelheit herausschälte. Die Frau war groß und dünn, trug ein Kopftuch über den Haaren und stützte sich auf einen Stock.

»Ja?« Misstrauisch. Das war Liam gewohnt. Aber nicht unfreundlich.

»Verzeihen Sie die Störung, gnädige Frau.« Das sagte er immer, die deutschen Frauen mochten es, wenn man sie »gnädig« nannte.

»Ja?«

»Ich suche Otto Werner.«

Ihr Gesicht versteinerte. »Warum?«, fragte sie, tonlos. »Was wollen Sie?«

Er zögerte. Doch noch bevor er antworten konnte, entspannten sich ihre Züge. »Otto Werner ist schon lange nicht mehr bei uns«, sagte sie leise. »Ich bin seine Frau.«

»Und Sie wissen nicht, wo ...«

Sie schüttelte den Kopf. »Ich weiß nicht, wo er ist und ob er überhaupt noch lebt. Und ich verstehe nicht, warum Sie das interessiert. Erzählen Sie es mir.« Sie öffnete die Tür weit, einladend. Er folgte ihr durch den dunklen Raum und durch einen langen Flur in den Hinterhof, wo eine Bank, zwei Stühle und ein Tischchen standen, Möbel, denen man ansah, dass sie den Brand nach einem Bombenangriff überstanden hatten.

Sie atmete schwer, ließ sich leise stöhnend auf die Bank sinken und deutete auf einen der Stühle.

»Setzen Sie sich. Was wollen Sie von Otto? Was wissen Sie über ihn?«

Seltsam. Sie war die Erste, die nach seinen Absichten fragte. Er sah keinen Grund, sie zu verschweigen. Sie nickte, einmal, zweimal, während sie ihm zuhörte. Sogar seinen Verdacht vertraute er ihr an.

»Das würde einiges erklären«, sagte sie schließlich. »Otto hatte sich gut abgesichert. Vor der örtlichen Gestapo musste er sich nicht fürchten. Er hatte beste Verbindungen zu einem Obersturmbannführer namens Wilhelm Gärtner.« Sie machte eine Pause. »Gärtner ist ein Opportunist erster Güte«, sagte sie dann mit schneidender Härte. »Er hat sich mittlerweile erfolgreich an die Kommunisten herangewanzt und leitet nun passenderweise die Polizeibehörde. Damit kennt sich ein SS-Mann ja bestens aus.«

»Und mit dem war Otto Werner …?«

Sie lachte. Es tat weh, ihr dabei zuzusehen.

»Können Sie sich vorstellen, was einem so alles durch die Hände geht in einem Fotolabor, Herr … wie heißen Sie überhaupt?«

Liam nannte verlegen seinen Namen und merkte erstaunt, dass sie zu lächeln begann.

»Um Ihre Frage zu beantworten«, sagte sie langsam. »Otto hätte es nie Erpressung genannt. Aber wir wussten etwas über den noblen Herrn Gärtner, das ihn dazu veranlasste, seine schützende Hand über uns zu halten. Er hat sogar Ottos Lieblingsfotografin vorm Allerschlimmsten bewahrt.« Ihr Blick war prüfend geworden. »Sie kennen sie. Helene

Pinkus. Sie hat von Ihnen erzählt. Sie haben ihr in Spanien das Leben gerettet, stimmt's?«

Er nickte. Verlegen und zugleich erfreut darüber, dass Helene von ihm gesprochen hatte.

Frau Werners Blick ging über den trostlosen Hinterhof hinweg zu einem Haselnussstrauch. »Was Otto betrifft: Er hatte den Auftrag, zu Allerseelen eine private Trauerfeier zu fotografieren. Davon ist er nicht zurückgekehrt.«

»Das tut mir so leid, Frau Werner.«

»Ja«, sagte sie. »Ja.«

Liam wagte nicht, seine nächste Frage zu stellen, obwohl sie ihm auf der Seele brannte. Wusste die Frau etwas über das Schicksal von Helene? Und von Alard?

»Ich glaube, Otto war ein wenig verliebt in Helene«, sagte sie nach einer Weile. »Sie waren ja viel zusammen, fotografierten jede Hochzeit, von denen es viele gab. Als ob die Menschen einem biologischen Programm folgten, sich kurz vor dem Untergang noch fortzupflanzen.«

Ohne ein solches Programm wäre die Menschheit schon vor Tausenden von Jahren ausgestorben, dachte Liam.

»Die Anschuldigung gegen sie war – grotesk, wenn man es recht bedenkt. Sie soll unserer Buchhalterin Avancen gemacht haben. Dafür wurde sie nach Ravensbrück gebracht, ins Lager. Dass unsere Buchhalterin diesem Blödsinn nicht entschieden entgegengetreten ist, habe ich ihr nie verziehen. Ich habe sie fristlos entlassen.«

»Hat sich denn nicht Alard von Sedlitz um Helene gekümmert? Er hat sie doch wohl zu Ihnen gebracht?«

»Nicht, dass ich wüsste.« Sie zögerte. »Oder doch. Jemand hat nach ihr gefragt, der Name klang so ähnlich. Ich habe ihn zu unserer Buchhalterin geschickt. Zu Margo Hegewald.«

Sie erhob sich, mühsam und schwankend, lehnte aber mit einer herrischen Handbewegung seine Hilfe und den angebotenen Arm ab und ging hinüber zu einem Tisch in der Ecke des Raums. Liam hörte, wie sie eine Schublade aufzog, in ihr herumkramte, ein Blatt von einem Schreibblock abriss, etwas zu schreiben begann. Sie drückte ihm das Blatt Papier in die Hand und ließ sich nicht davon abbringen, ihn zum Hoftor zu begleiten.

»Wir sind alle gestraft«, sagte sie und reichte ihm ihre knochige Hand. »Wir alle, auch diejenigen, die Hitler und die Nazis aus ganzem Herzen gehasst haben. Unser Oberbürgermeister Wernecke hat Stendal bereits im vergangenen April kampflos an die Amerikaner übergeben – und die haben uns zwei Monate später zur Belohnung den Russen ausgeliefert. Nicht nur Karl Wernecke hat das nicht überlebt.«

Liam wusste darauf nichts zu sagen, sie hatte ja recht. Die Rote Armee war plündernd, vergewaltigend und mordend in Deutschland eingezogen – und längst hatte begonnen, was man im Arbeiter-und-Bauern-Paradies Säuberung nannte.

Wir haben Deutschland von Hitler befreit? Schon. Aber einen großen Teil haben wir dem anderen Monster überlassen.

IV

Margo Hegewald wohnte in der Blumenthalstraße 47, er musste sich durchfragen, aber es war nicht weit bis dorthin. Stendal war wegen seines Verschiebebahnhofs und des nahen Flugplatzes mehrfach bombardiert worden, doch die

Blumenthalstraße war offenbar weitgehend unversehrt geblieben.

Auf sein Klingeln öffnete eine junge Frau, die er nach Margo Hegewald fragte. »Meine Schwester heißt jetzt Seliger«, sagte die junge Frau spitz, aber sie führte ihn in die Küche, wo eine ältere Frau, wahrscheinlich die Mutter, und ihre Schwester dabei waren, Bohnen zu putzen und Kartoffeln zu schälen.

»Frau Werner schickt mich«, sagte Liam unbeholfen. »Es ist wegen ...«

»Helene?« Margo Seliger sah so ausgehungert aus wie alle Deutschen, denen er begegnet war.

Er nickte. »Und wegen Alard von Sedlitz.«

»Alard.« Margo Seliger atmete tief ein. »Ich verstehe.«

Ihre Mutter nahm ihr das Messer aus der Hand. »Raus mit dir an die frische Luft«, sagte sie. »Da wirst du viel zu erzählen haben.«

Viel? Sehr viel. Es dauerte eine Weile, aber dann sprudelte alles aus ihr heraus. Sie hatten den Neuen See gewiss viermal umrundet, es gab keine Bänke mehr, auf die man sich setzen konnte, das Holz war sicher wie überall sonst verheizt worden. Und doch hatte er noch immer das Gefühl, dass sie ihm nicht alles sagte. Nur, dass Helene erst Ravensbrück und dann Buchenwald überlebt hatte. Und Alard?

»Wir sollten uns setzen«, sagte er und steuerte eine kurz geschorene Wiese an. Wahrscheinlich fütterte irgendjemand mit dem Gras seine Hasen.

»Wann haben Sie Alard das letzte Mal gesehen?«

Sie setzte sich neben ihn. »Letztes Jahr im Mai. Ich war während des Krieges nach Niederschlesien evakuiert worden, und als wir hörten, was die Russen in Ostpreußen angerichtet hatten, sind wir im Februar geflohen. Im tief verschneiten Winter.« Sie stockte und holte tief Luft, bevor sie weitersprach. »Wir wollten durch die Tschechei in die amerikanische Zone, aber die Tschechen haben uns an die Russen ausgeliefert. Ich erspare Ihnen die Details, vielleicht haben Sie ja davon gehört, wie es den Menschen erging, die ihnen in die Hände fielen.«

Vor allem den Frauen, dachte Liam.

»Jedenfalls waren wir irgendwann wieder in Schlesien, und ich bin zu Fuß nach Mondsee gelaufen. Im Mai war ich da.« Sie drehte sich zu ihm um. »Mondsee ist das Gut derer von Sedlitz.«

»Ich weiß«, antwortete Liam. Er hatte alles vor Augen: das Gutshaus mit dem prächtigen Sandsteinportal. Alards Eltern Benita und Ludwig. Marielle und ihr Mann. Der Hund. Hanesek, der Stallknecht, und Berbla, die Köchin.

»Und dann die Überraschung: Helene war da. Ich hatte sie seit Ende November 1941 nicht mehr gesehen.«

»Frau Werner meinte, Sie hätten der Beschuldigung widersprechen müssen, derentwegen Helene abgeholt und nach Ravensbrück geschickt wurde.«

»Weil sie mir angeblich perverse Avancen gemacht hat?« Margo lachte. »Ich glaube nicht, dass man sie deshalb abgeholt hat.«

»Warum denn sonst?« Liam bemühte sich um einen verständnisvollen, ruhigen Ton, aber die Frau irritierte ihn immer mehr.

Margo hob und senkte die Schultern. »Weil sie Landesverrat beging vielleicht? Sie hat heimlich Fotos gesammelt. Fotos mit schrecklichen Szenen.« Plötzlich zeigte sie doch so etwas wie Gefühl.

Liams Puls ging schneller. Helene hatte die Augen aufgehalten, ganz, wie sie es damals in Cáceres verabredet hatten. War ihr das zum Verhängnis geworden?

»Jedenfalls hat man sie von Ravensburg nach Groß-Rosen evakuiert, ein Lager in Niederschlesien, das Anfang 1945 von der SS geräumt wurde. Sie sollte deportiert werden, aber sie konnte unterwegs fliehen und ist zu Fuß nach Mondsee gelaufen. Ich hatte mir nicht vorstellen können, sie auf diese Weise wiederzusehen.«

Margo schloss die Augen und lehnte sich zurück. »Wir hatten ein paar friedliche Tage in Mondsee. Helene und Alard. Alards Vater, der Hund.«

»Adelante?« Der Hund war Alard treu geblieben – oder Alard dem Hund. Liam spürte eine Rührung, die er nach Kräften zu unterdrücken versuchte.

»Wir wussten, dass wir in Mondsee nicht bleiben konnten. Die Polen jagten alles, was deutsch war, aus dem Land. Deshalb war Alard unterwegs, um ein Fuhrwerk zu besorgen, als es passierte.«

Sie stockte.

»Ich saß in meinem Zimmer, habe Tagebuch geschrieben, als sie kamen. Männer. Polen. Es ist ein Wunder, dass ich überlebt habe.« Sie versuchte zu lächeln. Liam wäre es beinahe lieber, sie würde weinen. »Alard hat mich gefunden. Die Banditen haben seinen Vater und den Hund erschlagen und das Haus angezündet. Und mich halb tot liegen gelassen. Alard hat mir das Leben gerettet.«

Liam konnte sich denken, was ihr widerfahren war. Zivile Opfer gab es auch nach dem Krieg noch zur Genüge, vor allem Frauen. Besonders die Russen waren über sie hergefallen, aber viele Polen waren auch nicht anständiger gewesen. Von einer »ordnungsgemäßen Überführung« der Menschen aus den deutschen Ostgebieten, wie sie die Sieger versprochen hatten, konnte nicht die Rede sein. Kein Mitleid, sagten alle.

»Und Helene?«, fragte er nach einer Weile.

»Verschwunden. Ich weiß nicht, ob sie überlebt hat.«

Alard und Helene. Sie hatten sich wiedergefunden. Und jetzt? Waren sie zusammen, oder hatten sie sich womöglich wieder verloren? Ich muss nach Berlin, dachte Liam. Gleich morgen.

Neben ihm setzte Margo sich wieder auf. »Ich habe endlich Nachricht von meinem Mann«, sagte sie mit belegter Stimme. »Henri ist in französischer Gefangenschaft, aber er lebt.«

»Das freut mich für Sie«, sagte Liam leise. »Hoffentlich ist er bald wieder bei Ihnen. Und ...«

Er zögerte. Durfte, sollte er das sagen? »Verlassen Sie Stendal, bei den Engländern und Amerikanern sind Sie besser aufgehoben.«

Sie nickte mit einem matten Lächeln. »Wenn ich nur meine Mutter und meine Schwester dazu überreden könnte.«

Er brachte sie zurück, bis vor die Haustür. »Ich wünsche Ihnen viel Glück«, sagte Liam zum Abschied. Sie war ihm nicht wirklich sympathisch, diese Margo. Weil sie Helene nicht beigestanden hatte? Er wusste, dass dieser Gedanke ungerecht war. Wie hätte sie das bewerkstelligen sollen?

Dennoch, dachte er und sah Helene vor sich, in Cáceres, im Stroh, die roten Haare wirr, die Augen leuchtend. Dennoch.

V

Miller hatte Liam beim britischen Hauptquartier in Berlin angemeldet. Das Lancaster House residierte in Wilmersdorf, in einem unzerstörten neoklassizistischen Gebäude, dessen Front wie ein offener Bogen aussah, als ob der Besucher sich einladend umarmt fühlen sollte. »Hier war die Deutsche Arbeitsfront untergebracht«, erklärte ihm der Offizier, der ihn am Eingang abgeholt hatte, in perfektem Deutsch. Ein vor den Nazis nach Großbritannien geflohener Jude, vermutete Liam.

Es stellte sich bald heraus, dass Alard von Sedlitz bei den Briten bekannt war. »Wir brauchen jeden guten Mann«, sagte ein gut genährter Corporal. »Und der hier ist uns aus London empfohlen worden.« Miller hatte also sein Versprechen gehalten.

»Können Sie mir sagen, wo ich ihn finde?«

Der Mann musterte ihn, dann schüttelte er den Kopf. Eine Adresse dürfe er nicht herausgeben, er könne aber eine Nachricht weiterleiten.

Wenigstens das. »Die Nachricht lautet: Monbijou. Er weiß dann schon Bescheid.«

Bereits am nächsten Tag pilgerte Liam zum Monbijoupark, von einem Zonensektor in den anderen. Er war noch immer nicht abgehärtet genug für den Anblick des Elends. Ausgebrannte Häuserskelette, Reihen von Frauen, die in den Trümmern standen und den Schutt eimerweise von Hand zu Hand weiterreichten. Kinder, die mit dem Hammer Steine vom Mörtel befreiten, alte Frauen, die tief gebeugt voll beladene Handwagen hinter sich herzogen. Zerfetzte

Bäume, ausgebrannte Autos. Und hier und da Touristen und Soldaten, die sich in Armeewagen durch die Stadt chauffieren ließen und die Ruinenlandschaft gut gelaunt bestaunten.

Gleich hinter dem Brandenburger Tor empfing ihn auf einem überlebensgroßen Plakat milde lächelnd Uncle Joe, wie die Amerikaner Stalin liebevoll getauft hatten. Überall in der sowjetischen Besatzungszone wehten rote Fahnen mit Hammer und Sichel über den Trümmern des einstigen Machtzentrums Deutschlands. Die Wilhelmstraße mit Reichskanzlei und Auswärtigem Amt war verwüstet, der Reichstag zerschossen.

Wenigstens lebte Alard noch. Und dem SIS sei Dank wurde ihm seine Tätigkeit beim Auswärtigen Amt nicht jetzt noch zum Verhängnis, nachdem er Hitler überlebt hatte und nicht, wie viele aus dem Widerstand, mit dem Tod hatte bezahlen müssen. Wir sollten uns dafür schämen, dachte Liam, dass wir diese Leute nicht ernst genommen haben.

Sein Ziel war eine Bank unter einer Rotbuche: Dort war der tote Briefkasten gewesen, über den sie korrespondiert hatten, jedenfalls bis Ende 1941. Und ich war schuld, dass der Kontakt abgebrochen ist, dachte Liam. Aber es wäre zu gefährlich geworden – für Alard. Für ihn selbst. Womöglich sogar für Helene.

Dem Park war es nicht besser ergangen als den anderen städtischen Grünflächen. Man hatte Luftschutzanlagen gegraben, Gemüsebeete angelegt, Bäume gefällt. Doch eine große Rotbuche stand noch immer da, sie überragte alles. Nur von einer Bank war nichts mehr zu sehen. Doch es musste sie gegeben haben, und tatsächlich konnte er, als er näher trat, ein bemoostes Fundament erkennen. Das Holz war gewiss verfeuert und das Eisen der Wangen zu Kriegszwecken verarbeitet worden. Alles war dem Krieg in den Schlund geworfen worden, Menschen, Material, Moral.

Liam lehnte sich an den Baum, blickte hoch in den Wipfel, in das stille Ballett kupferroter Blätter, und sehnte sich nach Moray Castle. Nach seiner Familie. Wenigstens hatte er noch eine.

Wen hatte Alard noch? Seine Eltern waren tot. Der Hund ebenfalls. Mondsee war wohl auf lange Zeit verloren, vielleicht auf immer, es war schwer vorstellbar, dass die Gebiete unter polnischer Besatzung jemals wieder an die Deutschen zurückgehen würden. Und Helene? Hatte sie die Flucht aus Mondsee überlebt?

Nach einer Weile begann er, immer weitere Kreise um den Baum zu ziehen. Das Schlösschen, dem der Park seinen Namen verdankte, ein lang gestreckter Bau, der eher an eine Orangerie erinnerte, hatte einen Volltreffer abbekommen. Auch die Kirche war zerstört, die einzige anglikanische Kirche in Deutschland, so stand es im Baedeker. Die St. George's Anglican Church war ab 1884 unter der Schirmherrschaft von Kronprinzessin Victoria errichtet worden. Allein durch die Royals waren England und Deutschland stets verbunden gewesen. Warum nur hatte das nicht ausgereicht, um den ersten welterschütternden Krieg zu verhindern, der den zweiten womöglich unausweichlich machte?

Liam schlenderte hinunter zum Fluss, mit Blick auf die ausgebrannte Kuppel des Berliner Doms. Am Ufer sah er junge Leute in der Sonne sitzen, lachend, lebendig, die Mädchen in Sommerkleidern, die wenigen Jungen in kurzen Hosen. Sie hatten wahrscheinlich längst keinen Blick mehr für die Zeichen der Niederlage.

Ich war zu ungeduldig, es ist zu früh, dachte Liam, als er den Baum wohl viermal umrundet hatte. Alard hat die Nachricht noch nicht bekommen. Und vielleicht will er mich gar nicht wiedersehen?

Von der Schlossruine her bewegte sich eine Gestalt auf ihn zu. Das musste er sein. Das war er.

»Ist dir noch immer ein Hunne lieber als ein Engländer?«, meinte Alard zur Begrüßung. »So nach allem, was geschehen ist?«

Liam musste grinsen. Damit hatte er Alard damals begrüßt, als der ihm am Ufer des Cam entgegengekommen war, ein schmaler, aufgeschossener Junge mit dunklen Augen unter dem dunklen Haarschopf. Das war fünfzehn Jahre her, in einer längst versunkenen Zeit.

Alard war seither womöglich noch dünner geworden, die Augen tief eingesunken, Falten im Gesicht. Doch er sah nicht aus wie ein blasser Aktenschieber, sondern wie einer, der sich überwiegend draußen aufhielt. Und der mit den Händen arbeitete, dachte Liam mit Blick auf die ihm dargebotene Hand, die er ausschlug. Er umarmte den Freund stattdessen.

»Wenigstens lebst *du* noch«, flüsterte er.

»Danke, dass du gekommen bist«, sagte Alard und löste sich aus der Umarmung.

Eine Weile gingen sie schweigend nebeneinanderher.

»Lass uns das Arbeiter-und-Bauern-Paradies verlassen«, sagte Alard schließlich. »Ich fühle mich bei Uncle Joe nicht wohl.«

Sie liefen Richtung Reichstag. Als sie hinter dem Brandenburger Tor wieder im amerikanischen Sektor angelangt waren, streckte Alard die Arme aus und atmete tief durch. »Ich darf nicht daran denken, wie die Rote Armee gewütet hat.

Noch immer wird geplündert und vergewaltigt. Doch auch das haben wir uns wohl selbst zuzuschreiben.«

Liam hatte darauf keine Antwort. Auf der Seite der Sieger war man überwiegend der Meinung, dass sich die Deutschen angesichts der Verbrechen ihrer Regierung nicht beklagen durften, schließlich hatten viel zu viele mitgemacht.

Am Rande des Tiergartens trafen sie auf einen improvisierten Biergarten, in dem es kaum noch Platz gab. Vor einer schief und krumm zusammengenagelten Theke saß man auf Stühlen, die offenbar aus zerstörten Häusern stammten, auf Baumstämmen, auf dem kurz getretenen Rasen, junge Frauen, wenige Männer. Trinkend, lachend, das Leben genießend.

Was war der Mensch doch für ein seltsames Wesen, dachte Liam, als sie sich einen Weg zur Theke bahnten. Noch nach der größten Katastrophe steht er auf und fängt wieder von vorne an.

Sie setzten sich mit zwei Gläsern Bier etwas weiter weg.

»Ich habe Margo getroffen, in Stendal«, sagte Liam, nachdem sie angestoßen hatten.

Alard seufzte. »Dann weißt du das meiste ja schon.«

»Es tut mir so leid um deinen Vater.«

»Und um Adelante tut es dir nicht leid?« Alard versuchte einen Scherz, tapfer, dachte Liam, aber ihm war nicht entgangen, dass die Augen des Freundes feucht geworden waren.

»Doch, auch. Natürlich! Obwohl sie stank!« Man muss sich um Heiterkeit bemühen, dachte er, man kann nicht dauernd trauern. »Doch vor allem ...« Wie sollte er es sagen?

»Du denkst an Helene«, antwortete Alard leise. »Ich auch. Es war der furchtbarste Moment in meinem Leben, als ich glauben musste, dass man sie getötet hatte. Das Haus brannte schon, ich suchte sie überall, bin dann hoch in den ersten Stock, sah eine breite Blutspur …«

Er stockte.

»Es war Margo, die du gefunden hast, nicht Helene.«

Alard nickte. »Helene war offenbar rechtzeitig aus dem Haus gelaufen. Doch niemand weiß, ob sie den Verbrechern entkommen ist. Ob sie hat fliehen können. Wo sie jetzt ist. Ich habe alles versucht, aber es gibt keine Spur von ihr.«

Sie tranken ihr Bier und schwiegen, wie Männer das so tun, dachte Liam, wenn ihnen ihre Gefühle zu nahegehen.

Alard leerte sein Glas in zwei tiefen Zügen. »Vier Jahre! Vier Jahre war sie eingekerkert. Als Asoziale, also wenigstens nicht wegen ihrer jüdischen Vorfahren. Dann hätte sie nicht überlebt.«

»Und du konntest nichts für sie tun?«

Alard legte das leere Glas neben sich ins Gras. Er blickte nicht auf. »Gar nichts«, sagte er nach einer Weile. »Im Auswärtigen Amt ging das Gerücht, sie habe Landesverrat begangen, und sie habe noch Glück gehabt, dass man sie nur als Asoziale nach Ravensbrück gebracht hatte. Jeder Kontakt mit ihr hätte sie, mich und die anderen gefährdet.«

»Ich verstehe.« Liam hätte den Freund am liebsten wieder umarmt. Niemandem, wirklich niemandem war zu wünschen, eine solche Entscheidung treffen zu müssen.

»Und dann – im Mai … Kannst du dir den Anblick vorstellen, wie sie am Rand eines Ackers steht, die Sonne im Haar? Barfuß und abgemagert? Sie ist beinahe siebzig Kilometer zu Fuß nach Mondsee gelaufen. Es war wie eine Offenbarung. Wir hatten nur so wenig Zeit. Nur ein paar glückliche Tage.« Alards Stimme war immer leiser geworden.

Liam nahm ihre Gläser und ging zur Theke. Als er zurückkam, hatte Alard sich wieder gefasst, er versuchte sogar zu lächeln. »Du wirst es nicht glauben: Ich hatte mich nach Spanien von ihr ferngehalten, weil ich glaubte – dass du – und sie …« Sein Lächeln verrutschte.

Liam starrte ihn fassungslos an. »Was bist du doch für ein Idiot«, sagte er schließlich. »Ein sentimentaler Idiot.« Anständig bis zur Selbstverleugnung. Er hätte Alard am liebsten geschüttelt. Aus Fassungslosigkeit. Und zugleich voller Rührung.

»Das hat Helene auch gesagt.«

»Kluge Frau«, murmelte Liam und drückte ihm das frische Glas Bier in die Hand.

»Es gibt Wichtigeres«, sagte Alard nach einer Weile.

Wichtigeres? »Nein«, sagte Liam leise. »Nein, Alard.«

»Doch. Denkst du nicht manchmal auch, dass wir versagt haben?« Alard hatte den Kopf gesenkt. Sein Haar war noch immer dunkel, länger und unordentlicher als früher.

Liam lachte leise. »Nein. Das wäre viel zu hoch gegriffen. Wir waren naive Idioten. Nichts hätten wir aufhalten, nichts verhindern können. Da waren größere Kräfte am Werk.«

»Fragst du dich nicht, wie viele Menschen hätten weiterleben dürfen, wenn der Krieg 1940 zu Ende gewesen wäre? Nach Dünkirchen? Oder im Frühjahr 1941? Dreißig, vierzig Millionen? Mehr?«

Das beschäftigte auch Liam, natürlich, immer wieder. Was, wenn Rudolf Heß tatsächlich mit einem Friedensangebot nach Schottland geflogen war?

»Hätte es dann den Massenmord an den Juden gegeben? Und später … Hätte man nicht die Eisenbahnstrecken zu den Lagern bombardieren müssen anstelle der deutschen Zivilbevölkerung und der deutschen Städte?« Alard stand auf, unruhig, drehte ihm den Rücken zu.

Der Freund schien den Tränen nahe zu sein. Liam ging es kaum anders. Er sah seit Wochen nur noch das Elend eines zerstörten Landes, das Leiden der Bevölkerung und die endlose Reihe von Flüchtlingen, die man aus den deutschen Ostgebieten vertrieben hatte. Hätte man das wirklich nicht verhindern können?

»Was hätte anders laufen sollen? Der Versailler Vertrag. Geschenkt. Das war kein Friedensvertrag, sondern ein Racheakt. Danzig und Ostpreußen vom Reich abzuschneiden war widersinnig. Bei uns hatten viele Verständnis für den Wunsch der Deutschen nach einer Revision. Ich auch, wie du weißt«, sagte Liam.

»Das ehrt euch. Aber vielleicht hätte man Hitler frühzeitig erklären sollen, dass der Versailler Vertrag unantastbar war? Dass jeder Versuch, ihn zu brechen, Krieg mit seinen Unterzeichnern bedeutete? Besser ein unzulänglicher Friedensvertrag als ein weiterer Krieg?«

»Vielleicht. Vielleicht hätte man die Polen in ihre Schranken weisen und im August 1939 Hitlers Vorschlag annehmen sollen und Danzig ins Reich zurückkehren lassen – bei einer Garantie der Grenzen von England, Frankreich, Italien und der Sowjetunion.«

»Gute Idee. Aber auf euren seligen Inseln glaubte man ja offenbar, man müsse demnächst dauernd Heil Hitler rufen und im Stechschritt marschieren, wenn man Deutschland entgegenkäme. Stattdessen darf man jetzt in Osteuropa und einem guten Teil Deutschlands vor Stalin auf die Knie gehen.«

»Ja«, sagte Liam leise. »Ich habe davor gewarnt, sich nur mit Deutschland zu befassen und die Sowjetunion darüber zu vergessen. In den USA haben sie die ganze Russlandabteilung abgewickelt, da saßen die besten Köpfe über Unmengen von Material – aber man glaubte plötzlich, das alles nicht mehr zu brauchen.«

»Hätte es uns geholfen, wenn wir Hitler aus dem Weg geschafft hätten?« Alard bückte sich nach den leeren Gläsern und ging zum Ausschank.

»Warum ist es denn niemandem gelungen?«, fragte Liam, als Alard mit den gefüllten Gläsern zurückkam.

Alard hatte sich sichtlich gefasst, er lachte sogar, aber es war ein bitteres Lachen. »Kannst du dir vorstellen, was das für ein Dilemma ist? Die eigene Seite in einem mörderischen Krieg zu schwächen, während die Gegenseite nicht nur die bedingungslose Kapitulation fordert, sondern auch noch verkündet, man mache keinen Unterschied zwischen den Nationalsozialisten, ihren Anhängern und Deutschland selbst?«

Ja, dachte Liam. Zumal weder Churchill noch Roosevelt ein Interesse an einem Verhandlungsfrieden hatten. Churchill hatte angeordnet, über jegliche Friedensfühler absolutes Schweigen zu bewahren. Und als der Bischof von Chichester sich zum Fürsprecher deutscher Hitler-Gegner gemacht hat, wurde er des Verstoßes gegen nationale Interessen bezichtigt.

»Die es dennoch wagten, haben mit ihrem Leben bezahlt.«

Ja, dachte Liam. Moltke, Stauffenberg, Tresckow und andere. Erschossen. Erhängt. »Churchill und Roosevelt wollten Stalin nicht beunruhigen«, sagte er nach einer Weile, »er war bekannt für sein Misstrauen, und man wollte ihn nicht auf die Idee bringen, dass sich die Kriegsgegner womöglich ohne ihn einigen könnten.«

»Ach. Und deshalb hat man diesem Massenmörder Polen ausgeliefert? Estland, Lettland, Litauen? Jugoslawien? Ist das die Vorstellung der Sieger davon, wie man den Frieden nach dem Krieg gewinnt?«

»Es ist vorbei«, sagte Liam leise und streckte Alard die Hand hin, die der Freund nach kurzem Zögern ergriff. »Wir müssen nach vorne blicken.«

Doch Alard schüttelte den Kopf. »Es ist nicht vorbei. Du musst wissen: Es läuft schief. Alles. Ihr macht einen großen Fehler.«

Ihr? »Ich gehöre nicht dazu.« Liam widersprach lächelnd.

Doch Alard reagierte nicht darauf. »Was meinst du, wie viele Deutsche bereit waren, an das Versprechen insbesondere der Amerikaner von Befreiung, Vernunft, Friede und Menschenrechte zu glauben? Doch nun stehen alle unter Verdacht, ob sie Nazis waren oder nicht. Man kann nicht ein ganzes Volk für die Verbrechen seiner Regierung verdammen. Wir hofften auf eine Politik der Demokratisierung und Befriedung. Doch die Amerikaner wohnen in unzerstörten Villen, isoliert vom Rest der Menschen, und bekommen nicht mit, wie es in einem Kellerloch oder einer Notunterkunft aussieht – und riecht. Und dann kommt irgendein Journalist und fragt die halb verhungerte Familie, ob es ihnen unter Hitler besser ergangen sei. Was, denkst du, antworten die wohl?«

»Ja. Was sollen sie sonst sagen?« Liam ahnte, was nun kam.

»Genau. Unser tapferer Journalist verlässt voller Abscheu und Ekel die stinkende Unterkunft, setzt sich in seinen Mietwagen und schreibt kurze Zeit später in der Bar seines Hotels bei einem deutschen Bier, dass die Deutschen noch immer Nazis seien.«

Liam sagte nichts. Alard hatte ja recht.

»Aber wir dürfen uns nicht beklagen«, sagte Alard. »Ich weiß.«

»Was Stalin und die Sowjetunion betrifft«, sagte Liam nach einer Weile, »sehe ich das wie du.«

Er erzählte Alard von Vermehrens Liste und seinem Verdacht. »Ich kann nicht einschätzen, wie groß der Schaden ist, den Philby womöglich angerichtet hat. Doch ich bin mir sicher, dass demnächst alle ihre Illusionen verlieren werden, die Uncle Joe für einen netten Kerl gehalten haben.«

»Die Hoffnung stirbt zuletzt.«

»Wir müssen jetzt erst recht diejenigen sammeln, die bereit sind, an einer demokratischen Zukunft mitzuarbeiten«, sagte Liam beschwörend. »Du an erster Stelle.«

Sie waren beide nicht mehr ganz nüchtern, als sie den Biergarten verließen. Alard verabschiedete sich von ihm irgendwo auf dem Weg, er wollte offenbar nicht, dass Liam mitbekam, wo und wie er lebte. Sie verabredeten sich für den nächsten Tag im Lancaster House.

Es würde nicht einfach sein, Alard von Liams Plan zu überzeugen. Doch er hatte ein paar gute Argumente.

Mutter würde nichts lieber tun, als Alard wieder aufzupäppeln. Und dann war es Zeit, nach London zu fahren. Alard und er waren noch immer ein Gespann, das zwar nicht die Welt retten konnte. Aber vielleicht konnte man sie ein wenig besser machen.

Anhang

Personen

Reale historische Personen sind mit * gekennzeichnet

Mondsee

Ludwig Heinrich von Sedlitz, geboren auf Mondsee am 5. Januar 1880, nach dem Tod der Eltern 1908 Alleinerbe

Seine Schwester *Luise von Sedlitz,* geboren 1886, in Russland verheiratet mit *Graf Alexei Schuwalow.* Ihre Kinder *Sofia Cecilie* und *Dimitri Georgij*

Seine Frau *Benita von Sedlitz,* geborene von Lanzdorf, geboren am 20. März 1889 in Königsdorff-Jastrzemb

Ihr Sohn *Alard von Sedlitz,* geboren am 13. August 1911

Ihre Tochter *Luise,* totgeboren, März 1924

Marielle, Gärtnerin und Vertraute, geboren 1895 in Tychy bei Kattowitz. Heiratet Christoph von Rahnfeld

Marie Sohn, Hauslehrerin

Berbla, Köchin

Hanesek, Hausknecht

Christoph von Rahnfeld, Gutsverwalter

Briefträgerin *Meta Miekosch*

Bahnwärter *Scheloske*

Pfarrer *Künzel*

Karl Meister, Diakon

Alards Schulfreunde *Albert* und *Eberhard aus Wohlau,* »schwarze Ritter«

Alards Freundin *Nele*

Oberschlesien und Polen

Benitas Eltern: *Maximilian von Lanzdorf* (geboren 1860) und seine Frau *Caroline* (geboren 1869)

*Daisy von Pless**, geborene Mary-Theresa Cornwallis-West

Hans Heinrich XV., Fürst von Pless, Graf von Hochberg *

*Wojciech (Adalbert) Korfanty**, Organisator der Aufstände in Oberschlesien

Moray Castle

Liam Tristram Broedie, geboren 1911 auf Moray Castle, Schottland

Sein Vater *Alexander Duff Broedie,* Jahrgang 1880, in Heidelberg Studienfreund von Alards Vater

Seine Mutter *Eilidh,* geborene Munro (geboren 1889)

Shona, das Hausmädchen

Fiona, die Köchin

Graeme, der Jäger

Kester, der Hausdiener

Tante *Morag* und die beiden Töchter *Raelyn* und *Tamlin*

Gordon Foster, verheiratet mit *Realyn,* seit Dünkirchen verschollen

Tochter *Niamh,* geboren am 13. Mai 1937

Gordons Eltern: *Davina* und *Frank Foster*

Cambridge

Ilja, Exilrusse

Maurice Dobb,* Lecturer bei Trinity, warb als Kommunist unter anderem Kim Philby an

Oswald Mosley,* Gründer der British Union of Fascists

Breslau

Henri Seliger aus Stendal, Alards Freund

Max Lewy, jüdischer Anwalt

*Franz Rosenthal** und *Ernst Joseph Cohn*,* jüdische Professoren

Hanna, Henris Freundin

Julika, ihr Vater ist Historiker für mittelalterliche Geschichte und Frontkämpfer, geht dennoch nach Bern

Berlin

Ilse, Sekretärin im Auswärtigen Amt

Louise Clementia von Sydow, Krankenschwester bei der Legion Condor

Dr. Friedrich Marks, Alards Vorgesetzter

Herbert von Dirksen,* ehemals deutscher Botschafter in London, seine Frau *Hilde**

Spanien

Lino, Barkeeper im Hotel Atlantico

Generalísimo *Francisco Franco**

*Kim Philby**, erfolgreichster Agent der Sowjetunion

Helene Pinkus

Herzog von Windsor, David*, als König zurückgetreten wegen Wallis Simpson*

London

Malcolm Hayes, Freund von Liams Vater, hat Liam zum SIS gebracht

*Stewart Menzies**, »C«, Chef des SIS

*Alastair Denniston**, Leiter der Dechiffrierabteilung in Bletchley Park

William Miller, alte Garde beim SIS

Oliver Davies, jüngerer Vertreter

Stuart Fraser, knochiger Schotte

Peter Morris, klein, jung, rothaarig

*Erich Vermehren** und seine Frau *Elisabeth*, geborene Gräfin Plettenberg*

Venlo

Captain *Sigismund Payne Best**, seine Frau *May**

Major *Richard Henry Stevens**, der Leiter der Passport Control

*Walter Schellenberg**, als Hauptmann Schimmel von der Transportabteilung des OKW Vertreter der deutschen Seite

Stanislaw Antonowicz, polnischer Kontakt von Liam

*General Sikorski**, Ministerpräsident der polnischen Exilregierung

*Juliusz Łukasiewicz**, Polens Botschafter in Paris

*William C. Bullitt**, amerikanischer Botschafter in Paris

*Prince George Edward Alexander Edmund**, 1. Duke of Kent

*Rudolf Heß**, Stellvertreter Hitlers

*Roman Battaglia** vom polnischen Konsulat in Glasgow

Dank

Mit »Ab heute heiße ich Margo« fing alles an. Seine Fortsetzung fand die Geschichte in »Margos Töchter«. Dieses Buch ist nun in mancher Hinsicht die Vorgeschichte – beziehungsweise die Geschichte der Männer, die dort zu kurz gekommen ist: Alard von Sedlitz und Liam Broedie. Es erzählt von einer tiefen Freundschaft, die alle politischen Abgründe überbrückt.

Ich habe mich durch ganze Stapel von Büchern insbesondere britischer Historiker inspirieren lassen. Vor allem aber bin ich froh über die Freunde und Gegenleser – die natürlich freigesprochen sind von meinen eigenen Fehlern oder Nachlässigkeiten.

Ich bedanke mich von Herzen bei Friedrich Kiechle und Jan Becher, bei Rudolf Westenberger und Edgar Dahl. Vor allem aber danke ich Kristina und Jörg Drieselmann für die unendliche Geduld, mit der sie Kapitel für Kapitel immer und immer wieder gegengelesen und mit mir diskutiert haben. Meine liebsten Freunde: Ihr wart, ihr seid mein Anker.

Und nicht zuletzt danke ich Helge Malchow, der mich daran gehindert hat, Volkshochschulkurse in die Geschichte einzuflechten. Es sind ja doch die Protagonisten, deren Weg ich begleitet habe. Die Geschichte ist lediglich das hintergründige Summen, versetzt mit Detonationen. Doch manchmal sind meinen Helden die Brocken schmerzhaft auf die Füße gefallen.

Ilsdorf, August 2022

Inhalt

Erstes Buch – Benita

Zweites Buch – Benita

Drittes Buch – Alard

Viertes Buch – Liam

Fünftes Buch – Alard

Sechstes Buch – Danach

Anhang